사랑이
떠나가면

이 책을 유트와 나트에게 바칩니다.

KOMT EEN VROUW BIJ DE DOKTER
by Ray Kluun

© Kluun 2003
Korean Translation Copyright © 2007 Thatbook Co., Ltd.
All right reserved.
The Korean language edition published by arrangement with
Uitgeverij Podium c/o The Susijn Agency through MOMO Agency, Seoul.

사랑이 떠나가면

레이 클룬 지음 | 공경희 옮김

그책

차 례

어제는 모든 고뇌가 저 멀리 있는 듯 했건만……

— 비틀즈 〈예스터데이〉 (Help, 1965)

Part 1

댄 & 카르멘

빌어먹을, 내가 여기서 뭐 하는 거람.

여기는 내게 어울리지 않는데……

— 라디오헤드 〈크립〉 (Pablo Honey, 1992)

1

신트 루카스 병원의 회전문을 밀고 들어가며, 오가는 데 걸리는 시간이 줄고 있다고 속으로 중얼댄다. 사흘간 세 번째 통원이다. 이번에 우리는 카르멘의 예약 카드에 적힌 대로 1층 105호실로 간다. 복도는 이미 사람들로 꽉 차 있다. 우리가 사람들 사이에 끼어 앉으려는 순간, 부분 가발을 쓴 노인이 지팡이로 문을 가리킨다.

"저기 먼저 들어가서 왔다고 말해야 된다네."

우리는 고개를 끄덕이고, 초조하게 105호실로 들어간다. 문에는 '내과 전문의 W.H.F.스켈테마'라고 적힌 작은 문패가 달려 있다. 방 안은 대기실이다 —안에 들어와 보니 복도에서 기다리고 있는 사람들은 아직 이곳에 못 들어온 환자들이라는 것을 알 수 있다. 우리의 등장으로 평균 연령이 몇십 살쯤 줄어든다. 다른 환자들의 동정하는 강렬한 눈길이 우리에게 쏠린다. 병원에도 나름의 위계가 있다. 우리는 여러 병원의 대기실을 전전하는 뜨내기이지 아직은 이곳의 환자가 아니다. 하지만 카르멘의 유방에서 자라는 암은 우리의 마음과는 다르다.

휠체어를 탄 예순 살쯤 된 노부인이 앙상한 손에 카르멘과 똑같은 카드를 쥐고 우리를 아래위로 훑어본다. 나는 그 시선을 알아차리고 잘난 체 하려 한다 ─ 아내와 나는 젊고 아름답고 건강해요. 당신의 자글자글한 주름을 보니 어떤지 척 알겠군요. 우리가 이 병원의 붙박이가 될 거라고는 생각도 하지 말아요. 우리는 총알같이 이 암병동에서 나갈 거라고요! ─ 하지만 내 몸은 마음과 달리 불안감을 노출한다. 시골 동네의 술집에 들어선 순간, 동네 사람들의 조롱하는 눈길을 한 몸에 받는 기분이다. 잔뜩 겉멋을 부린 암스테르담나기다 이거지. 오늘 아침에 헐렁한 빨간 셔츠에 뱀가죽 부츠를 신고 나오는 게 아닌데. 카르멘도 거북해 보인다. 현실감이 확 든다. 지금부터는 우리도 여기 사람들이다.

105호실에도 접수처가 있다. 거기 앉아 있는 간호사는 우리의 심정을 아는 것 같다. 그녀는 얼른 옆에 붙은 작은 방에서 기다리겠느냐고 묻는다. 마침 다행이다. 곁눈질을 하니 카르멘의 눈가에 눈물이 그렁그렁하다. 대기실이나 복도의 '산송장들' 사이에 끼어 있지 않아도 되니 얼마나 다행인지.

"그저께는 한 방 얻어맞은 것 같으셨겠지요."

간호사가 커피를 가지고 나오며 말한다. 병동 회의에서 카르멘 반 디펜의 케이스가 논의되었음이 분명하다. 간호사는 카르멘을 바라보다 이내 내 쪽으로 시선을 돌린다. 나는 마음을 다잡으려 애쓴다. 방금 만났을 뿐인 간호사에게 내 애처로운 감정을 보일 필요는 없다.

여러 여자를 쫓아다니는 남자는 두 부류로 나눌 수 있다.

자신의 꿈인 한 여자를 찾는 부류.

끝없이 다양한 여자들의 세계를 소유하고자 하는 부류.

─밀란 쿤데라 『참을 수 없는 존재의 가벼움』(1984)

2

나는 심각한 고독공포증(모노포비아. 고독에 대한 병적인 두려움으로 충동적인 성적 욕구를 갖게 되는 심리 증상)을 가진 쾌락주의자다. 카르멘은 내 안에 있는 쾌락주의를 공략했고 곧 성공했다. 하지만 그녀는 처음부터 내가 고독공포증에 빠져 전전긍긍하는 것을 달가워하지 않았다. 처음에는 나의 그런 면을 동정했고, 내 바람기를 재미있다고 여겨 내게 경고를 하기보다는 하나의 도전 과제로 받아들였다.

그러다 딱 1년이 지났을 때─같이 살지는 않았다─나는 회사 동료인 안내직원 샤론과 바람을 피웠다. 당시 나는 '베르닐비'라는 광고회사에 다녔다. 카르멘은 내가 성실하지 못할 거라고, 아니 그럴 마음도 없는 것을 얼마 지나지 않아 알게 되었다. 몇 년 후에야 그녀는 샤론 사건 후에 나를 차버리려고 했지만 나를 너무 많이 사랑한다는 것을 깨달았다고 털어놓았다. 결국 카르멘은 내 외도를 눈감아주었고, 나의 그런 면을 도저히 어쩔 수 없는 성격 결함으로 치부했다. 코를 후비는 남자도 있고 노름에 빠진 남자도 있다……

그렇게 보기로 했다. 그런 사고방식으로 남편이 '자주 딴짓을 한다'는 생각에서 자신을 보호했다.

그렇긴 해도 세월이 흐르는 동안 그녀는 '내가 또 그런 짓을 하면 떠나버리겠다'고 으름장을 놓았다. 그녀는 내가 적어도 외도에 대해 쉬쉬하기를 바랐다. 그리고 그렇게 되었다.

이후 7년간 우리는 세상에서 가장 행복한 부부로 살았다.

3주 전 그 일이 있기 전까지는. 그날 카르멘이 전화를 걸던 시각, 나는 프랑크와 '홀란드 카지노'의 영업 이사가 떠들어대는 말을 들으며 졸지 않으려 안간힘을 쓰고 있었다.

우리가 아는 것처럼 이것이 세상의 끝.

— R.E.M. 〈우리가 아는 것처럼 이것이 세상의 끝〉 (Document, 1987)

3

카지노에 드나드는 부류는 중국인들, 꾀죄죄한 인간들, 나일론
드레스를 입은 여자들이다. 난 카지노에서 매력적인 여성을 본 적
이 한 번도 없다. 별 볼일 없다.

물론 홀란드 카지노의 영업 이사가 우리에게 전화를 걸어서
'MIU 창의력 & 전략 마케팅 에이전시'에 광고를 의뢰하고 싶다고
했을 때, 나는 당장 열렬한 카지노 고객이 되었지만.

우리, 즉 프랑크와 나는 MIU에서 밥벌이를 한다. 기술을 배운 사람들이 물건을
만들면 그것을 파는 이들이 있다. 판매자들은 존경은 덜 받지만 그럼에도 쓸모가
있다. 프랑크와 나는 물건을 파는 게 아니다. 우리는 시간을 판다. 그나마도 우리
가 직접 만드는 게 아니다. MIU에는 20대 남녀 여섯 명이 정신노동을 한다. 그들
은 회사를 시작하기 전의 프랑크와 나처럼 극도로 예민한 젊은이들이다. 프랑크
와 나는 똑똑한 20대 직원들이 만든 아이디어들을 모아서 보고서로 만든 다음, 비
서인 마우트 —끝내주게 멋진 사람이다—를 시켜 표지를 잘 씌우게 해서 의뢰인
들에게 보여준다. 그리고 아주 침착하게 설명한다. 의뢰인들은 대단히 열렬하게

홀란드 카지노는 연간 몇백 시간은 될 만한 일감이라는 계산이 나온다. 다음 날 아침 우리는 암스테르담의 막스 유웨플레인에 있는 카지노를 찾는다. 영업 이사는 우리가 '와서 시장을 가볍게 둘러보기'를 바랐다. 시장. 그렇다, '시장.' 우리 의뢰인들이 흔히 쓰는 용어다. 의뢰인이 가보라고 하니 나야 그럴 수밖에. '머리를 맞대고 앉아서 잡담이나 하자'는 얘기겠지.

프랑크는 언제나 의뢰인에게 잘 먹히는 질문들을 던지고, 그쪽의 영업 이사는 '정보과다' 부문의 세계 기록에 도전하려는 것 같다. 나는 듣는 체 한다. 잘 듣는 척 하는 기술은 예술의 경지에 올라섰다. 의뢰인은 내가 그의 마케팅 문제를 골똘히 고민한다고 생각한다. 사실은 섹스나, 클럽에 가기, 아약스(네덜란드의 축구팀—옮긴이)에 대해 생각하는데……. 이따금 의뢰인이 방금 무슨 말을 했는지 감도 못 잡을 때가 있지만 별로 문제되지 않는다. 꿈에 취한 듯한 표정으로 미간을 약간 찌푸리며 침묵을 지키는 것이 내 일의 선행 조건이니까. 그런 태도가 시간당 수수료를 올리기도 한다. 언제나 말은 프랑크가 하기 때문에 이야기를 듣다가 잠들지만 않으면 일이 잘 풀린다.

오늘은 정신을 차리고 있기가 이만저만 힘들지 않다. 벌써 두 번이나 대놓고 하품을 해서 프랑크가 짜증스러워 한다. 눈꺼풀이 내려앉는 순간 휴대전화가 울린다. 다행이다 싶어서 양해를 구하고 주머니에서 휴대전화를 꺼낸다. 카르멘이다.

"어, 여보."

나는 탁자에서 몸을 돌리며 작은 소리로 속닥인다.

내 '여보'가 울고 있다.

"카르멘, 무슨 일이야?"

내가 놀라서 묻는다. 프랑크가 걱정스런 눈빛으로 힐끗 쳐다본다. 영업 이사는 신이 나서 주절주절 떠든다. 나는 프랑크에게 별일 아니라는 몸짓을 하고 일어나 저쪽으로 걸어간다.

"지금 병원이에요. 안 좋은 소식이 있어."

아내가 흐느낀다.

병원. 오늘이 카르멘이 병원에 가는 날인 것을 까맣게 잊고 있었다. 이틀 전 그녀는 유두가 부은 느낌이라며 이상해 보이지 않느냐고 물었다. 나는 생리 기간이어서 그럴 거라고 안심시켰다. 아니면 브래지어 속에 긁히는 게 있나 보라고. 심각한 일은 아닐 거라고. 6개월 전처럼 헛방일 거라고. 걱정되면 볼터스 박사에게 가서 진찰을 받으라고 권하고 아내를 진정시켰다.

나는 나쁜 소식을 감당하는 데는 영 젬병이어서 나 자신과 다른 사람들에게 모든 게 괜찮을 거라고 믿게 하려고 애쓴다. 나는 상황이 어쩔 수 없이, 피할 수 없고 끔찍하게 돌아가는 것을 창피해하는 듯하다. 전에도 그런 일이 있었다. 아버지가 NAC 브레다(네덜란드의 축구팀—옮긴이)의 경기 상황이 어떤지 물어서 빈담 팀에 1대 0으로 지고 있다고 전해야 했다. 마치 그 소식을 전하는 내가 아버지를 속여서 자살골이라도 넣게 한 것 같은 기분이었다. 나쁜 소식을 전하든 전해 듣든 결국 그날은 찜찜한 마음에 하루를 망쳐

버린다.

"저기, 카르멘. 울지 말고 그쪽에서 뭐라고 했는지 나한테 차분하게 말해봐."

프랑크가 가까이 있기에 신경 써서 '의사'란 말은 피한다.

"의사는 정확히 모르겠대. 내 유두가 이상해 보인다면서, 아무 문제 없다고는 자신 못하겠대."

"흠……."

나로서는 몹시 비관적인 반응이다. 카르멘은 더럭 겁을 먹기 시작해야 된다는 신호로 받아들인다.

"내가 가슴이 화끈거린다고 말했잖아! 이런 젠장, 이상한 줄 알았다니까!"

내가 용기를 내어 말한다.

"진정해, 여보. 아직은 잘 모르잖아. 내가 병원에 가서 같이 있을까?"

그녀는 잠시 생각하다가 대답한다.

"아니야. 당신이 할 수 있는 일이 없는걸. 혈액 샘플을 채취할 거고, 소변 검사도 해야 한대. 그러면 검진을 위한 수술 날짜를 잡아주겠대. 지난번에도 그랬잖아, 기억하죠?"

카르멘은 이제 좀 진정된 듯하다. 현실적인 문제들에 대해 말하는 것이 감정을 자제하는 데 도움이 된다. 그녀가 말을 잇는다.

"당신이 루나를 놀이방에서 데리고 와주면 좋겠는데. 그리고 나 '브로커스'에는 안 갈 거야. 심란한 얼굴로 회사에 나타나는 건 못하겠어. 병원에서 6시 전에 나갈 수 있으면 좋겠는데…… 식사는 어떻게 하지?"

브로커스는 '광고 브로커스'를 줄인 말이다. 카르멘의 회사다. 내가 광고계의 레알 마드리드라고 불리는 베르닐비에서 일하던 시절, 카르멘은 이 회사에 대한 아이디어를 떠올렸다. 그녀는 광고계가 끼리끼리의 좁은 세상이라는 데 몹시 짜증을 내곤 했다. '광고주, 동료, 신보다 자기가 잘났다고 생각하는 헛똑똑이들이 득실대는 판이지. 실제로는 화려한 차를 몰고 돈다발을 긁는 데만 혈안이 되어 있으면서 창의력 넘치는 체 하는 인간들'이라고 투덜댔다.

어느 날 그녀는 베르닐비의 파티에서 우리 광고주 중 한 군데의 광고 저작권을 다른 나라의 비경쟁 업체들에게 파는 것이 어떠냐고 은근히 권했다. "책, 영화, TV 프로그램처럼 일종의 아이디어 중개 같은 것이지요"라면서. 광고주는 그녀의 제안을 뛰어난 아이디어라고 생각했고, 다음 날 베르닐비의 이사인 라몬에게 통보했다. 조용하게 넘어가고 싶은 라몬으로서는 마지못해 의견에 동의했다. 진행은 카르멘이 직접 나섰다. 6개월 내에 광고 저작권을 남아프리카, 말레이시아, 칠레의 기업체들에 판매했다. 광고계는 비명을 질러댔다. 그들은 이것을 천박한 짓거리로 여겼다. 광고계가 뭐 우시장이냐고. 하지만 카르멘은 꿋꿋하게 버텼다. '흙속의 진주'를 캐냈으니까. 그러다 갑자기 너나 할 것 없이 브로커스와 거래를 하고 싶어했다. 광고 대행사들이 빛을 보았다. 카르멘 덕분에 너덧 배의 예상치 못한 수입을 올렸다. 또 암스테르담의 '남성전용 클럽'들보다 훨씬 비싼 시간당 수고비를 광고회사에—이를 갈면서—지불한 광고주들은 돈 먹는 하마인 광고 캠페인이 돈을 벌어들인다는 것을 금방 이해했다. 카르멘 덕분에 머나먼 나라의 어떤 회사에 광고를 팔 기회가 생긴 것이다.

2년이 채 가기 전에 카르멘은 스무 명의 직원을 거느리고 전 세계에 거래처를 둔 사장님이 되었다. 그녀는 스스로 만든 커리어를 만끽하며, 가끔 기분이 동하면—멋진 곳이어야 한다—다른 나라로 훌쩍 날아가서 의뢰인을 만나고 즐거운 시간을 보낸다. 그녀는 새 고객을 만날 때마다 "기분 좋은 일이지요?"라고 말한다.

나는 웃음을 터뜨리지 않을 수가 없다. 우리는 식사 때문에 소란을 피우는 사람들이 아니다. 저녁에 식사 시간이 다 되어서야 '참밥 먹어야지'라고 생각하는 커플이다. 집에는 서랍에 넣어 놓는 루나의 이유식을 제외하면 먹을 게 하나도 없다. 친구들은 우리가 도미노 피자, 테이크아웃 중국 음식점, 구멍가게에 생활비를 쏟아붓는다고 놀려댄다.

"식사는 어떻게 준비해 봐야지. 저녁 걱정은 하지 말고, 검사 잘 받고 바로 집으로 와. 걱정 마, 결국에는 모든 게 잘될 거야."

나는 카르멘이 불안해하지 않도록 최대한 가볍게 말하고 전화를 끊는다. 하지만 등에서는 땀이 줄줄 흐른다. 방금 우리의 삶이 불행에 사로잡혔다는 기분이 든다. 나는 앞을 바라본다. 이 모든 상황에도 긍정적인 면이 있을 거야. 나중에 차분히 모든 것을 목록으로 만들어야겠다. 좋은 점을 찾아야지. 끔찍한 병원에서 피를 뽑고 앉아 있는 카르멘에게 위로가 될 만한 일이 있을 거야.

나는 숨을 깊이 들이마시고, 프랑크와 영업 이사가 있는 탁자로 걸어간다. 이사는 첫 방문객을 단골로 만드는 문제에 대해서 떠들어대기 시작한다.

당신은 지독하게 행복했지만 결국은 모든 게 끝났다.

— 얀 볼커스 〈사랑을 위한 죽음〉 (1973)

4

우리 집 맞은편에 내 차 시보레 블레이저를 주차한다. 우리 집은 암스테르담의 숲 암스테르담스 보스의 끝에 있는 암스텔베인세베흐에 있다.

난 암스테르담스 보스가 싫다, 암스텔베인세베흐도 싫다, 우리 집이 싫다. 우린 도심인 폰델스트라트 구역에 있는 아파트 2층에서 5년간 살았다. 루나가 태어난 지 두 달이 안 되어 카르멘은 이사하고 싶어했다. 주차 공간을 찾느라 20분간 헤맨 후 바퀴 셋 달린 유모차를 2층까지 끌어올리는 데 신물이 난다고 했다. 그러던 어느 날 공원에 가서 담요를 깔고 피크닉 바구니와 로제와인 두어 병을 내려놓았을 때, 카르멘은 기저귀를 잊었다는 것을 알아차렸다 — '이런, 당신이 가서 가져와요, 댄' — 그 일이 있은 후로 그녀는 암스텔베인행을 강력히 주장하기 시작했다. 정원이 딸린 주택. 결국 암스텔베인세베흐의 집으로 이사하게 되었다.

우리 집은 872번지다. 세계대전 전에 지어진 전형적인 작은 집으로, 이전 주인들이 아름답게 개축했다. 앞면이 검은 뾰족한 초록색 지붕은 가장자리가 흰색이다. 부동산에서는 이 나무 지붕을 '그림 같다'고 표현했다. 나는 속으로 '여기가 잔담(네덜란드에서 풍차로 유명한 지역―옮긴이)이라도 되나? 보존 구역도 아닌데 유난떨기는'이라고 중얼댔다. 하지만 날이 갈수록 카르멘의 성화가 점점 심해져서 결국에는 나도 헤트 호이나 알미에르 같은 우중충한 교외로 가는 것은 아니라고 자위하며 마음을 돌렸다. 그래서 이제 우리는 암스테르담이지만 암스텔베인 분위기가 물씬 나는 동네에 산다. 처음부터 이 동네랑은 안 어울리는 기분이었다. 차를 몰고 도심을 빠져나와 A10 고가교를 타는 순간 사파리를 하는 느낌이다. 처음에 집이 눈에 들어오자 나는 "저기 얼룩말이네"라고 말했다. 카르멘은 별로 재미있어하지 않았다. 전차는 없지만 집 앞을 지나는 버스가 있다. 카르멘은 이미 알고도 남겠지. 하지만 2년쯤 살기에는 그냥저냥 괜찮다. 그때쯤이면 MIU와 브로커스가 황금알을 낳는 거위가 되어 있을 테니, 암스테르담 복판의 아파트 1층에 살 수 있겠지. 그러니 그때까지만 얼룩말 참아주기.

50미터쯤 떨어진 곳에 검정색 비틀이 주차된 것을 보니 벌써 카르멘이 집에 도착했음을 알 수 있다. 루나를 차에서 내려주고 현관으로 뛰어가, 심호흡을 크게 하면서 열쇠구멍에 열쇠를 넣는다. 1995년 아약스가 AC 밀란과의 경기에서 종료 몇 분을 남기고 1대 0 리드를 방어해야 했던 때 이후로 이렇게 긴장한 적이 없다.

루나는 내 금지옥엽이다. 우리는 생일이 같다. 그 아이가 태어나자 난 내 환갑 파티 때 친구들이 모두 참석하리란 것을 알았다. 탄탄한 몸매를 가진 멋진 루나의 친구들이 파티장을 돌아다니는데 안 올 리가 있나.

겉으로는 더할 나위 없이 평범한 저녁 같다. 루나는 카르멘을 보자마자 활짝 웃는다. 카르멘은 평소처럼 "루-우-우-나!" 하고 부르며 우스꽝스런 표정을 짓는다. 또 루나의 뒤뚱대는 걸음을 흉내 내다가 쭈그리고 앉아 아이를 끌어안는다. 루나는 행복하게 "엄마-아아!"라고 외친다. 평상시와 다를 바 없는 이런 모습에 평소보다 훨씬 마음이 뭉클해진다.

"안녕, 내 사랑."

카르멘이 일어나자 나는 아내에게 다가가 입 맞추고 포옹을 한다. 아내는 살짝 울먹이는가 싶더니 이내 소리 내 울기 시작한다. 평범한 저녁은 끝. 나는 그녀를 꼭 끌어안고, 그녀의 어깨 너머로 허공을 응시한다. 6개월 전에 그랬듯이 결국에는 모든 게 잘될 거라고 말한다. 오늘 오후부터 생각나는 가장 좋은 말은 그것뿐이다.

*

나는 침대에 들어온 카르멘을 끌어당긴다. 우리는 키스하기 시작한다. 몸짓으로 그녀가 흥분했다는 것을 알 수 있다. 나는 말없이 침대 아래쪽으로 머리를 움직인다. 카르멘이 내 얼굴 위로 다리를 벌린다.

"지금 해줘!"

그녀가 속삭인다. 우리는 격렬하게 움직인다. 그녀는 내가 절정에 다다르는 것을 알고 간절한 눈빛으로 말한다.

"날 채워줘."

나는 마지막으로 몇 차례 거세게 몸을 밀면서, 옆방에서 자는 루

22

나를 깨우지 않으려고 입술을 깨문다.

카르멘이 침실에서 옷을 벗을 때면 나는 그녀의 가슴을 쳐다본다. 처음 그녀의 벗은 몸을 봤을 때는 입을 헤벌린 채 거친 숨을 내쉬었다. 당신처럼 멋진 몸매의 소유자와 잠자리를 해본 적이 없다고 중얼댔다. 그녀는 웃으면서, 그날 저녁 내가 그녀의 깊게 파인 목덜미 아래 가슴골에서 눈을 못 떼는 것을 알았노라고 말했다. 루나가 태어난 후로 가슴이 약간 처지기는 했지만 그렇다고 덜 아름다운 것은 아니다. 카르멘은 옷을 벗고 환상적인 가슴을 드러내는 것만으로도 나를 흥분시킬 수 있다. 매일 저녁이 축제 같다. 카르멘과의 생활은 늘 몸과 영혼 모두의 축제다.

내가 오르가슴에 다다른 직후, 그녀는 다시 울기 시작한다.

"그러지 마, 여보."

작은 소리로 속삭이며 그녀를 위로한다. 나는 카르멘의 머리에 입 맞추고 몇 분 동안 그녀의 몸속에 있는다.

나중에 내가 불을 끄자 그녀가 말한다.

"당신의 생일이 다음 주야. 내가 축하해 주는 마지막 생일일지도 몰라."

후회의 전형적인 특징은 언제나 너무 늦게 온다는 것,

결코 제시간에 오지 않는다는 것.

— 엑스팅스 〈댄스 플로어에서〉 (Binnenlandse funk, 1998)

5

3시 반인데도 아직 잠을 이루지 못하고 있다. 가족과 친구들에게 또 한 번 나쁜 소식을 전해야 된다는 것이 견디기 힘들다. 6개월 전 엉터리 증후였다고 알린 게 그들을 속인 것처럼 느껴진다. 이제 생체검사(병을 진단하거나 치료 경과를 검사하기 위하여 신장이나 간 따위의 조직을 잘라 내어 현미경으로 검사하는 일—옮긴이)를 받을 때까지 우리는 다시 불확실성에 붙들릴 것이다. 검사는 성금요일(그리스도 수난 기념일로 부활절 전의 금요일—옮긴이) 주에 받는다. 열흘 남았다. 망할 놈의 열흘 동안 진단을 위한 수술을 기다려야 한다. 볼터스 박사는 카르멘에게 수술을 앞당길 수 없다고 말했다. 열흘 후에 해도 달라질 게 없다며 우리를 안심시켰다. 이날 저녁, 내가 검사 날짜에 대해 짜증을 내자 카르멘은 다시 내게 쌀쌀맞게 굴었다.

"대체 내가 어떻게 했어야 된다는 거야? 그럼 생체검사를 우리가 직접 할까?"

그 후로 나는 입을 다물었다.

볼터스 박사. 6개월 만이었다. 당시에 30분 동안 같이 있었을 뿐이지만 그의 얼굴이 훤히 그려진다. 약 55세, 눈에 띄는 잿빛 머리를 옆 가르마를 타서 빗어 넘긴 모습. 둥근 안경. 흰 가운. 6개월 전에는 악몽이 1주일이 안 되어 끝이 났다. 카르멘이 우리 가족의 주치의인 바커 박사에게 진찰받은 것이 발단이었다. 그는 안전하다는 것을 확인하기 위해 큰 병원에서 유방 검사를 받으라고 권했다. 우리는 신트 루카스 병원의 볼터스 박사를 찾아갔다. 그는 진찰을 하더니 카르멘에게 생체검사를 받아야 한다고 했다. 그러자 우리는 더 겁을 먹었다. 생체검사가 뭔지 알아서 겁낸 게 아니었다. 병원에서 처음 들어보는 일을 하자고 하면 그 자체가 나쁜 소식이니 두려웠다.

생체검사를 받기 전날 저녁 어두컴컴한 침실에 누워 있을 때, 나는 속으로 통곡하는 것을 아내에게 들키지 않으려고 애썼다. 몇 시간 전 그녀의 눈에서 무서워서 죽겠다는 마음을 읽었기 때문이다. 정말이지 그 마음이 이해됐다. 암이 목숨을 앗아가고 있으니까.

그때 볼터스 박사의 말이 내 폐부를 찔렀다.

"세포들이 불안정하고 그게 정확히 뭔지 모르겠지만 뭐든지 간에 악성은 아닙니다."

의사가 그 말을 하기 무섭게 우리 둘 다 발딱 일어났던 기억이 난다. 얼마나 안심이 되던지, 얼마나 빨리 병원을 벗어나서 우리의 행복한 생활로 돌아가고 싶던지. 우리는 계획했던 대로 오래오래 신나게 살 수 있을 터였다. 시간을 우리 옆에 붙잡아두고, 천년만년 살 계획을 세웠다. 우리는 밖으로 나오자마자 서로 힘껏 포옹했다. 방금 건강한 아이라도 낳은 사람들처럼 행복해했다. 나는 신이

나서 카르멘의 어머니, 토마스와 안네, 프랑크, 마우트에게 전화해서 아무 문제도 없다고 말했다. 카르멘이 건강하다고.

악성은 아니다……. 그때 볼터스 박사에게 '그게 뭔지 정확히는 모른다'는 데 대해 물고 늘어졌어야 했을까? 다른 병원에 가서 재차 진단을 받았어야 했나? 결국에는 우리의 실수였을까? 회피하고 넘어가는 게 아니었나? 카르멘이 행복해하고 안심하는 것은 이해할 만해도 내가 더 파고들어 답을 알아냈어야 되는 게 아닐까? 정확히 어떤 일이 벌어지는지 알아낼 때까지 검사를 계속해야 한다고 의사에게 고집을 부렸어야 했던 게 아닐까? 바보는 볼터스 박사가 아니라 나다. 결국 내가 그녀의 남편이잖아. 카르멘을 보호해야 되는 사람은 나잖아?

'모든 일을 막을 수도 있었는데……'란 말이 머릿속에 맴돈다.

이번에는 그냥 넘어가지 말아야지. 다음 주에 의사가 모든 게 괜찮다며 우리를 안심시키면, 그의 멱살을 잡고 책상에서 끌어내야지. 단단히 맛을 보여줘야지.

미소, 그것은 단지 흉내일 뿐……

— 리타 호빙크 〈최근 나의 모든 것〉 (Een rondje van Rita, 1976)

6

신트 루카스 병원에서 생체검사를 하는 과의 명칭은 종양학과다. 회전문 위에 붙은 명패에 그렇게 적혀 있다. 종양학과. 얼핏 아는 단어인데 암이랑 관계가 있는 줄은 몰랐다. 중병이 아닌 것 같은 어감이다. 종기나 뭐 그런 것과 관계된 것 같은데…….

신트 루카스 병원. 암스테르담에서 가장 위압적인 건물로 '유로파킹 주차장'을 꼽는 사람들이 있다. '네덜란드 은행' 건물이라고 말하는 이들도 있다. 혹자는 베일머 지역의 고층 건물들이라고 주장한다. 그들에게 신트 루카스 병원에 와보라고 말하고 싶다. 나는 A10을 따라서 쭉 뻗은 병원 건물을 본 순간 그곳이 위압적인 건물이라는 것을 알았다.

루나는 '엘모'를 공중에 흔들어댄다. 지난 주 생일에 받은 선물이다. 카르멘은 침대에 걸터앉아 있다. 그녀는 체중을 재고 혈액 샘플을 채혈했다. 세면도구, 슬리퍼, 페르시아 실크 잠옷—나는 처음 보는 것이다—이 담긴 검은 가방과 《마리 끌레르》한 권이 침대에 놓여 있다. 나는 재킷을 입은 채로 카르멘 옆에 앉아서, 우리가 방금 받은 책자 두 권을 집는다 ─초록색은 『암과 함께 살기』이고 파란색은 『유방암』이다. 두 책자 모두 표지에 기부 물품 함에서 본 로고가 있다 ─'퀸 빌헬미나 재단'의 로고다. 나는 파란색 책자를 넘기기 시작한다. 비행기에서 분위기에 적응하려고 면세품 안내 책자를 읽을 때와 비슷한 태도다. 첫 페이지 상단에 '이것은 누구를 위한 책인가?'라고 적혀 있다. 카르멘과 나는 이 책의 대상 집단에 속한다고 되어 있다. 나는 어떤 대상 집단, 특히나 이 책의 대상 집단에 속하고 싶지 않다. 목차 페이지에 각 장의 소제목들이 있다. '암이란 무엇인가?' '인공 보철 유방과 통증 정복하기' 왜 우리가 이런 자료를 읽고 있는 걸까? 그냥 진단용 생체검사를 받는 거잖아? 당분간만이라도 모든 게 잘될 거라는 듯이 행동하면 안 되나? 예컨대 전문가가 아닌 내가 보기에도 며칠 새 유방이 눈에 띄게 점점 빨갛게 커지고 유두가 오그라든 것이─뭐라더라?─호르몬 같은 것 때문일 거라고 생각하면 안 되나?

9시가 되자 간호사가 들어온다. 카르멘의 이름이 적힌 차트를 들고 있다.

"당신이 여기 환자인 게 맞나본데."

내가 차트를 고개로 가리키며 말한다.

카르멘이 웃는다. 가볍게.

"생체검사는 12시로 잡혀 있네요."

간호사는 쉰 살 정도로 보인다. 그녀는 가능한 편안하게 대하려고 최선을 다한다. 심지어 카르멘의 무릎에 손을 얹기도 한다. 카르멘은 늘 누구에게나 그렇듯 다정하다. 나는 극도로 기분이 복잡

해져서, 얼른 루나를 놀이방에 데려다주고 최대한 서둘러 회사에
나가고 싶다. 이놈의 병원에서 빠져나가면 오늘 같은 날을 어떻게
지내야 할지 모르겠다. 가능한 평범한 하루를 보내려 애써야겠지.

카르멘이 이내 내가 불편해하는 걸 눈치챈다.

"당신은 가요, 내가 알아서 할게. 그리고 여기보다 MIU의 커피
가 훨씬 맛있어."

그녀가 웃는다.

"부인이 마취에서 깨어나시면 저희가 전화를 드리지요."

루나와 나는 카르멘과 포옹하고, 그녀에게 사랑한다고 속삭인
다. 돌아서면서 키스를 날린다. 루나는 손을 흔든다.

카르멘은 안간힘을 써서 미소를 짓는다.

나는 과장된 미소 뒤로 눈물을 감추지……

— 아이슬리 브라더스 〈나는 과장된 미소 뒤로 눈물을 감추지〉

(Soul On the rocks, 1967)

7

    10시에 사무실 문을 열고 들어간다. 우리 회사는 올림픽 스타디움 안에 있다. 사무실 열쇠를 받아든 순간부터 집보다 여기가 편안했고 지금도 그렇다. 내 유년기의 일부가 이 스타디움에 있다. 브레다에 사는 열여섯 살 소년 시절, 나는 1980년대 초의 떠들썩한 암스테르담이 믿을 수 없을 만큼 놀라운 곳임을 알았다. 일요일이면 암스테르담행 기차를 타려고 무척 노력했다. 그러면 월요일 아침 학교에 가서 아약스(우리는 '오욕스'라고 불렀다)에서 일어난 소동에 대해 떠들어댈 수 있었다. 나는 몇 해 전 NAC 브레다 구장에서 겁에 질려 헛소리를 해댔을 때처럼 소동에 끼어들지 않았다. 하지만 학교 친구들에게 그런 이야기까지 할 필요는 없었다.

프랑크는 아름다움을 사랑하고 나는 아약스 팀을 사랑한다. 그래서 우리 사무실—TT 구역 바로 아래 있다. 올림픽 스타디움에서 아약스가 경기를 할 때면 F 쪽 관중은 늘 일어났다—은 둘의 취향을 절충해서 꾸몄다. 나는 옆쪽 벽면 전체에 가로 7미터, 세로 1.5미터짜리 사진을 붙이자고 주장했다. 스타디움에서 열린 마지막 챔피언스 리그 경기에 앞서 선수들이 입장하는 사진이다. 온통 깃발과 빨간 연기의 물결이다. 사무실은 내 열다섯 살 무렵의 침실 같다. 크기만 열배쯤 크다. 또 훨씬 더 멋지다. 프랑크와 요상한 안경을 쓴 영국 디자이너의 영향 때문이다. 동성 연애자인 디자이너는 내 사진이 전반적으로 공간에 어울리지 않는다고 했다. 나는 그건 곤란하다고, 사진만 건드리지 않으면 그의 아이디어를 다 받아들이겠다고 말했다. 나는 축구에 관해서는 고집이 세다. 그는 샐쭉해져서 그러겠다고 했지만 대신 사무실의 다른 부분에 대해서는 완전히 위임해 달라고 요구했다. 나는 "좋아요"라고 대답했다. 그리고 약속을 지켰다. 그는 폭 2미터 높이 1.5미터짜리 판유리 스크린 세 개—빨간색, 노란색, 파란색—를 설치하겠다고 주장했다. 또 책꽂이 뒤에서 번쩍이는 분홍색 형광 램프들도 고집했다. 책꽂이가 하나는 높이 5미터짜리로 벽면을 언두색으로 칠하고, 하나는 페르시아 펠트직 쿠션들로 장식할 터였다. 죄다 컬러풀하게 꾸미겠다는 거지. 또한 그는 예산에 있어서 완전히 무책임했다. 프랑크는 내게 뜻대로 아약스 사진을 걸었으니 불평하지 말라고 못 박았다.

그 후 게이 녀석과 프랑크는 이리저리 뛰어다녔다. 사무실에 입주한 지 몇 주 지났을 때 프랑크는 낄낄대며 《헤트 파롤》(네덜란드의 일간지—옮긴이) 기자들이 찾아올 거라고 발표했다. 또 마케팅과 관련된 국제적인 잡지 세 군데와 중요한 건물들을 취재하는 저널에서 사람들이 오고, 건축가 그룹(덴마크에서 온 여류 건축가가 어찌나 멋지던지 나는 예산 문제는 그만 접어두기로 했다. 기왕지사 이렇게 된 일인걸 뭐)의 견학도 두 차례나 있었다. 또 새 의뢰인도 찾아왔다. 마케팅 사업을 벌였으니 다 좋은 일이다.

"안녕."

내가 인사하며 사무실에 들어선다. 모두 출근해 있다. 먼저 직원들의 시선을 피해 커피 머신이 있는 작은 주방으로 간다. 주방 외의 공간은 탁 트인 구조라서 다른 사람의 눈을 피할 길이 없다. 커피 머신은 프랑크가 가져온 것이고 커피는 사무실 경비로 구입한다. 버튼을 누르고 30초 후면 커피가 나온다. 오늘따라 30초가 너무 짧게 느껴진다. 컵에 커피가 찼는데도 잠깐 그대로 머무른다. 용기를 내서 주방에서 나와 마우트의 사무실 앞을 지난다. 그녀의 눈길을 외면하면서.

내가 자리에 앉자 프랑크가 궁금해 미치겠다는 눈길로 나를 쳐다본다.

"저기, 그러니까…… 카르멘은 병원에 있어."

나는 최대한 간결하게 말하려고 애쓴다. 어느 틈에 마우트도 들어와 있다. 내 등에 꽂히는 다른 직원들의 눈길이 느껴진다.

"그래 됐지? 어떻게 돌아가는지 봐야겠지?"

컴퓨터를 켠다. 눈물을 참을 수가 없다. 마우트가 내 어깨에 가만히 손을 얹는다. 나는 그녀의 손을 잡고 창밖을 응시한다. 어린아이라면 좋으련만. 그러면 아무리 무서운 일이라도 입만 다물고 있으면 끝날 거라고 자위할 수 있을 텐데.

남자가 한 여자를 만나 사랑에 빠지는 것은

쉬운 일일 텐데, 간단한 일일 텐데.

그러나 집은 을씨년스럽고 차는 타기 힘들어져……

— 브루스 스프링스틴 〈터널 오브 러브〉 (Tunnel Of Love, 1987)

8

오후 5시, 나는 카르멘의 전화를 받는다. 놀이방에 가려고 막 차에 탄 순간이다. 그녀에게 어떠냐고 물어볼 필요조차 없다. 이미 목소리에서 답을 안다.

"의사가 방금 나갔어……. 정말이지 끔직해, 댄."

"내가 금방 갈게. 놀이방에 들러서 루나를 데리고 거기로 갈게."

다른 것은 물을 엄두가 나지 않는다.

*

루나를 안고 종양학과의 복도를 걷는데 가슴이 마구 방망이질 친다. 아침에 카르멘을 두고 나온 병실로 들어간다. 그녀는 다시 옷을 입고 침대에 걸터앉아, 구깃구깃한 휴지를 손에 쥐고 창밖을 바라보고 있다. 눈이 빨갛고 부어올랐다. 옆에 휴지 두 장이 같은 상태로 던져져 있다. 카르멘은 병실에 들어서는 우리를 보자 손으로 입을 막는다. 나는 말없이 달려가서 그녀를 껴안는다. 그녀는 내 어깨에 머리를 기대고 마구 울기 시작한다. 아직도 결과를 물을 용기가 나지 않는다. 단 한 가지도 물을 수가 없다. 한 마디도 입 밖에 낼 수가 없다. 병실에 들어온 후로 루나는 소리를 내지 않는다. 카르멘이 루나에게 뽀뽀를 하고 간신히 웃는다.

"안녕, 귀염둥이."

그녀가 루나의 머리를 쓰다듬으며 인사한다.

나는 헛기침을 하고 말한다.

"말해 봐."

더 이상 피할 수가 없다.

"암이래. 아주 위험한 형태래. 미만성(어떤 병이 넓은 부위에 퍼져 있는 성질을 나타내는 의학 용어—옮긴이)이라고 하던데. 덩어리는 아니지만 염증을 일으키고, 이미 내 유방 전체에 퍼졌대."

쿵.

"확실하대?"

생각나는 대꾸는 이것뿐이다.

카르멘은 고개를 끄덕이고 코를 푼다. 휴지는 더 이상 수분을 흡수하지 못한다.

"육아종성 유방염이라고 한다던데……."

나는 그게 무슨 병인지 알기라도 하는 듯이 고개를 끄덕인다. 그녀가 덧붙여 말한다.

"더 알고 싶은 게 있으면 볼터스 박사를 찾아가봐. 그래도 된다고 했어. 몇 방 지나면 볼터스 박사의 방이 있어."

볼터스. 그 이름. 우리는 한 주일 내내 조용히 지내던 참이었다. 토마스, 안네, 장모님의 질문—6개월 전 의사가 큰 판단착오를 한 것은 아닌지 ─ 을 무시해 버렸다. 어쩌면 그때 이미 암과 관련된 증상이 있었다고, 그랬다면 당시도 이미 늦었다. 카르멘이 오진으로 죽을 수 있다는 생각만 해도 참을 수 없었다.

볼터스는 책상에 앉아 있다. 6개월 전에 만났기에 나는 곧 그를 알아본다. 그는 나를 알아보지 못한다. 내가 반쯤 열려 있는 문을 두드린다.

"네?"

그가 이맛살을 찌푸리며 대답한다.

"안녕하세요, 카르멘 반 디펜의 남편입니다."

나는 모든 게 그의 잘못임을 똑똑히 알게 해주려고 무뚝뚝하게 말한다.

그가 벌떡 일어나서 악수한다.

"아, 미안합니다. 안녕하세요, 반 디펜 씨. 앉으시지요."

"그냥 서 있겠습니다. 집사람이 기다리고 있어서요."

"그러시죠. 생체검사 결과 때문에 오신 거지요?"

'아니, 브레다 대 아약스 전의 결과 때문에 왔는데.'

"네."

"흠. 특별히 좋아보이지는 않더군요."

"네, 그렇다고 알고 있습니다. 정확히 문제가 뭔지 설명해 주겠습니까?"

나는 비아냥거리는 투로 말하지만 의사는 그것조차 알아채지 못한다.

볼터스 박사는 이번 상황이 왜 특히 나쁜지 말한다. 나는 설명의 반을 한 귀로 흘리고, 알아듣는 것은 그보다도 적다. 나는 상태가 어느 정도로 심각한지 묻는다.

"상당한 정도로요. 조사를 해봐야 알겠지만 염증성 유방암으로 보입니다. 당장은 우리가 할 수 있는 일이 아무것도 없습니다."

나는 고개를 끄덕인다. 볼터스가 내 손을 잡고 흔든다.

"자, 두 분 모두 용기를 내십시오. 내일 스켈테마 박사에게 가보세요. 내과의인데 앞으로 어떻게 될지 상세히 들으실 수 있을 겁니다. 아셨습니까?"

나는 다시 고개를 끄덕인다. 그를 책상 위로 자빠뜨리지 않는다. 쓰러뜨리기는 고사하고 아무 말도 하지 않는다. 아무 말도. 입을 꾹 다문다. 의뢰인이 내가 세운 전략을 주무르려 들면 나는 그 싹을 잘라버릴 수 있다. 그런데 이 미련퉁이가 6개월 전에 저지른 실수 때문에 목숨을 잃게 생겼는데도, 나는 아레나(아약스의 홈구장―옮긴이)에서 첫 원정 경기에 나선 림버그 팀 선수처럼 우물쭈물 한다.

*

내가 다시 병실로 돌아오니, 카르멘은 루나를 무릎에 앉히고 텅 빈 주차장을 내다보고 있다.

"나랑 같이 가도 돼? 아니면 여기서 할 일이 남아 있어?"

내가 묻는다.

"퇴원해도 될 거야."

카르멘이 대꾸한다. 그녀는 검정 가방을 찾느라 두리번댄다. 나는 말없이 탁자로 가서 그녀의 재킷을 집어 입혀준다. 평소에는 그러지 않는다. 내가 쓸모 있는 일을 하고 있다는 느낌을 맛보고 싶다.

내가 그녀의 등 뒤에서 재킷을 들어주자 카르멘이 말한다.

"너무 멀리 있지 말아요. 가슴에 난 상처 때문에 팔을 그렇게 멀리 못 뻗어."

"아, 미안해. 이리 와라, 루나. 집에 가자."

나는 침대에 앉아 있는 딸을 안는다. 아이는 여전히 차분하다.

카르멘이 간호사실 문간에 머리를 들이밀고 인사한다.

"가요!"

오늘 아침에 만난 간호사가 음식을 먹다가 얼른 일어난다. 그녀는 양손으로 카르멘의 손을 잡고 기운 내라고 말한다.

"오늘 저녁은 당신이 알아서 할 거지?"

"물론이지."

나는 단호하게 대답하며 고개를 끄덕여 아내를 안심시킨다.

우리 셋은 승강기로 걸어간다. 다들 말이 없다.

힘든 시기…… 점점 더 힘들어지네.

많은 것들을 겪었고 이제 더는 겪고 싶지 않아.

불을 끄고 문을 닫아.

자, 나를 덮어줘.

— 브루스 스프링스틴 〈나를 덮어줘〉 (Born In The USA, 1985)

9

집에 도착하자마자 프랑크에게 전화를 걸어, 카르멘이 유방암에 걸렸다고 말한다.

"하느님 맙소사."

프랑크의 적확한 상황 평가다.

카르멘이 안네에게 전화를 건다. 한 시간이 안 돼서 안네와 토마스가 들이닥친다. 안네는 나를 오랫동안 포옹하더니, 재킷을 입은 채로 응접실로 달려가 카르멘을 꼭 끌어안는다. 카르멘은 또 울기 시작한다.

토마스가 나를 어설프게 안는다.

"정말 고약하게 됐네."

그가 중얼댄다. 그는 안으로 들어오지만 카르멘을 쳐다보지도 못한다. 토마스는 주머니에 손을 넣은 채 어깨를 늘어뜨리고 서서, 물끄러미 바닥만 내려다본다. 양복에 타이까지 맨 차림이다.

토마스는 나와 같은 브레다 노르트 출신으로, 나랑은 초등학교 시절부터 친구다. '우리는 똑같은 음악을 좋아했고, 똑같은 옷을 좋아했고, 똑같은 밴드를 좋아했다'는 브루스 스프링스틴의 노래가 있듯이 (〈바비 진〉(Born in the USA, 1985) 인용) 토마스와 내가 바로 그랬다. 열두 살 때 같이 NAC 브레다의 경기를 보러 갔고, 열여섯 살 때는 '파라디소'에서 펑크 밴드들을 구경했다. 열여덟 살 때는 토요일 저녁마다 브레다에 있는 술집에 다녔다. 토마스는 거기서 믿기 힘들 만큼 인기가 좋았다. 나는 얼굴에 점이 많고 두꺼운 안경을 낀 터라 토마스가 거들떠보지 않는 여자들이랑 어울려야 했다.

우리는 둘 다 암스테르담에 있는 경영 대학에 진학했고, 거기서 프랑크를 만났다. 졸업 후 토마스는 도로에 뿌리는 염산나트륨을 파는 회사의 외판원이 되었다. 구청과 수자원 공사가 주요 거래처다. 토마스는 그쪽 담당자들과 절친한 사이다. 그가 흑인, 금발, 병원에 다니는 여자들에 대한 농짓거리를 함께 좋아해서 그런 것 같다. 또 그도 공무원들처럼 파스텔 계통의 버튼다운 셔츠(단추로 칼라 끝을 고정하는 셔츠—옮긴이)를 입는 것도 이유겠지. 토마스와 나는 통화를 자주 하지만 예전처럼 자주 만나지는 않는다. 브레다에서 열리는 카니발을 제외하면 그는 집 밖에서 술 마시길 꺼려 한다. 주말이면 집에서 좋은 치즈랑 괜찮은 와인 한 잔을 앞에 놓고 총과 벗은 여자들과 헬기가 난무하는 영화를 본다. 술에 취미를 잃은 것은 몇 년 전 머리가 벗겨지기 시작한 것과 관계가 있다. 배도 볼록해지기 시작했다.

한 번은 그가 내게 이렇게 말했다. "빌어먹을. 댄, 사람들이 다 똑같은 속도로 늙는 게 아니라니까. 나는 우유처럼 쉰다면 자네는 와인처럼 천천히 숙성하지." 여자들한테 인기가 떨어진 것이 외모가 변했기 때문이라고 생각한 모양이다. 현실적인 면이 강한 토마스는 즉각 조치를 취했다. 그리고 6년 전, 사무실에 괜찮은 젊은 신입 여직원이 들어오자 그녀를 저녁 식사에 초대했고 그 후 놓아주지 않았다.

그 신입사원이 안네였다. 토마스와 안네는 천생연분이다. 안네는 트렌디한 것 (암스테르담에서 나온 것이란 뜻)은 뭐든 질색한다. 또 아이들, 치즈, 와인에 열광하고, 토마스랑 똑같이 늘 임산부처럼 보이는 몸매를 가졌다. 킴벌리(4세), 린지(3세). 댄(1세)을 낳은 후로 안네는 외모를 포기했다. 외모보다 가족과 살림이 더 중요하다고 말한다. '미스 에탐'에서 산 레깅스와 티셔츠를 입는다. 카르멘은 그것을 '고의적인 방치 상태'라고 말한다. 하지만 안네는 그것을 모른다. 카르멘은 그녀의 마음을 상하게 하지 않으려 한다. 안네와 단짝이 되었기 때문이다. 둘은 이틀이 멀다하고 통화하고, 6개월 전 카르멘이 생체검사를 받고 겁에 질려 있자 안네는 우리 집에서 살다시피 했다. 퇴근하면 집에 안네가 있어서 신경이 쓰였지만, 그녀가 우정의 의미를 잘 안다는 것을 인정해야 했다. 지금은 토마스와 나보다 카르멘과 안네가 훨씬 친하다. 아내는 안네에게 모든 것을 이야기한다. 나는 토마스에게 그러지 않는다. 내가 하는 일을 (그리고 그가 하고 싶은 일을) 마누라에게 다 고해 바친다는 것을 안 후로는 조심한다. 내가 토마스에게 한 이야기가 순식간에 카르멘의 귀에 들어갔고, 우리는 그렇게는 살 수 없었다. 정직이 다가 아닌 법이다. 그러나 안네의 생각은 다르다. 하지만 그녀가 그렇게 말하는 것은 쉬운 일이다. 그 외모를 보고 누군들 성욕을 갖기 힘들 테니까 안네는 외도를 하고 싶어도 그럴 수가 없을 것이다.

안네는 똑똑하다. 우리에게 내일 의사에게 물어보고 싶은 것들을 적어서 가져가라고 조언한다. 좋은 아이디어이니 그러기로 한다. 우리 넷은 알고 싶은 사항들을 간추린다. 내가 기록한다.

효과가 있다. 우리는 잠시나마 암을 정확하고 객관적으로 분석할 수 있는 무덤덤한 대상으로 삼는다. 카르멘도 1시간 동안은 울지 않는다.

토마스와 안네는 9시 반에 돌아간다. 나는 프랑크에게 전화를 걸고, 카르멘은 인터넷을 한다. 내가 전화를 끊으니, 카르멘은 자기가 걸린 유방암의 일반적인 병명을 기억하느냐고 묻는다.

"볼터스가 그건 말하지 않았어. 염증성 뭐라던데······."

"염증성 유방암이구나."

그녀가 컴퓨터 화면을 보면서 말을 잇는다.

"염증성 유방암······ 너무 늦으면 암이 혈액 세포에 들어간다는 뜻이지. 그런 거지?"

"글쎄······ 아마 그럴 걸."

나는 신중하게 대답한다.

"그러면 진짜 고약한 거야. 그건─그녀의 목소리가 갈라진다 ─ 내가 5년 더 살 수 있는 확률이 40퍼센트 미만이란 뜻이거든."

40퍼센트라니.

나는 짜증스럽게 대꾸한다.

"그 암이 그렇다는 걸 어떻게 확신할 수 있어? 제대로 읽은 거 맞아?"

"그래. 내가 완전히 멍청인 줄 알아, 여기 그렇게 쓰여 있다고! 그렇잖아!"

카르멘이 소리를 지른다.

나는 화면을 보지 않고 컴퓨터의 전원을 누른다.

"됐어. 잘 시간이야."

카르멘은 당황해서 검은 화면을 보더니 무시무시한 표정으로 날 노려본다. 그러더니 마구 흐느끼기 시작한다.

"맙소사, 그 자식이 그때 알아냈더라면 너무 늦지 않았을지도 모르는데!"

나는 카르멘의 팔을 잡고 위층으로 올라간다.

그녀는 멈추지 않을 것처럼 정신없이 울더니 얼마 후 내 품에서 편안하게 잠든다. 나는 잠이 오지 않는다. 아침을 맞이할 수 있을지 모르겠다. 하지만 깨보니 모든 것이 꿈이 아닌 사실이다.

카르멘은 암에 걸렸다.

감당할 수 없을 만큼 세차게 비가 내리네.

— 블뢰프 〈감당할 수 없을 만큼 세차게 비가 내리네〉 (Boven, 1999)

10

스켈테마 박사는 우리와 악수를 나누고 고개를 까닥이며 앉으라
는 몸짓을 하고는 자기도 의자에 앉는다.

그녀는 벽걸이에서 구식 갈색 서류철을 꺼내 뒤적인다. 어깨 너
머로 들여다보니 그저께 간호사가 들고 있던 그 차트다. 서류철에
는 (카르멘의 것이겠지) X레이 필름들과 (볼터스가 썼겠지) 차트가
들어 있다. 유방 그림에 작은 화살표가 있고 그 옆으로 알아보기
힘든 글씨가 적혀 있다. 스켈테마 박사는 마치 우리가 거기 없는
것처럼 차트를 검토하는 데만 몰두한다. 진료실이 쥐 죽은 듯 조용
하다.

스켈테마 박사는 '재미있는 사람이겠네'라는 생각이 드는 부류가 아니다. 잿빛
머리칼, 가슴팍 주머니에 펜을 잔뜩 꽂은 별난 과학자 같은 모습이다. 스켈테마 박
사와 나는 마음이 맞지 않는다. 진료실에 들어서는 70년대식 갈색 가죽 재킷 차림
의 나를 본 그녀의 표정에서 알 수 있었다.

나는 카르멘의 손을 꼭 쥔다. 그녀는 내게 눈을 찡긋하고, 턱으로 의사를 가리키며 미스터 빈이 조는 흉내를 낸다. 스켈테마 박사는 30초쯤 아무 말 없이 차트를 앞으로 넘겼다 뒤로 넘겼다 다시 앞으로 넘긴다. 나는 웃음을 터뜨리지 않으려고 카르멘에게서 눈을 돌린다. 앞으로 이 의사와의 관계가 좋지 않을 거라는 이상한 기분이 들기 때문이다. 나는 다시 한 번 진료실을 둘러본다. 책상 뒤쪽에 인상파 그림 복사본이 걸려 있다(누구의 작품이냐고는 묻지 마시길. 나는 브레다 노르트 출신이고, 그게 인상파 그림이라는 것을 안다는 데 스스로 감동하는 정도니까). 문 옆쪽 벽에는 작은 잡지대에 소책자들이 꽂혀 있다. 그 중에는 『암에 걸려서도 잘 먹기』『암과 성』『암 통증 정복하기』같은 새로운 제목의 책자들이 있다. 또 『유방암』이라는 낯익은 파란 책자도 눈에 띈다.

스켈테마 박사가 차트에서 눈을 떼고 말문을 연다.

"지난 며칠간 어땠어요?"

"좋지는 않았지요."

카르멘은 본래 상황보다 가볍게 대답한다.

"그랬겠지요. 짐작이 되네요. 상황이 그렇게 나쁘게 되었으니 끔찍하겠지요. 그때…… 예사롭지 않게 부주의했던 거지요."

"네, 이제 너무 늦어버린 거죠. 안 그런가요?"

카르멘이 중얼댄다.

"잘 들으세요, 그런 식으로 생각해서는 안 됩니다. 아직도 우리가 시도해 볼 수 있는 것들이 많아요. 되돌아봤자 도움이 안 되니 우리가 할 수 있는 일들만 보기로 합시다."

동료의 큰 실수를 '이미 엎질러진 물' 정도로 치부하는 데 놀라서 나는 카르멘을 힐끗 본다. 아내는 체념한 듯하다. 나도 애써 참는다.

"그러니까 제 병이 '염증성 유방염'이라는 거죠?"

"공식 병명은 육아종성 유방염이라고 해요. '염증성'이라고도 하지요……. 그건 어떻게 알았어요?"

"어제 인터넷에서 찾아봤어요."

"아, 이제 그런 건 조심하는 게 좋을 거예요."

스켈테마가 까탈스럽게 말한다.

난 '당신한테 불리하니까?'라고 속으로 중얼댄다. 웃음이 난다. 어제만 해도 카르멘이 온갖 종류의 유방암 관련 사이트 수십 군데에서 알아낸 별별 나쁜 상황을 확신하는 것을 보고 부아가 치밀었다. 그런데 이제는 의사를 불편하게 만들 만큼 많은 것을 아는 아내가 자랑스럽다.

"이런 유형의 암을 진단받은 환자의 첫 5년간 생존율이 40퍼센트에 불과하다는 게 사실인가요?"

"그보다도 훨씬 낮을 거예요."

스켈테마가 쌀쌀맞게 대꾸한다. 이런 정보를 주는 웹사이트를 보지 못하게 만들려는 의도가 분명해 보인다. 그녀가 말을 잇는다.

"환자분이 아직 젊기 때문이죠. 나이든 사람들보다 세포 분열이 빨리 일어나거든요. 왼쪽 가슴의 종양이 지금 13×4센티미터 가량 되는데, 그게 몇 달 사이에 자란 거거든요."

13×4센티미터 크기라고? 암덩어리가 13×4센티미터라는 거야? 몇 달 사이에 그렇게 자랄 수 있다고? 그래, 그럴 테지. 볼터스 박사가 아무리 부주의해도 그렇게 큰 덩어리를 놓쳤을 리는 없어.

카르멘이 다시 묻는다.

"제거할 수 있나요? 그래야 한다면 가슴을 잃어도 상관없어요."

도무지 내 귀를 믿을 수가 없다. 눈 하나 깜빡이지 않고 그녀의 자랑을, 트레이드 마크를 절제하겠다니…….

의사는 고개를 젓는다.

"이 시점에서는 수술이 힘들 거예요. 종양이 너무 커요. 정확히 어디에서 세포가 퍼지는지 파악이 안 되거든요. 성급히 수술을 했다간 암세포가 절제된 가슴의 상처 조직에 들어가서 상태가 더 악화될 수 있습니다. 가슴의 종양이 줄어든다는 게 확인된 후에야 수술이 가능해 집니다."

스켈테마 박사는 우리에게 희소식이라도 전하는 사람처럼 말한다. 그녀가 계속 말을 잇는다.

"우리가 가끔 사용하는 종양 공략법이라는 호르몬치료가 있는데 ─그래, 호르몬치료! 어디선가 읽은 기억이 난다 ─ 이 방법도 주효하지 않을 겁니다. 환자분의 혈액을 보니 에스트로겐 수용체가 음성이더군요. 암세포가 호르몬에 반응하지 않을 겁니다. 하지만 정말로 어려운 점은 생체검사 결과를 보니─그래, 계속 해보라고─ 종양이 확산되고 있어요. 이미 암세포가 혈관에 들어갔을지 모르고 그렇게 되면 아시다시피……."

아니, 난 모른다. 학교에서는 경영학을 전공했고 어처구니없는 말 같지만 최근까지 온종일 암이라는 것은 한 번도 생각해 보지 않고 지냈다. 카르멘 역시 모르겠다는 표정을 짓자, 의사는 어른들이 전쟁을 하는 이유를 설명하는 어린이 텔레비전의 뉴스의 진행자처럼 말한다.

"자, 이런 식이에요. 혈액 세포는 온몸을 돌아다닙니다. 그것은 환자분의 암세포도 온몸을 돈다는 뜻이지요. 환자분의 혈액 내 암 수치는 아직 심각한 수준에 달하지 않았지만, 그렇다 해도 이미 암세포가 온몸에 전이되는 것 같습니다."

카르멘과 나는 묵묵히 오랫동안 서로 바라본다. 나는 엄지손가락으로 그녀의 손을 문지른다. 스켈테마 박사도 침묵을 지킨다. 잠시 동안.

"지금 아무 조치도 취하지 않으면 남은 시간이 몇 달 안 될 겁니다. 잘해야 1년이지요."

이 말은 앞서 준 정보들을 취합한 합리적인 결론이지만, 그런데도 망치로 뒤통수를 맞은 기분이다. 마지막 선고가 내려졌다. 그러니까 이런 이야기다. 어느 여자가 의사를 찾아가서 살 날이 고작 몇 달 안 남았다는 말을 듣는다……. 카르멘은 부들부들 떨기 시작한다. 손으로 입을 막고 어깨를 마구 들썩이며 울기 시작한다. 뱃속이 조여든다. 나는 한 팔로 아내의 어깨를 감싸고 다른 손으로 떨고 있는 그녀의 손을 꼭 잡아준다.

"한 방 맞은 것 같지요?"

의사가 우리의 눈치를 살피다가 말한다. 우리는 대꾸하지 않는다. 서로의 어깨에 팔을 두르고 앉아 있다. 카르멘은 울고 나는 멍하다.

한참 후에 내가 묻는다.

"이제 어떡해야 하죠?"

"최대한 서둘러서 화학요법을 시작하라고 권하고 싶네요. 가능하면 이번 주부터라도."

의사가 다시 이야기를 시작한다. 기술적인 문제를 말하니 안도하는 기색이 완연하다.

화학요법. 설명 과정이 몇 분 걸리지만 점차 알아듣게 된다. 화학요법. 머리가 빠진다. 죽을 만큼 고통스럽다. 이 치료가 도움이 안 되리라는 것을 뻔히 알지만 뭔가 조치를 취해야만 한다!

의사가 계속 설명한다.

"화학요법은 실제로 전신에 영향을 주기 때문에 암을 잡는 데는 최선의 선택이지요."

"그럼 방사선치료는 어떤가요?"

내가 묻는다. 카르멘 역시 잠시 고개를 든다. 그래, 방사선치료! 그걸 받는 사람들도 많이 있잖아. 나는 그녀가 희망적으로 생각하는 것을 눈치 챈다. 왠지 모르지만 방사선치료가 화학요법보다는 덜 끔찍하게 느껴진다.

스켈테마 박사는 고개를 젓는다. 멍청한 질문이다.

"방사선치료는 국부적인 효과만 있습니다. 유방에만 효과가 있는 식이지요. 환자 분의 몸에서 암을 쫓아내려고 노력해야 되기 때문에 화학요법이 최선의 치료법입니다."

이미 다 설명했는데 또 말해야 하니 짜증스런 기색이 완연하다.

"이 화학요법이란 것에 대해 좀 더 자세히 말해주시겠습니까?"

내가 묻는다. 신형 아우디 A4의 위성항법장치에 대해 묻는 듯한 말투다.

스켈테마가 활기를 띤다. 가장 좋아하는 게임에 대해 말해보라고 부탁받고 좋아하는 아이 같은 표정이다. 우리는 화학요법에 대해 속성 강의를 받는다. 원리는 간단하다. 항암제가 몸을 엄청나게 강타하고, 치료의 목표는 암세포에 훨씬 더 큰 타격을 주는 것이다. 암세포는 방향을 잃고 미드필더가 없는 축구팀마냥 사방으로 치고 다닌다. 스켈테마는 설명에 신이 나서 심지어 항암제가 뼈에도 침투한다고 말한다. 하지만 그런 이유로 암세포들은 건강한 세포들보다 공격에 약하다. 안타깝게도 빨리 분열하는 건강한 세포들도 똑같이 항암제에 당한다.

"예컨대 반 디펜 부인, 탈모를 겪게 될 거예요."

이제 의사는 쭉쭉 진도를 나간다.

"CAF 치료 코스가 환자 분에게는 최선이 될 것 같습니다. CAF는 시클로포스파마이드, 아드리아마이신, 5플루와 — 우리는 의사가 하는 말을 다 알아듣고 있다는 듯이 고개를 끄덕인다 — 항암제가 유발하는 구토와 메스꺼움을 막을 약을 쓸 겁니다 — 우리는 다시 고개를 끄덕인다 — 이 정도로도 며칠간 토악질을 할 사람들도 있겠지요. 하지만 그런 경우 항구토제를 복용하는 겁니다. 필요하면 매번 치료를 받은 후에 먹으면 되지요 — 우리는 점차 망연자실 상태로 접어든다 — 대부분의 환자는 음식 섭취를 덜 하는 경향이 있습니다. 물론 구토증과 입맛이 떨어지는 증세가 합해지면 식욕이 좋지는 않겠지요. 거기에 설사를 할 가능성이 있습니다. 그 증세가 이틀 이상 지속되면 반드시 저희에게 연락하셔야 하고 — 꼭 세탁기에서 물이 샌다는 듯한 말투다 — 입 속의 점막이 염증을 일으킬 수도 있고 생리가 불규칙하거나 완전히 중단될 수도 있습니다. 마지막으로 열이 오르지 않게 조심해야 합니다. 열이 나면 꼭 전화를 주세요. 한밤중이라 해도 병원에 연락해야 합니다."

더 이상 듣고 싶지가 않다. 아무 얘기도 더 듣고 싶지 않다. 카르멘은 '탈모'란 말에 멍하다. 하지만 스켈테마는 가차 없이 설명을 계속한다.

"네, 그런데도 몸속의 암세포가 CAF에 반응을 하지 않을지 모릅니다. 그래도 그럴 확률은 25퍼센트에 불과합니다."

"그러면요?"

"그러면 다른 치료법을 시도해야지요."

"아."

"하지만 그런 가정 하에서 치료를 진행하지는 않을 겁니다."

"그렇겠죠."

그녀는 책상 서랍에서 노란 소책자를 꺼내면서 말한다.

"한 가지 더 있는데요. 심리 치료를 받고 싶으시면 여기 신트 루카스에서 치료받을 수 있어요. 암환자 상담 전문인 심리치료사가 있거든요."

카르멘은 책자를 힐끗 보더니, 그러겠다고 대답한다. 치료를 받아야 될 것 같다고. 무엇보다 그게 급하다고. 암을 우리의 삶에 받아들일 것 같으면 모든 일을 다 해보자고.

나는 준비해온 질문 목록을 살핀다. 스켈테마 박사는 손목시계를 흘끔댄다. 분위기를 반감시킬 질문이 눈에 들어온다.

"제 아내가 안토니 반 레유엔혹 병원에서 치료받는 편이 더 낫지 않을까요? 그쪽이 암치료 전문 아닙니까?"

의사는 기자회견을 하는 루이스 반 할(축구감독. 아약스 팀의 선수로 데뷔했다—옮긴이) 같은 반응을 보인다.

"그건 말도 안 되는 소리입니다. 우리는 모든 환자들의 케이스를 안토니 병원 측과 상의합니다. 매주 서로 대화하면서 우리의 모든 케이스를 의논합니다."

나는 카르멘을 바라본다. 그녀가 얼른 됐다고 고개를 끄덕인다. 그녀는 치료를 담당할 의사와 싸움을 벌이기를 꺼린다. 나는 그 문제를 밀어붙이지 않기로 한다. 다시 목록을 살핀다. 괜찮은 질문이 보인다.

"마지막 질문입니다. 암치료에 있어 유럽보다는 미국이 상당히 앞서 있지 않습니까?"

스켈테마는 선생님의 치마를 들춘 남학생 보듯 나를 쳐다본다.

"미안합니다. 흠…… 선생님의 전문성을 의심해서 그러는 건 아니고……."

나는 얼른 덧붙이지만 솔직히 의심스럽다. 다만 교실에서 쫓겨날 만한 이야기를 하고 싶지 않을 뿐……. 내가 뒷말을 잇는다.

"아내에게 최상인 것을 원해서 그렇습니다, 이해하시지요?"

스켈테마는 나를 이해 못한다. 점점 화난 표정으로 변해가는 얼굴만 봐도 알 수 있다. 의사는 한숨을 쉬더니 냉랭한 목소리로 대답하기 시작한다.

"우리는 얻을 수 있는 모든 암 관련 정보와 출판된 의학 연구 자료를 읽습니다, 반 디펜 씨. 시카고나 로스앤젤레스에서 뭔가 발견된다면 같은 날 우리도 그것을 압니다. 또 인터넷의 도래 후 모든 것이 완전히 개방되었습니다. 누구라도 자료를 볼 수 있지요. 부인만 해도 벌써 정보를 찾아냈고……."

아, 그 조롱조의 말투라니. 같은 병원의 동료가 '예사롭지 않게 부주의했다'는 사실을 알면서도 저렇게 거만을 떨다니.

"달리 할 말이라도?"

'그래 너 잘났다, 마귀할멈아.'

카르멘을 쳐다보니 고개를 젓고 있다. 아내는 나가고 싶어한다. 어제는 물어볼 만한 것들이 이제는 병원에 머무는 시간만 늘리는 질문이 된다.

"아니요. 됐습니다."

우리는 자리에서 일어나 재킷을 입는다.

"화학요법을 시작할 의사가 있는지 내게 알려주세요. 나라면 치료를 받겠어요."

스켈테마 박사가 카르멘과 악수하며 갑자기 나긋나긋하게 말한다.

"네…… 그럴게요. 내일 전화 드릴게요."

"보호자 분도 안녕히 가세요."

그녀가 다시 예의 쌀쌀맞은 말투로 말한다. 그러면서 나와 악수를 한다.

"시간 내주셔서 감사합니다. 곧 다시 뵙지요."

나도 짧게 대꾸한다.

복도를 걸으면서 나는 아내의 손을 쥐고 아무도 쳐다보지 않는다. 복도에서 진료를 기다리던 환자들의 시선이 내 등에 쏠리는 게 느껴진다. 초미니 스커트를 입은 예쁜 여자랑 걷는 기분이다. 다들 쳐다보는 것을 알면서도 아무렇지 않은 체 하는 남자 같다. 오늘 카르멘은 초미니 스커트도 입지 않았고, 눈이 빨개져서 손수건을 들고 있다. 나는 그녀를 감싸 안고 복도 끝만 뚫어져라 응시한다. 사람들은 서로 옆구리를 찌르고 고개로 우리 쪽을 가리키며 소곤 댈 것이다. 어머나, 세상에. 너무 젊고 예쁜 여자인데. 틀림없이 암에 걸렸다는 진단을 받은 게지. 그리고 같이 가는 남자 좀 봐요, 안

됐네. 그들의 동정심이, 애달픔에 대한 갈망이 느껴진다. 오늘 루나까지 데려왔다면 어땠을까. 그들이 보기에 더 완전한 그림이 되었을까.

나는 마법을 믿지 않지만

그대에게는, 달링, 그대에게는

기적이 일어나리라 믿네……

— 브루스 스프링스틴 〈기적이 일어나리라〉 (The Rising, 2002)

11

카르멘은 스켈테마 박사가 준 책자를 소리 내어 읽는다. 심리치료사는 칼 사이먼튼 방식(방사선 종양학자가 개발한 암환자 마인드 컨트롤 기법—옮긴이)을 도입한다. 책자에 의하면 사이먼튼은 '신체뿐 아니라 정신도 중요한 역할을 하는 암치료 기술 분야의 선구자'이다.

"그러면 에밀 라텔반트(네덜란드의 동기 부여 전문가)의 사촌쯤 되겠네."

내가 비아냥댄다.

반 시간 후 우리는 닥터 사이먼튼의 책 두 권을 들고 서점에서 나온다.

*

루나를 재우고 저녁 내내 울려대는 전화를 다 받은 후, 우리는 사이먼튼의 책을 한 권씩 집어 든다. 카르멘은 『치유 여행』을 펼친다. 나는 『마음의 의술』을 읽기 시작한다.

　내가 한 대목을 소리 내 읽는다.

　"우리가 '헛된 희망'을 심어준다고, 환자가 치료 과정에 영향을 미칠 수 있다는 말로 비현실적인 기대감만 높인다고 염려하는 이들도 있을 것이다. 하지만 그런 상태에서 희망은 절망보다 훨씬 건강한 태도라는 게 우리의 견해다."

　잠시 후 『치유 여행』의 구절들이 응접실에 울려 퍼진다.

　카르멘이 소리친다.

　"하느님 맙소사! 내가 암에 대한 책이나 읽고 앉아 있다니! 난 암에 대해서는 읽고 싶지 않아! 이건 불공평해. 사실이 아닐 거야! 이럴 수는 없어!"

　나도 그녀와 똑같은 마음이지만, 터지는 울음을 참고 덜덜 떠는 아내를 안아주는 것밖에 할 수가 없다. 쓰다듬어주며 입 맞추고 속삭인다.

　"진정해, 여보. 자, 쉬잇……."

　여왕의 날(율리아나 전 여왕의 생일인 4월 30일. 국가 공휴일이다—옮긴이) 전날 밤이다. 도시의 모든 사람들이 밖에 나가서 흥청망청대는 동안, 암스텔베인세베흐 872번지에서는 불행한 두 사람이 서로 꼭 끌어안고 있다.

그러면 난 춤추고 싶네, 춤추고 싶네.

화산에서 춤추고 싶네.

— 데 데익 〈화산에서 춤을〉 (Wakker in een vreemde wereld, 1987)

12

9시 15분. 초인종이 울리고 현관문을 여니 프랑크가 서 있다. 나는 기절할 만큼 놀란다. 프랑크는 점심시간이 돼야 하루가 시작된다는 식으로 사는 사람이니까.

프랑크는 게으르고 이기적인 속물로 내 가장 친한 친구다. 토마스와는 달리 프랑크는 내 일거수일투족을 다 안다. 내가 무슨 생각을 하는지, 어떤 샌드위치를 좋아하는지도 안다. 베르닐비 재직 시절 샤론뿐 아니라 리사, 신디, 디안네와도 잤다는 것을 안다. 카르멘과 내가 사귄 지 얼마 안 됐을 때 마우트와 계속 꾸준히 데이트했다는 것도 안다. 오랜 세월 동안 여러 번 같은 호텔방을 쓰고 같은 아파트에서 살았기 때문에 내가 잘 때 어떤 소리를 내는지도 안다.

프랑크의 성욕은 나와 정반대다. 그를 안 지 얼마 안 되었을 때 그가 몰래 매춘업소에 다닌다고 추측했지만, 지금은 그가 섹스에 별로 관심이 없다는 것을 안다. 사실이 그렇다. 아주아주 이따금 여자가 와락 달려들어야 겨우 섹스를 할 것이다. 내가 알기에 친구로 지낸 15년간 그런 일은 세 번 있었다. 내가 파악한 바로는 이런 것 같다. 프랑크는 자기를 우주의 중심으로 삼고, 그런 생활이 본인에게는 딱 맞는다. 그 외에 다른 것은 필요치 않다. 아내도, 가족도, 아무것도. 프랑크가 돈을 쓰는 대상은 오직 자신뿐이다. 그는 믿기 힘들 만큼의 돈을 쓴다. 엄청난 액수다. 하지만 늘 신중하게 쓴다. 프랑크는 스타일이 있는 사람이고 누구나 그걸 알아주기를 바란다. 적당한 전시회를 찾아다니고, 사람들 입에 오르내리는 레스토랑에 간다. 또 프라다의 최신 제품이 매장에 나오기도 전에 입수한다(사무실에서 점심 식사를 하면서 자연스럽게 그 이야기를 할 기회를 놓치는 법이 없다). 돈의 대부분은 자신의 펜트하우스를 치장하는 데 쏟아붓는다. 펜트하우스는 댄스홀만 한 크기이고 하나같이 비싼 것들로 갖춰져 있다. 부엌만 해도 우리 집에 있는 가구 모두를 합한 것보다 돈이 많이 들어갔다. 프랑크가 자주 부엌에 들어가서가 아니다. 그는 요리를 못하니까. 다림질도 못한다. 세탁도 못하고, 장을 보는 것도 못하고, 자전거 바퀴도 못 바꾼다. 게다가 가정부도 없고, 운전 면허증도 없다. 그런 사소한 것들을 어떻게 하는지 모른다. 브레다에 사는 아버지가 종종 찾아와서 프랑크의 펜트하우스를 관리해 준다. 어머니는 청소와 세탁을 해준다. 프랑크는 1주일에 두 번 우리집에 식사를 하러 오고, 우리가 차를 타고 외출을 할 때는 언제나 차를 얻어 타는 것을 당연시한다. 그는 늘 우리랑 같이 다닌다. 보답할 수 있는 건 하나다. 프랑크는 친구니까.

"여왕의 날 둘만 두는 것은 내 도리가 아니지?"

토마스와 달리 프랑크는 나와 포옹하고 입 맞추는 것을 어색해하지 않는다. 공휴일이 지나고 사무실에 다시 출근할 때, 생일에, 새 거래가 성사될 때 우리는 항상 포옹한다. 난 그게 좋다. 보통 브루스 스프링스틴의 노래나 맥주 광고에서 보는 우정이 느껴지기 때문이다. 집안 분위기가 한층 밝아진다. 카르멘은 놀라면서 기뻐하고, 루나는 좋아서 소리 지른다. 루나와 프랑크는 서로 사족을 못 쓰고 좋아한다.

다 같이 식탁에 앉자, 프랑크는 같이 크루아상을 먹자는 카르멘의 권유를 기꺼이 받아들인다. 그가 우리에게 안부를 묻는다. 카르멘이 있었던 일을 다 말하고 가끔 내가 끼어들어 설명한다. 그녀가 힘들어 할 때마다 프랑크는 팔을 잡아준다. 그는 어제 있었던 일들을 귀담아 듣는다. 우리는 스켈테마 박사의 설명, 화학요법, 복도를 지나 병원을 빠져나올 때의 기분 등을 자세히 말한다.

이즈음 나는 말수가 점점 줄어든다. 몇 분 전에는 일어나서 공연히 화장실에 다녀왔다. 이제 정말이지 어쩌면 좋을지 모르겠다. 다행히 루나가 냄새를 풍긴다.

"위층에 가서 루나의 기저귀를 갈아줘야겠어."

나는 아이를 안고 위층으로 올라간다. 엉덩이를 깨끗이 닦아주고 새 기저귀를 채우는데 문득 눈에 눈물이 고인다. 루나는 나를 지켜보고 놀란다.

"아, 우리 딸…… 우리 예쁜 딸."

나는 아기 옷의 스냅 단추를 잠근다. 루나를 번쩍 들어 품에 꼭 안는다. 뺨 위로 눈물이 흘러내리자 창밖을 내다본다. 아직도 상황이 이해되지 않는다. 우리는 서른다섯 살이고, 우리에게는 귀여운 딸이 하나 있고, 우리는 각자 사업체를 갖고 있다. 쿨한 삶을 영위하고, 감당 못할 정도로 친구가 많고, 하고 싶은 일은 뭐든 한다. 그런데 이제 우리는 여왕의 날 여기 앉아서 아침나절 내내 암 이야기만 한다.

프랑크를 배웅하자 (그는 오늘 정말 함께 외출하지 않겠느냐고 묻고 카르멘은 집에 있겠다고 고집을 부린다) 나는 더욱 마음이 흔들린다.

이날 아침 카르멘은 시끄러운 사람들 틈에서 오후를 보내기 싫다고 선언했다. 물론 그녀의 심정이 충분히 이해가 되지만, 오후 내내 슬픔에 잠겨 있을 생각을 하니 미칠 것 같다. 내가 파티를 포기하는 것은 루나가 인형을 빼앗기는 것과 다름없다. 지금은 특히 그렇다. 나는 밖에 나가고 싶다, 곤드레만드레 취하고 싶다, 파티를 벌이고 싶다. 암에 대해 이야기하는 것만 빼면 어떤 일이라도 하고 싶다.

카르멘이 내게 쏘아붙인다.

"꼭 그렇게 따분한 기색을 내야겠어? 나는 암에 걸렸다는 사실 때문에 아무것도 할 수가 없는 마당에."

"그건 나도 마찬가지라고."

나도 화가 나서 맞받아친다.

달아나고 싶어, 숨고 싶어.

나를 가둔 벽을 허물고 싶어……

— U2 〈이름 없는 거리에서〉 (The Joshua Tree, 2003)

13

한 시간 후 나는 더 이상 못 참는다. 카르멘은 앉아서 《월드 오브 인테리어》를 뒤적이지만, 나는 그녀가 잡지에 집중하지 못하고 있다는 것을 안다.

내가 불쑥 소리친다.

"빌어먹을, 대체 우리가 집에서 뭐 하는 짓이야?"

카르멘은 나를 올려다본다. 금방이라도 눈물이 쏟아질 것 같다. 맙소사, 이러면 곤란한데. 지난 24시간 동안 울음을 터뜨린 게 몇 번째인지 모른다. 나는 억지로 마음을 가라앉히고, 아내에게 다가가서 꼭 안아준다.

"여보, 우리 밖에 나가서 뭐라도 하는 게 낫겠어. 이런다고 좋을 게 없다니까. 루나를 데리고 폰델파크에라도 가자고."

카르멘은 눈물을 훔치고 대답한다.

"그래…… 맞아, 그편이 낫겠어."

여왕의 날 폰델파크에는 부촌인 남 암스테르담에 사는 애들이 넘쳐난다. 장기자랑의 내용조차 남 암스테르담 분위기가 물씬 난다. 어린이 합창단원 같은 목소리를 가진 남자애 둘이 집에서 만든 오렌지 타르트(과일 등을 얹은 작은 파이—옮긴이)를 판다. 난 어릴 때 타르트를 만들어본 적이 없고, 브레다 노르트 출신의 내 친구들이 타르트를 만드는 것 역시 상상이 되지 않는다. 또래에 비해 지나치게 진지한 표정의 아이가 — 카르멘은 "저런 아이를 낳는다면 낳은 걸 후회할 거야."라고 중얼댄다 — 시를 암송한다. 도대체 누가 아이가 저런 일을 하도록 키운단 말인가? 시는 펌프락과 비슷하다. 축구의 4-3-3 포메이션 같기도 하고, 중국 음식을 먹는 것 같기도 하다. 우리는 시를 읊고 바이올린을 켜고, 콩주머니 던지기를 하는 아이들이 지겨워진다. 부모들은 대견하게 지켜보지만 우리는 짜증이 밀려오기 시작한다. 주황색 드레스를 입고 머리를 하나로 묶은 어린 여자애가 바이올린 교습에서 배운 것을 우리에게 들려준다.

"루나를 바이올린 교습에 보내느니 차라리 감옥에 보내겠어."

내가 카르멘의 귀에 대고 속삭인다. 그녀가 코웃음을 친다. 주황색 드레스를 입은 여자애의 엄마는 우리를 아니꼽게 쳐다본다.

"근사하지 않았어?"

내가 묻는다. 나는 루나를 업고 카르멘과 거리를 걷는다. 아래쪽에 버스 정류장이 있다. 카르멘이 내 뺨에 키스하며 눈을 찡긋한다.

이제 아름다운 여름은 가버렸네.

5월에 시작된 여름이 끝나지 않을 줄 알았는데.

하지만 알아채기도 전에 여름은 이미 끝나버렸네.

— 헤라르트 콕스 〈아름다운 여름은 가버렸네〉

(Het beste van Gerard Cox, 1973)

14

　3개월이 가기 전에 여름도 끝나고 화학요법도 끝났다. 그리고 카르멘은 대머리가 되었다. 처음 항암치료를 받으러 병원으로 가는 차에서 문득 이번 여름에 안 해도 될 일들이 있음을 깨달았다. 일요일의 블루멘달 바닷가 나들이? 그래, 카르멘은 머리가 빠지면 바닷가 나들이는 엄두도 못 내겠지. 또 항암제가 몸속에 자리를 잡으면 예수 승천일(예수 사후 40일째에 승천한 날로 유럽에서는 축일로 지킨다—옮긴이)에 뉴욕에 가려던 계획도 접어야겠지. 화요일 저녁에 공원에서 축구하는 것? 생각도 말아. 집에서 루나에게 이유식을 먹이고 재워야지 무슨 소리야. 카르멘은 위층에 누워서 계속 토악질을 할 테니까. 물론 프랑크나 마우트에게 전화해서 집에 와달라고 부탁하고, 축구를 하러 갈 수도 있겠지만…….

　또 항암치료가 끝나는 여름 이후의 삶은 궁리해 본 적이 없다. 몇 개월 후에 무슨 일이 벌어질지 짐작할 수도 없다. 감히 그 후를 바라보지 못한다. 루이스 반 할의 아약스 감독 말기에 아레나 구장에서 벌어진 아약스—유벤투스 경기 같다. 전반전은 0대 2이고,

우리는 그런 전후반을 세 차례 더 치러야 한다.

교차로에 들어서니 이슬비가 뿌리기 시작한다. 좋지. 나로 말하자면 이번 여름은 악천후여도 상관없다. 라디오를 끈다. 오늘 아침에는 디제이가 떠들어대는 소리가 부담스럽다. CD 버튼을 누른다. 마이클 스타이프가 하루가 길어도 놓아버리면 안 된다고 노래한다. 인생살이가 너무 심하다는 생각이 들어도, 모든 게 엇나갈 때도 놓아버리면 안 된다고. 우리 둘 다 말없이 앉아 있다. 카르멘도 노래를 귀담아 듣는다. 그러다가 눈물을 닦는다. 내가 그녀의 다리를 꼭 쥔다. '아니, 아니야, 아니야. 그대는 혼자가 아니에요. 버텨요. 버티라고요.' 카르멘이 내 손 위에 손을 포갠다. '버텨요, 버티라고요.' (R.E.M. 〈에브리바디 허츠〉(Automatic for the People, 1993) 인용) 노래가 끝나자 카르멘이 한숨을 쉰다.

＊

우리는 복도 끝에 있는 스켈테마 박사의 진료실 앞을 지난다. 혈액 검사부터 받아야 한다. 왜 받아야 되는지 기억나지 않지만 백혈구랑 관계가 있다. 아니 적혈구인가? 카르멘은 바늘을 뺀 자리를 솜으로 누른다. 우리는 다시 복도로 나가서 기다린다. 내가 몇 주간 병원에 다니면서 알게 된 것은 이 곳에서는 기다림이 가장 자연스러운 일이라는 점이다. 진료 예약 시간이 있지만 그것은 준비 단계에 불과하다. 15분이 지나자 병원 매점에서 구입한 《데 볼크스크란트》(네덜란드의 일간지—옮긴이)를 다 읽는다. 방금 전에 복도에 있는 여성 잡지들 사이에 《풋발 인터내셔날》(네덜란드 축구 전문지—옮긴이)이 있는 걸 봤지만, 작년 월드컵의 네덜란드 대 아르헨티나 전 결과를 이미 안다. 마침내 우리는 스켈테마의 진료실로 불려 들어간다. 그녀는 이번에는 제법 쾌활하다.

"자, 오늘 한번 덤벼보는 거네요."

아르덴의 산기슭에서 걸스카우트 대장이 대원들에게 말하는 투다.

카르멘의 혈액 수치가 괜찮다. 항암치료를 받을 수 있다. 스켈테마 박사는 우리에게 3층 화학요법실로 가라고 말한다.

*

나는 항암치료 경험이 없지만, 지켜보는 것이 즐거운 일은 아닐 것임을 본능적으로 안다. 하지만 카르멘에게 매번 같이 가주겠다고 약속했다. 그녀는 든든하다면서, 그렇게 하고 싶어하다니 참 좋은 사람이라고 말했다. 그런데 말이지 '하고 싶다'고? 그렇게 하고 싶은 게 아니라 카르멘을 혼자 보내기가 꺼려져서일 뿐인데. 항암치료에 따라가고 싶은 사람이 어디 있을까.

과연 내 육감은 틀리지 않았다. 항암치료를 받으러 온 환자들의 배우자나 애인은 집이나 직장에 있다. 항암치료실이 아닌 다른 곳에 있다.

그 방에 들어서는 순간 우리 앞에 딴 세상이 펼쳐진다. 보통의 병실과는 전혀 다르다. 정말 아늑해 보이는 곳으로 만들려고 누군가 안간힘을 쓴 기색이 역력하다. 창문 옆에는 탁자가 있고 커피주전자 두 개와 커피잔이 쌓여 있다. 접시에 진저브레드 쿠키(사람 모양의 쿠키—옮긴이)가 가지런히 담겨 있다. 절반에는 버터가 발라져 있고 절반은 맨 쿠키인 것이 항암치료에 빗대어 일부러 그런 것 같다. 테이블보를 씌운 둥근 탁자가 두 개 놓여 있다. 한 탁자에 놓인 작은 화분은 (무슨 식물인지는 묻지 마시라) 시들었다. 탁자들 주변에는 낮은 의자들이 놓여 있다. 모두 보통 가정집의 평범한 방 분위기를 자아내려는 노력이다. 그런데 환자들이 분위기를 망치니 안타깝다. 환자들은 손에 큼지막한 반창고를 붙이고 있고, 그 밑에서 나온 투명한 튜브는 바퀴 달린 모자걸이 같은 대에 연결된다. 거기 빨간 액체와 투명한 액체 주머니가 걸려 있다. 액체가 튜브로 똑똑 떨어져서 반창고 속으로 사라진다. 그 다음에는 몸으로 들어가겠지. 건강해 보이지도, 유쾌해 보이지도 않는다.

환자 네 명 중 세 사람이 그런 모자걸이대를 갖고 있다. 색 바랜 문신이 있고 성격이 명랑해 보이는 남자만 모자걸이대가 없다. 나처럼 환자가 아니라는 뜻이겠지. 옆에 앉은 뚱뚱하고 나이든 부인과 같이 왔는지 서로 손을 꼭 잡고 있다. 그의 아내는 액체 주머니들이 걸린 모자걸이대를 갖고 있다. 검붉게 물들인 머리칼이 듬성듬성하다. 두피가 훤히 들여다보일 정도다. 그녀 옆으로 쉰 살가량의 남자가 앉아 있다. 이탈리아인 심판인 콜리나처럼 대머리다. 이 사람도 이상하게 눈이 튀어나왔다. 또 주사를 맞고 있다. 그를 찬찬히 보니, 이상해 보이는 것은 눈 때문이 아니라 눈썹과 속눈썹이 없기 때문이다.

세 번째 주사대의 주인은 야구 모자를 쓴 젊은 청년이다. 지난주에 스켈테마의 진료실 복도에서 본 기억이 난다. 그때는 애인과 함께였다. 체구가 작고 이탈리아인처럼 생긴 아가씨였다. 검은 곱슬머리를 어깨까지 늘어뜨린 모습이 예쁘장했다. 암에 걸린 젊은 사람들이 우리만이 아니어서 다행스러웠던 기억이 난다. 한데 오늘 여자친구는 어디 있을까? 애인이 고환암 같은 것에 걸려서 차버렸 겠지. 만약 그와 헤어진 게 아니라면 더 못된 여자다. 남자친구가 항암치료를 받는 사이 다른 데 있으니 말이지. 나야 그런 나쁜 녀 석은 아니라고 속으로 으스댄다.

"안녕하세요, 자닌이라고 해요"

눈이 사시인 간호사가 인사한다.

"안녕하세요, 카르멘이에요."

카르멘이 나긋나긋하게 대답한다.

"네, 댄입니다."

나는 자닌과 악수하면서 냉담하게 인사한다.

자닌은 흰 가운을 입은 스무 살쯤 되어 보이는 어색한 표정의 아 가씨를 가리키며 말한다.

"여기는 욜란다예요, 저희 실습생입니다."

실습생? 실습생이라니! 스무 살가량의 아가씨가 우리의 '항암 제 세례식'에 배석한다는 건가? 눈물 없이 지나지 못할 과정이라 는 느낌이 뼛속부터 밀려드는데, 이걸 실습의 과정으로 삼겠다고? 오늘 밤 이 아가씨는 친구들과 술집에 모여서 한판 떠들어대겠지. '오늘 항암치료를 받으러 온 여자 하나는 얼굴이 예쁜데 서른다섯 살도 안 된 것 같더라. 이름이 카르멘인가 그런데 진짜 상냥하고, 같이 온 녀석은 거만을 떨면서 한마디도 안 하더라고. 이 여자랑 그 녀석은 그래…… 첫 치료였어. 여자가 울기 시작했고 내가 보살 펴줘야 했어. …… 저기 맥주 한 잔 더 마실래? 그런데 너는 실습 어땠어? 재평가일이라고 했지?'

못된 계집애.

사시 눈의 자닌이 우리에게 알려준다. 병원 약국에서 이미 카르멘의 항암제를 주문했으니 시간이 별로 걸리지 않을 거라고. 오늘은 환자가 많지 않다고 한다. 가끔 여덟 명이 동시에 항암제를 맞는 경우도 있는데, 그런 날은 약국에서 정오가 되도록 마지막 약을 미처 준비하지 못해서 진짜 지루하다고 한다.

나는 다 알아듣지 못한 채, 이번 여름에는 몇 가지 변화가 생긴다는 것만 이해한다. 석 달 후쯤이면 얼마나 일찍 병원에 와야 기다리지 않는지 감을 잡겠지. 파라디소 클럽에 갈 때 저녁 몇 시에 도착해야 줄을 길게 서지 않으면서도 텅 빈 클럽에 입장하지 않는지 아는 것처럼.

전화벨이 울린다. 자닌이 수화기를 든다.

"반 디펜 부인의 항암제가 준비되었답니다."

그녀는 수화기를 내려놓으며 실습생에게 지시한다.

"가서 받아올래?"

욜란다는 고개를 끄덕이고 방에서 나간다.

자닌은 우리 쪽으로 살짝 몸을 숙이고 말한다.

"괜찮은 학생이에요. 실습생들이 다 그런 건 아니거든요."

"그래요, 나도 알아요."

카르멘이 미소 지으며 맞장구친다.

"실습생을 받아본 적이 있으신가 봐요?"

카르멘과 자닌은 실습생들이 드나드는 데 대해 명랑하게 수다를 떤다. 친근하고 태연하게 대화를 끌어내는 카르멘의 능력에 나는 재차 놀란다. 이루 말할 수 없이 초조할 텐데. 그녀는 항암치료를 꼭 넘어야 될 높은 산으로 보면서도, 지금 자닌의 옛 실습생 이야기를 귀담아 듣는다.

난 다르다. 일부러 무례하게 굴 의도는 없지만, 병원에 들어설 때마다 저절로 그런 태도가 된다. 나로서는 어쩔 도리가 없다. 암이 싫고, 그 병이 우리의 삶에 저지른 짓이 싫다. 부아가 치밀고 낙심하고 무기력하다. 볼터스 박사한테, 스켈테마 박사한테, 간호사들한테, 실습생한테, 다른 환자들한테 화가 난다. 이놈의 답답한 신트 루카스 병원을 지은 인간한테도, 오늘 아침 신호등 앞에서 파란불로 바뀐 줄 모르고 넋 놓고 있던 운전자한테도 화가 난다. 어찌나 상냥한지 도무지 못된 여자라고 흠잡을 수 없는 간호사 자닌한테도 화가 난다.

이렇게 성내는 나 자신도 못마땅하다. 체념하지 못해서, 카르멘이 암에 걸렸음을 인정하지 못해서 화가 난다. 무엇보다도 내가 그녀의 남편인 것이 화난다. 그렇다. 오늘 나는 여기 카르멘과 동행했다. 물론 어제 카르멘이 어머니하고 안네랑 통화하면서 내가 친절하게도 항암치료에 동행해 준다고 말했을 때 나 스스로 대견했다. 또 물론 나는 우리가 암에게 치명타를 날릴 것이고 암이 우리를 잡아먹게 내버려두지 않겠다고 장담했다. 물론 다 알면서도 그랬다! 달리 뭘 어쩐단 말인가? 병원 복도를 걸을 때 안아주고, 위로의 말을 하고, 뺨과 머리에 입 맞추고, 엄지로 손바닥을 문질러 주는 게 친절하게 굴려고 억지로 하는 짓이라고 카르멘에게 털어놔야 하나? 암에 걸린 아내에게 잘해야 하느니라…… 그런 의무감에서 그러는 거라고? 체면 때문에, '그러는 게 내 도리'라고 느끼기 때문에 친절하게 구는 것이다. 하지만 저절로 그렇게 되지는 않는다. 사랑을 저기 발끝에서부터 쭉 끌어내야만 한다.

실습생이 커다란 플라스틱 박스를 들고 들어온다. 뚜껑에 철제 클립 두 개가 붙어 있다.

"금방 준비됐네. 의사 선생님에게 주사를 놔달라고 연락할게요."

자닌이 쾌활하게 말한다.

흰 가운을 입은 젊고 수줍은 남자가 들어온다.

자닌이 카르멘을 가리키면서 말한다.

"이 분이 주사바늘을 꽂으셔야 해서요, 프란스 박사님이세요."

프란스 박사는 카르멘과 악수를 하고 얼굴을 붉힌다. 노친네만 보다가 기분 전환이 되겠지? 카르멘이 헐렁한 스웨터를 걸친 게 프란스로서는 다행이다. 안 그랬으면 씨근대느라 안경알이 뿌옇게 변할 테니까. 다른 남자들이 카르멘을 매력적으로 볼 때마다 나는 말할 수 없이 으쓱해지고, 그 남자를 최대한 냉담하게 쳐다보면서 그런 기분을 내비친다. 지금 쳐다보는 이 예쁜 여자가 마음에 드나, 멍청이? 마음껏 꿈꾸라고! 그럴 때면 카르멘의 남편이라는 자만심에 가슴이 터질 것 같다.

카르멘이 울기 시작하자 나는 몽상에서 깨어난다. 점점 초조해진 의사가 처음부터 다시 시작해야 된다고 말한다. 그는 두꺼운 바늘을—굵기가 0.5센티미터나 돼서 난 겁을 먹는다—알맞은 혈관에 찌르는 데 실패했다. 나는 프란스 박사를 노려보지만, 그와 자닌은 카르멘의 손에서 솟는 피를 지혈하느라 바쁘다.

두 번째 시도는 성공한 듯하다. 그가 카르멘의 손을 토닥이면서 "이게 더 나아 보이네요"라고 말하는 것을 보니 제대로 된 것 같다.

"네, 잘 됐어요."

자닌도 안심하며 맞장구친다. 그녀가 카르멘의 왼손을 잡고 매만지는 사이, 나는—눈물을 참을 수가 없다—카르멘은 다른 편에 앉아서 손에 바늘을 찌르는 것을 보지 않기 위해 머리를 가슴에 파묻고 있다.

"오래 걸려서 미안합니다. 혈관을 찾기가 쉽지 않네요."

프란스 박사가 사과조로 말한다. 그는 카르멘의 왼손을 잡아 악수하고, 우리를 쳐다보지도 않고 "그럼 이만"이라고 중얼댄 후 쏜살같이 나간다.

자닌은 다른 환자들이랑 앉고 싶은지—긴 탁자에 앉은 이들은 카르멘이 울음을 터뜨려도 당황하는 눈치가 아니다. 암환자들은 어떤 일이든 금방 익숙해진다—옆방에 따로 있을지 묻는다. 나는 카르멘을 바라본다. 그녀는 뺨의 눈물자국을 자유로운 손으로 닦는다.

"아니, 저쪽 탁자에 가서 다른 분들이랑 앉자. 친구를 사귀기가 좋잖아."

그녀가 웃음을 터트린다.

여기서 친구를 사귈 수 있다니 의심스럽다. 나로서는 그들 앞에 있는 것이 좀 쑥스럽다. 야구 모자를 쓴 청년, 눈썹이 없는 사내, 흰 스웨터를 입은 부인과 쾌활한 남편은 내가 카르멘의 머리통에 수십 번 입 맞추는 것을 지켜보았다. 또 내가 젖 먹던 힘까지 내서 참는 것을 못 봤을 리 없다. 열성을 다해 타인을 위로하는 것은 바지를 내리는 행위와 비슷하다. 내 속을 다 보이는 꼴이다. 그래도 카르멘이 옳다. 다른 사람들이랑 같이 있어야 한다. 이런 것에 익숙해져야겠지. 가야 될 길에서 벗어났다면, 새로 만난 길이라도 똑바로 가야겠지.

나는 창가 쪽 탁자로 걸어간다. 차가 준비되어 있다. 카르멘이 다가와 옆에 서서 내가 차를 따를 때까지 기다린다. 혼자 가서 암 환자들 틈에 끼고 싶지 않은 그녀의 마음이 느껴진다.

"쉽지 않지요?"

흰 스웨터를 입은, 머리가 빠진 부인이 말을 건다. 빨간 액체가 튜브를 타고 그녀의 손으로 흘러든다.

"네."

카르멘이 대답한다.

"항암치료는 처음인가 봐요?"

"네."

"걱정 말아요, 익숙해질 테니."

"그러면 좋겠는데요……."

"하지만 물론 재미있는 일은 아니에요."

"제길, 세무서에 가는 것 같다니까."

그녀의 남편이 쾌활하게 거든다. 암스테르담 억양이 강하다.

"이 사람들이 화분에 신경 쓰는 것보다 우리를 더 잘 보살펴주기만 한다면야……."

뚱뚱한 부인이 시든 화분을 고개로 가리키며 말한다. 웃음이 터진다. 카르멘도 웃고 나도 따라 웃는다. 나는 카르멘을 바라보면서, 오늘 최선을 다하겠다고 다짐한다. 어느 작은 상자에서 삐 소리가 나기 시작한다. 야구 모자를 쓴 청년이 달고 있는 상자인 듯하다.

"누가 전자레인지에 뭘 넣었어요?"

나는 뚱뚱한 부인의 남편처럼 유머 감각을 발휘하려고 농담을 던진다.

"네, 그랬죠! 감자 크로켓이랑 치즈 케이크요!"

남편이 맞장구를 친다.

또 웃음이 터지고, 카르멘도 웃는다. 실습생이 모자를 쓴 청년에게 달려가서, 다른 관을 기계에 꽂는다. 그의 모자걸이에 매달린 비닐 주머니 세 개 중 두 개가 벌써 비었다.

카르멘과 나는 빈 탁자 자리에 앉는다. 다른 탁자에는 빈 의자가 없다. 유감이다. 분위기가 좋아지던 참인데.

다행히 카르멘의 주사대는 자닌이 직접 가져온다. 눈이 사시지만 실습생보다는 자닌이 도와주는 게 좋다. 그녀는 주사대의 꼭대기에 투명한 액체 주머니 두 개와('항구토제도 동시에 투약하기 시작할 거예요') 빨간 고통의 주머니('아드리아마이신이에요') 하나를 매단다. 빨간 액체는 상상했던 그대로다. 오싹하고 독약 같고 아무 냄새도 안 난다. 이게 바로 그거란 말이지. 항암제. 카르멘 옆에 있는 주사대에 항암제가 걸려 있다. 요놈이 몸속으로 들어가면 암과 싸울 테고, 카르멘을 대머리로 만들 것이다.

그녀의 손에 꽂힌 작은 튜브는 더 큰 투명한 튜브와 연결되고 이것이 작은 박스로 이어진다. 주사대의 중간에 달린 이 기계에는 빨간 숫자판들과 화살표가 있다. 투명한 액체 주머니 두 개 중 하나에 다른 투명 관이 붙어 있고, 이것이 기계의 꼭대기로 들어간다. 자닌은 식염수는 20분이면 다 들어간다고 말하면서 기계에 달린 버튼 두어 개를 누른다. 그러자 20이라는 숫자가 나타난다.

"준비가 되면 삐 소리가 날 텐데, 만약 제가 보지 못하면 부르셔야 해요."

모자를 쓴 청년의 경우를 봤기에 나는 절차를 안다.

"멋진데…… 내 항암제 자동차야."

카르멘이 윙크를 한다.

이제 우리는 헛소리를 하기 시작한다.

내가 카르멘의 귀에 대고 속삭인다.

"맙소사, 간호사의 눈이 사시 맞지?"

카르멘은 고개를 끄덕이고, 웃지 않으려고 입을 꼭 다문다.

"우리 그녀를 '사팔'이라고 부를까?"

카르멘은 차를 입에 머금고 있다가 뱉는다. 나는 놀란 듯 주사대 뒤쪽으로 물러나는 시늉을 한다. 짜증이 나는 체 하면서 몸을 돌리고 우스꽝스런 표정으로, 자닌이 보지 않을 때 주사대를 내던질 듯 위협한다.

"댄, 그만해!"

카르멘이 웃으면서 소리친다.

자닌은 카르멘이 웃는 것을 반기며 미소를 짓는다.

"기분이 좀 나아진 것 같네요."

그녀가 카르멘에게 말하고 내게 눈을 찡긋 한다. 나는 얼굴을 붉힌다. 내가 카르멘에게 자기 흉을 봤다는 걸 자닌은 아나보다. 사팔뜨기 자닌은 아침 한나절이라도, 단 1시간이라도, 단 1분이라도 환자의 고통을 덜어줄 수 있다면 무슨 일이라도 할 사람이다. 농담한마디가 도움이 된다면 얼마든지 그래도 괜찮으리라. 사팔뜨기 자닌과 비교하니 잔뜩 주눅이 든다.

나는 카르멘 곁에 앉는다. 그녀가 키스하면서 내 귀에 사랑한다고 속삭인다. 나 또한 애정이 가득 찬 표정으로 그녀를 바라본다. 우리 둘 다 자랑스럽다. 첫 번째 항암치료는 '코믹 시트콤'이 되었다.

말 하지 마, 내게 말하지 마. 마음 아프니까……

— 노 다웃 〈돈트 스피크〉 (Tragic Kingdom, 1995)

15

사무실에 들어서니 마우트가 치료는 어땠느냐고 묻는다.

"그리 나쁘진 않았지. 둘이 웃기까지 했으니까."

"잘 됐네요. 그럼 지금 카르멘은 어때요?"

"괜찮아. 항구토제를 엄청나게 받았거든."

"지금 어디 있는데요?"

"집에. 장모님이 와 계셔."

마우트는 옛 애인이다. 우린 88~89년에 데이트했다. 마우트는 모델이었는데 결국에는—소속 에이전시보다 몇 년 늦게—그쪽에서 성공하지 못하리란 것을 깨달았다. 모델 일을 포기하고 다이어트도 접었다. 허리선이 없어졌고 브라 사이즈는 두 배가 되었다. 이후 호텔과 케이터링 부문에서 일했다. MIU에서 비서를 구하게 되자 나는 그녀에게 기회를 주자고 프랑크를 설득했다. 마우트는 결코 아둔하진 않지만, MIU가 마지막 결정을 내리는 과정에서 그녀의 브라 사이즈가 주요 요소로 작용한 게 사실이다. 목석 같은 프랑크까지 눈여겨볼 정도였으니까. 마우트는 직장을 얻었다.

카르멘과 내가 사귀기 시작할 무렵, 마우트와 나는 여전히 은밀한 만남을 가졌지만 어느 시점에서 그녀가 정리하고 싶어했다. 마우트는 카르멘을 정말 좋은 사람이라고 생각했다. 지금은 가끔 옛 생각이 나서 키스를 나누고, 작년에 크리스마스 파티가 끝난 뒤에는 사무실 구석에 있는 디자이너 쿠션 위에서 (인테리어 디자이너가 그런 용도로 두지는 않았을 테지만) 일이 벌어질 뻔 했지만 거기서 멈추었다. 나중에는 외도하지 말라는 잔소리까지 하기 시작했다. 둘이 만날 때는 한 번도 그런 적이 없었다. (예를 들면) 술집에서 나를 너무 격정적으로 맞이하다가 흰 치마를 와인으로 물들인 적도 있었다. 이제는 외도하는 것을 멈추어야 하는 이유에 대한 마우트의 주장에 기본적으로는 동의한다. 마우트에 따르면 내가 평생 최고의 관계를 맺고 있다고 한다. 하지만 여러 가지 시도와 시험 끝에 이런 결론이 난다. 술 한 잔 하고, 한바탕 법석을 떨어도 모든 것은 이전과 똑같다. 나는 여전히 고독공포증 환자다.

마우트는 카르멘이 유방암에 걸렸다는 소식을 듣고 망연자실했다.

나는 컴퓨터의 전원을 켠다. 암 얘기는 더 하고 싶지 않다.

"홀란드 카지노에서 우리 예산에 동의한다는 답이 왔어?"

프랑크는 고개를 젓는다.

좋았어. 누군가 호되게 밀어붙일 기회가 생긴 셈이다.

"젠장. 그럼 그쪽에 전화해 봐야지! 바보들이 답할 때까지 기다리고 앉아 있을 거야? 자네가 직접 전화해 봐! 맙소사, 이런 자질구레한 일까지 내가 직접 챙겨야겠어?"

프랑크는 내 비난을 고스란히 받아준다.

나는 카르멘이 며칠 전에 보낸 이메일을 클릭한다.

보낸 이 : Carmenvandiepen@xs4all.nl

보낸 날짜 : 1999년 5월 4일 화요일, 오후 2시 29분

받는 이 : Dan@creativeandstrategicmarketingagencymiu.nl

제목 : 보물단지

안녕, 내 보물단지.

좀 메스껍기는 하지만 그런대로 괜찮을 거야. 당신이 함께 가주어 정말 행복하다는 말을 하고 싶어서 말이야. 치료 받을 때 혼자가 아닐 테니까.

xxx(x는 키스라는 뜻—옮긴이) 카르멘

추신 : 사랑해, 내 보물단지

나는 얼른 일어나서 프랑크를 쳐다보지도 않고 화장실로 향한다. 화장실에 들어서자 종일 애써 참은 눈물이 나온다.

몇 분 후 눈물을 닦고 코를 풀고, 몇 차례 얼굴에 물을 끼얹었다. 정상으로 보이는지 확인하고 —그건 아니다— 오랫동안 큰일이라도 보고 나온 것처럼 문을 쾅 닫는다. 다시 한숨을 내쉬고 내 책상으로 간다.

다른 동료들은 아무것도 눈치 채지 못한 사람들처럼 군다.

오랜 후에 내가 나이 들어 머리가 빠지면

그래도 그대 내게 발렌타인 카드와 생일 카드, 와인을 보내주겠소.

그래도 그대 나를 필요로 하고, 그래도 그대 나를 먹여주려오.

내 나이 예순넷이 되어도……

— 비틀즈 〈내 나이 예순넷〉 (Sgt. Pepper's Lonely Hearts Club Band, 1967)

16

카르멘의 어머니가 전화를 받는다.

"여보세요?"

"여보세요, 댄이에요. 카르멘은 어떻습니까?"

"오늘 아침에 엄청나게 토했어. 지금은 자고 있네."

"네. 제가 어린이집에 가서 루나를 데리고 오다가 슈퍼마켓에 들를게요. 뭐 좀 사가지고 갈까요?"

"아, 뭐든 좋지. 반조리된 음식이면 좋겠네."

"카르멘이 원하는 게 있을까요?"

장모님은 웃음을 터뜨리며 말한다.

"양동이가 더 필요하려나?"

카르멘의 어머니는 정말 매력이 넘치는 분이다. 그녀는 암스테르담의 노동자 계층 거주지인 요르단에서 성장했다. 난 카르멘의 아버지는 모른다. 10년 전, 21년의 결혼생활 끝에 집을 나갔다. 식탁에 쪽지만 달랑 남겼다던가 그렇다. 장모님은 자기 팔자가 그렇게 된 것을 믿지 못했다. 그러나 한 달이 지나기도 전에 새 애인

78

이 생겼다. 카르멘은 그 애인이 그녀의 집수리를 맡은 사람임을 알아보았다(여기에 대해서는 재미난 일화가 있다. (54세인) 어머니가 딸(27세)에게 새 남자친구(60세)를 소개하자, 카르멘은 그에게 "그럼 아버님은 무슨 일을 하세요?"라고 물었다고 한다). 이제 건축업자 봅은 과거지사가 되었다. 집수리가 끝나 집으로 이사한 지 몇 달이 지나자, 카르멘의 어머니는 집이 완벽하게 수리되었다는 것을 알았다. 그러자 자신이 봅을 진심으로 사랑하는지 의심이 들기 시작했다. 지금 그녀는 퓌르메렌트에 있는 기막히게 수리된 집에서 다시 혼자 산다. 이따금 유쾌한 사람과 사귀긴 하지만, 한 차례의 크리스마스 만찬이나 생일 파티 이상 지속된 상대가 없다. 그녀는 "내 집은 앞으로 10년은 수리할 필요가 없을 걸"이라고 말한다.

집으로 돌아오는 길에 슈퍼마켓에서 80대 노부부를 본다. 그들은 팔짱을 끼고 와인 선반 앞에 서 있다. 남편이 특가 판매 중인 레드와인을 지팡이로 가리킨다. 부인이 와인을 집어서 손에 든 바구니에 담는다. 남편이 그녀에게 무슨 말을 하지만 나는 알아듣지 못한다. 노부인은 와락 웃음을 터트리며 남편의 팔을 꼬집는다. 나는 루나의 손을 꼭 쥐며 말없이 눈길을 다른 데로 돌린다.

여전히 사랑하는 노부부를 보자 샘이 난다. 카르멘과 나는 그러지 못할 것이므로.

이제 중요해 보였던 모든 것이 다

공중으로 사라졌네요.

— 브루스 스프링스틴 〈더 리버〉 (The River, 1980)

17

항구토제는 효과가 없다. 카르멘은 이틀 내내 개처럼 늘어져 지냈다.

목요일 저녁부터 상황이 나아지기 시작한다. 둘 다 혹은 한 사람이 울지 않고 하루 저녁을 보내기까지 한다.

금요일, 카르멘은 회사에 출근한다. 일상생활이 계속된다. 약 2주 후인 다음 항암치료 때까지 우리는 아무 일도 없는 것처럼 행동하려고 애쓸 것이다. 그러는 척 한다는 것을 둘 다 잘 알지만.

이제 파라다이스는 없다.

그대가 느끼면 안 되는 것을 머릿속으로 느껴봐요.

— 오아시스 〈선데이 모닝콜〉 (Standing on the Shoulder Of Giants, 2000)

18

"안녕하세요, 게르다예요. 두 분이 함께 오셨네요? 잘 됐어요."

심리치료사가 우리와 악수하고 오랫동안 손을 잡고서 말한다. 벌써 감이 잡힌다. 게르다는 방에 쓸 만한 의자가 있는데도 늘 탁자에 걸터앉는 타입이다.

"네, 그러는 게 좋은 생각 같았거든요."

카르멘이 대답한다.

나는 이걸 '좋은 생각'이라고 보지 않는다. 항암치료보다도 훨씬 끔찍한 일로 여긴다. 내가 끝내 심리치료사를 찾아가리라고는 한순간도 생각해 보지 않았다.

게르다의 상담실은 작은 서재다. 크기가 2×3미터쯤 될까. 키 작은 의자 두 개가 있고—'높은 의자보다는 훨씬 쉽게 대화하게 해주지요'—대형 쿠션, 고풍스런 기본형 램프, 긴 탁자. 탁자에는 구식 녹음기가 놓여 있다. 내가 처음으로 가졌던 녹음기와 비슷한 모양이다. 처음으로 녹음한 테이프에는 닉 로위의 〈유리 깨지는 소리가 좋아〉가 들어 있었는데. 그래, 토킹 헤즈의 〈사이코 킬러〉

도 녹음했지.

게르다는 상담실이 좁은 것을 사과한다.

"다행히 곧 다른 방을 얻을 거예요. 이보다 좀 크고, 창문이 있어서 빛이 들어오는 방으로요. 하지만 당분간은 이 방에서 상담을 해야 해요. 커피는 없어요. 커피를 좋아하지 않거든요. 차를 마시지요. 설탕 넣을까요?"

그녀는 차를 따라 들고, 탁자 옆의 낮은 의자로 가서 앉는다. 카르멘이 다른 의자에 앉고 나는 대형 쿠션에 앉는다.

"그래서……."

게르다가 심리치료사다운 방식으로 대화를 시작한다는 생각이 든다.

"네."

카르멘이 대꾸한다.

"그래서 우리가 여기 이렇게 있네요!"

"네, 그렇게 말할 수 있겠네요."

카르멘은 어떤 수준의 대화든 기막히게 적응을 잘하지만 나는 그렇지 못하다는 것을 시인할 수밖에 없다. 나는 아둔하게 굴지 않으려고 최선을 다하지만, 게르다는 내 얼굴에 '마음대로 해보셔'라고 쓰인 것을 눈치 챌 것이다. 하지만 그녀는 이런 문제에 노련해서, 내 노골적인 경멸에도 전혀 당황하지 않는다. 그녀는 짜증날 정도로 친절하다.

"상담사와 목숨을 앗아갈지 모르는 병에 대해 대화하며 앉아 있기가 힘드신가요? 이제 인생의 절정기인데…… 그런 생각이 드나요?"

'이봐! 잠깐만 있어봐!'

게르다는 어떤 버튼을 누를지 정확히 안다. 당황한 나는 카르멘을 바라본다. 그렇다, 다시 눈물을 쏟는다. 나는 카르멘의 손을 꼭 잡고 쓰다듬기 시작한다. 암 진단이 내려진 후 몇 주간 지난 7년보다 더 많이 그녀의 손을 쓰다듬어주었다. 게르다는 잠자코 있다. 내 손에 쥐여진 카르멘의 손을 본다. 마음이 거북하다. 꼭 아내가 암에 걸려서 죽을 수도 있다는 것을 충분히 생각하는지 시험을 해보려고 앉아 있는 기분이다. 카르멘에게 몸을 숙이는데, 상담사의 눈길이 내 등에 꽂히는 게 느껴진다. 그녀는 이미 판단을 내렸다. 이 남자가 아내를 사랑하지 않는다고. 그러니 눈물을 한 방울도 안 흘리지.

한참 지난 후 게르다가 말한다.

"쏟아내 버려요, 카르멘."

카르멘은 지난 몇 주 사이에 우리가 천국에서 지옥으로 떨어졌다고 말한다. 모든 게 좋았다고, 참 잘 흘러갔다고, 우리 셋이 행복했는데 갑자기 퍽, 쾅, 꽈당, 다 끝나버렸다고.

"하루 중 단 1분도 그 생각을 안 하는 때가 없어요."

그녀가 게르다에게 털어놓는다.

나로서는 처음 듣는 얘기지만 상담사에게 내색하지 않는다. 나로 말하자면, 그 생각이 머릿속에 들어오지 않고 몇 시간이고 지나간다. 아침에 사무실에 발을 들여놓는 순간부터 그 생각은 하지 않는다. 카르멘도 마찬가지인 줄 알았다. 어제만 해도 그렇다. 암 진단을 받기 전과 똑같이 저녁시간을 보냈다. 루나를 재운 후 카르멘은 큰 소파에 《엘르》를 들고 누워서 "차 좀 만들어줄래?"라고 말했다. 나는 텔레비전 앞에 있었고, 모든 게 제대로 돌아갔다. 물론 나는 사력을 다해 어색한 화제는 피했고, 감정이 결부되지 않는 질문만 던졌다. "시럽 뿌린 와플을 먹을래, 아니면 케이크를 줄까?" "광천수를 마실래, 포도주를 한잔 할래?" "〈소프라노스〉를 볼까, 아니면 케이블 채널에서 영화를 볼까?"

게르다가 묻는다.

"지난 며칠간 한 일들 중 마음을 차분하게 해준 일이 있나요?"

카르멘은 조용히 생각에 잠긴다.

"루나와 놀 때나 재울 때는 어때?"

내가 거들고 나선다. 게르다에게 '부인 일에 눈물도 안 흘리는 남자'에서 건설적이고 동정심 많은 남편으로 보이려는 뻔뻔한 시도랄까.

"아니."

카르멘은 힘껏 고개를 저으며 덧붙인다.

"그럴 때마다 내 귀여운 딸이 자라는 모습을 못 볼 거라는 생각을 하게 되거든."

탁자에 놓인 휴지통에 불이 난다. 빌어먹을, 어떻게 이다지도 멍청한 말을 할 수 있을까? 창피해서 미칠 것 같다. 다시 들어가 있어, 댄.

"하지만 다시 생각하니 지난 주말에 정원 일을 하면서 마음이 가라앉았던 같기도 하네요."

카르멘이 말한다.

이제 게르다가 그녀를 울릴 차례다. 다만 나는 실언을 한 반면 게르다는 일부러 이런 말을 한다.

"하지만 그렇다면 내년에 다시 식물이 피는 것을 볼 수 있을지 걱정스러울 텐데요…….”

하느님 맙소사. 이제 카르멘의 수문이 활짝 열린다. 게르다는 우리가 생각도 못한 것을 말한다. 카르멘이 1년 후에 여기 없을지 모른다는…… 항암치료를 받기로 하면서 우리는 그 무시무시한 시나리오에서 떨어져 나와 숨어 지내는데.

이제 내 차례다.

게르다는 마구 자극한다.

“그리고 댄, 정직하게 말해보세요. ‘내가 뭘 잘못했길래 이런 일을 당하나’라고 생각하지 않나요?”

휘청.

카르멘, 프랑크, 마우트, 토마스, 안네도 못한 일을 게르다는 내게 던지는 첫 질문으로 해내고 만다. 그녀는 제대로 머리에 감정을 못질한다. 아무에게도 그런 말을 하지 않았는데. 누구에게도 내색하지 않지만, 게르다의 말은 사실이다. 암은 카르멘 못지않게 내게도 큰 충격을 안겨주었다. 상담사에게 현장에서 붙잡힌 꼴이다.

나는 머리를 숙이고 고개를 끄덕인다. 눈물이 차오른다. 빌어먹을, 왜 하필 게르다에게 첫 심장 공격을 당한 지금 눈물이 난담? 제길, 좋은 이미지를 줬을 때 울고불고 했으면 좋았잖아. 카르멘을 얼마나 사랑하는지 상담사에게 보여줄 수 있었으련만. 왜 게르다가 내 감정을 헤집어대는 지금 억장이 무너진담? 하필이면 왜 지금 울음을 참을 수가 없는 거야? 아내 때문에 괴로운 체 하면서 ‘자기 연민에 빠지지 말라’는 암환자 배우자의 불문율을 위반하고 현장에서 잡힌 이기주의자 꼴이라니! 고개를 숙인 채로 카르멘이 건넨 휴지를 손에 쥐고 나는 눈물을 주룩주룩 쏟는다.

게르다가 묻는다.

"본인에게 끔찍한 일이라고 여기면서 죄책감을 갖나요?"

"네…… 약간……."

나는 훌쩍거린다. 창피해 미치겠다. 몇 주일째 머릿속에서 목소리가 맴돈다. 사이먼튼의 허접한 책들을 읽고, 진찰과 지금까지 두 차례 받은 항암치료에 따라다닌 것은 조금도 중요하지 않다고……. 머리가 다 빠진 부인은 이번에 없었잖아. 휴가를 갔을까? 완치되었나? 포기했나? 죽었나? 그 남편도 보이지 않았다. 또 야구 모자를 쓴 청년은 있었지만 애인은 함께 있지 않았다. 자기만족, 즐거움에 대한 끝없는 불순한 욕구가 내가 하는 착한 일들에 앞서는 것 같다. 소아성애자가 오랜 세월 자제하려고 몸부림을 치지만 아이들에 대한 더러운 생각 때문에 늘 죄책감을 느끼는 것 같다고 할까.

불쑥 카르멘이 끼어든다.

"그럴 필요 없어, 댄. 나보다 당신이 더 고역일지도 몰라."

그녀가 무슨 말을 하는지 알아듣는 데 시간이 걸린다. 나는 놀라서 카르멘을 쳐다본다.

"그래, 당신은 건강해. 이렇게 해달라고 부탁받은 적도 없는데, 당신은 만날 울고 슬퍼하고……."

카르멘은 코를 훌쩍이며 잠시 기다리다가 말을 잇는다.

"곧 대머리가 될 아내랑 여기 이렇게 앉아 있어."

그녀의 말이 진심이라는 걸 안다. 카르멘은 정말로 내게도 끔찍한 일이라고 생각한다. 나한테도.

상황이 이보다 미쳐 돌아갈 수는 없다. 암 진단을 받은 지 몇 주 만에 우리의 심리적·감정적 관계는 다음과 같다.

1. 암에 걸린 아내는 남편에게 고통을 주고 있다는 생각에 복잡한 죄책감을 느낀다.
2. 암에 걸린 아내의 남편은 지독한 자기연민을 느끼고 있다는 이유로 복잡한 죄책감을 느낀다.

우리는 조금 더 울고불고 한 후 서로 포근하게 안는다.

"좋아요."

게르다는 다음에 사이먼튼의 명상실습을 계속하게 될 거라고 말한다.

"두 분에게 큰 도움이 될 거라고 생각해요. 실습을 하면서 정신을 이용해서 암과 싸우는 법을 배우거든요."

카르멘은 세상에서 가장 평범한 말인 듯 고개를 끄덕인다.

"시각화 기법으로 보충할 거예요."

나는 현명하게도 입을 다문다.

"하지만 그 기법 역시 마음을 차분하고 편안하게 하는데 도움이 되지요."

"그래요, 저한테 맞겠네요."

카르멘이 고개를 끄덕인다.

나도 고개를 끄덕인다. 카르멘이 사이먼튼의 책을 거실에 내던졌을 때 차분하다고 할 수는 없지만.

"연습하는 내용을 녹음할 거예요. 그러면 집에 테이프를 가져갈 수 있어요."

게르다는 녹음기를 손짓하며 말을 잇는다.

"그러면 다음 1주일 동안 집에서도 연습할 수 있지요."

"저기 흠…… 그러면 좋겠네요."

"두 분 모두에게 한 가지 더 부탁하고 싶은 것은 그림을 그리라는 것인데—'두 분 모두'라고 말한다—그림에서 가슴에 있는 종양을 시각화해 보세요—의뢰인들의 시시하기 짝이 없는 브리핑과 끝없는 마케팅 관련 헛소리를 들으며 보낸 세월의 덕을 지금 보게 생겼다—댄도 함께 해볼 수 있어요. 카르멘의 가슴 속에 있는 종양을 그냥 상상해 보고—그냥!—그 다음에는 항암제가 가슴 속의 종양으로 향하는 장면을 그린 다음—〈몬티 파이턴(영국의 코미디 프로그램—옮긴이)〉이 따로 없군!—마음속에 떠오르는 것을 시각화하는 거예요—누군가 오줌을 내갈기는 것, 그게 내 마음에 떠오르는 장면이다.

"괜찮겠어요, 카르멘?"

"네, 그럴 것 같네요."

"댄도요?"

"네, 아주 좋은 아이디어 같은데요."

"그럼 좋습니다. 다음 주까지 해보세요!"

"네, 다음 주까지요."

게르다는 우리와 악수를 나눈다.

"잘 가요, 카르멘! 잘 가세요, 댄."

"안녕히 계세요."

우리는 어깨 너머로 인사한다.

엘리베이터에서 나는 조심스럽게 카르멘을 쳐다본다. 그녀가 웃음을 터뜨린다.

　다행이다. 그녀의 머리가 아직 작동하고
있으니.

내게는 우스워 보여요.

매일 힘든 하루를 보내고 사람들이 믿을 만한 이유를 찾는 것이……

— 브루스 스프링스틴 〈믿을 만한 이유〉 (Nebraska, 1982)

19

하지만 게르다와의 대화가 도움이 되었다는 것은 인정해야겠다.

카르멘과 나는 서로의 감정을 계속 점검해 나간다는 괜찮은 아이디어를 얻었다. 그래서 나는 카르멘에게 올 여름에 바닷가에 간다는 아이디어가 못마땅하다고 말할 수 있다. 볼터스 박사가 급성 폐렴에 걸렸으면 좋겠다는 말도 할 수 있다. 또 출근할 때마다 '암 없는 세상'에 들어서니 참 좋다는 생각이 든다는 말도 할 수 있다. 카르멘은 더 이상 참을 수가 없다고 정직하게 말할 수 있다. 또 항암치료를 받기 며칠 전부터 주사바늘 생각을 하면 오싹하다고도 말할 수 있다.

항암치료 후 맞이할 현실에 대한 화제는 —몇 가지 꼽자면 전이, 유방 절제, 죽음 같은 — 금기로 남아 있다. 나는 예상치 못한 곳에서 지원을 얻는다. 닥터 사이먼튼은 책에서 부정적인 생각은 투병에 좋지 않은 영향을 준다고 말한다. 카르멘이 사도 시몬이라고 별명 붙인 그는 반대를 용납하지 않는다. '정신력이 암에 영향을 줄 수 있다' '건강을 휘어잡기' '우리 접근법의 과학적인 증거' 같은

장에서 사이먼은 의료계의 루이스 반 할 감독이다.

하지만 종종 삶은 단순하다. 모든 통계가 우리의 적이라 해도, 사도 시몬은 냉담한 태도로 생존율과 수치를 명쾌하게 무시할 수 있고 우리의 친구가 된다. 그래서 지난 한 주 동안 우리는 긍정적인 사고와 명상과 시각화 기법으로 암과 싸우는 사이먼튼의 방식은 귀담아 듣는 이들에게 과학적으로 효과가 있음이 증명되었다고 (솔직히 게르다가 내준 그림 숙제에 대해서는 아무에게도 말하지 않았다) 말해 왔다. 또 긍정적인 사고방식의 일인자는 단연코 카르멘이라고 떠들었다.

모두 그건 맞는 말이라고 맞장구쳤다.

누군가 해낼 수 있다면 바로 카르멘이라고.

우리는 친지들에게 정신이 육체보다 강할 수 있다고 말한다. 내 말은 '육체보다 강하다!'는 것이다. 우리는 해낼 것이다! 우리를 사랑하는 이들은 더 뛰어난 지식을 얻는 전투에 우리와 함께 해주기를. 이 지푸라기 잡기에 동참해주기를! 할렐루야, 사도 시몬!

동화책에서 튀어나온 듯한 금발 머리, 파란 눈

— 블룸 〈바로 엄마에게 물어봐〉(Vooraj jong blijven, 1980)

20

이제 카르멘의 머리가 부쩍 많이 빠지기 시작한다. 아침에 잠에서 깨면 베개 전체에 머리칼이 붙어 있다. 어제부터는 아픔을 느끼지 않고 한 움큼씩 쑥쑥 뺄 수 있을 정도다.

저녁에 집에 가니 카르멘은 심각한 표정으로 검지를 들고 말한다.

"집중! 하루 종일 연습했거든……."

그녀가 다가와 내 앞에 서서 겁먹은 표정을 짓는다. 커다란 눈으로 날 보면서 비명을 참는 척 하느라 입술을 깨물고, 양손으로 머리칼을 쑥 뺀다. 새로운 코미디 레퍼토리가 생겼다.

"대단하지 않아?"

그녀는 이렇게 말하고 웃음을 터뜨린다.

*

저녁에 카르멘은 욕실에서 고개를 약간 숙이고 거울을 들여다본다.

"이제 정말 숱이 적어지지 않았어?"

"흠. 하지만 아직도 많이 남은걸."

"아냐, 오래 못 버틸 거야. 이걸 봐."

그녀가 정수리 부근의 머리칼을 옆으로 젖힌다. 머리가 빠져 허연 부분이 1센티미터쯤 보인다.

"그러네, 머리를 옆으로 넘기면 빠진 부분이 보이는군. 그렇기는 해……."

카르멘은 딴 데 정신이 팔려 있다.

"계속 이렇게 지낼 수는 없을 것 같아. 직장에 나가거나 술집 같은 데서 사람들 눈에 띨까봐 겁나 죽겠어."

그녀는 분노와 눈물 중간쯤에 붙잡혀 있다. 코미디는 끝났다.

"어떻게 하고 싶은데?"

몇 주 동안 겁낸 일이 걱정스러울 정도로 임박했다.

"아예 다 밀어버릴까?"

카르멘이 머뭇거리며 묻는다.

"내가 그래주기를 바라는 거야?"

나는 거울에 비친 카르멘의 눈을 응시하며 묻는다.

'이런, 정말 그러려고?'

"그럴 수…… 그렇게 하고 싶어?"

그녀는 당황한 기색으로 초조하게 묻는다.

나는 어떻게 감당할지 모르면서도 고개를 끄덕이며 싱긋 웃는다.

"당연히 자기를 위해서 내가 해야지."

카르멘은 다시 거울에 비친 모습을 바라보며, 잠시 기다렸다가 말한다.

"그럼 그래요."

"좋았어."

나는 거울 옆에 붙은 서랍장에서 전기 이발기를 꺼낸다.

"어떻게 하고 싶은데?"

카르멘이 자신 없는 말투로 묻는다.

"먼저 이발기로 민 다음 가위를 써야겠지?"

"그래, 그러는 게 좋을 것 같아. 안 그래요? 아주 매끄러워야 해. 가발 밑이 가려우면 곤란하니까."

나는 흰 수건을 꺼내서 그녀의 어깨에 두른다. 카르멘은 여태 거울에 비친 모습을 응시하고 있다. 나는 그녀의 뒤통수를 살핀다. 초보 이발사처럼 왼쪽에서 오른쪽으로, 위에서 아래로 살펴본다. 도대체 어디서부터 시작해야 되는지 누구 아는 사람 있으면 말해 줄래요? 어쨌거나 뒤통수에서 시작해야 이발기가 지나가고 휑해진 머리통을 카르멘이 보지 않겠지? 그래, 뒤통수 먼저.

"자, 그럼 해보자고."

나는 한숨을 푹 쉬고 이발기의 전원을 켠다. 카르멘의 목덜미부터 4센티미터 폭으로 이발기를 쭉 민다. 그러면서 그녀의 뺨에 입 맞춘다. 카르멘은 긴 머리칼이 흰 수건 위로 떨어지는 광경을 거울로 보고는 손으로 입을 틀어막고 울기 시작한다. 나는 침을 삼키고 단호하게 머리를 깎는다. 그러면서 몇 초에 한 번씩 그녀의 머리통에 입 맞춘다. 우리는 아무 말도 하지 않는다.

10분 후 카르멘은 대머리가 된다.

껍데기 속에 숨어서 아픔을 새기고

헛된 기도를 하면서 여름을 허비할 수 있지.

— 브루스 스프링스틴 〈선더 로드〉 (Born To Run, 1975)

21

"으아아아악! 이 망할 놈의 가발, 가려워서 미치겠어!"

나는 음악 잡지를 보다가 고개를 든다.

집 뒤편의 테라스는 무덥다. 한쪽으로는 이웃들이 집을 늘리고, 다른 쪽으로는 생울타리가 높아서 바람이 통하지 않는다. 정원 뒤쪽으로 도시와 숲을 나누는 작은 시냇물 아래쪽만 이따금씩 바람이 불지만, 우리는 거기 내려가는 일이 거의 없다. 거기 가면 꼭 숲 한가운데 있는 기분이 든다. 아주 부자연스럽다. 나는 가끔 루나를 데리고 오리 먹이를 주러 가지만, 그런 경우가 아니면 우리 테라스 뒤쪽의 정원이 끝이다. 우리는 커다란 사각형 파라솔 밑에 앉아 있다. 나도 덥다는 생각이 든다. 난 가발을 쓰지도 않았는데…….

어제부터 카르멘은 가발을 '따끔이'라고 부른다. 이제 1주일째 쓰고 있지만, 어제 처음으로 기온이 20도 이상으로 올랐다. 그 전에는 가발을 쓰는 입장에서 보면 시원한 여름이었다. 기껏해야 17도였고 비가 많이 내려서 한 번도 해변에 가지 않았다.

"그걸 벗으면 안 돼?"

"마우트가 보면 어쩌려고? 이제 곧 아기를 데리고 나타날 텐데."

루나는 어젯밤 마우트의 집에서 보냈고 오늘은 동물원에 가고 싶다고 한다. 마우트가 데려가겠다고 제안하자 나는 살 것 같았다. 화요일에 항암치료가 있었고, 주말이 되어 카르멘이 나아지기 시작하면 나는 기진맥진한다. 사흘간 카르멘과 루나를 종일 돌보고 짬짬이 몇 시간씩 회사 일을 보자니 힘들어지기 시작한다. 마우트 덕분에 오늘 아침은 제대로 잘 수 있었고, 그 결과 지금은 에너지가 넘쳐서 오후에 해변 댄스파티에 갈 수도 있을 것 같다. 아직 카르멘에게는 내 속셈을 밝히지 않았지만.

"그게 뭐? 여긴 당신 집이잖아? 당신이 대머리라는 사실에 모두 적응해야 될 거야."

그런 다음 아무렇지 않은 듯 슬쩍 덧붙인다.

"그런데 말야, 마우트는 그리 오래 머물지 않을 거야. 오늘 오후에 해변 댄스파티에 가고 싶어하던걸. 블루멘달에서 열리는 파티 있잖아. 오늘 오후에 다시 시작한대."

"난 그 생각은 하고 싶지도 않아. 또 당신이 가는 것도 싫고. 여기서 루나랑 있을래."

오늘 카르멘은 별로 기분이 좋지 않다.

"그래, 갈 계획도 아니었어."

거짓말이다. 빌어먹을.

"그래, 그렇다고 하니까……."

카르멘은 패션 잡지에서 눈을 떼지 않고 대꾸한다.

"그렇다니까…… 갈 계획이 아니었다고 말했잖아?"

침묵.

"아, 이 망할 놈의 가발!"

그녀가 빽 소리치고 손가락으로 가발을 들쑤신다.

"제발이지 카르멘, 그 빌어먹을 것 좀 벗으라고!"

"안 돼! 우스꽝스럽게 보이기 싫다고. 당장 머리에 쑤셔 박아 봐."

나는 '그러면 당신도 알게 될 거다 이거겠지'라고 속으로 중얼댄다.

몇 분 후 초인종이 울린다. 나는 얼른 일어나서 현관문을 연다.

"아이가 어찌나 착한지 몰라요."

마우트가 말한다. 그녀가 루나의 머리를 쓰다듬는다. 루나는 유모차에서 자고 있다.

마우트는 한 시간 가량 머무른다. 그러고는 자기 집에 가서 가장 멋진 옷으로 갈아입을 것이다. 그녀는 해변 댄스파티에 간다는 생각에 벌써부터 흥분한다. 카르멘은 마우트와 수다를 떨며 웃는다. 나도 빙그레 웃는다.

"프랑크랑 회사 사람 몇 명도 같이 갈 거예요."

마우트가 말한다.

"우리는 집에서 재미있게 지낼 거예요."

카르멘이 맞받아친다.

나는 아무 일도 하지 않는다. 아무 일도 하지 않고 서성인다.

이따금씩 창밖을 내다보면서 엉덩이를 긁적대고 먼 곳을 응시한다.

맥주를 가져와서 잠깐 플루트를 연주한다.

— 데 데익 〈강인한 심장〉 (De Dijk, 1982)

22

"지금 할까?"

내가 조심스럽게 묻는다.

침대에는 가위와 피자 상자가 놓여 있다. 상자에는 두꺼운 젤 붕대와 잘라놓은 반창고 따위가 들어 있다. 또 옷을 벗은 젊은 대머리 여인이 있다. 한쪽 가슴은 아름답고 건강하고, 다른 쪽 가슴에는 수포와 상처 자국, 조각이불처럼 울긋불긋하고 퍼런 화상 자국이 있다. 5주 전 방사선치료를 받을 때 위치를 표시한 검은 선들이 화산 지대 같은 살 위로 아직도 보인다.

카르멘은 고개를 기울이고 아직 붕대를 붙이지 않은 가슴 부위를 살핀다. 반창고의 밑면에 젤이 발라져 있다. 다음에 반창고를 붙일 때 화상을 입은 살점이 떨어져나가지 않도록 젤을 도포해 놓은 것이다. 카르멘은 한 손으로는 자리를 잡은 반창고를 누르고, 다른 손으로는 붕대를 가리킨다.

"간호사가 적당한 위치에 가위집을 내놓았어. 안 그러면 가슴에 딱 맞지 않아서 쭈글쭈글해지거든."

"알았어. 어느 정도나 잘라야 되지?"

"글쎄…… 5센티미터면 되겠지?"

스켈테마 박사는 카르멘이 받은 네 차례의 항암치료 결과에 제법 만족스러워 했다. 혈액으로 한 암수치 검사 결과도 희망적이었고 가슴의 종양도 약간 줄었다. 의사는 대화 중 '수술'이란 단어를 입에 올리기도 했다. 그녀는 이렇게 말했다. "하지만 먼저 가슴 종양이 훨씬 더 작아진 것을 확인해야지 안 그러면 수술할 때 피부 속으로 암이 들어갈 위험이 있어요. 그렇게 되면 이전보다도 상황이 훨씬 악화될 겁니다." 안토니 반 레유엔훅에서 방사선과 의사를 불렀고 그의 견해도 스켈테마 박사와 같았다. 방사선치료. 7주 동안 안토니 병원에 매일 통원하기로 했다. 방사선치료를 하고 두고 보기로 했다.

방사선치료가 시작되고 첫 4주는 화학요법의 후유증에 비하면 식은 죽 먹기였다. 하지만 방사선과 의사가 예상한 대로 24회차 치료 후 카르멘의 피부가 헐기 시작했다.

"조금 더 나가서 잘라야 될까?"

"음…… 아니, 됐어. 그만! 중지!"

카르멘이 초조하게 말한다. 그녀는 내가 실수로 아픈 곳을 건드릴까봐 겁낸다. 나는 가위를 내려놓고, 손가락 끝에 침을 묻혀 가위집이 난 붕대를 살짝 든다. 누르지 않아도 나머지 부분이 가슴에 자리를 잡는다. 들었던 부분을 가만히 놓으니 만사 오케이! 가슴이 단단히 봉해진다.

카르멘이 내 솜씨를 검사한다. 그녀가 고개를 끄덕인다.

"그래, 잘했네. 고마워."

나는 이마에 맺힌 땀을 닦고, 보호용 포일과 사용하지 않은 붕대를 상자에 도로 담는다. 쓰레기는 욕실로 가져가서 버린다. 다시 방에 와보니 카르멘이 자고 있다. 방사선치료 때문이다.

알람시계를 보니 겨우 8시 반이다. 아직 밖은 어둡지 않다. 어젯밤 카르멘은 루나를 재우고 15분 후인 8시에 잠들었다. 나도 의리를 지키려고 잠자리에 들었다. 하지만 자정이 되도록 잠을 이루지 못했다.

살그머니 다가가서 카르멘의 이마에 입 맞춘다.

"잘 자, 내 사랑."

그녀는 여전히 자고 있다.

아래층에 내려가 냉장고에서 맥주 한 병을 꺼낸다. 하지만 정작 마시고 싶은 것은 로제와인이다. 맥주를 도로 넣고 와인을 딴다. 찬장에서 일본 과자를 꺼낸다. 문자가 왔는지 휴대전화를 살핀다. 라몬이 보낸 문자가 있다.

프랑크와 내가 라몬을 만난 것은 베르닐비에서였다. 라몬은 프랑크의 부하직원으로 들어왔다. 프랑크가 지나치게 스타일리시하다면 라몬은 스타일이 너무 없다. 벽돌로 만든 변소 같은 체격이어서, 척 보면 막노동꾼으로 보인다. 그는 자기 몸을 자랑스러워하고 그럴 만하다고 나도 인정한다. 그는 도움이 되지 않을 정도로 몸에 대한 자신감이 지나치다. 가끔 기분이 안 좋은데 누가 우연히 몸을 (그의 자동차나 맥주를) 건드리면 공격적으로 변하기도 한다. 라몬은 온 세상이 자기 것인 듯 휘젓고, 보통은 세상도 그에게 호의적이다. 또 엄청나게 큰 성기를 가졌고, 그 때문에 객관적인 관점으로 보기에 지나친 자신감을 발산하는 경향이 있다.

라몬은 프랑크와 토마스 같은 진정한 친구는 아니지만, 우리는 같은 혈액형이다. 라몬은 '르 바스티유' '해트 피스트 반 유프' '서프라이즈 바' 같은 클럽에 열광한다. 거기에 라몬만큼 미친 사람이 딱 한 명 있는데 바로 나다. 우리의 공통점은 더 있다. 라몬 역시 여자에 있어 잡식성이라는 사실. 우리는 발에 걸리는 여자는 가리지 않고, 관계에 대한 책임감에 시달리지도 않는다. 라몬과 나는 절제란 늘 빈손으로 가는 자들이나 할 일이라고 믿는다. 마지막 공통점은 둘 다 남쪽 출신이라는 점이다. 나는 브레다 출신이고 라몬은 칠레에서 왔다. 그의 아버지는 그가 아홉 살 때 온가족을 이끌고 네덜란드로 이민을 왔다. 라몬의 아버지는 교사였고 명석한 사람이었기에 피노체트 치하를 견딜 수가 없었다. 가족은 암스테르담의 고층 주거지에 정착했다. 그의 친구들은 코카인과 그 비슷한 것에 끌리는 경향이 있어서, 약을 사고팔았다. 라몬은 대학에 진학했다. 그는 출세하고 싶었다고 말했다. 10년 후 베르닐비에서 이사로 임명된 사람은 프랑크가 아니라 라몬이었다. 프랑크는 라몬 같이 시시한 녀석을 상사로 모시는 데 적응하지 못하고 사직했다. 그후 프랑크는 라몬이 있는 자리에서는 쉬지 않고 MIU를 과시하고 텔레비전 광고처럼 자랑을 늘어놓는다. 라몬은 프랑크의 (또는 지구상의 다른 사람의) 생각에는 콧방귀도 안 뀐다고 말한다.

그는 '우리의 금요일 레이체 광장(암스테르담 중앙에 있는 광장—옮긴이)행이 유효한지' 알고 싶어한다.

이런, 당연한 걸 묻고 그래?

항암치료가 시작된 후 매주 저녁에 폰델파크에서 열리는 축구 경기에 가는 것은 중단했다. 또 퇴근 후에 한잔 하러 가는 일도 그만두었지만, '금요일 밤 외출'만큼은 강력하게 실천하고 있다.

하지만 아직 화요일이고 내게는 에너지가 남아 있지 않다. 텔레비전 스위치를 켠다. 요리 채널에서는 오늘 밤 〈빅 브라더〉를 재방송한다. 벌써 본 프로그램이다. 요즘 우리는 늘 7시에 텔레비전을 켠다. 뭔가 해야 한다. RTL(네덜란드 종합 방송국—옮긴이)에서 토마스가 좋아하는 영화를 한다. 장 클로드 반담이 나온다. 토마스에게 영화를 보고 있냐고 문자를 보낸다. SBS6에서는 FA컵 에버턴대 사우스햄튼의 경기를 중계한다. 잠깐 경기를 본다. 경기 내용이 형편없다. 카날 플러스에서는 프랑스 영화를 한다. 그런데 볼 만한 프로그램이 없다. MTV가 남아 있다. 지긋지긋한 R&B 음악. 채널3에서 하는 스포츠 뉴스는 10시 15분이나 되어야 시작한다.

바닥에서 신문을 집어, 개선 중인 암스테르담의 교통제도를 다룬 기사를 읽는다. 중간에 집어치운다. 탁자의 서랍에 하리 멀리쉬의 소설 『천국의 발견』이 있다. 요 두 달 사이에 부지런히 읽어서 가까스로 67쪽까지 봤다. 탐탁지 않은 기분으로 책을 펼쳐서 71쪽을 읽다가 한숨을 쉬며 내려놓는다. 아, 문자가 왔네! 토마스가 보낸 문자다. 영화를 보고 있으며 카르멘은 어떠냐고 묻는다. 나는 답장을 누르고, 카르멘은 방사선치료 때문에 지쳐서 잠자리에 들었으며, 나는 흐느끼는 것도 신물이 난다고 쓴다. 문자를 발신하기 전에 '신물이 난다'는 구절을 지운다. 토마스는 몇 년째 자기 집 소파에 앉아서 지낸다. 그리고 안네는 내가 무슨 말을 하는지 알아듣지 못할 것이다.

와인 한 잔을 따르고 문자다중방송의 스위치를 누른다. 601페이지. 별다른 뉴스가 없다. 703. 이번 주는 좋은 날씨가 계속될 것이다. 우리에게 필요한 소식이다. 다시 SBS6로. 여전히 0대 0.

AT5는 어떨까? 맙소사, 어떤 멍청이가 이번 주 암스테르담의 도로 정비 계획만 올려놓았다. 그 사이 나는 컴퓨터를 켜서 아웃룩을 열어놓았다. 미국 채팅 그룹이 보낸 염증성 유방암에 대한 메일 네 통이 읽지 않은 메일로 남아 있다. 안네가 보낸 메일을 연다. '오늘 카르멘은 어때요?' 내일이면 직접 알 수 있을 텐데.

하칸이 프랑크, 라몬, 나에게 10월 마지막 주말에 우리의 마이애미 여행에 동행한다는 메일을 보냈다.

프랑크는 답장에서 만일의 경우에 대비해서 서둘러 예약하는 편이 좋겠다면서, 우리더러 www.pelicanhotel.com에 들어가보라고 권한다. 디젤 그룹에 소속된 호텔이어서 훌륭할 거라고 한다.

하칸. 성공한 터키 이민 2세다. 성공했고 겉으로도 드러난다. 모토는 깊은 인상을 심어주도록 차려입자! 우리의 공통점은 베르닐비에 재직했다는 점과 축구와 여자에 관심이 많다는 점. 그 정도면 남자들 사이에 단짝이라고 여기고도 남을 만하지 않은가.

다음 답장은 다시 하칸. 펠리칸이 이미 한물갔다고 들었다는 내용이다. 나는 친구들에게 우리가 가기만 한다면 어느 호텔에 묵든 상관없다는 답장을 보낸다. 장모님이 전화해서 카르멘의 안부를 묻는 통에 스포츠 뉴스를 놓친다. 11시 15분 전이다. 잠이 하나도 안 온다. 'Bol.com' 사이트를 살펴본다. 매닉 스트리트 프리처스의 신보가 나왔다. 클릭해서 주문한다. 더 프로디지에 대한 온라인 리뷰를 읽는다. 주문. 이글 아이 체리의 CD도 주문. 카르멘이 굉장히 좋아하는 곡이 들어 있다. 이것 보라니까. 집에 있는 것보다 외출하는 게 돈이 덜 든다. 로제와인을 한 잔 더 따르고, 심심풀이 삼아 한 봉지 모두 먹을까봐 일본 과자를 얼른 치운다. 11시 15분. 카날 플러스 채널에서 30분 후면 포르노가 시작된다. 지난 《더 타임스》를 넘겨보고 닥터 사이먼튼의 『치유 여행』을 조금 읽는다. 4분의 1가량 읽었다. 카르멘은 이미 두 권 다 읽었다. 반의 반 남은 와인 병을 냉장고에 넣고, 식탁을 치우고 식기세척기를 돌린다. 루나의 내일 아침을 준비하고 다시 응접실로 돌아간다. 아, 벌써 프로그램이 시작되었다. 오늘 밤에는 이탈리아 포르노다. 자연산 가슴의 미녀들이 나온다. 나는 미국 포르노에 나오는 잔뜩 부풀린 가슴을 싫어한다. 카르멘과 나는 이 점에 대해서는 의견이 일치한다. 행위를 할 때도 꼿꼿하게 서서 움직이지 않는 가짜보다는 약간 늘어지는 진짜 큰 가슴이 낫다. 우리가 텔레비전에 나오는 여자들의 가슴에 대해 과학적인 분석을 하지 않은 지 몇 달이 지났다. 카르멘은 채널을 돌리다 우연히 포르노를 보면 얼른 채널을 돌린다. 카르멘에게 포르노는 옛날이야기가 되었다. 하지만 내게는 아니다. 두 장면만 보고도 절정에 오른다. 키친타월로 배를 닦고 쓰레기통으로 가서, 지난 신문들 틈에 휴지를 넣는다. 그리고 자러 간다. 10분쯤 지나자 나는 카르멘 곁에서 잠든다.

내 분명히 말하노니 너무나 외로웠던 때가 있었지.

거기서 위로를 얻었는데……

— 사이먼 앤 가펑클 〈더 복서〉 (Bridge Over Troubled Water, 1970)

23

카르멘은 라몬을 잘 모른다. 베르닐비의 파티에서 몇 번 봤을 뿐이다. 그러나 카르멘은 라몬에게 무척 깊은 인상을 주었다('이봐요, 친구. 가끔 파트너를 스와핑하면 어때요?' '헛소리 작작해요, 난 당신한테 입으로 그짓 해줄 생각 없으니까요!').

라몬은 우리 집에 온 적이 없다. 우린 늘 레이체 광장의 '팔라디움'에서 만난다.

팔라디움. 오래전부터 아약스 선수들이 애인을 데리고 가는 클럽. 빔 용크(역사상 가장 따분한 아약스 선수. 나중에 PSV 팀이 더 잘 맞는다고 했다)가 거기서 한 건 올렸다는 소문도 있다.

팔라디움에서 우리는 반 시간 가량 베르닐비와 MIU에 대해 이야기하다가, 클럽을 메운 탄탄한 몸매의 아가씨들을 구경한다. 그런 다음 우리 같은 30대의 뚱보 아저씨들에게 어울리는 사냥터로 향한다. '르 바스티유'로.

르 바스티유에서 사람들은 인생에서 규칙성만큼 중요한 게 없음을 깨닫는다. 앙드레 하제스(암스테르담의 포크 가수로 평론가들에겐 혹평을 받지만 인기가 높다)의 노래가 15분에 한 번씩은 나온다. 손님들은 주로 2라운드에 접어든 여성들이다 (30,40대의 이혼녀로 '뭔가 걸릴까' 해서 화장품과 선탠에 엄청난 투자를 한 기미가 역력하다. 가벼운 유혹에도 넘어올 확률이 높다).

안에 들어서자 우리는 오늘의 먹잇감 쪽으로 움직인다. 바에서 칵테일을 마시는 여자들이 눈에 들어온다. 라몬은 모스키노 벨트를 한 아가씨와 대화를 나눈다. 나는 카르멘이 너무 야하다고 (나는 그녀에게 어울린다고 생각한다) 했던 블라우스를 입은 여자에게 말을 건다. 엉덩이가 너무 커서 스커트가 꽉 조인다(나라도 몸을 비틀어 스커트를 벗지 못할 것 같다). 바스티유의 분위기로 볼 때 그리 야한 차림새는 아니다. 30분쯤 시시껄렁한 잡담을 나눈 후 우리는 키스하고 포옹한다. 한 시간 동안 나는 상대 여자에게 이름을 세 번, 암스테르담에서 사느냐고 두 번 물었다. 내 인기가 뚝뚝 떨어지기 시작하는 낌새를 떨칠 수가 없다. 어느 시점에서 내 파트너는 애인이 있고, 여기 여자친구들이 와 있다고 말한다. 그러더니 클럽에 사람이 이상할 정도로 많다는 말을 하기 시작한다. 화장실에서 줄을 서서 10분이나 기다려야 했다고. 게다가 화장실 사용료까지 내야 했다고. 불평하는 소리는 이미 내 머릿속에 꽉 차고도 남는데……

나는 라몬에게 파트너랑 같이 '서프라이즈'로 갈 의향이 있느냐고 묻는다. 그는 고개를 젓는다. 나는 어깨를 으쓱하고 바스티유에서 나온다.

106

서프라이즈는 바스티유의 별관 같은 곳이다. 2라운드에 나온 여자들이 바스티유의 주 고객이라면, 서프라이즈에 드나드는 여자 손님의 평균 연령은 열 살쯤 어리다. 방금 남자친구랑 헤어져서 파티에 열광하는 시기에 접어든 아가씨들이 주 고객이다. 그들은 똑같이 실연한 처지의 친구와 함께 온다. 1주일에 두세 차례 같이 서프라이즈에 간다. 그들은 바에서 돈을 꽤 쓰기에 늘 상냥한 바텐더가 알아봐서 — 서프라이즈의 여자 손님들에게는 위상의 상징이다 — 핸드백과 재킷을 바에 두고 자리를 비울 수 있다. 바텐더는 이런 아가씨들이 올 때마다 일행에게까지 공짜 술을 대접하면서 윙크를 보낸다. 엄청나게 실리적인 접근법이다. 이런 여자 손님이 바에 많이 찾아올수록 남자 손님들이 더 많아지니까. 곧 아가씨는 서프라이즈의 남자 손님과 사랑에 빠지고, 커플은 계속 서프라이즈를 찾아온다. 하지만 점차 그곳을 찾는 빈도가 줄어들다가 결국 알미에르에 보금자리를 마련한다. 몇 년 후 그들은 이혼하고, 그러면 다시 바스티유에 드나든다. 레이체 광장의 손님 재활용은 그런 식으로 진행된다.

나는 서프라이즈에서 10분간 버틴다. 그 동네의 기준에 비추어도 나는 거칠고 후줄근한 남자로 보인다. 여자들이 반응을 보이지 않는다. 그러면 파라디소에 가서 혼자 춤을 춰야 하나? 아니면…… 아이고, 관두자.

서프라이즈에서 나와 택시를 잡아 탄다.

수치감 때문에 창녀촌 쪽이 아니라 수로의 끝에서 내려달라고 해서 집으로 들어가는 체 한다. 택시가 시야에서 사라지자 길을 건넌다. 세 차례나 길을 오르락내리락 한 끝에, 이런 밤 시간까지 일하는 그저그런 여자들을 발견한다. 마침내 흑인 여자를 고른다. 큰 가슴에 비해 너무 꽉 끼는 검은 속치마를 걸치고 있다. 옷을 벗으니 가슴이 5센티미터쯤 처지지만, 적어도 두 짝이고 화상을 입지도 않았다.

반 시간 후 나는 집에서 옷을 벗는다. 옷가지를 응접실에 두고, 가능한 소리 내지 않고 위층으로 올라간다. 조용히 침대로 들어간다.

"재미있었어?"

카르멘이 잠에 취해 묻는다.

"응, 수다 떨고 춤췄어. 라몬이랑 어울리니 즐거웠지."

"음, 잘했네. 자긴 그럴 자격 있지."

카르멘이 따뜻하게 말한다.

어둠 속에서 나는 그녀의 볼에 뽀뽀한다.

"잘 자, 내 평생의 사랑."

"잘 자, 세상에서 가장 친한 친구."

왜 남자는 가슴을 갖고 야단을 떨죠? 어쩌면 그다지 관심이 클 수가 있죠?

솔직히 그건 그냥 가슴이잖아요. 세상 사람 둘 중 한 명이 갖고 있다고요.

이상한 모양에, 젖을 먹는 곳이라고요. 당신 어머니도 갖고 있어요.

수천 명의 가슴을 봤을 걸요. 그런데 왜 난리예요?

— 〈노팅힐〉 (1999)

24

내가 포르트 젤랑더의 센터파르크에서 1주일간 휴가를 보내리라고 누가 상상이나 할 수 있었을까? 하지만 모든 사람들과 나 스스로에게 완벽하게 설명할 수 있다. 그건 문제가 아니다. 잠시만 우리의 피할 수 없는 논리를 들어봐주겠는가?

1. 카르멘의 몸속에는 아직 항암제가 남아 있으므로 멀리 가는 것은 너무 위험하다.
2. 카르멘의 가발 때문에 기온이 25도 이상인 지역은 당연히 제외.
3. 움직이기, 걷기, 외출이나 관광 명소 방문 따위는 루나의 나이 (1세)와 카르멘의 상태(형편없음)로 인해 제외.
4. 센터파르크는 MIU의 거래처이기에 내가 거기 체류하는 것은 현장 조사로 삼을 수 있다.

게다가 한 달 후면 나는 친구들이랑 마이애미에 가기 때문에 포르트 젤랑더에서 1주간 잘 지낼 수 있으리라 예상했다.

틀렸다. 포르트 젤랑더는 멋지지 않다. 매사가 실망스럽다. 이곳 사람들은 나를 미치게 하고, 날씨는 기가 막혀서 따끔따끔한 가발을 쓰기에는 지나치게 덥다. 카르멘도 가발처럼 뾰족하게 굴고, 그것으로도 부족할까봐 요즘은 루나가 낮잠을 자려들지 않는다. 따라서 오후에는 아이가 피곤해서 아무것도 즐거워하지 않고, 이런 면은 다른 가족에게도 영향을 미친다.

마지막으로 사흘 후 카르멘이 스켈테마 박사에게 전화해서 가슴을 떼어내야 할지 여부를 알아봐야 되는 것도 도움이 안 된다. 사연인즉 이렇다.

스켈테마 박사는 방사선과 의사, 볼터스 박사와 함께 다음과 같은 의견을 밝혔다. 그녀는 이것을 숲 지대에 난 큰불을 잡는 데 쓰는 방법인 '맞불'에 비유했다. 숲의 한 부분을 일부러 태워서 멀리서 난 불을 잡는 것이다. 그렇게 되면 숲 전체가 똑같아진다. 세 의사는 카르멘의 가슴에 방사선을 쏘이는 것으로 같은 효과를 얻고 싶어한다. 항암제는 이미 종양을 축소시켰다. 이후의 방사선 요법으로 종양이 훨씬 작아질 테고, 그러면 전 과정의 대단원인 결실을 맺을 수 있다. 수술로 종양을 제거해서 카르멘의 유방에 맞불을 놓는 것이다.

스켈테마는 카르멘의 유방이 커서 이점이 있다고 했다. 나중에 외과의가 가슴 절제로 종양을 완전히 제거할 수 있을 터였다. 종양 제거는 유두부터 시작된다.

사흘 후인 목요일 아침, 스켈테마 — 볼터스 팀은 방사선과 및 외과 의사와 회의에 들어간다.

암스테르담의 의료계뿐 아니라 우리 친지들 모두가 내 아내의 가슴에 대한 폭넓은 토론에 깊게 관여한다. 다들 의료진이 수술에 청신호를 켜주기를 바란다(아무도 그것을 '절제'라고 표현하지 않는다).

"듣기에 카르멘이 수술을 받을 가능성도 있다던데?"

"맞아요…….'"

"그러면…… 좋은 신호잖아, 그렇지?"

"기본적으로는 그렇지요. 처음에는 수술의 위험을 감당하지 못한다고 말했는데 이제는 수술하겠다고 하니…… 그렇지요, 좋은 일이지요."

"아, 정말 잘됐다! 그럼 잘될 거야, 그렇지?"

그래! 정말이지 모든 게 다 잘되겠지. 카르멘은 얼마나 안도하겠어! 안도한 나머지 지난번 같은 장난은 못 치게 될 테지! 내가 욕실에서 나오자 그녀는 벌거벗고 침대에 누워 환한 미소를 짓고 있었다. 양쪽 젖꼭지에 '끝내줘' '안 그래?'라고 적힌 노란 포스트잇이 각각 붙어 있었다.

그리고 나도 있다. 나도 지~~독하게 안도할 테지!

안도한 나머지 그녀의 가슴과 함께 다른 것도 잘려 나갔다고 생각할 거야―부끄러움 없이 당돌하게 선정적이 될 수 있는 능력도. 머리가 빠졌을 때와 똑같은 과정이 시작될 거야. 이유를 모르겠지만 카르멘은 완전히 대머리가 된 후로 매력이 떨어졌다고 느낀다. 내가 계속 머리카락이 없어도 아름답다고 반복해서 얘기하는데도 그렇다. 사실 대머리가 된 것을 축하하려고, 나는 항암치료 후에도 남아 있는 그녀의 치모를 면도해 주었다. 그리고 이불 속에 들어가서 거기가 얼마나 귀여운지 모른다고 말했다. 그 말은 먹혔다. 적어도 첫날 저녁에는. 그 후로는 대머리라는 우울감이 성기에 털이 없다는 흥분을 덮어버렸다. 섹스는 끝났다. 참 잘됐지, 응?

가슴 절제 후에도 침실에서 한바탕 질편한 파티가 열릴 것이다. 내가 아무리 자주 매력적이라고 말해도, 그녀는 거울을 볼 때마다 예전의 카르멘이 아님을 알 것이다.

그녀는 가슴을 잃는 것을 두려워하고, 나는 내가 아는 카르멘을 잃는 것이 두렵다. 외로운 답답함을 감히 누구에게 호소하지 못한다. 나는 카르멘의 삶보다 가슴을 더 중요하다고 생각하는 걸까?

또 우리는 점점 다가오는 수술에 대해 말하지 않는다. 서로 무슨 생각을 하는지 잘 안다. 바닷가 레스토랑에서 홍합을 먹으면서도, 해변에 누워서도, 저녁에 〈데이빗 레터먼 쇼〉를 시청하면서도 우리는 매분 매초 가슴에 대해 생각한다. 또 잠을 자면서도 가슴에 대한 꿈을 꾼다. 각자는 상대방이 그러는 것을 알고, 둘 다 그 이야기를 꺼내지 않는다.

'대망의 통화'를 하기 전날 밤, 우리는 침대에 누워 있다. 내가 카르멘에게 키스하고 반대쪽으로 몸을 돌린다.

"불 꺼도 되겠어?"

"응, 그래."

"잘 자, 내 사랑."

"잘 자, 보물단지."

탁.

몇 분이 흐른다.

"댄?"

"응?"

"벌써 자?"

"아니."

"그래."

"왜 그래?"

"내일 그쪽에서 뭐라고 말할 것 같아?"

"나도 모르겠어."

"그럼 뭐라고 하면 좋겠어?"

"글쎄, 위험을 무릅쓰자고 하길 바라지."

"하지만 자기는 가슴을 좋아하는 남자잖아. 이제 곧 마누라가 대머리에 한쪽 가슴밖에 없게 생겼다고."

나는 몸을 돌려서 그녀를 꼭 끌어안는다.

"난 의사들이 위험해도 해보자고 하면 좋겠어, 카르멘."

"진심이야?"

"진심이야."

내 어깨 위로 눈물이 떨어지는 게 느껴진다.

"당신은 내일 어떤 말을 듣고 싶은데?"

"들어낼 수 있다고 하면 좋겠어."

"그럼 잘됐네."

"하지만 정말 끔찍해, 안 그래?"

"……."

"댄?"

"그래…… 끔찍한 일이야, 여보. 하지만 난 당신 없이 사느니 가슴이 하나뿐인 당신과 같이 있고 싶다고."

*

다음 날 우리는 해변에 누워 있다. 벌써 정오다. 이따금 카르멘을 흘끔대지만 전화할 거냐고 물을 엄두를 내지 못한다.

"내가 방갈로에 가서 병원에 전화해 볼게."

"여기서 하지 않을래?"

나는 휴대폰을 가리키며 묻는다.

그녀가 고개를 젓는다.

"안 그러고 싶어. 스켈테마가 정확히 뭐라고 하는지 듣고 싶어. 여기는 바람이 너무 많이 불잖아."

당연히 여기서 전화하고 싶지 않지, 이 멍청한 놈아. 나는 입속말로 중얼댄다. 사람들이 많은 멋진 해변에 앉아서 가슴을 잃게 된다는 이야기를 듣고 싶은 사람이 있겠냐.

"우리 같이 방갈로로 돌아갈까?"

"아냐, 혼자서 가고 싶어. 자기는 루나랑 여기 있어요."

카르멘이 비키니 위에 스커트를 두르고 해변을 따라 걷는다.

나는 그녀가 숲 속으로 사라질 때까지 바라본다.

그녀는 45분이 지나도록 돌아오지 않는다. 나는 양동이, 삽, 물로 루나랑 놀아준다. 꼭 분만실에 들어간 아내를 대기실에서 기다리고 있는 기분이다.

"나 왔어."

갑자기 등 뒤에서 카르멘의 목소리가 들린다.

"왔구나!"

나는 그녀의 표정에서 스켈테마가 무슨 말을 했는지 읽으려고 애쓴다.

"아직 모른대."

"아직 모른대?"

"응. 스켈테마는 외과의가 위험을 무릅쓸지 결정하기 전에 내 가슴을 직접 보고 싶어한다고 말했어."

"맙소사. 언제 보겠대?"

한숨이 절로 나온다.

"다음 주에. 월요일에 외과의와 만날 약속을 했어."

나흘 더 기다려야 되는구나.

"흠, 그런데 왜 그렇게 오래 걸렸어? 45분 만에 돌아왔다고."

"스켈테마가 점심시간이었거든."

불빛 없는 참호에서도 우리는 계속 가네, 다시 계속……

― 람세스 샤피 〈우리는 계속 가네〉 (Wij zullen doorgaan, 1972)

25

    외과전문의 용크만 박사의 진료실은 볼터스 박사의 옆방이다. 카르멘은 그럭저럭 괜찮다고 판단하고, 의사의 등 뒤에서 입술을 빨며 내게 윙크를 한다.

"미남이지?"

내가 그녀에게 속삭인다. 카르멘이 열심히 고개를 끄덕인다.

"저자가 당신 가슴을 만지면 내가 때려눕힐 거야."

    용크만은 메디컬 드라마에 나오는 의사 같다. 마흔 살쯤으로 청년 같은 얼굴에, 귓가가 희어지기 시작한 머리칼이 칼라에 닿는다. 폴 스미스 재킷을 입히면 광고회사 직원이라 해도 믿을 정도다. 그는 열다섯 살이나 많은 스켈테마와 볼터스보다는 우리의 처지를 잘 이해할 수 있을 것 같다. 아마 부인이 카르멘 또래일 테고―그의 외모를 고려할 때―제법 근사한 여자일 것이다. 그런 점 때문에 유대감이 생긴다.

    하지만 그래도 그는 의사다. 카르멘의 차트를 펼치자마자―이제 나는 표지만 봐도 안다―개인 카르멘에서 환자 카르멘 반 디펜이 되면서 의사는 국회의원처럼 말하기 시작한다. 어휘를 신중하게 선택해서, 수술이 생존 가능성을 분명히 높여줄 것을 확신해야만 수술할 거라고 설명한다.

"환자 분은 아름답고 젊은 여성인데 절제한 후에는—우리는 잘 알아듣지 못해서 그를 빤히 쳐다본다—그러니까 제거한 후에는…… 네, 약간의 흉터가 남을 겁니다. 10센티미터쯤 되는 흉터가 수평으로 지금 유방이 있는 자리에 남게 되는데—아니, 우리는 그의 말소리를 듣지 않는다. 소리가 귀에 들어오지 않는다—가슴에 보정물을 삽입할 수는 있지만 지금의 모양 같지는 않을 겁니다."

용크만 박사는 잠시 말을 멈추고 카르멘의 눈을 똑바로 보면서 덧붙인다.

"절제의 끔찍한 부분이지요."

'절제의 끔찍한 부분.' 그의 말에 나는 화들짝 놀라지만, 용크만 박사가 일부러 단도직입적으로 대한다는 것을 깨닫는다. 그는 카르멘이 수술을 받을 준비가 되었는지 알고 싶은 것이다. 나는 그가 마음에 든다. 그는 젊은 부부에게는 유방이—카르멘의 경우— 탱탱하게 솟은 살덩어리 이상의 의미라는 것을 이해한다.

"가슴을 좀 살펴볼까요?"

카르멘이 블라우스와 브라를 벗고, 좁은 침대에 눕는다. 용크만은 양손으로 내 아내의 가슴을 만지기 시작한다. 카르멘이 내게 윙크를 하자 나도 배시시 웃는다.

한참 후 그가 말한다.

"흠…… 좋습니다. 옷을 입으시지요."

용크만 박사는 손을 꼼꼼히 씻고 나서 다시 말한다.

"당장은 종양의 크기가 6×2센티미터 정도 되네요."

"그러면……?"

카르멘은 질문을 흐리고 만다.

"모험을 해볼만 하다는 생각이 듭니다. 생존 가능성을 극대화하기 위해 가슴 절제를 시행해야겠습니다."

카르멘은 감정을 내비치지 않지만, 강한 펀치를 맞은 기분임을 나는 눈치챈다. 용크만 박사가 얼른 말을 잇는다.

"절제술은 10월 셋째 주에 시행할 수 있습니다."

그는 벽에 걸린 명단표를 힐끗 보면서 말을 한다.

"그런데 그때 저는 휴가를 떠날 겁니다. 그래서 볼터스 박사가 집도를 맡을 겁니다."

'볼터스'란 이름과 수술이란 단어가 연결되자 카르멘은 와락 눈물을 쏟는다.

"그건 곤란합니다."

내가 침울하게 대꾸한다.

"왜 그렇습니까?"

용크만 박사가 깜짝 놀라 묻는다. 그의 표정으로 볼 때 아무것도 모르는 눈치다. 볼터스와 스켈테마, 두 촌놈이 입을 꽉 다문 모양이다.

"1년 전 볼터스 박사는 제 아내의 상태를 진단하면서 실수를 저질렀습니다. 그래서 저희가 지금 이런 처지를 당하는 겁니다. 저희 부부는 그가 카르멘의 손끝 하나 건드리는 것도 싫습니다."

카르멘은 흐느끼면서 바닥만 내려다본다. 용크만 박사는 얼른 전문가다운 태도로 돌아간다.

그는 더 이상 묻지 않고 말한다.

"알겠습니다. 그럼 제가 수술하도록 하지요, 1주일 후에요."

카르멘은 고개를 끄덕이고, 알아듣기 힘든 소리로 중얼댄다.

"잘됐네요, 감사합니다."

"저희 직원이 정확한 날짜를 잡아드릴 겁니다."

수술은 10월 31일 목요일로 잡힌다.

불현듯 마이애미에서 돌아와서 나흘 후라는 생각이 머리를 스친다. 그러니까 그건 잊을 수 있다. 암 따위는 잊고 있을 수 있다. 유방 하나와 1년 중 가장 멋진 주말이 대화 한마디에 녹아든다.

거리에 있을 때는 말하고 싶은 대로 말하지.

거리에 있을 때는 슬프고 우울하지 않아.

거리에 있을 때는 외로움을 타지 않아.

거리에 있을 때는 사람들 속에서 편안함을 느끼지……

— 브루스 스프링스틴 〈거리에서〉 (The River, 1980)

26

제 8일째 되던 날 신은 마이애미를 창조하셨다.

그렇다, 맞다. 난 여기 있다! 플로리다 마이애미 비치의 오션 드라이브.

오션 드라이브를 달리는 택시에서 라몬, 하칸, 나는 사방에 있는 멋쟁이 아가씨들을 구경하느라 고개가 마구 돌아간다. 프랑크까지도 대단한 곳이라고 인정한다.

이 여행에 대해 먼저 이야기를 꺼낸 사람은 카르멘이었다.

"친구들이랑 갈 수 있을 때 갔다 와. 나중에 수술을 할 거고, 그 후로는 내가 당신을 필요로 할 거야."

그녀는 그렇게 말했다. 나는 하늘을 날 것 같았고, 다음 날 올림픽 스타디움 맞은편에 있는 꽃가게에서 장미를 다 긁어모아 집에 가져갔다. 카르멘은 감동해서 매달 한 번씩 주말여행을 떠나지 않겠냐고 물었다.

우리 일행은 펠리칸 호텔(패션 그룹 디젤이 소유한 호텔로 객실마다 독특한 이름을 붙이고 개성 넘치는 실내장식을 한 것으로 유명하다 — 옮긴이)에서 내린다. 호텔은 민트그린 색깔이다. 옆 건물은 분홍, 그 뒤로는 연파랑 건물이 있다. 디젤 흰 티셔츠의 V자형으로 패인 목선 밑으로 큰 가슴이 도드라진 금발의 웨이트리스가 계단을 뛰어올라 테라스로 간다. 그녀는 빤히 쳐다보는 나를 보고 웃으면서 말한다.

"안녕하세요."

"안녕하세요."

나도 똑같이 인사한다.

안내 데스크에는 푸에르토리코인 아가씨가 있다. 맙소사, 여기 여자들은 암스테르담의 한스 브링커 호텔의 종업원들과는 다르게 생겼다.

"세상에, 내가 너무 빠지네."

라몬이 중얼댄다. 안내석 아가씨는 흰 치아를 드러내며 웃음을 터뜨린다. 그녀가 우리에게 열쇠를 준다. 20년 전 처음 로렛 드 마 (스페인 카탈루냐 지방에 있는 휴양지—옮긴이)에 갔을 때와 똑같은 기분이다.

프랑크는 나이트 라이프에 대한 관심사가 비슷할 것 같은 나와 라몬을 한 방에 넣는다. 우리 객실은 '최고의 매춘굴'이다. 프랑크와 하칸은 '나 타잔, 너 제인'이라는 방에 묵는다. 객실들이 크지는 않지만, 편리함보다는 최신식 분위기로 꾸며져 있다고 프랑크가 설명한다.

모두 서둘러 샤워를 하고 반 시간 내에 다시 내려오라는 지시를 받는다. 프랑크가 더 델라노에 자리를 예약해두었다. 레스토랑 쪽은 손님이 예약 시간에 나타나기를 바란다.

프랑크와 하칸을 보자 옷을 좀 더 제대로 챙겨 입어야 된다는 것을 깨닫는다. 검은 줄무늬 재킷을 입은 프랑크는 자랑스럽게 브랜드를 밝힌다—일본 디자이너인데 나는 처음 들어보는 이름이다.—그는 맨해튼의 매디슨 애비뉴에서 구입한 옷이라고 흔연하게 말한다. 하칸은 멋진 재킷이지만 다른 브랜드가—역시 나는 못들어본 이름이다. 하칸은 이날 저녁 우연히 그 브랜드의 셔츠를 입고 구두를 신었다지만—훨씬 낫다고 받아친다. 나는 여전히 뱀가죽을 입고 있다. 흰 바지와 보라색 셔츠는 프랑크의 옷과는 가격대가 다르겠지만, 마이애미 여자들 사이에서 충분히 멋지게 보일 것이다. 라몬은 딱 달라붙는 티셔츠를 입고 있다. 무척이나 잘 어울린다. 다행히 경쟁 면에서 보자면 그 역시 검은색 가죽 바지를 입었지만, 아약스가 옛 더드메이 구장에서 경기할 때 유행하던 스타일이다.

*

　더 델라노의 야외 테이블에 앉아 야자수 밑에서 저녁 식사를 하면서 우리는 처음으로 진지한 대화를 나눈다. 네덜란드가 유러피안 챔피언이 될 수 있을까?(나: 그렇다. 라몬과 하칸: 아니다. 프랑크: 모르겠다). MIU는 어떻게 돌아가나?(프랑크: 끝내준다! 나: 괜찮다) 우리가 베르닐비에 다녔을 때 누가, 언제 샤론과 그걸 했나?(나: 나. 라몬: 당연하지! 하칸: 입으로 그것만. 프랑크: 좋아하시네!) 런던의 세인트 마틴스 레인 호텔이 더 델라노보다 세련된가?(나: 몰라. 라몬: 모름. 프랑크: 아니다. 하칸: 그렇다) 라몬이 가져온 엑스터시를 오늘 저녁에 먹을 건가?(나: 좋았어! 라몬: 진짜? 자네가 그럴 줄 몰랐는데. 나: 잔소리는 그만두고 한 알 줘봐. 하칸: 오늘 밤은 됐어. 프랑크: 당연히 안 먹지) 라몬이 나에게 알약을 준다. 좀 초조하다. 평생 이 순간까지 술만 마셨다. 카르멘은 마약과 관계된 어떤 것에도 반대한다. 맥주와 함께 엑스터시를 삼킨다. 프랑크는 날 쳐다보다가 고개를 젓는다.

더 델라노―나처럼 '드-라-아아-노'가 아니라 '델-라노'라고 발음해야 한다. 이곳은 펠리칸보다 훨씬 비싼 호텔이다. 이안 슈레거(미국의 성공한 호텔리어로 '부티크 호텔'이란 장르를 개척한 인물로 유명하다―옮긴이)의 호텔이기 때문이라고 하칸이 말해준다. 그가 워낙 존경심을 가지고 그 이름을 말하기에 나는 이안 슈레거가 누구인지 묻지 못한다. 더 델라노의 손님들은 오션 드라이브의 부동산 중개업자들과 광고쟁이들, 비즈니스맨들이다. 아무도 웃음을 터뜨리지 않는다. 더 델라노에서는 음식, 칵테일, 실내장식, 여자 할 것 없이 비싸다는 것이 척 드러난다. 하지만 이번 주말 우리는 돈은 따지지 않기로 한다.

우리는 오션 드라이브 뒤쪽의 워싱턴 애비뉴로 간다. 적어도 프랑크의 말로는 마이애미 비치의 클럽과 디스코텍은 대개 거기 있다고 한다. 그는 보통 그쪽 정보에 훤하다. 프랑크가 어떻게 그런 것들을 아는지 미스터리지만 아무튼 잘 안다. 우리는 카오스로 갈 것 같다. (프랑크에 따르면) 모든 일이 일어나는 클럽이다. 하칸이 예약 운운한다. 그는 더 델라노의 바 직원에게 들었다며 워싱턴 애비뉴는 한물갔으니 완전히 다른 동네에 있는 클럽 탄트라에 가야된다고 말한다. 라몬과 나는 하칸의 반대를 무시한다. 아까부터 카오스 바깥에서 길게 줄지어 선 예쁜 여자들을 구경하느라 정신이 없다. 벨벳 로프 안쪽에 미스터 T(미국 배우. 〈록키 3〉와 〈A 특공대〉에 출연했다—옮긴이)의 동생처럼 생긴 남자가 팔짱을 끼고 서 있다. 이유는 모르겠지만 나는 빨리 클럽에 들어가고 싶어 죽을 지경이다. 라몬도 그런가 보다. 그가 슬금슬금 앞으로 가서 '나 암스테르담의 록시(암스테르담에 있던 유명한 클럽으로 1990년대에 큰 화재로 문을 닫았다—옮긴이)에서 판 좀 돌린다'고 떠벌리며 수작을 걸기 시작한다.

더 록시는 클럽계의 마르코 반 바스턴(아약스의 선수였고 후에 감독이 된 유명한 축구인—옮긴이)이다. 바스턴은 심한 부상(3도 화상)을 입고 조기 사임해야 했다. 결과적으로 록시도 마르코처럼 실제보다 과장된 위상을 차지한다. 이런저런 소문을 들었지만 직접 보지는 못했다. 록시에는 가보지 못하고 지나갔다. 카르멘은 하우스 음악의 열렬한 팬이 아니었다. 나도 마찬가지고. 물론 프랑크까지도 거기 드나드는 멋진 여자들을 침이 마르도록 칭찬하자 확 구미가 당겼다고 고백해야겠지만. 라몬은 매주 나와 레이체 광장에서 놀다가 나중에 록시로 갔다. 나는 파라디소에 가서 더 큐어의 음악에 맞추어 못 생긴 여자들이랑 춤을 췄다. 이제는 너무 늦었다. 라몬과 프랑크의 이야기나 들을 수밖에 없다.

쳐다보지 않고도 미스터 T는 고개를 까딱하는 걸로, 수작 부리지 말고 뒤로 가서 줄 서 있다가 맨 앞줄 되면 그에게 들여보내 줄지 물어보라고 알려준다.

그리고 30분 후 그는 우리를 입장시키지 않는다.

"남자 넷이요?"

"그런데요."

"안 됩니다."

라몬은 그에게 달려들려다가 용을 써도 소용 없다는 것을 깨닫는다. 나는 재미있게 구경할 기분이 아니다. 꼭 저기 들어가야 한다. 법석을 떨지는 않지만, 특히 프랑크한테는 뭐라 못하지만 5분만 더 줄을 서 있으면 루나의 그림책에 나오는 호랑이처럼 앞으로 와락 달려나갈 것 같다.

카오스 바로 옆에는 리퀴드가 있다. 우리가 택시에서 내릴 때 그 클럽 앞에서는 겨우 다섯 명이 기다리고 있었다고 프랑크가 기억해낸다. 이제는 아레나 경기장 주변의 수로 길이만큼 긴 줄이 있다. 빌어먹을. 맙소사. 약기운이 돌기 시작한다. 하칸은 택시를 잡아타고 탄트라로 가자고 우리를 설득하려 한다. 우리는 호응하지 않고 계속 워싱턴 애비뉴를 거든다. 클럽 앞을 지날 때마다 하탄이 반대한다. 사람이 너무 많다, 사람이 너무 적다, 너무 후져 보인다, 싸구려 같다 등등. 다행히 프랑크가 이제 지나치는 첫 번째 클럽에 들어가지 않으면 호텔로 가겠다고 으름장을 놓는다. 그곳이 배쉬다. 기다리는 줄이 없고, 이번 경비원한테는 라몬의 '디제이 설레발'이 통한다.

"더 록시요?"

"그렇다니까, 친구! 암스테르담에 있죠."

"그러니까 손님이 록시에서 판을 돌렸다고요?"

"딥 하우스(하우스 음악의 일종─옮긴이)를 다루죠. 매주 목요일."

"매주 목요일요?"

"그렇다니까. 지난주에는 5시간짜리를 했는데!"

"손님이요?"

"그렇다니까!"

"록시는 한참 전에 불타지 않았나요?"

침묵.

"하하하, 들어가요. 속 빠진 인간들하고는."

라몬까지도 입을 다문다. 우리는 얌전하게 일인당 20달러씩 입장료를 낸다. 마이애미에서는 그리 비싼 입장료가 아니다. 안 좋은 징조다. 클럽에서 남자 넷 일행을 그냥 들여보내준다는 것은 안 좋은 신호다.

화장실에서 우리는 셔츠 칼라를 바로잡고 사방에서 머리 매무새를 살핀다. 그리고 "와아!"라고 소리치면서 서로 하이파이브를 한다음 의기충천해서 커다란 검은 문을 지나 홀 안으로 들어간다. 안에는 아홉 명이 있다. 우리 넷을 포함해서.

곧 하칸이 구시렁대기 시작한다. 라몬은 바에 앉은 아가씨 둘을 훑어보고, 나는 혼자서 댄스플로어로 나간다. 프랑크는 쿵쿵대며 티켓 판매소에 있는 아가씨에게 간다. 그가 돌아와서 반 시간 후면 사람들이 더 들어올 거라고 알려준다.

그의 말이 맞다. 반 시간 후에는 열세 명이 된다. 하칸은 이 구질구질한 데서 나가자고 압력을 넣기 시작한다. 프랑크는 시차 때문에 늘어지기 시작한다고 말한다. 라몬과 나만 멀쩡하다. 우리는 번개처럼 움직인다.

오전 7시 경에도 배쉬에는 불이 켜 있다. 라몬은 어느 아가씨와 나간다. 나는 완전히 땀에 젖어서 만면에 웃음을 지은 채로 워싱턴 드라이브에서 오션 드라이브까지 걷는다. 거의 30시간째 깨어 있다. 환상적인 저녁을 보냈고 불륜을 저지르지도 않았다. 4백 달러만 썼을 뿐이다. 그게 뭐 어때서. 미니바에서 맥주를 꺼내 침대에 벌렁 누워 자위를 해본다. 샤론, 마우트, 1년 전 카르멘과 사랑을 나누던 광경을 교대로 상상한다. 반쯤 선 성기를 손에 쥔 채 스르르 잠든다. 침대 옆에 놓인 디자이너 탁자에는 반쯤 마신 캔맥주가 놓여 있다.

당신은 내가 강인하다고 생각하지.

당신이 틀렸어.

— 로비 윌리엄스 〈스트롱〉 (Ego Has Landed, 1999)

27

한 시간 반 후에 다시 깬다. 정신이 말짱하다. 하루를 시작하기에는 이른 시간이다. 라몬은 아직 안 들어왔다. 전화기를 들고 토마스와 안네의 집에 전화를 건다. 이번 주말 카르멘은 거기서 보내고 있다.

"안네입니다."

"안녕하세요, 안네. 댄이에요!"

내가 힘차게 말한다.

"아, 안녕하세요, 댄. 카르멘을 바꿔줄게요."

안네의 목소리에 기운이 별로 없다. 내가 잠을 깨웠나? 아니, 네덜란드는 오후인데.

"여보세요."

카르멘이다. 나는 거리감을 느끼지만, 아무것도 눈치채지 못한 것처럼 군다. 호텔이 진짜 이상하고 하루 종일 하우스 음악이 나온다고 말한다. 화장실에서도 음악이 들린다고. 나는 웃음을 터뜨리면서 델라노에서의 식사와 밤 외출에 대해 이야기한다. 지금은 피곤하다고. 카르멘은 별로 반응이 없다. 토마스와 안네의 집에서 어떻게 지내느냐고 묻는다. 그녀는 전에 없이 낮은 소리로 그들이 집에 틀어박혀 있고, 괜찮다고, 좋은 대화를 나누었다고 대답한다. 순간적으로 '혹시 안네와 통화하고 있나'라는 의문이 생긴다.

나는 더 이상 참을 수가 없어서 무슨 일이냐고, 혹시 내가 무슨 잘못을 했느냐고 묻는다. 카르멘이 토마스에게 잠깐 침실의 전화를 써도 되느냐고 묻는 소리가 들린다. 잠시 침묵이 흐른다. 그러더니 딸깍 하면서 다시 카르멘이 전화를 받는다.

"기분이 무진장 안 좋아, 여보."

그녀가 코를 풀고 말을 잇는다.

"예상했던 것보다 더 힘들어―나는 대머리에 한쪽 가슴이 데인 채로 이렇게 처박혀 있는데 당신은 가슴 큰 섹시한 여자들 틈에서 뛰어다닌다고 생각하니……."

나는 뭐라고 답해야 할지 모르겠다고 말한다. 다른 여자랑 어울리지도 않았다고.

"꼭 대단한 일이라도 한 것처럼 말하네."

카르멘이 톡 쏜다. 한숨 소리. 그러더니 약간 누그러진 말투로 그녀가 다시 이야기한다.

"잠시 날 내버려둬. 괜찮을 거예요. 거기서 재미있게 지내고 프랑크에게 안부 전해줘."

카르멘은 최대한 담담하게 말하려고 노력한다. 나는 사랑한다고, 토마스와 안네에게 안부 전하라고 말한다. 카르멘은 잠시 잠자코 있다.

"그게 좋은 아이디어인지 모르겠어, 댄."

그녀는 그렇게 말하고 전화를 끊는다.

*

아래층에서는 하칸과 프랑크가 벌써 수영복을 입고 테라스에서 아침 식사 중이다. 나도 합석한다. 우리는 같이 식사한 다음 해변으로 간다. 거기서 라몬을 만난다. 짜증날 정도로 운동선수 같이 다부진 몸매다. 그는 환하게 웃으면서 밤부터 아침까지 상대를 못 살게 구느라 한잠도 못 잤다고 떠벌린다.

해변에서 프랑크는 《월페이퍼》를 읽는다. 나는 처음 보는 잡지다. 그의 펜트하우스에 있는 가재도구가 거기 다 있다. 나는 하칸, 라몬과 인생의 중대사를 이야기한다. 아약스가 4-3-3 대형을 고수할 것이냐, 아니냐. 여자들의 몇 퍼센트가 오럴섹스를 하느냐, 남자의 몇 퍼센트와 여자의 몇 퍼센트가 바람을 피우느냐. 나는 계속 '댄의 이론'을 떠벌린다. 그러다가 라몬이 아내랑 얼마나 자주 섹스를 하느냐고 묻는다. 하칸은 1주일에 네 번, 라몬은 여섯 번(하칸: '아니, 네 집사람이랑 하는 횟수만 말이야'). 내 차례가 되기 전에 나는 소변 보고 바닷물에 들어가야겠다며 일어난다.

*

"댄, 나랑 둘이 한잔 할까?"

펠리칸 호텔로 돌아오자 프랑크가 묻는다. 라몬과 하칸은 초저녁잠에 빠져 있다. 프랑크는 우리가 좋아하는 웨이트리스에게 마르가리타 두 잔을 주문한다.

"상황을 외면하는 것은 너답지 않아."

나는 술잔을 내려놓느라 몸을 굽힌 웨이트리스의 가슴골을 훔쳐본다.

"암 얘기나 하려고 마이애미까지 온 게 아니라구."

"나도 그건 알지. 여기 온 후로 카르멘에게 전화했어?"

"오늘 아침에."

나는 한숨을 내쉬고 말을 잇는다.

"카르멘의 기분이 좋지 않아. 안네도 그런 것 같고."

프랑크가 대꾸한다.

"그럴 만도 하지. 안네는 네가 아무 일도 없는 것처럼 마이애미에 가는 것을 이상하게 생각하지. 토마스도 마찬가지고. 네가 어떻게 신경을 안 쓰는지, 어떻게 괜찮은지 이해를 못한다고."

내가 소리친다.

"이런, 젠장. 난 전혀 괜찮지 않다고!"

프랑크는 내 어깨에 팔을 두른다.

"나한테는 설명하지 않아도 돼."

갑자기 모든 게 쏟아져 나온다. 카르멘과 같이 술을 마시러 나가지 못하고, 외식도 못하고, 섹스도 못한다고 생각하면 참을 수가 없다고 털어놓는다. 프랑크는 고개를 끄덕인다.

"그녀의 가슴이 잘려 나가면 상황이 어떻게 될지 상상할 수 있어, 프랑크? 만일 암이 없어진다 해도 카르멘은 예전과는 다를 거야. 우리 사이는 만신창이가 될 거라고……."

그가 내 손을 잡는다. 우리는 서로 바라본다. 나는 그의 눈에 고인 눈물을 본다. 우리는 잠자코 있다. 마이애미에서 가장 아름다운 순간이다.

우리는 잔을 부딪치고 두 잔째 마르가리타를 마신다. 우리가 좋아하는 웨이트리스는 주문을 하지 않았는데도 술을 한 잔씩 더 가져왔다.

웨이트리스가 계단을 올라가자 내가 말한다.

"정말 예쁜 여자지만 카르멘의 가슴이 더 커. 적어도 현재는 그렇다고……."

내 말에 프랑크가 마르가리타를 탁자에 다 쏟는다.

월요일에 나는 집에 있을 거야. 정오 무렵에.

제발 화내지 마.

— 리틀 리버 밴드 〈월요일에 집에〉 (Diamantina Cocktail, 1977)

28

그날 저녁 우리는 펠리칸 호텔의 직원들 덕분에 간신히 탄트라에 테이블을 잡았다. 탄트라는 터키 레스토랑으로, 펠리칸 호텔의 바텐더에게 들은 바로는 마이애미에서 터키 음식이 대단히 유행한다고 한다. 하칸은 으스대며 떠들어댄다.

저녁 식사 후에 오늘 저녁 탄트라에서는 진짜 일이 벌어질 것 같다. 로저(유명한 도미니카계 미국인 하우스 음악 DJ—옮긴이)가 DJ를 한다고 하칸이 신이 나서 떠들어댄다. 프랑크도 똑같이 흥분한다. 나는 처음 듣는 이름이다. DJ에 대해서는 클라렌스 세도르프(수리남 출신의 네덜란드 축구선수. 페널티킥을 골대 위로 높이 띄울 때면 그보다 높은 것은 그의 자존심밖에 없을 듯싶다)가 페널티킥에 대해 모르는 것만큼이나 모른다. 탄트라의 음식은 아주 좋다고 인정해야겠다. 로저 산체스도 마찬가지다. 또 여자들도 모두 그렇다. 엑스터시의 기운이 몸에 돈다. 어제보다는 훨씬 느긋하다. 나는 친구들에게 이번 여행은 정말 좋은 아이디어였다고, 매년 같이 오자고 말한다. 내년에는 바르셀로나나 뉴욕에 가면 되겠다고. 하칸은 아니,

텔아비브로 가자고 한다. 요즘 가장 뜨는 데가 거기라고. 라몬은 리오에 가자고 말한다. 나는 그래, 리오가 좋겠다고 맞장구친다. 우리는 서로 사랑한다고, 곤란한 지경에 두지 않을 거라고 말한다. 그런데 라몬이 어제 만난 여자와 데이트가 있어서 지금 가야 된다고 말한다. 프랑크가 그를 노려본다. 속이 훤히 비치는 검은 블라우스를 입은 통통한 아가씨가 내 눈에 들어온다. 그녀와 세 번쯤 유쾌한 눈길을 주고받은 후 나는 플로어로 나간다. 그녀는 블라우스 속에 검은 브라(C 컵)를 하고 있다.

"안녕, 이름이 뭐예요?"

나는 자연스럽게 말을 건다.

"린다. 그쪽은요?"

"댄."

내가 대답한다. 불현듯 더 할 말이 없다는 것을 깨닫는다. 이런 애한테 무슨 말을 해야 되는지 상상이 되지 않는다.

"다들 어디서 왔어요?"

린다가 묻는다. 아, 그렇지. 그런 질문이 있지.

"암스테르담."

"우리 언니가 거기 가본 적이 있는데! 덴마크가 진짜 멋진 곳이라던데요."

"네, 맞아요."

나는 맞장구친다. 나 자신이 창피하고, 친구들이 이 대화를 못 들어서 다행이다. 하지만 난 괜찮다. 오늘 저녁에는 지성미가 끼어들 여지가 없다는 것을 안다.

"어디 출신이에요?"

내가 묻는다. 왜 이렇게 애를 써야 될까?

"노스캐롤라이나. 하지만 올 여름에 플로리다로 이사했어요. 날씨랑 해변이 좋아서."

"아, 그렇군요!"

내가 대답한다. 지금 뭐하는 꼴이람?

갑자기 그녀가 내 목을 잡고 키스한다.

아, 그래. 이러려고 여기 있는 거지. 이제야 기억이 난다. 그녀를 힘껏 안는다. 린다는 제법 튼실하다. 그녀의 친구가 감탄하며 눈을 찡긋 한다. 첫 번째 테스트는 통과했다. 그녀가 하칸과 프랑크의 테스트를 통과할지는 아직 모른다. 그래서 얼른 그녀를 구석으로 데려간다. 가는 길에 그녀의 히프를 본다. 주말 내내 걸어 다녀도 괜찮을 만큼 펑퍼짐하다. 일단 남들이 보지 않는 곳으로 가서 그녀를 끌어안고 애무하기 시작한다. 매끄러운 검은 블라우스 밑으로 손을 넣는다. 그녀는 잠시 포옹을 풀더니, 아주 날씬한 몸매가 아니라고 수줍게 말한다. '자기도 아는구나!'라는 생각이 들지만, 난 깡마른 여자를 싫어한다고 대답하면서 그녀의 엉덩이를 꼬집는다. 린다는 당황해서 킥킥 웃는다. 그러자 나는 그녀의 손을 잡아 손바닥을 내 입에 대고 핥기 시작한다. 린다는 무슨 뜻인지 알아듣고는 키득키득 웃기 시작한다.

"짓궂기도 해라."

그녀가 고개를 저으며 말한다.

"고마워."

내가 말한다. 이제 떠날 시간이다.

"결혼했어요?"

펠리칸 호텔로 가는 택시 안에서 린다가 묻는다.

"아니."

나는 결혼반지를 낀 손을 그녀의 등 뒤에 놓는다. 그런 다음 성적인 흥미를 잃을까봐 혀를 그녀의 입에 밀어 넣는다. 동시에 그녀의 등 뒤에서 손가락을 꼼지락대서 반지를 빼 잽싸게 바지 주머니에 넣는다.

엘리베이터에서 나는 린다의 블라우스 단추를 풀고 브라를 가슴 위로 올린다. 유두가 크다. 마음에 든다. 또 린다는 욕정이 강하다. 그것도 마음에 든다. 그녀는 헐떡이면서 내 바지 단추를 풀고 무릎을 꿇고 앉는다. 경기장의 관람석 의자처럼 단단해진 내 성기가 그녀의 입에 들어가는 순간, 엘리베이터 문이 열린다. 나를 빤히 쳐다보는 프랑크와 눈이 마주친다. 그의 시선이 린다의 머리 위로 떨어진다. 그녀의 머리가 위아래로 움직인다. 린다는 내가 얼어붙은 것을 알아차리고 고개를 들다가 놀라 얼굴이 홍당무가 된다. 나는 더듬더듬 바지춤을 올린다.

"린다, 프랑크예요. 프랑크, 린다야."

"안녕하세요, 린다."

프랑크가 그녀의 가슴을 응시하며 인사한다.

"안녕하세요, 프랑크."

린다가 황급히 시스루 블라우스의 단추를 잠근다.

내가 서둘러 말한다.

"자, 인사는 충분히 했으니까 내일 보자고!"

프랑크가 고개를 끄덕인다.

"잘 가세요, 프랑크."

"잘 가요, 저⋯⋯."

"린다예요."

"잘 가요, 린다."

나는 린다와 팔짱을 끼고 복도를 걷는다. 프랑크가 우리를 지켜보는 것 같다. '최고의 매춘굴'의 문을 열고, 린다에게 최고의 플로리다 탬파의 밤을 선사한다.

*

라몬이 방에 들어오는 소리에 잠이 깬다. 초조하게 옆자리를 살핀다. 휴, 린다는 갔다. 라몬이 봤다면 뚱뚱한 린다와 나를 앞에 놓고 웃음을 터뜨렸을 것이다. 그는 침대에 털썩 주저앉는다. 린다와 내가 체액을 나누던 자리다. 라몬은 피로에 절어서 침대가 축축한 줄도 모르고 곯아떨어진다. 나는 잘 수가 없다. 일어나서 바닥에 떨어진 바지를 집어 왼쪽 주머니를 더듬는다.

전기 충격을 받은 것 같다. 주머니에 반지가 없다. 오른쪽 주머니. 없다. 땀이 나기 시작한다. 뒷주머니. 거기에도 반지는 없다. 나는 바닥에 엎드려서 침대와 라디에이터 밑을 살핀다. 라몬이 일어나서 뭘 하고 있느냐고 묻는다. 나는 콘택트렌즈를 찾는다고 대답한다. 그가 다시 잠든다. 다시 바지 주머니를 다 뒤진다. 한 번 더. 침대 옆 테이블의 서랍도 뒤진다. 욕실. 아무 데도 없다. 이럴 수가. 생각해 봐, 댄. 생각해 보라고. 어디서 그걸 잃어버렸을까⋯⋯ 그 여자! 린다! 그 계집애가 내 반지를 슬쩍했구나! 하느님 맙소사! 아, 어떻게 이런 일이. 카르멘⋯⋯.

다시 엎드려서 온 바닥을 뒤진다. 그러다 다시 침대에 올라가 눕는다. 이건 국가적 재난이다. 카르멘과 댄의 종말. 자살하고 싶은 기분이지만 그럴 필요가 없다. 아무튼 카르멘의 손에 죽을 테니까. 결혼반지를 잃어버렸다. 난 이놈의 수렁에서 벗어나지 못할 것이다.

*

아래층 테라스에서는 벌써 하칸과 프랑크가 아침 식사 중이다. 하칸이 묻는다.

"밤늦게까지 있었어? 네가 홀연히 사라졌던데."

반지가 홀연히 사라진 데 비하면 그건 아무것도 아니지. 난 속으로 중얼댄다.

"그럭저럭."

내가 무심하게 대꾸한다. 프랑크가 엘리베이터 사건을 떠벌리지 않아서 다행이다. 프랑크는 궁금해하는 눈길로 나를 본다. 난 이 자식이 맘에 든다. 라몬이 내려와서 지난 밤 데이트한 여자랑 어떻게 놀았는지 상세히 이야기한다. 좌중에서 웃음이 터진다. 나도 같이 웃지만 실은 울고만 싶다. 어느 쪽이 더 나쁠까? 헤픈 여자랑 자고 싶어서 주말의 절반을 친구들을 배신하고 사라졌던 라몬? 아니면 다른 헤픈 여자랑 그짓을 못하게 될까봐 결혼반지를 빼서 아내를 배신한 나? 도토리 키 재기, 오십보백보. 거기서 거기다.

공항에 가기 전 마지막 몇 시간 동안 나를 뺀 세 사람은 해변에 나가고 싶어한다. 나도 심드렁하게 같이 걷는다. 우리는 해변에 눕는다. 라몬과 하칸은 자동차에 대해 이야기하고, 프랑크는 남성 잡지를 본다. 바다를 보니 막 눈물이 터질 것만 같다.

"난 잠깐 산책할게."

라몬이 고개를 끄덕이고, 하칸은 계속 말을 하고, 프랑크는 잡지에서 눈도 떼지 않는다. 프랑크까지 눈치를 챘을까? 그럴지 모르지만 그것은 중요하지 않다. 난 대화하고 싶은 마음이 없다. 친구들이 보지 못하는지 수천 번도 넘게 흘끔댄다. 그런 후에 뜨거운 모래사장에 앉아서, 세상에서 가장 외롭고 비참한 사내가 된 기분을 느낀다. 친구들과 웃고 떠든 사흘이 거의 끝났고, 술과 엑스터시도 몸에서 빠져나가고, 만족감에 비명을 지르던 여자는 내 물건을 도둑질하고, 내일이면 집에서 죽음을 당할 처지다. 모래 위로 눈물이 뚝뚝 떨어진다.

*

암스테르담 국제공항에서 우리는 헤어진다. 택시에서 나는 식은땀을 흘린다. 10분만 있으면 집에 도착한다. 뭐라고 말하지? 바다에 들어갈 때 반지를 뺐다고? 아니면 디스코텍에서 금속 탐지기 때문에 반지를 뺐다고? 택시가 병원 앞에서 방향을 돌린다. 몇 분 안 남았다. 다행히 신호등이 빨간불이다. 뭐라고 둘러대야······.

문자가 온다. 프랑크다.

재킷 왼쪽 주머니를 만져봐.

얼른 만져본다. 아무것도 없다. 또 문자가 온다.

아니, 오른쪽 주머니!

급히 다른 쪽 주머니를 더듬는다. 손에…… 아! 반지! 내 반지!
내 아름답고 귀한 결혼반지.
다시 문자가 들어온다.

펠리칸의 엘리베이터에서 찾았어. 댄,
댄, 그짓은 그만해. 오늘 행운을 빌어.

여자들, 그들이 우리를 끝장내지.

그들이 우리를 미치게 하지. 여자들이 그러지……

— 레이몬 반 헤트 흐루너바우트 〈여자들〉 (Nooit meer drinken, 1977)

29

여자들의 본능이란 것이 남자들이 두려워하는 것만큼 발달했는지 의심스럽다. 내가 집에 돌아갔을 때 카르멘은 지나가는 말로라도 외도를 저질렀는지 묻지 않았다. 반대로 전화 통화할 때 너무 갑작스럽게 굴어서 미안하다고 사과했다.

난 딱 한 번 고백했다. 샤론과 만날 때였다.

샤론은 베르닐비의 안내직원이었다. 금발에 약간 도발적인 데다가 가슴이 진짜 대단했다. D컵, 스키의 활강코스 같다. 첫날부터 나는 그 가슴을 실제로 보고 싶었다. 샤론은 빼지 않았다. 그런 일에 빼는 여자가 아니었다. 심지어 라몬한테도. 아니, 얼마 전에 알게 됐지만 하칸한테도. 하긴 내가 누굴 심판할 자격이 있나?

멍청하게도 저녁에 다이어리에 익명의 전화번호를 적어놓고 거래처 접대를 한다며 나갔다. 초보자의 실수랄까. 다음 날 카르멘은 그 번호로 전화했고 "샤론인데요"라는 소리를 듣고 전화를 끊었다. 내 전화번호부를 뒤져서 베르닐비 직원 중 샤론을 찾아서 번호를 대조했다. 빙고. 그날 저녁 그녀는 회사 직원들 중 어느 샤론이 냐고 불쑥 물었다. 나는 얼굴을 붉히지 않으려고 최선을 다하면서, 안내석의 금발 아가씨라고 대답했다.

"설마, 정말?"

그녀는 샤론의 번호가 적힌 다이어리를 들이밀며 계속 쏘아붙였다.

"그 기막히게 천박하게 생긴 여자 말이야? 옷 밖으로 커다란 젖통이를 드러낸 여자? 그 여자랑 잠자리를 같이했어?"

내 얼굴이 금세 새빨개졌다. 이런 일은 거짓말할 엄두가 나지 않았다.

"저기…… 응."

"몇 번이나?"

"저기…… 한 번."

클린턴 대통령식 대답이랄까. 이사실, '필스보헐'의 화장실, 샤론의 집 소파에서 '잠을' 잔 것은 아니니까.

필스보헐. 테라스가 근사한 멋진 술집(햇살을 받으며 2시 반까지 점심 식사를 할 수 있고, 5시에서 6시 사이에는 테라스의 다른 쪽에서 그럴 수 있다). 손님들도 멋지다(하지만 금요일 술 마시는 시간은 피하길. 금융가의 양복쟁이들이 필스보헐을 접수한다).

카르멘은 무진장 골이 났고, 나는 순진하게도 그녀의 반응에 놀랐다. 내가 정기적으로 외도를 한다고 진작 말하지 않았던가? 그래, 첫 번째 데이트에서 그렇게 말하고 다시는 그런 말을 안 했지만, 카르멘도 내가 어떤 인간인지 뻔히 알면서 왜 난리일까? 프랑크는 이런 식의 합리화가 면죄부는 아니라고 말한 적이 있다. 마우트도 그를 지지하는 의견을 밝혔다. 그래도 둘 다 샤론 이후의 관계를 포함해서 카르멘에게는 내 외도를 비밀로 해주었다.

하지만 지난 몇 년 사이 토마스에게는 좀 더 조심하게 되었다. 그는 내 매주의 '할 일' 리스트에 있는 물고 빠는 짓에 대해서는 모른다. 정기적으로 몸을 섞는 것은 물론이다. 토마스는 샤론의 일을 알지만, 그것은 그도 이따금 사고를 치던 시절의 일이다. 안네도 샤론 사건을 안다. 카르멘은 샤론 일을 알자 안네의 집에 가서 며칠 머물렀다.

라몬도 고독공포증 환자다. 하지만 나와는 달리 그는 우리가 자주 하는 외도가 취미에 그치지 않고 중독이 되었다는 사실을 모른다. 언제나 뭔가 손에 쥐고 있어야 된다. 이름, 전화번호, 이메일 주소. 알코올 중독자가 중독을 인정하지 않으면서도 사무실 책상 서랍에 보드카 병을 두어야 하루를 버틸 수 있는 것과 비슷하다. 바깥세상에는 그런 사실을 숨긴다. 카르멘과 라몬의 아내도 남편의 상태가 얼마나 심각한지 전혀 눈치채지 못한다.

고독공포는 외도에서 얻는 자극 때문에 중독된다. 후회와 죄책감 같은 감정들은—보통 사람이라면 이런 감정들 때문에 정기적인 외도를 삼간다—떨칠 수 있다. 고독공포증 환자는 그가(그녀일 수도 있지만 대개는 남자다) 혼외정사를 벌인다 한들 배우자에게 아무 해도 끼치지 않는다고 자신을 설득한다. '아내가 눈치 채지 못한다면' '다른 사람이랑 그럴 때도 그녀에 대한 사랑이 줄어들지 않아' '난 섹스와 사랑을 분리할 수 있어' 같은 변명으로 친구들과 자신의 눈을 흐리게 한다. 하지만 속으로는 이런 변명들이 윤리적으로 살아남기 위한 길이고, 자신을 계속 좋은 사람으로 보이게 하기 위한 방법임을 안다. 아무도 자기가 경멸한다고 생각하는 라이프스타일을 견지할 수는 없으니까. 고독공포증 환자는 자신을 나쁜 인간으로 보지 않는다.

내 경우는 그런 생각이 변하고 있다. 결혼반지 사건은 내가 가장 밑바닥으로 떨어진 일이었다. 늘 순수하고 자제할 수 있는 쿨한 일탈로 여겼던 고독공포가 중독이 된 것이다. 외도에서 얻는 흥분감이 여자나 섹스보다 더 중독성이 강하다.

우리가 매일 저녁 집에서 보낸 지난 몇달간 나는 매주 금요일이 되기를 손꼽아 기다렸다. 내가 외출하는 금요일 밤! 그날이 오면 초저녁에 MIU에서 버드와이저를 마시거나 레스토랑에서 식사를 한다. 이즈음 나는 안절부절 못하고 어서 자정이 되기를 기다린다. 팍 자위트, 바스티유, 파라디소, 호텔 아레나가 한창 흥겨운 시간이 그때다. 내 기분이 좋은 유일한 시간이기도 하다. 여자들이랑 잡담을 나누는 게 강박이 되었고 점점 수월해진다. 오랜 세월 내가 모든 일을 죄다 털어놓은 프랑크도 내 상태가 얼마나 나쁜지 모른다. 최근에 라몬과 어울리는 게 더 편한 것도 그 때문이다. 라몬이 가장 절친한 친구여서가 아니라, 창피함을 느끼게 하지 않기 때문이다.

그녀의 뺨에 눈물이 흐르네. 얼굴에 슬픔이 가득. 필사적인 눈빛이 불빛 속에

서 반짝이네. 이리 와요, 울음을 그쳐요. 내 키스로 눈물을 닦아줄게요.

내 품에서 안전하게 있어요. 내 말을 믿어요.

우리는 늘 함께예요. 그녀는 눈물을 흘리며 속삭였다.

당신은 전에도 그렇게 말했노라고……

— 트뢰케너 켁스 〈눈물이 흐르고〉 (Met hart en ziel, 1990)

30

"물집은 거의 없어졌어."

카르멘이 욕실 거울 앞에 서 있다. 가슴을 위로 올려 살짝 왼쪽으로 밀었다가 오른쪽으로 밀면서 사방에서 살핀다.

나는 침대에 누워서 그녀를 지켜본다. 가장 심한 화상 자국이 치료되고 있다. 가슴에 새살이 돋기 시작한다. 카르멘은 다시 찬찬히 살피더니 브라를 걸친다. 브라 외에는 알몸으로 침대에 와서 눕는다. 내일 신트 루카스 병원에 가야 한다. 가슴 절제 수술을 받을 것이다.

오늘이 양쪽 가슴을 가진 아내 옆에서 자는 마지막 밤이다. 그 이야기를 하고 싶은지 아닌지 둘 다 잘 모른다. 아무튼 가슴과 작별을 고하는 의미로 섹스를 한바탕 벌일 마음은 두 사람 다 없다. 카르멘은 내 어깨에 머리를 기대고 눕는다. 잠시 후 그녀가 마구 흐느끼기 시작하면서 적막감이 깨진다. 얼마 지나지 않아 그녀의 눈물이 내 어깨를 타고 흘러내린다. 암이 우리 삶에 들어온 후 백만 번쯤 있었던 일이다. 나는 아내를 더 꼭 안아준다. 우리는 아무

말도 하지 않는다.

할 말이 없다. 암의 시대에는 이것이 사랑이다(가브리엘 가르시아 마르케스『콜레라 시대의 사랑』인용).

불경스런 소문은 내고 싶지 않지만

나는 신의 유머감각이 형편없다고 생각해.

— 디페시 모드 〈불경스런 소문〉 (Some Great Reward, 1984)

31

루나에게 감시를 받으며 마우트의 도움으로 나는 응접실을 종이 고리로 장식한다.

"그래 어제는 결국 어떻게 됐어요?"

마우트가 묻는다.

"카르멘은 연파란색 시트를 덮고 널브러져 있었지. 이따금 잠에서 깰 때마다 토하더군. 나는 그녀의 머리를 잡고 작은 그릇을 받쳐주었어. 달걀 상자처럼 생긴 통 말이야."

마우트가 나를 감싸안는다.

"카르멘이…… 모양이 어떤지 봤어요?"

"아니. 의사가 같이 붕대를 풀자고 권하거든. 적응 과정을 위해서는 그게 좋다고."

"맙소사…… 댄으로서는 견디기가 정말 힘들겠네요."

나는 고개를 끄덕인다.

"어찌나 걱정스러운지 그걸 보고 겁에 질릴 것 같아. 또 카르멘에게 들킬 것 같고."

나는 눈물 고인 눈으로 마우트를 바라본다. 그녀가 나를 꼭 안으면서 이마에 키스한다. 나는 잠시 마우트의 어깨에 머리를 기댄다. 그녀는 내 등을 조심스럽게 쓰다듬으며 나지막히 속삭인다.

"댄, 댄, 이리와요……."

한참 후 나는 포옹을 풀고 그녀에게 키스한다. 마우트가 웃으면서, 화난 척 하며 내 코를 비튼다. 그녀는 뺨에 흐르는 눈물을 닦는다.

"난 괜찮을 거야. 루나한테 이유식 한 병 더 줄래?"

*

카르멘은 벌써 옷을 입고 있다. 그녀는 칼라가 있는 헐렁한 검은 점퍼를 입고 응접실에 앉아 있다. 왼쪽과 오른쪽 가슴의 다른 모양새가 금방 눈에 들어온다. 카르멘은 내 눈길을 알아차리고, 가슴을 절제한 자리에 양말 세 켤레를 뭉쳐 넣었다고 말한다. 보정물을 넣은 브라를 입게 될 때까지는 D컵과 그라운드 제로(뉴욕 쌍둥이 빌딩이 폭파되어 아무것도 없는 자리—옮긴이)의 차이를 줄일 방안이 양말이다. DIY 작품치고 그리 나쁘지 않다.

수술은 성공적이라고 용크만 박사가 말한다. 얼마 후 실밥을 빼면 카르멘은 보정물이 든 새 브라를 입어야 된다. 의사는 최대한 빨리 브라를 착용해야 한다고 말한다. 카르멘의 유방(아니 '유방 하나') 크기를 고려할 때 무게 때문에 척추가 굽을 위험성이 있다. 그러면 암은 우선 디스크를 앓게 할 것이다.

브라에는 찍찍이로 닫는 주머니가 있고, 그 안에 보정물을 넣게된다. 보정물은 살색의 실리콘 주머니로, 눈물 모양이다. 가운데

움푹한 자국이 있다. 그렇다니까. D컵 크기의 물방울 같다고 할까. 방울 가운데 있는 작은 점은 유두를 나타낸다. 실리콘 주머니는 젤리가 가득 든 풍선 같은 촉감이다. 카르멘이 그걸 받아왔을 때 우리는 서로 던지면서 웃음을 터트렸다. 더운 여름에 물 풍선을 던지는 것처럼.

*

용크만 박사는 우리에게 작은 병실에서 같이 붕대를 풀겠느냐고 묻는다. 나는 그러겠다고 대답한다.

카르멘은 브라를 벗기 전에 내게 준비가 되었느냐고 묻는다.

"어서 해보자고."

나는 위로하는 말투로 대답한다. 감히 쳐다볼 수가 없다. 하지만 곧 일어날 일이다. 나는 유방이 하나인 아내를 보게 된다.

카르멘이 브라의 고리를 열자 끈이 어깨에서 내려간다. 나는 가능한 내색하지 않고 크게 심호흡을 한다.

현실이 드러난다.

끔찍하다. 익숙한 크고 아름다운 유방 옆에 큰 붕대가 붙은 평편한 자리가 있다. 납작한 부위는 상상했던 것과 비슷하지만, 내 아내의 가슴이 그런 것을 보니 오싹하다. 풍만한 가슴들은 멋지지만, 유방이 하나뿐인 여인의 몸은 신이 사디스트적인 농담을 한 것처럼 보인다. 나는 오랫동안 가슴을 바라본다. 카르멘에게 내가 쳐다보지도 못한다는 인상을 주기 싫기 때문이기도 하고, 한편으로는 그녀의 눈을 보지 않아도 되기 때문이다. 무슨 말인가 해야 될 것 같은 분위기다.

"뭐라고 해야 할지, 카르멘……"

마음에 드는 것은 결코 아니다. 마음에 들지 않는다.

"저기…… 평편하다, 그렇지?"

그녀가 거울로 붕대를 보면서 말한다.

"그래. 굉장히 평편하네."

나는 그녀 곁에 서 있다. 카르멘은 붕대의 가장자리에서 끈적끈적한 반창고를 뗀다. 천천히 붕대가 벗겨진다.

그 밑의 풍경은 말할 수 없이 추한 여인이다. 내가 실제로 본 것 중에서 가장 일그러진 형태다. 유방 위 왼쪽에서 오른쪽으로 큰 절개 자리가 있다. 길이가 10에서 12센티미터쯤 된다. 봉합한 자리의 피부가 울퉁불퉁하다. 아이가 유아원에서 수를 놓은 것처럼 군데군데 피부가 주름져 있다.

"흉터가 생기면 주름은 없어질 거야."

카르멘이 내 생각을 읽고 말한다.

"……"

"흉하지 않아, 댄?"

정직할 수밖에 방법이 없다. 나는 얼른 당황스럽지 않으면서도 솔직한 대답을 궁리한다.

"그게…… 예쁘지는 않네. 맞아."

"그래, 예쁘지 않지. 끔찍해 보여."

카르멘은 예전의 가슴을 바라보면서 말한다.

그러다가 그녀가 나를 쳐다본다. 창피함을 느끼는 눈빛임을 알 수 있다. 암에게 창피를 당했다. 세상에, 무시무시한 일이다. 아름답기를 원하는 그녀는 고통을 겪어야만 한다. 생생하게 살고 싶은 그녀는 흉해 보여야 한다.

그런 것들이 암의 법칙이다.

그래, 여기 메리 크리스마스

모두 즐겁게 지내네……

— 슬레이드 〈메리 크리스마스 에브리바디〉 (The X-mas Party Album, 1973)

32

루나와 〈텔레토비〉 비디오를 한 시간 동안 보자 그만 됐다는 생각이 든다. 그 비디오를 보면 자기도 모르는 사이에 보라돌이처럼 말하게 된다.

크리스마스 날 10시 반이다. 침실을 들여다본다. 카르멘은 아직도 곤히 잔다.

"루나, 우리 같이 목욕할까?"

"조—오—아!"

우리는 루나랑 호랑이 인형을 갖고 장난하고, 물이 식을 때까지 내 정강이뼈를 미끄럼틀 삼아 논다. 루나와 내 몸을 닦은 후, 아이에게 다시 파티 드레스를 입힌다.

평소에는 크리스마스를 그리 좋아하지 않지만, 오늘은 멋진 날로 만들고 싶다. 우리가 외출해서 인생의 즐거움을 맛볼 수 없다면 집에서 해보자고 마음먹었다. 카르멘에게 줄, 좋은 목욕용 오일 두 병을 샀다. 한 병은 향유 냄새가 나고('몸과 영혼에 휴식을 주는'), 또 한 병은 오렌지와 라임 꽃 냄새가 난다('완전한 긴장 완화'). 루나는 엄마에게 마돈나의 새 CD를 선물할 것이다. 나는 루나의 머리카락을 둘로 나누어 고무줄을 이용해 이번 주에 산 크리스마스 장식을 매준다.

우리 침실을 힐끗 보니 카르멘이 침대에 누워 있지 않아서 다행스럽다.

"아래층에 있는 엄마한테 가자!"

내가 흥이 난 목소리로 루나에게 외친다.

"빨리! 엄마한테! 엄마한테!"

"엄마 선물 잘 들었니?"

"응!"

"엄마한테 그걸 주면서 뭐라고 말해야 되는지 기억해?"

"메이 키스미스?"

"비슷해, 맞아."

나는 킬킬대면서 루나에게 뽀뽀한다. 마음이 뭉클하다.

아래층에 가니 카르멘은 긴 회색 가운을 입고 식탁에 앉아서 신문을 읽고 있다. 아직 가발을 안 썼고, 보정 브라도 착용하지 않았다.

그녀 앞에는 푸딩 접시가 있다.

내가 놀라서 묻는다.

"벌써 식사하는 거야?"

"응, 배가 고팠거든."

카르멘이 무덤덤하게 대꾸한다.

잠시 침묵이 흐른다. 그녀는 푸딩을 한 입 먹으면서 다시 묻는다.

"무슨 일 있어?"

내가 당황해서 대답한다.

"응. 크리스마스야…….”

루나가 작은 팔을 뻗어, 엄마에게 포장된 CD와 그림을 준다. 나는 병 두 개를 들고 있다. 금색 포장지로 싸고 빨간 리본까지 달았다.

카르멘이 화들짝 놀란다.

"어머, 난 두 사람에게 줄 선물을 못 샀네…….”

"그건 상관없어.”

나는 거짓말을 한다.

루나는 카르멘이 CD의 포장을 벗기는 것을 거든다. 나는 식탁에 앉아 주위를 둘러본다. 엉망이다. CD들, 잡지 두 권, 신문, 병원의 예약 노트. 간이 식탁에는 어제 먹다 남은 갈색 빵과 슈퍼마켓에서 사온 햄 두 봉지가 놓여 있다. 뜯어놓은 우유와 땅콩버터도 나와 있다. 나는 속상한 마음으로 빵 한 조각을 꺼낸다. 그리고 냉장고에서 버터를 가져와서 빵에 바르고 햄을 얹는다. 카르멘은 부지런히 선물 포장을 풀면서, 내 행동을 지켜본다.

"내가 크리스마스 아침 식사를 준비할 수도 있었는데 아쉽네, 그렇지?”

그녀가 힘없이 묻는다.

나도 어쩔 도리가 없다. 기어이 눈물을 흘리고 만다.

"그래, 그랬으면 좋았을 거야…….”

나는 실망해서 중얼댄다. 입 안에 텁텁한 빵과 햄 맛이 확 퍼진다.

"아, 세상에…… 난 어쩜 이렇게 멍청할까. ……정말 형편없네. 정말이지…… 미안해, 댄…….”

그녀가 완전히 낙심해서 중얼댄다.

나는 카르멘이 안쓰러워서 괜찮다고 말한다. 우리는 서로 꼭 껴

안고 서로 위로한다. 루나는 행복한 표정으로 우리를 쳐다본다.

나는 분위기를 바꾸기 위해 애써 밝은 목소리로 말한다.

"좋은 생각이 있어. 내가 프랑크에게 전화해서 오늘 우리 집에 올 생각이 있냐고 물어볼게. 가서 그 친구를 태워오면서 가게에 들러서 맛있는 걸 사오는 거야. 오늘도 가게는 문을 열었을 거야. 내가 돌아오면 처음부터 다시 시작하는 거야."

*

내가 펜트하우스에 도착하자 프랑크는 세 번이나 뽀뽀를 한다.

"메리 크리스마스, 친구!"

그가 쾌활하게 인사한다.

"고마워. 너도."

나는 무덤덤하게 대답한다.

프랑크는 나를 찬찬히 살펴본다.

"별로 안 좋은 거야?"

나는 바닥을 내려다보면서 고개를 젓는다. 나는 그의 어깨에 대고 눈물을 쏟는다.

차에서 팻보이 슬림의 〈바로 여기, 바로 지금〉을 볼륨 18로 틀었다. 레인스트라트에 있는 가게에서 우리는 괜찮아 보이는 것들을 다 산다. 길모퉁이 꽃집에서는 장미 한 다발을 산다. 우리는 양팔 가득 음식, 음료, 꽃을 안고 노래를 부르면서 응접실로 들어간다.

카르멘은 검은 바지에 흰 점퍼를 입고 있다. 내가 보기에 가장 잘 어울리는 옷이다. 화장도 하고 가발도 썼다. 그녀가 내게 다가

와 포옹한다.

"해피 크리스마스, 여보."

그녀는 환하게 웃으면서 귓속말로 덧붙인다.

"오늘 밤 누구도 맛보지 못한 최고의 크리스마스 오럴섹스를 해
줄게."

사람들은 말하지. 2000년이라고.

파티가 끝났다고. 이런 ⋯⋯.

— 프린스 〈1999〉 (1999, 1982)

33

우리는 밀레니엄을 네덜란드 가운데 있는 마르센에서 축하한다. 토마스와 안네가 파티를 주선한다. 솔직히 속셈을 모르겠다. 토마스는 마이애미 여행 후 한 번도 전화하지 않았고, 안네는 내가 전화를 받으면 얼른 카르멘의 안부를 묻는다. 다행히 마우트와 프랑크도 오고, 고향 친구들 몇명도 참석한다.

시계가 12시를 가르키자 카르멘과 나는 감정에 북받친다. 우리는 몇분간 포옹한다. 서로에게 어떤 기원을 해야 될지 모르겠다. 나는 프랑크에게 가서 오래도록 포옹한다. 그는 작년보다 나은 한 해가 되기를 빌어준다. 마우트는 내게 키스하고 뺨을 쓰다듬는다.

"한 해 동안 당신이 자랑스러웠어요, 댄."

그녀가 속삭인다.

잠시 후 토마스가 내게 다가온다. 그는 어깨를 슬쩍 치더니 새해 인사를 하고, 어떠냐고 묻는다. 나는 캐묻는 눈빛을 던진다. '정말 몰라서 그러는 거야? 아니면 알고 싶지 않은 거야?' 나는 잠깐 머뭇거린다. 토마스와 숨바꼭질을 해야 할까. 아니면 집안 분위기가 엉망진창이라고 말하고 마이애미에 다녀온 후 그가 전화하지 않아서 뿔이 났다고 솔직히 털어놓아야 할까?

우리는 30년 지기다. 내 기분이 어떤지 그에게 명확히 알려줘야 한다.

내가 먼저 운을 뗀다.

"언제나 해가 쨍쨍하지는 않아, 토마스."

"그래, 인생이 그런 거겠지……. 크리스마스는 잘 보냈어?"

나는 다시 대화를 시도한다.

"아니, 아주 좋지는 않았어. 사실 크리스마스가 우리를 힘들게 했어. 내가 생각했던 것보다 훨씬 상징적인 날이라서……."

토마스가 내 말을 끊고 끼어든다.

"맞아. 다 할 의무들이 있는 거지, 안 그래? 우리도 똑같아. 크리스마스는 처가에서, 다음 날은 본가에서 보냈지. 난 언제나 이때를 '국가 따분일'이라고 불러. 하하하."

"저기, 좀 다른 이야기였는데……."

이런, 방향을 바꿔야겠군.

"저기, 프랑크한테 들었어. 너는 카르멘이 암에 걸렸으니 내가 마이애미에 가지 말아야 된다고 생각했다며?"

토마스는 움찔 놀란다. 그는 초조하게 주위를 둘러본다.

"저기, 말이야…… 아, 이런. 프라이팬에서 미니도넛을 꺼내야 되는데. 안 그러면 은완코 카누(나이지리아 축구선수로 아약스의 구장이 '더 메이르'이던 시절에 인기가 대단했다. 흉내 낼 수 없는 발과 다리의 움직임으로 유명하다)처럼 까맣게 될 거야. 그러면 아무도 안 먹으려 들겠지, 하하하. 있지, 미안해. 내가 그, 금방 올게……."

토마스는 가버린다. 그의 뒷모습을 바라보자니, 샴페인 잔을 든 손에 힘이 들어가서 잔이 바스라질 것 같다. 내 아내는 1주일 후면 회복되는 감기를 앓는 게 아니야. 그녀는 암을 앓고 있다고, 이 멍청아! 암! 몹시 아프고, 대머리고, 유방 하나가 없어, 죽을까봐 덜덜 떤다고. 네 생각에는 집안이 어떻게 돌아갈 것 같으냐, 이 돌대가리야!

토마스가 미니도넛을 들고 돌아온다. 나는 도넛을 한 개 집고, 테이블에 있는 샴페인 병을 들고 밖으로 피한다. 있는 힘을 다해 도넛을 울타리로 내던진다. 창으로 토마스가 행복한 표정을 짓고 사람들에게 그릇을 돌리는 광경이 보인다. 나는 나무 벤치에 가서 앉는다. 하늘에 마지막 불꽃이 솟는 것을 보면서, 우리가 암 투병을 하며 지낸 지난해를 회고한다.

"여전히 날 사랑해?"

크리스마스 날 늦게 카르멘이 내게 물었다. 내게 크리스마스 선물을 준 직후였다.

"당연히 당신을 사랑해, 여보."

나는 미소를 지으며 대답했다.

거짓말을 했다.

솔직히 내가 그녀를 사랑하는지 확신이 서지 않는다. 맞다, 카르멘이 우는 모습을 보면 마음이 아프다. 구역질을 하고, 통증에 시달리고, 두려움에 사로잡힐 때면 마음이 아리다. 하지만 그게 사랑일까? 아니면 연민에 불과할까? 아니, 그녀를 낙담시키고 싶지 않다. 그런데 그게 사랑일까? 아니면 의무감의 문제인가?

하지만 우리는 갈라서고 싶어도 그럴 수 없다. 상황이 하강곡선을 그리기 시작할 경우 카르멘이 곁에 두고 싶어하는 사람은 바로 나다. 그녀는 "누구도 당신만큼 나를 이해하지 못해"라고 말한다.

'파티가 끝났다'는 프린스의 노래가 머릿속을 맴돈다. 그래, 잘 생각해 보지그래. 나는 속으로 중얼댄다. 언제나 '댄의 원칙'에 따라 살아왔잖아. 삶에서 싫은 게 있으면 난 바꾼다. 일, 관계, 모든 것을. 그런데 이제 새로운 밀레니엄이 시작하는 지금 난 평생 처음으로 지독하게 불행하다. 그런데 내가 할 수 있는 것은 아무것도 없다.

해피 뉴 이어, 댄.

환상적인 기분이야, 환상적인 기분. 세상은 미쳤고 난 괜찮아.

그러니 기근과 암과 폭력 이야기는 그만하고 모자를 쓰고 같이 노래해.

환상적인 기분이야, 환상적인 기분.

— 한스 티유웬 〈거칠고 우울한 세상〉(1995)

34

"정말이지 카르멘, 얼마나 잘 해나가는지 놀라울 정도예요. 모든 걸 다 하잖아요. 정말 쾌활하고, 여태 예전이랑 똑같이 일도 하고요……."

다시 안으로 들어가니 마우트가 카르멘에게 말하고 있다.

토마스가 고개를 끄덕여 동의한다.

"아, 물론 그것 때문에 낙담할 수 있겠지만, 그래본들 도움이 안 되잖아요. 당장은 어떤 것에도 시달리지 않을래요."

카르멘이 말한다. 그녀는 사람들이 듣고 싶은 대답을 한다.

이날 오후 그녀는 12시 반까지 살아 있다고 할 수가 없었다.

"카르멘은 정말 긍정적이에요. 그 점이 감탄스러워요."

토마스가 말한다. 프랑크는 나를 보며 눈을 찡긋한다. 카르멘이 몇마디 덧붙인다.

"달리 어쩔 도리가 있나요? 긍정적으로 전망할수록 인생이 근사해지거든요."

그녀는 꿋꿋하게 버틴다.

하지만 이날 저녁에는 잘 되지 않는다. 긴 저녁시간을 보내느라 지친 기색이 완연하다.

"여보, 슬슬 가보는 게 어때?"

내가 조심스럽게 묻는다.

카르멘은 직접 그 말을 하지 않아도 되어 다행스러워한다.

내가 잠든 루나를 안아서 가만히 차로 옮길 때도 아이는 깨지 않는다. 프랑크가 짐 챙기는 일을 거든다. 그가 내게 속삭인다.

"기운내, 친구. 그녀에게는 자네가 필요해."

차가 모퉁이를 돌기도 전에 내가 화를 내며 묻는다.

"도대체 어쩌자고 사람들에게 그 이야기를 하면서 아무렇지 않은 척 하는 거야? 이제 다들 앉아서 당신이 대단하다는 이야기를 하고 있다고. 늘 어쩌면 그렇게 낙천적인지, 어쩌면 그렇게 불평 한마디 하지 않는지. 당신도 잘 알겠지만 결국 그들은 우리 친구들이야. 당신이 하루의 4분의 3은 몸이 좋지 않다는 사실을 그들도 알아야 한다고, 제길!"

카르멘은 한동안 아무 말도 하지 않는다. 내가 더 몰아치려는 순간, 기어이 폭탄이 터진다. 갑자기 그녀가 양손으로 계기판을 쾅쾅 치면서 신경질적으로 울기 시작한다. 나는 덜컥 겁이 나서 얼른 바로 앞에 있는 주유소로 들어가, 한적한 주차장에 차를 세운다. 내가 포옹하려 하지만, 카르멘은 거칠게 내 팔을 밀친다. 루나를 돌아보니, 기적 중에서도 기적이 일어나서 계속 자고 있다.

"하지만 난 사람들이 내가 괜찮다고 생각하기를 바라는 게 아니야! 난 전혀 괜찮지 않다고. 완전히 기분이 개떡 같단 말이야! 말할 수 없이 개떡 같다고! 그들이 그걸 모른단 말이야? 난 대머리고 가슴 하나가 잘려나갔는데……. 정말이지…… 괜찮지 않을까봐 겁이 나 죽겠는데…… 통증에 시달릴까봐…… 죽을까봐 두려운데! 난 정말로 죽고 싶지 않다고! 당연히 그들이 그런 마음을 알겠지?"

카르멘이 흐느끼며 오래오래 운다.

"자, 여보. 그만해."

내가 부드럽게 달랜다. 이제 카르멘은 내 포옹을 받아들인다.

"이제는 뭐가 뭔지 하나도 모르겠어, 댄. 항상 투덜대면서 돌아다녀야 되는 걸까? 그러면 축 처질 거야……. 그렇게 되면 아무도 내게 상태가 어떠냐고 묻지 않을 거라고……. 다들 '저 여자, 또 징징대네'라고 생각하겠지."

"카르멘, 언제나 기분이 좋지 않다는 것을 부끄러워 할 필요는 없어, 안 그래? 그들이 당신의 상태가 어떤지, 기분이 어떤지 제대로 모른다면, 그런 사람들한테 응원을 기대할 수 없다고."

"흠…… 아마 난 모든 사람들에게 더 정직해야 될 거야……."

그녀가 나를 물끄러미 보면서 덧붙여 묻는다.

"그 편이 더 낫겠지, 안 그래?"

나는 고개를 끄덕인다. 카르멘은 내 쪽으로 몸을 굽혀 내 어깨에 머리를 기댄다. 한참 후 그녀가 말한다.

"이런 말을 할 엄두를 내지 못했지만…… 나 브로커스를 그만둘까 생각 중이야."

"잘 생각했어."

나는 조금도 머뭇거리지 않고 대답한다.

카르멘이 몸을 홱 일으키고, 놀란 표정으로 날 쳐다본다.

"맞아, 이미 오래전에 그래야 했다고. 당신의 사업체잖아. 몸이 나아지면 언제든 다시 시작할 수 있어."

그녀는 계기판을 빤히 본다. 생각에 잠긴 눈치다.

카르멘이 갑자기 단호하게 말한다.

"맞아. 그리고 체육관에 다니면 되겠지. 또 루나를 집에 데리고 있는 시간을 늘릴 수도 있고…… 쇼핑하고 책도 읽고…… 나 자신에 대해 생각도 하고."

그녀가 다시 계기판을 두드리며 외친다.

"좋았어! 그만둘 테야. 직원들이 알아서 운영할 수 있을 거야!"

나는 만족스러워 싱긋 웃는다.

그래서 그렇게 됐다. 새 밀레니엄이 시작된 날, 35세 카르멘은 회사 일을 중단했다.

Part 2

댄 & 카르멘
그리고
댄 & 로즈

카니발이었고 도시 전체에 사랑이 솟구쳤다.

거대한 공모의 매개체들이 사회 각 계층의 심장들을

찌르고 타오르게 하는 것처럼……

—산도르 마라이 『열정』(1942)

1

브레다의 거리거리에는 술 취한 개구리, 노래하는 성직자, 섹시한 닭, 호색한 요정을 비롯해 암스테르담에서는 만나지 못할 모습들이 넘쳐난다. 마우트와 나는 사흘 전에 브레다에 왔다. 카르멘, 프랑크, 라몬은 우리와 함께 오지 않았다. 카르멘은 카니발을 좋아하지 않고('그걸 좋아한다고 말하면 그건 거짓말이야'), 프랑크는 멋쟁이고, 라몬은 칠레에서 왔다. 올해 토마스가 오든 안 오든 난 상관없다.

마우트와 나는 브레다 카니발을 기대하며 지냈다. 남쪽으로 내려오면서 우리는 음악을 들었다. 나는 주문해서 만든 미끈미끈한 호랑이 의상에 프릴 장식이 있는 셔츠를 입고, 머리에 은색 스프레이를 뿌렸다. 마우트는 짧은 스커트에 간호사 복장을 입었다. 신트루카스 병원에서는 그런 제복을 입은 간호사를 본 적이 없지만. 우리는 호텔에 짐을 풀고, 곧장 '데 봄멜'로 향한다.

데 봄멜은 네덜란드 최고의 술집이다. 브레다에서는 외출하는 것을 '봄멜한다' 고 말하고, 작은 잔을 '봄멜티에'라고 부른다. 또 데 봄멜의 바텐더는 NAC의 센터 포드보다 존경을 받는다. 그들도 그걸 안다. 어느 날 저녁 손님이 꽉 찼는데 내가 주문을 하며 사소한 일로 바텐더를 성가시게 하는 호기를 부리자, 그는 '제발 우리 를 내버려두세요'라고 인쇄된 안내문을 주었다. 자존감이 있는 (예전) 브레다 사람 을 보려고, 브레다 사람들은 그 모습을 보이려고 카니발에 온다. 며칠 동안 암스테 르담의 어떤 클럽보다 도시는 예쁘고 색정이 넘친다. 브레다는 브라반트(네덜란드 남부에 있는 주―옮긴이)에 있고, 사람들은 진국이다.

또 로즈가 여기 와 있다. 이번에도 모자를 썼다. 잿빛이 감도는 청색 군인 모자. 스트라테고(보드 게임의 일종―옮긴이)에서 하사관 이 쓰는 것 같은 모자. 그녀가 쓰면 섹시해 보인다는 것만 다르다. 작년에 나는 잔뜩 취해서 『참을 수 없는 존재의 가벼움』(밀란 쿤 데라의 소설. 영화화되기도 했다―옮긴이) 이후 그렇게 섹시한 모자 는 처음 봤다며 온갖 잡담을 늘어놓았다. 그게 큰 도움이 되었다.

로즈. 그녀도 암스테르담에 산다고 내게 말한 적이 있다. 아쉽게도 거기서는 한 번도 본 적이 없다. 카니발에서만 로즈를 본다. 매년 나는 사흘간 그녀와 사랑에 빠진다. 또 매년 그녀는 웃으면서 퇴짜를 놓는다. 왜 그런지는 오리무중이다.

올해에는 의상이 워낙 멋져서 실패할 리 없다. 사람들을 휘청거 리게 만들자는 게 내 모토다.
"안녕, 로즈―저 금발……."
"어어―저 파란 눈 ― 아, 댄이지요? ― 저 긴 속눈썹."

"네—저 섹시한 입술……."

"암스테르담에서 온 댄,—나는 그녀의 시선이 내 의상에 꽂히는 것을 알아차린다. 작전이 착착 들어맞는다—유부남이었던……."

로즈는 내 손을 잡더니 결혼반지를 가리킨다. 그녀가 덧붙인다.

"수정해야겠네요. 현재 유부남인!"

아, 맞아. 그랬다. 그녀에게는 원칙이 있다. 난 원칙 따윈 싫어한다.

"그래서요? 오늘 저녁에 나를 유혹해 보려고요?"

작전 변경.

"아뇨, 당신이 결혼반지를 좋아하지 않으니까요. 내게 좋은 생각이 있어요—언제 한번 암스테르담에서 한잔 하자고 초대하고 싶은데요? 난 어울리기에 딱 좋은 사람이거든요."

나는 큰 몸짓으로 손을 등 뒤로 돌리며 말을 잇는다.

"백 퍼센트 명확한, 순수한 플라토닉한 만남이에요."

로즈가 웃음을 터뜨린다. 빙고!

나는 명함을 꺼내서 '지참자에게 플라토닉한 술 한잔 대접합니다'라고 적어 로즈에게 건넨다.

내 멋진 모습이 흐뭇해서 씩 웃으며 마우트에게 돌아간다. 그녀는 NAC 셔츠를 입은 곰 같은 사내와 달라붙어 애무하느라 바쁘다. 마우트가 그의 편도선 검사를 중단하자, 남자의 얼굴이 보인다.

그러니까 토마스도 여기 왔구먼.

나는 최고야. 나는 멋쟁이

나는 티롤 출신의 안톤이지

— DJ 외치 〈티롤 출신의 안톤〉 (Das Album, 1999)

2

카니발의 흥분은 워낙 중독성이 강해서, 그 기분에서 빠져나오
는 것이 미리부터 걱정될 정도다. 지금이 바로 그렇다. 나는 호텔
객실에 혼자 누워 있다. 마우트의 침대는 사람이 잔 흔적이 없다.
안네에게 문자를 보내, 남편과 통화하고 싶으면 마우트에게 전화
하면 된다고 알리고 싶어 죽을 지경이다.

일어나서 창밖을 내다본다. 길거리에는 어젯밤 행사의 잔해가
넘쳐난다. 만취한 어릿광대가 문간에 누워 있고, 기린이 방금 몸을
섞은 마녀와 팔짱을 끼고 걷는다.

나는 카르멘에게 오늘 집에 가겠다고 약속했다. 브레다 카니발
의 화요일은 애매한 시점이다. 공식적으로는 아직 카니발 중이지
만, 시내는 이미 파장 분위기가 감돈다. 오늘 카니발에 참석하는
사람들은 충분히 만끽하지 못한 이들과 집에 가기 싫은 사람들뿐
이다. 평소 같으면 나는 전자에 속하지만 올해는 양쪽 다에 속한
다. 일상으로 돌아가고 싶지 않다. 여기 머무르고 싶다. 나는 카르
멘에게 전화한다.

"안녕, 자기!"

"안녕!"

"어떻게 지내?"

"잘 있어."

냉랭한 말투는 아니다.

"우리 꼬맹이는?"

"잘 지내. 지난 며칠은 잠을 잘 자네. 브레다는 어땠어?"

"환상적이야. 올해도 여전히 아주 멋져."

"잘 됐네. 즐겁게 지냈다니 다행이야! 몇 시에 집에 도착해?"

"저기…… 여기서 하루쯤 더 지내면 어떨까 생각하던 참이야. 수요일까지는 출근하지 않아도 되거든. 괜찮겠어?"

묵묵부답.

"카르멘?"

띠띠띠.

나는 한숨을 푹 쉰다. 전화를 끊는다. 내일은 1974년 월드컵 결승전 다음 날보다도 나쁠 것이다.

너무 짜릿해, 자제심을 잃겠어.

그런데 맘에 들어……

— 포인터 시스터즈 〈너무 짜릿해〉 (So Excited, 1982)

3

나는 오늘 아침 짐을 챙기러 온 마우트를 보자마자 놀려댔다.

"그러니까, 토마스랑 그렇고 그런 거지?"

그녀는 어깨를 으쓱하며 말했다.

"그이는 둘이 같이 지낸 일을 당신한테 말하지 말라고 애걸하던 걸."

마우트가 경멸조로 말하자 내가 유리해졌다. 나는 브레다에 하루 더 머물기로 결정해서 카르멘을 자극했다고 말했다.

"우리 여기서 뭐하는 짓이죠?"

마우트가 고개를 저으면서 웃었다. 그녀는 암스테르담행 기차를 탔다.

한 시간 후 나는 봄멜에 혼자 서 있었다. 나 외에 남자 셋과 기린 머리 하나가 있었다. 저녁이 되자 사람들이 슬슬 모여들기 시작해서 술집이 반쯤 찼다. 따분해서 마녀 같은 코를 가진 여자랑 키스를 했다. 하지만 그녀는 마녀 옷을 입지도 않았다.

이제 수요일이다. 나는 썰렁한 조식 식당에 있다. 청소부들과 목수들이 카니발의 쓰레기를 치우는 중이다. 이제 암스테르담에 혼자 돌아가면 오늘 저녁 나는 카르멘의 감시하는 눈길 아래로 복귀할 것이다. 회사에 가서 몇 시간 있다가 6시쯤에 돌아가겠다고 문자를 보냈다. 그녀는 답 문자를 보내지 않았다.

암스테르담에 도착하자 곧장 사무실이 있는 스타디움으로 향한다. 회사에서는 직원들이 점심 식사를 하고 있다. 나는 의자를 끌어다놓고 카니발 이야기를 한다. 여럿이 듣기에 좋은 화제다. 그런 다음 내 컴퓨터로 가서 메일을 열어본다. 홀란드 카지노, KPN, 센터파르크. 쓰레기 같은 메일들과 낯선 사람이 보낸 메일이 있다. roseanneverschueren@hotmail.com. 메일을 열어보고 배시시 웃는다. 로즈의 메일이다!

보낸 이 : roseanneverschueren@hotmail.com.

보낸 날짜 : 2000년 3월 8일 수요일 11시 47분

받는 이 : Dan@creativeandstrategicmarketingagencymiu.nl

제목 : 잘 잤어요?

안녕하세요, 호랑이 씨. 명함이 있기에……

네 잔째 커피를 마시고 80개비째 담배를 물고 덜덜 떨며 앉아 있어요. 주위에 투덜대는 심각한 인간들이 너무 많있네요. 남부로 돌아가고 싶어요! 그래, 나머지 시간도 즐겼나요? 키스할 여자들은 많던가요?

로즈

추신: 아직도 플라토닉한 술 한잔 하고 싶어요? 그럼 가죠. 금요일 저녁에 가능해요?

조오오오왔어! 공격 성공, 타깃에 명중! 하루가 구제된다. 메일을 세 번이나 읽고 조심스럽게 답장을 쓴다. 너무 안달하지 말자고. 너무 채근하거나 기대하지 말고 약속을 하자고. 메일을 쓰느라 45분쯤 씨름하다가, 적극성과 플라토닉한 사교성, 순수한 흥분감이 적당히 섞였다 싶은 문구를 찾아낸다. 다시 한 번 문장을 읽고, 자연스러워 보이도록 맞춤법을 살짝 틀리게 쓴 다음 '보내기'를 누른다.

보낸 이 : Dan@creativeandstrategicmarketingagencymiu.nl

보낸 날짜 : 2000년 3월 8일 수요일 15시 26분

받는 이 : roseanneverschueren@hotmail.com.

제목 : Re : 잘 잤어요?

긍요일 오케이!

그때 봐요, 댄.

그런 다음 무거운 마음으로 집으로 걸어간다.

루나가 반갑게 맞아준다. 카르멘은 아니다. 금요일에 또 외출할 계획에 대해서는 언급하지 않는 게 최선이다.

차를 운전하다가 너를 끌어안네. 너는 싫다고 말하지.

너는 그러기 싫다지만 난 네가 거짓말쟁이란 걸 알아.

왜냐면 우리가 키스할 때…… 불꽃이……

— 브루스 스프링스틴 〈파이어〉 (1978, Live in Concert 1975-85, 1986)

4

나는 점심 식사를 하면서 프랑크에게 최대한 자연스럽게 말한다.

"내일 저녁에 식사 후에 보자고. 오늘 브레다에 사는 조카가 암스테르담에 왔거든. 먼저 그 녀석이랑 맥주 한잔 마셔야 돼. 나중에 어디로 갈지 문자로 알려줄게. 하칸이랑 라몬은 몇 시에 약속했어?"

"7시에 '클럽 이네즈'에서."

클럽 이네즈. 그곳은 음식이 워낙 트렌디해서 메뉴에 적힌 요리들은 못 들어본 재료가 적어도 한 가지씩 들어 있다. 다행히 프랑크도 마찬가지다.

나는 로즈에게 이메일을 보내, MIU에 들러서 우리 사무실을 돌아본 후에 '팍 자위트'에 가겠느냐고 묻는다 — 더 일찍 오고 싶으면 전화하라고. 하지만 그녀가 6시 반에 문에 서 있으면 나는 얼굴이 빨개진 채 사무실 사람들에게 숙녀분이 누구인지 설명해야 될 거라고.

시계가 돌아가듯 일이 착착 돌아간다. 7시 15분 전 모두 퇴근한다. 프랑크도 가보겠다고 말한다. 그런데 그때 로즈가 전화해서 30분쯤 늦는다고 말한다. 매사가 순조롭게 풀린다. 다만 전화벨이 울릴 때 마침 화장실에 있던 터라 프랑크가 대신 전화를 받은 게 문제라면 문제지만.

프랑크는 고개를 저으면서 웃음을 터뜨린다.

"조카랑 즐겁게 보내라고."

그가 퇴근하면서 말한다.

얼굴에 달아오른 기운이 서서히 가라앉는다. 나는 다프트 펑크의 음반을 틀고 냉장고에서 버드와이저 맥주를 꺼낸다. 카니발 복장을 입지 않은 로즈는 어떤 모습일지 사뭇 궁금해진다. 그녀가 실망을 주리라고는 상상할 수 없다.

과연 그렇다. 벨이 울리고, 유리문으로 나가자 거기 브레다 출신의 금발 여신이 서 있다. 로즈는 긴 검정 재킷을 입고, 긴 금발머리에는 검은 모자를 쓰고 있다. 그녀가 소리내어 웃는다. 나는 빙그레 웃으면서 문을 연다.

"안녕하세요, 마담."

"안녕하세요. 신사분."

나는 플라토닉하게 볼에 세 번 키스한다. 그녀에게 맥주를 권하고 사무실 구경을 시켜주며 회사에 대해 무심한 듯한 말투로 이야기한다. 그녀가 마음에 들어 한다. 일이 술술 풀린다.

곽 자위트는 북적거린다. 9시 경에 프랑크네 무리와 합류할 계획이다. 로즈가 쉽게 몸을 허락할 것 같기 때문이다. 그런 느낌이 확 밀려온다. 로즈는 쉽게 같이 자는 여자인데 내 결혼반지 때문에 나랑은 안 그랬던 것 같다. 나는 그녀의 이름을 '할 일' 파일에서 '플라토닉' 파일로 넘겨야 될까봐 두려워지기 시작한다고 너스레를 떤다.

곽 자위트. 그렇다. 올림픽 스타디움에 있는 사무실 맞은편이라, 지리적으로 우리의 아지트가 되었다. 이곳은 TGI 프라이데이 같은 곳이다. 금요일 오후 5시면 칼라와 소매단이 하얀 줄무늬 셔츠를 입은 남자들과 카디건 세트를 입은 여자들이 넘쳐난다. 처음에 거기 갔을 때는 '으악'이다 싶었다. 하지만 야외 파라솔 다섯 군데를 돈 후에는 스웨터 세트를 입은 여성들도 바스티유에 오는 모스키노 벨트를 맨 네일샵 금발 아가씨들 못지않게 엉큼하다는 것을 알았다. 그 후로 이곳이 진짜 마음에 든다.

"당신은 큰 강아지 같아요."

로즈가 웃음을 터뜨린다.

"강아지?"

"만날 장난을 치고 아무한테나 뛰어올라 마구 핥아대고……."

"당신은 강아지를 좋아하는 것 같은데요."

나는 그녀의 눈을 똑바로 쳐다보면서 말한다. 로즈가 얼굴을 붉히기 시작한다. 이제 낚아채기만 하면 되는 거지!

"음…… 그래요. 하지만 유부남 강아지는 나한테는 아무것도 아니죠."

친구들이랑 어울리는 편이 낫겠다는 생각이 든다. 여기서 어슬렁대봤자 무슨 좋은 일이 있을까? 30분 후에는 집에 도착해야 된다고 말해야겠다. 그래, 그래야겠어.

"저기, 로즈……."

"네?―저 머리. 저 눈. 저 고른 치아."

"우리 뭘 좀 먹을까요?"

*

우리는 반 밸레스트라트에 있는 더 크네이프로 간다. 보통은 콘세르트허바우에 가는 길이거나 거기서 오는 길인 사람들만 거기 간다. 그래서 더 크네이프에 가도 내가 아는 사람을 만날 리 없다. 우리 둘 다 스테이크와 감자튀김을 주문한다. 로즈는 마지막으로 사귄 이프슬란트(네덜란드의 가장 북부에 있는 주―옮긴이) 출신 남자에 대해 말한다. 그와 정리가 잘 되기를 바란다고.

"부인 이야기를 들려주세요."

당신이 먼저 이야기를 꺼낸 거야.

"거북한 이야기를 들을 준비가 됐어요?"

"'집사람이 나를 이해 못해요' 따위의 말은 아니겠죠?"

"아니에요."

나는 약간 짜증을 내며 대꾸하고, 말을 하기 시작한다. 암에 대해서, 항암치료에 대해서, 공포에 대해서. 가슴 절제. 그리고 우리의 관계에 대해서.

그녀는 내 손에 자신의 손을 얹고 이야기를 듣는다.

밖에서 라몬이 문자를 보낸다.

그래 재미보고 있는 거냐, 바람둥이 녀석아?

우린 축구장에 갈 거야. 너는?

나는 안 가겠다는 문자를 보낸다. 지단이 아약스와 계약을 맺을
가능성이나 오늘 저녁 로즈랑 잘 가능성이나 둘 다 가능성이 없기
는 매한가지라는 것을 안다.

"춤추러 가고 싶어요?"

그녀는 춤이라면 미친다고 말한다. 마이애미에 다녀온 후로는
나도 그렇다. 하우스 음악이 어떤지 잘 모르긴 해도, 모어에 가본
적이 없지만 거기 갈 엄두는 나지 않는다. 프랑크가 2시 이후에 가
는 곳이거든. 나는 '파라디소'에 가고 싶다고 말한다.

인간이 달 위를 걸었다는 것을 여태 믿지 않는 사람들도 있다. 파라디소에 대해
서 내가 바로 그렇다. 스톤스와 프린스, 내가 좋아하는 스프링스틴이 로테르담의
카위프 스타디움에서 공연한 후에 재미삼아 파라디소에 출연했다는 소식은 언제
나 믿기지 않는다. 그들의 콘서트 자리에 있었다는 사람들은 업소 측이 돈을 주고
전 세계에 소문을 내게 했을 거라는 결론을 내린다. 아님 날 약 올리려고 그런 말
을 하는 것이거나. 신이여, 도우소서. 데 데익. 그 밴드의 티켓만 손에 넣을 수 있
다면 저는 행복해 미칠 것입니다.

우리는 위층의 작은 자리에 앉아서 대화를 계속한다. 로즈는 내 무릎에 손을 내려놓는다. 오랜 세월 아는 사이인 듯 아주 천연덕스럽다. 나는 그녀의 손 위에 손을 올리고, 속보이는 행동을 하는 것처럼 보이지 않으려고 최선을 다한다.

"춤추고 싶어요?"

우리는 댄스플로어로 내려간다. 춤보다는 대화를 더 많이 한다. 우리는 계속 이야기를 나눈다. 이런저런 것에 대해서. 하지만 우리의 눈은 벌써 오래전부터 대화에 몰입하지 않는다. 두 사람의 눈에는 갈망이 가득하다. 그것은 어떻게 해볼 도리가 없다. 압도적이다. 말 중간에 나는 로즈를 벽에 밀어붙이고 키스한다. 그녀의 몸이 늘어지면서 저항을 포기한다. 우리는 입맞춤을 나눈다. 또 키스. 또 키스. 몇 분이나 계속된다. 그러다가 나는 그녀를 쳐다보면서 모르겠다는 듯이 어깨를 으쓱한다. 로즈는 고개를 젓는다. 역시 모르겠다는 듯이. 우리는 다시 키스를 시작한다. 잠시 후 우리는 파라디소에서 나온다.

로즈는 아우트 베스트의 에르스테 헬머스스트라트에 산다. 나는 빈자리에 차를 세운 뒤, 그녀의 바지 지퍼를 내리고 손을 넣는다. 그녀가 촉촉하게 젖는다. 갑자기 그녀가 내 손을 밀친다. 욕정에 찬 그녀의 눈이 게슴츠레하다.

"우리 이러지 말아요."

나는 그녀의 손을 내 바지 위에 올려놓는다. 거시기가 밖으로 나올 지경이다. 로즈가 웃음을 터뜨리면서 손을 당긴다. 나는 크게 한숨을 내쉰다. 시간이 없다. 4시 10분이다. 4시 15분 후에는 귀가해본 적이 없다. 내가 가는 클럽들은 다 4시에 문을 닫는다는 것을 카르멘은 안다.

나는 다시 한 번 로즈에게 키스하고, 그녀는 차에서 내린다. 나는 그녀를 지켜보면서, 창밖으로 키스를 날린 후 집으로 향한다.

완전히 기진맥진이다.

적색경보, 재앙이지.

하지만 걱정 마, 겁먹지 마……

— 베이스먼트 잭스 〈적색경보〉 (Remedy, 1999)

5

나는 차 안에 있다. 그녀는 집에 있다고 말한다. 이번 주에 우리는 서로 메일을 엄청나게 주고받았다. 로즈는 월요일에 보낸 메일에서 재미있었지만 더 일찍 귀가했어야 했다고……. 그날 밤에 벌어진 일이 후회스럽지는 않지만, 유부남이랑 관계를 맺고 싶지 않다고 재차 밝혔다. 그녀는 나와 다시 만나는 게 좋은 생각인지 모르겠다고 했지만, 나는 이메일로 그 이야기를 하고 싶지 않았다. 지금 로즈와 통화를 하면서, 그러길 잘 했다는 것을 안다. 로즈는 내가 전화하자 반색한다. 지금은 목요일 저녁이다. 우리는 딱히 한 가지 화제가 아닌 이런저런 이야기를 나눈다. 내가 직장 일과 루나에 대해 말하자, 로즈는 동료들에 대해 이야기한다. 그러는 사이 나는 야간 영업하는 가게에서 방금 산 꽃을 들고 차에서 내린다.

"저기 에이르터 헬머스 몇 번지에 산다고 했지요?"

"음…… 79번지요. 왜요?"

나는 초인종을 누른다.

"잠깐만요. 밖에 누가 왔나 봐요."

"기다릴게요."

2층에서 그녀가 인터폰에 대고 말한다.

"여보세요?"

나는 내 휴대전화와 현관의 인터폰에 동시에 "여보세요"라고 말한다. 잠깐 잠잠하다.

"이봐요?"

"문 열어요."

"저…… 저기 당신이에요?"

"아뇨, 해리 벨라폰테(미국의 음악가, 배우, 사회 운동가―옮긴이)예요."

"세상에……."

그녀가 버튼을 누르자 나는 현관문을 열고 그녀의 집 안으로 들어선다.

"미쳤군요."

만면에 웃음을 짓고 계단을 올라오는 나를 보면서 로즈가 말한다. 그녀의 눈을 보니 아주 잘한 일인 것 같다.

테이블에 꽃을 놓고 그녀에게 키스한다. 그녀는 젖은 머리인 채로 가운을 걸치고 있다. 키스하면서 그녀를 뒤로 밀자 우리는 소파 위로 넘어진다. 그녀의 가운 앞섶이 살짝 펼쳐진다. 로즈는 내 눈길을 의식하고 웃으면서 가운을 여미고는 내게 찰싹 달라붙는다. 그녀의 머리를 쓰다듬고 머리에 키스한다. 카르멘이랑 이렇게 앉아본 지 너무나 오래 됐다. 난 이게 좋다.

우리는 다시 키스한다. 이번에는 더 거칠게 한다. 내 손이 가운 안으로 미끄러져 들어간다. 로즈는 거부하지 않는다. 가슴을 만지

작거린다. 보드랍다. 당장 그녀의 가슴을 사랑하게 된다. 목에 키스하고 목덜미를 살짝 깨문다.

갑자기 로즈가 일어난다.

"저기…… 커피 마실래요?"

"그보다 더 나은 걸 안 주겠다면 그러죠."

내가 웃는다.

CD 장을 뒤지니 마돈나의 〈레이 오브 라이트〉가 있다. 로즈가 모카커피 두 잔을 만들어 와서 내 옆에 앉는다. 이번에는 가운의 단추가 다 잠겨 있다. 나는 다시 그녀를 바싹 당긴다. 과정이 되풀이된다. 마돈나가 노래한다. 그렇게 간절히 원했지. 뛰고 냅다 달리고……너의 얼굴…… 내 사랑의 대신……. 나는 그녀를 부드럽게 쓰다듬는다. 로즈는 이제 내 가슴에 머리를 대고 몸을 뻗고 있다. 가운의 단추를 풀자 그녀는 눈을 감고 속삭인다.

"안 돼요……."

마돈나의 노래 두 곡이 흐른 후, 그녀가 내게 다시 키스한다. 내손이 다시 가슴을 향한다. 방금 집에 도착한 기분이야……. 더 아래로. 로즈가 한숨을 쉬면서 머리를 뒤로 젖힌다. 이번에는 내 손이 배 아래로 내려가도 말리지 않는다.

내 살에 손을 대봐―난 눈을 감지―관계를 맺어야 해―나를 만져봐. 난 노력해―네 영혼을 들여다보려고―나는 네 눈을 감겨주지―어디서 만난 적이 있나……(〈스킨〉). 나는 몸을 움직여 그녀의 다리 사이에 꿇어앉는다. 가운데 손가락으로 그녀의 그곳을 누른다. 로즈가 고개를 젓는다.

"당신한테서 못 떨어지겠어. 나한테 가라고 해요. 안 그러면 난 멈추지 않을 테니까."

나는 한숨을 쉰다. 나는 하루 저녁 클럽에서 논 후의 파트릭 클루이베르트(축구 선수. 아약스, 바르셀로나. 십대 시절의 성 에너지는 득점 능력 못지않게 인상적이었다. 세월이 흐르면서 둘 다 괜찮은 정도로 줄어들었지만) 같은 호색한이다.

로즈가 잠시 나를 쳐다본다. 그러더니 내 셔츠 칼라를 잡아 자기 쪽으로 당긴다. 어깨에서 가운이 흘러내려 이제 그녀는 완전히 알몸이다. 그녀가 내 셔츠의 단추를 끄르자, 나는 다급히 바지를 벗고 그녀의 다리를 벌린다. 초조하다. 아주 잠깐 동안 그녀가 마지막으로 고개를 젓기를 기다린다. 신호를 지켜보면서……. 그러나 그녀는 고개를 젓지 않는다. 내게 힘든 표정을 지어 보이더니, 거의 알아보지 못할 정도로 고개를 한 번 끄덕인다. 내 마음을 따라야 할 것 같아…… 나는 천천히 그녀 안으로 들어간다. 시작하기에 정말 좋은 곳이야……. 로즈의 몸속이 천국 같이 느껴진다.

침대에서 또 다시 그 기분을 맛본다. 시내에 있어야 하는 다음 토요일 오후에도 그 느낌을 세 번 더 만끽한다. 불에 기름을 부은 격이다.

도대체 내가 무슨 짓을 시작한 걸까?

그녀는 나에 대한 사랑이 식을 리 없다고 말하지.

너와 나에 대해 알면 변하겠지.

아, 하지만 너를 사랑하는 게 너무도 쉬운걸.

너무 힘겨워질 때면 네 손길이 필요한 걸. 너에게 달려가야지……

— 브라이언 아담스 〈런 투 유〉 (Reckless, 1984)

6

외도는 별것 아니다. 여자의 몸이 관계되어서 그렇지 자위를 하는 것과 비슷하다.

연애는 완전히 다른 게임이다. 그때는 섹스가 사랑을 나누는 행위로 변한다. 이제는 여자의 몸에 거시기를 넣는 것도 아니고, 여자랑 관계 있는 것도 아니다. 이건 내가 늘 피하고 싶었던 일이다. 육체적인 외도에 대한 충동적 욕구는 이미 나빠질 대로 나빠졌다. 다른 여자들은 내 마음을 제외한 어디라도 손댈 수 있었다. 내 몸과 정신은 고독공포증일지 몰라도 내 마음만은 일부일처제를 지향했다. 내 마음은 카르멘 차지였다. 그녀가 아프지 않았다면 우리가 결코 연애를 하지 않았으리란 것을 로즈는 잘 안다. 2000년 봄, Toseanneverschueren@hotmail.com, 본명 로즈, 별명 여신, 내 휴대전화에 저장된 이름 보리스는 내 평생 첫 번째 혼외 연애 상대다.

우리는 서로를 완벽하게 보완한다. 나는 집에서 부족한 것을 로즈에게 얻으며—하루의 일부분이긴 해도—삶의 즐거움을 얻는다.

그녀는 여성스러운 면모로 내 응석을 받아준다. 아내가 암에 시달리는 이 시기에 내게 꼭 필요한 여자다. 내 '대리 왕비'인 셈이다.

내 쪽에서는 그녀에게 최대한 관심을 퍼붓는다. 로즈는 댄의 하이라이트를 누린다. 나와 함께하면서 어느 때보다 여자가 된 기분을 만끽한다.

내가 장미 한 송이와 란제리샵 선물권을 들고 나타나자, 로즈가 기뻐하며 말한다.

"당신은 나를 여신이라고 부르죠. 그래서 당신이랑 있으면 진짜 그런 것처럼 느껴져요."

그녀는 맡은 역할을 즐기고 그 역할을 백 퍼센트 해낸다. 우리가 무엇을, 언제, 어디서, 어떻게 할지에 대한 결정은 내게 맡긴다. 같이 외출할 때는 어떤 옷을 입을지 내게 묻는다. 어떤 색깔의 란제리를 살지 묻는다. 성기의 체모를 내가 가장 좋아하는 모양으로 면도한다.

관계는 마약과 비슷하다. 몇 주 안 지나서 나는 로즈에게 중독되고, 그녀가 내게 주는 감정에 중독된다. 최대한 짬을 내서 그녀와 같이 있으려고 노력한다. 바람을 피울 때 둘러대는 핑계란 핑계는 다 동원된다. 자주 '사무실에 일찍 출근'한다. '새 음반을 들으러 시내에 나가봐야' 한다. '금요일 밤의 외출'을 이용한다. 아니면 아약스 팀의 홈경기. 그때는 집에 가기 전에 문자정보로 경기 내용을 확인하고 외운다. 의뢰인과 저녁 식사를 한 저녁이면 우리는 늦게 만난다. 이따금, 그러니까 1주일에 두 번씩 저녁시간을 통째로 같이 보낸다. 그럴 때면 아는 사람과 부딪칠 가능성이 희박한 술집이나 레스토랑에 가서 저녁 내내 이야기를 나눈다. 주로 섹스에 대해. 우리가 나눈 섹스, 앞으로 할 섹스, 하고 싶다는 환상을 가진 섹스. 또 섹스에 대해 대화하지 않을 때면 우리는 섹스를 한다. 나가 떨어질 때까지 한다. 로즈의 집에서, 내 차에서, 내 사무실에서, 공원에서, 암스테르담 숲에서, 어디에서나.

낮에는 온종일 서로 이메일만 주고받는다. 하루에 수십 통씩 보내고 받는다. 집에서 벌어진 일에 대해, 다음 번 약속에 대해, 그녀의 직장에 대해, 내 직장에 대해, 그녀가 탄 기차의 연착에 대해. 정상적인 관계에서 저녁 식사를 하면서 주고받을 만한 일들을 이메일로 대신한다. 하루의 절반은 편지함에 로즈의 새 메일이 있는지 확인하느라 바쁘다. 회사에서의 내 업무 효율성은 브라이언 로이(1990년대 초반 아약스 팀 선수. 여건이 좋을 때는 상당한 개인 성적을 올렸지만 전반적인 실력은 울고 싶은 정도였다) 수준이다.

주말이라서 메일을 확인하지 못하면 나는 휴대전화 문자를 보낸다. 하루에 열 통에서 스무 통쯤. 화장실에 갈 때, 카르멘이 화장실에 갈 때, 잊고 온 게 있다면서 잠깐 차에 갈 때, 루나를 목욕시킬 때, 양치질할 때. 단 1분이라도 혼자 있게 되면.

굿모닝, 여신. 또 내 꿈 꿨어? 놀이방에서 돌아와서 전화할게.

휴, 노벨상 오럴섹스 부문에 당신을 후보로 추천할까? 당신, 끝내줬어. 주말 잘 보내, 여신.

지금은 전화 못할 것 같아. 카르멘이 집에 있어. 내일은 다시 당신 차지야.

다시 문자 보낼게. x.

로즈로서는 기다릴 수밖에 다른 길이 없다. 내가 전화할 때까지

기다리고, 진짜로 만날 수 있는지 없는지, 내가 마지막 순간에 약속을 취소해야 될지 결정 날 때까지 기다려야 한다. 내가 문자를 보낼 때까지 기다릴 수밖에 없다.

우리는 명확한 규칙을 정했다. 로즈는 내게 절대로 전화할 수 없다. 내가 문자의 마지막에 물음표를 찍는 경우에만 문자로 답할 수 있다. 그것도 내 문자를 받고 5분을 넘기지 않아야 한다.

x. 집에 있어?

나는 들킬까봐 겁나 죽겠다. 한 달간 내 휴대전화에 로즈를 '보리스'로 등록한다. 우리 회사의 견습사원 이름이다. 다음 달에는 '아르얀 KPN', 내 거래처 이름. 통화할 때마다 최근 통화목록을 삭제한다. 로즈에게 받은 모든 문자는 즉시 삭제한다. 그녀에게 받은 이메일도 매일 몇 번씩 삭제한다. 우리 집 컴퓨터로는 그녀에게 메일을 보내지 않는다.

내가 말하면 그녀는 나타난다. 하루 중 언제 어디든 내가 있는 곳으로 온다. 내가 에인트호번에서 의뢰인을 만나고 돌아오는 길이라면, 로즈는 위트레흐트까지 기차를 타고 온다. 카페에서 고작 45분간 나와 있다가 같이 차를 타고 암스테르담으로 돌아온다.

그녀는 여자친구들과의 약속을 취소한다. 내가 의뢰인과의 저녁 식사가 어떻게 진행될지, 그 후에 우리가 만날 수 있는지 여부를 모르기 때문이다. 그 시간은 밤 10시 반이 될 수도, 12시 반이 될 수도 있다.

나와 로즈의 만남은 늘 똑같이 끝난다. 나는 샤워로 거시기와 얼굴을 깨끗이 닦은 다음, 따뜻한 로즈의 침대에서 나와 추운 밤공기 속으로 간다. 흥분과 원기, 로즈와의 섹스로 여전히 몸이 후끈하면 집에 가는 게 지겹다. 이때가 1주일 중 가장 끔찍한 순간이다. 뱃속이 조이는 기분을 느끼며 집 근처에서 주차할 자리를 찾는다. 차에서 내리기 전에 몇 분간 머물면서 알리바이를 재차 확인하며 오류를 찾아낸다. 알리바이에 구멍은 없는지 되짚어본다.

그 다음에는 가능한 소리를 내지 않으려고 아래층에서 옷을 벗고 살금살금 위층으로 올라간다. 양치질에 특별히 신경 쓰고, 살그머니 침대로 들어간다. 적어도 반 시간은 눈을 뜬 채 카르멘에게 등을 돌리고 누워 있다. 뭔가 놓친 게 있을까봐, 몸에서 로즈의 냄새가 날까봐 초조하다. 주중에 1시 15분이 지나서 집에 온 날은 특히 그렇다. 주중에는 모든 술집이 1시에 문을 닫는다는 것을 카르멘이 아니까.

아침이 되어 내 알리바이가 다시 먹히고, 집안 분위기가 괜찮으면 드디어 긴장이 풀린다. 그러면 나는 최선을 다한다. 카르멘에게 잘 해주고 루나와 잘 놀아준다. 아무리 만취했고 아무리 늦은 시간에 들어왔어도 유쾌하고 활기가 넘친다.

한 방의 쾌락, 인생의 즐거움이 다시 한 번 효과를 발휘한 것이다.

당신과 당신이 내게 해주는 모든 것들 때문에

이제 나는 절정 속에서 살아요……

— 시스터 슬레지 〈싱킹 오브 유〉 (We Are Family, 1979)

7

몇 주간 계획을 세우고, 아주 작은 부분까지 다 준비했다. 루나는 주말을 외할머니랑 지내고, 나는 라몬이 거래하는 약장수에게 비타민 E(엑스터시를 뜻한다—옮긴이)를 구해둔다. 프랑크와 라몬이 토요일에 어디서 만나는지 미리 알아둔다. 로즈와 나는 거기서 멀리 떨어진 곳에 있어야 하니까.

카르멘은 모나코에서 열리는 브로커스의 연례 직원 연수회에 참석한다. 직원들은 카르멘이 같이 간다는 소식을 듣고 환호했다. 카르멘이 있는 곳은 어디든 재미있다. 다 아는 사실이다. 나는 카르멘을 스히폴 공항에 내려준 후 로즈의 집으로 직행한다.

집에 들어가니 부엌에 있는 로즈가 나더러 침대로 가라고 소리친다. 벌을 받는 것은 아닌 것 같고, 지시를 받으니 분위기 전환이 되어 즐겁다. 몇 분 후 그녀가 침실로 들어온다. 달랑 셔츠 한 장만 걸친 모습으로, 손에 쟁반을 들고 있다. 문을 통과하기 힘들 정도로 쟁반이 크다. 베이글, 연어, 아보카도, 크림치즈, 막 짠 주스, 목에 리본을 두른 샴페인 한 병이 담겨 있다.

"다음 주가 당신 생일인데, 당신 집에 가져갈 수 있는 선물은 줄 수가 없잖아요. 그래서 이렇게 하는 거예요."

그녀는 장난스런 표정을 던지면서 천천히 셔츠의 단추를 끄른다. 그녀가 묻는다.

"뭐 먼저 할래요?"

감동과 욕정이 동시에 밀려든다.

"식사."

나는 그녀의 다리 사이에 머리를 처박고 족히 몇 분은 거기 있는다. 아침과 오후 내내 섹스하고 먹고 자고, 대화하고 웃고 섹스하고 자고 또 섹스하면서 즐기자, 세상에서 최고로 행복한 사내가 된 느낌이다.

저녁 나들이를 위해 시내에 가가려는 찰나에 문자가 온다. 카르멘이다. 멋진 시간을 보내고 있고, 몬테카를로에서 루나의 치마를 샀다는 내용이다. 자신을 위해서는 아주 비싼 부츠랑 디젤 데님 재킷을 구입했다나. 나는 빙그레 웃고, 왜 웃는지 로즈에게 말하면서—그녀는 감동해서 웃는다—카르멘에게 답장을 보낸다.

재미있게 보냈다니 당신이 자랑스러워. 내 일생의 사랑. x!

나는 카르멘에게 보낸 문자를 로즈에게 보여준다. 대실수!

그녀가 쓸쓸하게 말한다.

"흠. 카르멘을 부르는 말이 근사하네요. 내 위치가 어딘지 알만하군요."

세월의 개념에 대해 한바탕 연설을 늘어놓고 싶다. 지금까지는 카르멘이 내 일생의 사랑이었고, 남은 인생 동안은 어떻게 될지 모른다고. 하지만 당장은 그런 식의 설명을 하는 게 좋을 것 같지 않다. 나를 독차지하는 한 번의 주말에 도대체 왜 그녀를 행복의 꼭대기에서 끌어내린담?

마르닉스스트라트에 있는 카페 베버르에 자리를 잡자, 로즈는 무덤덤한 체 하며 이야기를 꺼낸다.

"아, 사실 그런 문자 때문에 뭐가 바뀌는 건 아니에요. 카르멘이 당신에게 얻는 것을 난 절대 못 얻는다는 걸 나도 잘 알고 있어요."

"하지만 자기가 나한테 굉장히 중요하다는 사실을 알잖아……."

"알죠. 하지만 나 말고는 아무도 모르죠. 당신의 친구들은 내가 존재하는지도 몰라요. 여자로서가 아니라 한 사람으로서도. 그런 기분이 어떨 것 같아요?"

그녀는 내게 따지는 눈빛을 던진다. 로즈가 말을 잇는다.

"엄마, 아빠한테도 말할 수가 없어요. 아내가 암환자인 유부남이랑 연애라니. 부모님이 참 좋아하시겠죠. 내가 조심스럽게 이야기를 꺼내자 언니는 듣는 것조차 싫어했어요. 말을 딱 잘라버리더라고요. 또 어떤 여자친구는 말도 안 되는 일이라고 생각한대요. 내가 어떻게 그런 짓을 할 수 있는지, 아니 도대체 어떤 사람이 아픈 부인을 두고 그런 짓을 하는지 이해를 못 하겠대요."

"쳇……."

나는 잔에 남아 있는 와인을 단숨에 마셔버린다.

"그래요, 쳇이죠. 말은 쉬워요. 그런데도 당신은 카르멘에게 보낸 다정한 문자를 나한테 읽게 하죠. 그게 화가 나서 미치겠어요."

로즈는 윙크를 하면서 덧붙인다.

"그러니까 오늘 저녁에는 일찍 집에 갈 엄두도 내지 말아요. 적어도 이번만은 당신이 내 차지니까."

베버르 / 뤽스. 마르닉스스트라트에 있는 라운지 카페. 두 군데 중 어느 곳에 있는지 분간을 못할 정도로 비슷하다. 라운지가 뭐하는 곳인지 모르겠다는 생각을 여러 번 했다. 소파에 눕고 싶으면 집에 있는 편이 더 낫잖아!

난 4시 전에는 집에 들어갈 필요가 없다. 우리는 세상의 모든 시간을 갖고 있는 것 같다. 뤽스로 간다. 이따금 카르멘이랑 가는 카페다.

예상한 대로 아는 사람과 마주치지 않아서 다행이다. 저녁시간에 바스티유를 피하는 이유도 그것 때문이다. 덜컥 라몬과 부딪치는 꼴은 당하고 싶지 않다. 늘 둘러대는 알리바이가 라몬이기에 그는 내가 얼마나 자주 바람을 피우는지 알지만, 지난 몇 달간 같은 아가씨랑 만났다는 사실은 모른다. 이것은 비밀로 하고 싶다. 오늘 저녁 파라디소는 당연히 얼씬대면 안 될 곳이다. 마우트가 거기 올 것이다. 나는 '호텔 아레나'에 가자고 권한다. 내가 아는 한 MIU 직원 중 아무도 거기 가지 않는다.

몇 년 전까지만 해도 호텔 아레나는 트렌디한 암스테르담에 못 끼는 지역이었다. 80년대 음악, 배낭여행자들, 핸드백을 든 퓌르메런트 출신 아가씨들이 몰려다니는 동네였다. 지금은 상당히 인기 있는 곳으로, 하우스 음악이 나오고 맥주 값이 두 배로 뛰었다. 분위기가 바뀌면서 괜찮은 여자들이 많아졌으니, 맥주 값 정도는 눈감기로 했다.

"밤새 같이 지내게 됐는데 이거 한 알 어때?"

내가 로즈에게 엑스터시 한 알을 내민다.

"네? 음, 좋아요."

한 시간 후 DJ 로흐는 신이 되고, 내 여신은 아약스 선수들의 부인들을 다 합한 것보다 더 아름다워 보인다. 그것을 지속적인 발기로 증명하면서— 잠시 후에는 그녀와 진한 키스를 나눈다—그녀가 얼마나 예쁜지, 얼마나 보드라운지, 얼마나 여성스러운지, 얼마나 사랑스러운지, 얼마나 영리한지, 또 나중에 얼마나 많이 그녀를 가질지 말한다. 시간을 확인하자 얼굴에 행복에 겨운 미소가 더 크게 번진다. 이러다가 얼굴 한가운데가 찢어질 것 같다. 겨우 3시밖에 안 됐다니! 배우자 몰래 연애를 할 때는 시간을 귀하게 여기게 된다. 특히 밤에. 평소 이 시간이면 계속 술을 마시고 춤을 추거나 대화를 할지 섹스를 할지 선택해야 한다. 아무리 늦어도 4시 15분에는 집에 들어가야 되니까. 하지만 오늘 밤, 시간은 우리 편이다. 가게들이 슬슬 문을 닫기 시작할 때쯤 대기 중인 택시를 잡아 탄다. 시간이 많긴 해도 허비할 시간은 없다.

잠시 후 로즈의 집에 도착하고, 우리는 내 그것이 선 것을 이용해서 온갖 상상력 넘치는 섹스를 한다. 늦은 시간까지 관계는 계속된다.

동이 틀 즈음 나는 집으로 향한다. 고단하지 않고 만족스럽다. 한 시간 후면 장모님이 루나를 데리고 온다. 로즈와 24시간을 보낸 후, 나는 다시 아빠로 돌아간다. 오늘 밤에는 잠을 잘 수 있다.

집에 도착해서 카르멘에게 전화를 건다. 그녀는 내 전화를 받고 행복해 한다.

"정말이지 여긴 환상적이야."

그녀가 콧소리로 말한다. 몬테카를로만(灣)이 내려다보이는 성의 정원에서 오찬을 할 거고, 오후에는 칸느에 갈 예정이라고 말한다. 나는 4시까지 호텔 아레나에서 춤을 췄다고 말한다. 약이나 로즈에 대해서는 입도 벙긋하지 않는다. 카르멘은 마약에 진저리치고 외도에 진저리치는 사람이다.

그날 저녁 루나와 함께 공항에 가서 카르멘을 기다렸다. 그녀는 지쳤다. 그래도 동료들과 작별 인사를 할 때는 용감한 표정을 짓는다. 일행 모두에게 키스하고 주말에 대해 농담을 던진다. 한순간도 환한 미소가 사라지지 않는다. 사람들에게 우리의 표정을 들키지 않을 때까지.

"아, 댄. 기진맥진이야……. 차는 멀리 있어요?"

나는 P1 출구 바로 옆쪽 장애인 주차장에 있다고 대답한다. 카르멘이 내게 뽀뽀한다.

그날 저녁 그녀는 8시 반에 잠자리에 든다. 나로서는 다행이다. 나도 자러 간다. 아침 9시에 깬다. 카르멘은 오후 늦도록 잔다.

회사 동료들은 최상 상태의 카르멘과 주말을 보낼 수 있었다. 로즈는 나를 흠뻑 맛봤다. 나 또한 로즈를 만끽했다.

그렇다, 카르멘과 나는 아직도 삶을 즐긴다.

하지만 슬프게도 이제는 둘이 함께가 아니다.

이제 누구나 진정한 사랑을 꿈꾸네.

하지만 너와 나는 이 세상이 어떻게 할 수 있는지 알아……

— 브루스 스프링스틴 〈내가 뒤쳐진다면〉 (Lucky Town, 1992)

8

카르멘은 내가 일과 클럽을 피난처로 삼는다는 결론에 다다른 모양이다. 그걸 별로 탐탁해하지 않지만 받아들인다. 그녀 또한 해결책을 찾았다. 카르멘도 똑같이 한다. 모나코 여행 몇 주 전에 안네와 둘이서 느긋한 주말을 보내러 스키어모닉코흐 섬에 다녀왔다. 그 전주에는 어머니와 런던에 쇼핑을 다녀왔다. 또 예수 승천일에는 마우트와 뉴욕에 갔다.

그녀는 지루해하지 않는다. 루나가 집에 있을 때면 둘이 함께 재미난 일들을 한다. 루나가 놀이방에 가는 날이면 카르멘은 커피를 마시러 브로커스에 가거나 마우트와 점심을 한다. 아니면 친정어머니가 있는 퓌르메렌트에 가서 하루를 보낸다. 또 쇼핑을 도피처로 삼는다. '쇼핑은 건전하다'가 새로운 모토다. 아마 DKNY, 디젤, 리플레이, 구치의 이사실에는 카르멘의 초상화가 걸려 있을걸.

암 발병 후 두 번째로 맞은 내 생일, 카르멘에게 자전거를 선물로 받았지만 섹스는 아니었다. 그녀의 크리스마스 선물 이후 우리는 관계를 하지 않았다. 난 카르멘의 손길, 입, 아니 카르멘 자체를 까맣게 잊었다. 정직하게 밝히자면 나는 그 방향으로 별다른 노력을 하지 않았다. 이제 우리 둘 다 그게 크게 필요하지 않다. 카르멘은 암을 앓고 가슴이 하나뿐이고, 내게는 로즈가 있다.

우린 여전히 같이 살지만 남매 사이와 비슷하다. 상황을 고려하건대 상대가 없으면 잘 해나갈 수 없다는 것을 알고, 가능한 싸우지 않으려고 애쓴다. 카르멘은 우리의 삶에서 암을 밀어내고 집에서 쾌활하게 지내려고 최선을 다한다. 그래서 가끔은 암이나 보정한 가슴, 내 외출이 그녀에게 너무 버겁기도 하다. 그럴 때면 난 나쁜 놈이다. 그것을 잘 안다. 그녀가 아무리 불만스러워도 가끔 내가 집을 벗어나게 해주어 행복하다. 그러기 위해서 카르멘이 무척 애쓴다는 것을 알고 있다.

나는 집 밖에서 하는 일들을 카르멘에게 들키지 않으려고 안간힘을 쓴다. 새벽 4시까지 라몬과 있었다거나, 의뢰인들과 저녁을 먹어야 한다거나, 더 자주 8시에 출근하고 야간에 문을 여는 가게에 가는 일이 더 빈번해져도, 그녀는 묻지 않는다.

계속 이렇게 지낼 수는 없다는 것을 나는 안다. 점점 도를 넘어선다. MIU, 로즈, 카르멘, 루나, 내 죄책감…… 모든 것과 모든 사람이 내게 관심을 달라고 아우성이다. 나는 카르멘과 대화를 해야한다. 우리 처지에서 무엇이 변할 수 있는지 모르겠지만. 그녀를 곤경 속에 팽개쳐 둘 수도, 연애 중이라고 털어놓을 수도 없다. 그것은 모든 게 끝나는 것을 의미한다. 그러면 나는 완전히 산산조각날 것이다.

하지만 우리는 이야기를 해야 한다. 다음 주에 루나를 데리고 남프랑스의 클럽 메드 리조트에 가서 해야겠지. 로즈와 떨어져 있고,

암스테르담에서 떨어져 있고, 삼각관계의 만남에서도 떨어져 있게 되니까. 카르멘과 루나와 나만 있게 되니까. 다음 주에 우리는 대화를 해야 돼.

로즈 없는 한 주일이 두렵지만, 내가 원하는 일이다.

카르멘에게 이야기하기 두렵지만, 꼭 해야 된다는 것을 안다.

뭔가 변해야 한다. 암에 걸렸든 아니든.

망할 놈의 암.

너무나 당신의 사랑이 필요해, 빌어먹을······

─ 로비 윌리엄스 〈컴 언던〉 (Escapology, 2002)

9

카르멘과 정상적인 결혼생활을 위해 클럽 메드에 가기 전에, 하룻밤 외박 계획이 생긴다. 악명 높은 MIU 술판! 회사에서는 어떻게든 축하할 구실을 만들어서 직원끼리 가끔 술판을 벌인다. 이번에는 내 생일을 축하한다는 명분을 내세운다, 한 달이나 남았는데도. 우리는 로테르담에 가서 다 같이 호텔에 묵을 예정이다.

하지만 문제가 있다. 이 행사에 참여하면 로즈를 근 열흘이나 만날 수 없다. 뭔가 방도를 세워야 한다. 전날 저녁, 집에서 빠져나갈 수는 없다. 카르멘에게 끽 소리도 못할 것이다.

머리를 마구 굴리다 문득 좋은 생각이 떠오른다. 금요일 밤에 밤을 새면 되겠네.

로즈에게 이번 주 내내 저녁에는 만날 수 없지만, 금요일 밤에 차를 몰고 암스테르담에 돌아올 테니, 새벽 5시부터 오전 9시 15분까지 시간을 비워두라고 메일을 보낸다. 로즈도 샐쭉하게나마 동의한다.

카르멘에게 스히폴 공항으로 출발하기 30분 전에는 꼭 집에 도착하겠다고 약속한다. 그녀도 내 빡빡한 일정에 화내지 않는다. 나는 머릿속으로 일정을 챙긴다.

요일	시간	할 일—장소
목요일	19:00~22:00	남편/아버지—집(응접실)
	22:00~08:00	잠—집(침대)
금요일	08:30~18:00	일—MIU(올림픽 스타디움)
	18:00~04:30	식사/MIU와 외출—로테르담(바야)
토요일	04:45~05:30	운전/강장제 마시기—로테르담→암스테르담(차)
	05:30~08:45	로즈와 섹스— 아우트 베스트(침대)
	08:45~09:00	운전/민트 먹기—오베르톰—집(차)
	09:00~09:45	짐 싸기/카르멘과 정리—집(응접실)
	10:00~10:50	탑승 수속/블랙커피 마시기—스히폴 공항
	11:10	비행/휴식—암스테르담→니스(비행기)

퇴근 후에 프랑크와 놀이방에 가서 루나를 데리고 집에 와서 짐을 꾸린다. 내가 위층에서 가방을 챙기자, 프랑크는 카르멘과 대화한다. 그들의 대화가 중간중간 귀에 들린다. 카르멘은 오늘 밤 내가 로테르담의 호텔에 묵는 게 유쾌하지 않다고 말한다. 프랑크는 그녀를 안심시키면서, 나와 한 방을 쓰겠다고 달랜다.

나는 루나에게 뽀뽀하고 내일 돌아와서 셋이 휴가를 갈 거라고 말한다. 카르멘에게도 키스하지만 그녀는 날 쳐다보지도 않는다.

그녀가 한마디 쏘아붙인다.

"내일 제 시간에 집에 올 거지? 비행기 시간에 넉넉히 맞추면 좋겠어.”

차에 타자 한숨이 나온다. 1992년 토리노와 맞붙은 UEFA컵 결승전에서 공이 스탠리 멘조(스탠리는 골을 잡는 것보다 충고를 하는 데 더 능숙했고 이것은 골키퍼로서 장점은 아니다. 하지만 아주 좋은 사람이어서 아무도 감히 그에게 뭐라고 하지 못했다. 루이스 반 할은 달랐다. 더 메이르 스타디움 전체가 은근히 할에게 고마워했다)를 넘어서 골네트의 바닥을 치고 필드로 튀어나왔을 때도 그런 한숨을 쉬었는데. 프랑크는 잠깐 내 손을 잡아주고, 나는 펀 러빙 크리미널스를 크게 튼다. 우리는 A4 도로의 금요일 저녁 체증에 합류한다. 차가 막혀도 상관없다. 집에서 빠져나왔으니.

술판은 한바탕 난리로 끝난다. 나는 엑스터시를 복용하고 성적으로 흥분한다. ‘바야’에서 내가 나타샤와 애무하는 광경을 동료 모두 빙글거리며 지켜본다. 나타샤(23세)는 새로 온 견습사원이다. 배꼽 피어싱이 유난히 잘 어울린다.

바야 비치 클럽. 바의 직원들(남녀)은 마이애미 스타일의 가슴을 가졌다. 낮에는 스포츠 대학에서 공부하고 저녁에는 비치웨어 차림으로 칵테일을 서빙한다. 손님들은 그들을 구경만 할뿐 만지는 것은 엄격하게 금지된다. 로테르담의 기준으로도 그들을 만지는 것은 저속한 행위에 속한다.

마우트가 이쯤에서 멈추는 게 이미지 관리에 좋겠다고 내 귀에 속삭인다. 동감. 4시 반이 거의 다 되어간다. 로즈가 날 기다리고 있다. 나는 잽싸게 마우트를 애무하기 시작한다. 프랑크가 나를 끌어낸다. 나는 그를 보고 웃는다.

"자, 그만 호텔로 돌아가자고."

프랑크가 말한다.

"난 호텔에 안 가. 암스테르담으로 돌아갈 거야."

"너, 너무 많이 마셨고 약까지 했잖아!"

"다른 약속이 있어. 여자랑."

나는 프랑크에게 대든다.

"어디 보자. 너 연애하는구나."

"그래. 이제 넉달 됐어. 그녀 이름은 로즈야. 더 알고 싶은 거 있냐?"

"아니, 이미 알고 있었어. 회사에서 네가 화장실에 갔을 때 나랑 통화했던 여자지? 그후로 네가 온종일 이메일만 해대는 여자."

"맞아. 그래서 어쩔래?"

그래, 잔소리하고 싶으면 실컷 해라, 이 자식아.

하지만 프랑크는 잔소리하지 않는다.

"로즈가 네 생존에 필요한 것을 주면 좋겠다, 댄."

얼마 후 나는 암스테르담 아우트 베스트를 향해 A4 도로를 시속 180킬로미터로 달린다. 중간에서 문자를 받는다. 마우트다.

내 친구 댄, 나도 이미 알고 있었어요. 카니발에서 본 여자지.

카르멘에게 들키지 않게 조심해요. 토마스랑 안네에게도.

카르멘과 휴가 잘 보내기를. x

신이여, 자신했던 것을 의심하는 이에게 자비를 베푸소서……

— 브루스 스프링스틴 〈똑똑한 변장〉 (Tunnel Of Love, 1987)

10

벨을 누르고 행복하게 "여보세요!"라고 외치자 현관문이 열린
다. 계단을 뛰어 올라가니, 로즈가 벌써 문을 열어놓았다. 안에 들
어가니 그녀는 침대에 누워서 팔을 벌려 환영한다. 담요 위로 보드
라운 가슴이 비쭉 나온다. 나는 얼른 옷을 벗으면서 잠시도 그녀에
게서 눈을 떼지 않는다. 로즈의 몸 위로 올라가면서, 그녀가 얼마
나 따뜻하고 부드러운지 새삼 느낀다. 우리는 전희로 시간을 낭비
하지 않고 곧장 들어간다. 나중에 그녀는 내 가슴에 머리를 기대
고, 잠시 후 둘 다 잠든다.

잠에서 깨니 침대에 뭔가 놓이는 느낌이 든다. 아직 잠에 취한
채 눈을 떠보니, 로즈가 가운을 벗고 있다. 그녀는 침대의 가장자
리로 쏙 들어와서 내 이마에 키스한다. 침대에 크루아상 쟁반이 놓
여 있다. 마음이 뭉클해진다.

"왜 그래요, 자기?"

"당신이 내게 해주는 모든 것을 보면…… 같이 있는 게 정말 좋
아. 따뜻하고."

"자기는 그럴 자격이 있어요."

로즈가 부드럽게 말한다.

탁! 그렇다. 수문이 열린다. 내 자기 연민의 둑이 터진다. 나는 로즈 앞에서 처음으로 울기 시작한다. 그녀가 내 곁에 앉아서 안아 주고, 간식을 준다. 갑자기 이렇게 허물어지는 이유를 감히 말하지 못한다. 나는 그녀에게 충실할 수도 없다고, 적어도 정직하지도 못하다고, 견습사원이나 마우트에 대해 한마디도 못한다. 대신 카르멘에 대해 말하기 시작한다.

"이번 주에는 카르멘에게 내가 얼마나 불행한지 말할 생각이야. 우리가 함께한 내내 충실하지 못했다고 말해야겠지. 더 이상은 담고 있지 못하겠어. 계속 이렇게 지낼 수는 없어. 내 자신이 미워지기 시작해."

로즈는 생각에 잠겨 찻잔을 바라본다.

한참 후 그녀가 입을 연다.

"나라면 그렇게 정직해야 할지에 대해 많이 고민하겠어요. 오랜 세월 후에 갑자기 죄책감을 느끼기 시작했다고 해서 당신 자신에게 심하게 군다면 카르멘이 행복할까요? 당신이 그러면 카르멘은 어쩌라고요? 그녀에게 그러면 안 되죠. 지금은 그럴 때가 아니에요."

나는 어깨를 으쓱한다.

"나 연애를 하고 있다고 말할 거야. 적어도 그녀가 날 미워할 이유는 생기니까."

로즈는 기겁한다.

"하지만…… 정말 그럴 수는 없어요! 그렇게 되면……."

"맞아, 그건 내 결혼의 종말을 의미할 수도 있지. 그래서? 어쩌면 그게 내가 원하는 건지도 몰라. 이제는 카르멘을 사랑하지 않는 것 같아."

그렇다. 하고야 말았다. 그 말을 입 밖에 낸 것은 처음이다.

로즈는 내 눈을 빤히 보더니 이내 차분히 말한다.

"당신은 카르멘을 사랑해요. 당신이 그녀에 대해 말하는 걸 보면, 내게 그녀의 문자를 보게 해주는 태도를 보면 알 수 있어요. 지금 당신은 행복하지 않지만 그녀를 사랑해요. 그게 아니라면 당신은 그녀를 위해 그런 일들을 다 할 수 없을 거예요."

"당신이랑 연애하는 일 따위?"

내가 비아냥댄다.

그녀는 따끔하게 대꾸한다.

"헛소리 말아요. 그건 카르멘에 대한 감정이랑은 상관없어요. 당신은 이제 카르멘이 주지 못하는 따뜻함을 내게서 얻는 거예요. 나한테 도피하는 것도 그 때문이죠. 당신은 그 따뜻함 없이 견디지 못하니까."

로즈의 아랫입술이 파르르 떨리기 시작한다. 그녀가 말을 잇는다.

"그리고 점점 나도 못하겠어요. 처음에는 적응할 수 있었죠……. 뒤에서 멍하니 있는 걸요. 하지만 당신을 향한 감정이 점점 더 커지기 시작했어요……."

그녀가 코를 훌쩍인다. 다시 말이 이어진다.

"우리가 그만두어야 할지 잘 생각해야 될 것 같아요……. 아직 멈출 수 있을 때……."

"난 자기랑 만나는 걸 그만두고 싶지 않아. 그렇게는 못 살아……."

내가 부드럽게 말한다.

갑자기 전화벨이 울린다. 전화를 보자 가슴이 덜컥한다.

카르멘.

"아, 빌어먹을! 카르멘이야!"

나는 로즈를 거칠게 밀어낸다.

"젠장, 젠장, 젠장!"

내가 소리친다. 전화벨이 또 울린다.

"받아요!"

"안 돼! 뭐라고 할지 모르는데! 잠깐만…… 생각 좀…… 생각 좀 해볼게."

띠리링.

"왜 안 받는 거예요……."

내가 쏘아붙인다.

"잠깐만 조용히 해! 생각 좀 해보고……."

휴대전화 벨이 네 번째로 울린다.

"그냥 둬! 나중에 내가 전화할 테니까. 이야기를 꾸며야 된다고."

다섯 번. 여섯 번. 휴대전화 벨은 멈추지 않는다.

나는 알몸으로 침실에서 왔다갔다한다. 부리나케 생각을 정리한다. 이제…… 곧 음성 메일을 받았다는 삐 소리가 나리라.

그런데 다시 전화벨이 울린다. 전화기를 감히 못 보겠다.

프랑크. 휴…….

"프랑크?"

"응."

목소리가 무겁다.

"방금 카르멘이 전화했어. 당장 전화하지 않으면 크게 곤란해질
것 같아."

"뭐라고 했어?"

"아직 자는 중이라서 네가 몇 시에 나갔는지 모른다고."

"알았어, 고마워. 그런데 지금 몇 시야?"

"막 8시 됐어. 이봐, 댄……."

"응?"

"이거, 별로야."

"그래…… 미안해."

로즈는 가운을 입었다. 나는 침대 모서리에 앉아서, 전화기를 들
고 멍하니 앞을 본다.

"당장 전화해요!"

로즈가 신경질적으로 소리친다.

나는 일어나서 고개를 젓는다.

"아냐, 이제 출발해야겠어. 이야기를 만들어야지."

나는 옷을 입기 시작한다.

로즈가 조심스레 묻는다.

"샤워해야 되는 거 아니에요?"

*

차에 타기 전 마지막으로 아파트를 올려다본다. 로즈가 가운 차

림으로 발코니에 서 있다. 그녀가 내게 키스를 날린다. 불안한 눈빛이다.

차에 오르자 머릿속이 와글와글 시끄럽다. 암스테르담 중앙의 큰 도로인 오베르톰에 들어서기 전에 이야기가 완성된다. 나는 카르멘에게 전화한다.

"안녕, 여보! 전화했었네?"

나는 가능한 자연스럽게 말한다.

"응. 어디 있었어? 프랑크한테도 전화했는데."

"식당에 커피 한 잔 마시러 갔어. 스히폴 공항 근처에 있는 식당, 자기도 알지? 운전하다가 좀 뻔 했거든. 그런데 휴대전화를 차에 두고 갔어."

"흠."

"어제는 좋았어! 로테르담은 멋져."

"그래. 당신은 늦어?"

"아냐, 사실은 거의 다 왔어. 방금 스히폴을 지났어. 잠시 후에 봐!"

나는 오베르톰을 질주하면서 말한다.

"그래. 잠시 후에 봐."

카르멘이 딱딱거리며 말하고 전화를 끊는다.

일이 잘 풀리지 않더라도 날 내버려둬.

때로 둘이 있을 때 더 고독하니까……

— 클레인 오르케스 〈날 내버려둬〉 (Het leed versierd, 1982)

11

지금까지 우린 어디나 함께 다녔다. 남아프리카, 케냐, 멕시코, 쿠바, 캘리포니아, 네팔, 인도, 베트남, 말레이시아……. 루나가 갓 태어났을 때도 우린 토마스, 안네와 함께 도미니카 공화국에 다이빙하러 갔다. 암 진단 후 카르멘은 나 없이 뉴욕과 런던에 다녀왔다. 나도 그녀 없이 마이애미에 갔다 왔다. 그러나 둘이 같이 있으면, 서로에게 노력이 요구되는 일은 하지 않는다.

휴가지에서도 마찬가지다. 작년에 센터파르크에서 보낸 1주일과 올해 봄 텍셀인지 테르스헬링인지 기억나지 않지만 거기서도 그랬다. 아무튼 사람보다 소가 많고, 아주 긴 조용한 해변만 있었다.

이제 우리는 클럽 메드에 있다. 칸느 근처이니 적어도 칸느에는 있는 셈이다. 하지만 1주일 내내 이 시시한 리조트 밖으로 나가지 않을 것이다.

가방을 들고 숙소로 걸어가고 있는데, 지오(GO. 클럽 메드의 직원. Glib(편안한) & Oily(매끄러운)를 뜻한다) 두 명이 풀장에서 사람들과 에어로빅을 하고 있다. 다들 행복해 보인다.

카르멘은 아니다. 여전히 '내가 왜 너한테 잘해야 되는데'라는 표정을 짓고 있다. 나는 지칠 줄 모르고 잘한다. 매일 나 자신에게 '불상처럼 계속 웃고 있으라'고 말한다. 하늘에서 날벼락이 떨어져도 웃으라고.

루나의 기분도 바닥이다. 여행으로 완전히 기운이 빠져서 다루기 힘들다. 다행히 숙소에 들어가자 곧 잠이 든다. 카르멘과 나는 베이비 모니터를 들고 저녁 식사를 하러 간다. 주변에서 돌아다니는 사람들을 찬찬히 살핀다. 다들 놀이동산에라도 온 듯한 표정이다. 카르멘도 천천히 마음이 풀린다. 같이 사람들을 훑어보니 연대감이 새긴다. 나는 침대에서 굿나잇 키스까지 받는다. 첫날은 그럭저럭 넘긴다.

이튿날은 분위기가 약간 나아진다. 우리는 풀 주위의 일광욕 의자에 누웠다가 식사를 하고 루나와 논다. 풀장에 가슴을 드러낸 여자들 덕에 눈이 즐거워 불평이 생기지 않는다. 나는 루나의 인형을 가지러 숙소에 가서, 얼른 로즈에게 문자를 보낸다.

여긴 여자가 많지만 두말 할 것도 없어. 당신 가슴이 최고고 당신이 가장 멋진 여자거든.

내 수신함에도 문자가 한 통 있다. 어디 보자, 휴가를 잘 보내라는 토마스의 문자다. 치, 오케이, 친절하네. 휴가가 끝나고 전화 한 통 해줘야지.

저녁에 강당에 가서 황당한 〈타이타닉〉(프랑스인 지오는 '테이-탄-에익'이라고 발음한다) 공연을 본다. 루나는 공연을 좋아한다. 카르멘과 나는 술을 마시며 머쓱함을 털어낸다. 우리는 서로에게 다정하게 대한다. 나는 루나의 등 뒤로 손을 뻗어 카르멘의 손을 잡는다. 공연이 끝난 후 루나를 재우고, 방에서 술을 좀 더 마시고 영화를 본다. 나는 카르멘의 손을 잡는다. 잠자리에 들 때는 그녀의 얼굴을 어루만진다.

"멋진 저녁이었어, 그렇지?"

"응."

카르멘이 내 가슴을 쓰다듬는다.

"잘 자, 내 사랑."

"잘 자, 내 친구."

사흘째가 되자 슬슬 따분해지기 시작한다. 카르멘과 루나는 방에서 자고 있다. 나는 풀장에 누워서 하칸과 문자를 주고받는다. 그는 어제 열린 네덜란드와 터키의 시합 결과를—2주 후면 유러피안 컵이다!—내게 알려준다. 지루함을 떨치려고 회사 직원에게 들은 야한 농담을 라몬에게 문자로 보낸다. 토마스에게도. 그 친구는 그런 우스개를 좋아한다. 그 다음에 로즈에게 문자를 보낸다.

자기한테 화끈하게 그걸 해준 다음 진짜 잘하고 싶어. x.

엄지로 옵션, 보내기, 찾기, OK를 클릭하니 문자가 발송된다.

토마스에게.

눈 깜빡할 사이에 상황이 파악된다. 맙소사, 이러면 안 되는데! 얼굴이 달아오른다. 가슴이 쿵쾅댄다. 문자 전송을 중단시켜보려고 노력한다. 너무 늦었다. '전송 중'에서 '전송 완료'로 바뀐다. 땀이 나기 시작한다. 땅 속으로 들어가고 싶다, 정말.

토마스에게 전화해서 문자를 읽지 말라고 할까 고민하는데, 문자가 온다. 토마스.

너랑 카르멘 사이가 다시 좋아져서 다행이야.

웃음이 난다. 어리숙한 토마스. 바로 그때 수영장으로 오는 루나와 카르멘이 보인다. 오후의 낮잠을 즐긴 후 쾌활하게 웃는다. 나는 마음이 짠해져서 미소를 짓는다. 두 사람이 손을 흔든다. 정상적이고 행복한, 암에 걸리지 않은 가족 같다. 카르멘이 내게 뽀뽀하고 눈을 찡긋한다. 한순간 나는 행복하다. 와락 겁이 날 지경이다. '사랑의 이름으로'(더 슈프림스 〈사랑의 이름으로 멈추어라〉(1965) 인용) 서로 기회를 주어야 할까? 결국 우리는 댄과 카르멘인 것을! 우리가 고삐 풀린 성욕이나 암 따위에 잡아먹히지는 않겠지? 그렇지?

*

루나를 재우고 베이비 모니터를 작동시킨 후, 우리는 풀장에 있는 바로 간다. 나는 아마레토(이탈리아에서 나온 아몬드 맛이 나는 술—옮긴이)와 아르마냐크(프랑스 아르마냐크 산 브랜디—옮긴이)를 주문한다. 카르멘은 아마레토를 홀짝이고 나를 바라본다. 올 것이 온 기분이다. 그렇다, 대화. 나는 감히 눈을 맞출 수가 없다.

"댄, 요즘 무슨 일이 있는 거야? 당신이 슬슬 빠져나가는 게 느

212

껴져.”

“난 잘 모르겠는데, 내가 그래?”

카르멘은 조용히 말한다.

“응. 집에서 벗어나기 위해서라면 무슨 짓이든 하지. 또 나가면 멋대로 굴고.”

“이게 다 어디서 나온 얘기야?”

“타샤가 누구야?”

충격.

“타샤? 아, 그래…… 나타샤. 새로 들어온 견습직원이야. 왜?”

“토요일 아침에 당신이 전화를 안 받아서 난 걱정이 됐어. 그런데 자기가 짐을 챙기고 있을 때 자기 휴대전화에 문자가 들어오는 소리를 들었어. 당신 대신 내가 열어봤어. 봐.”

나는 떨리는 손으로 문자함을 연다. 모르는 번호가 하나 있다. 메시지를 열자 얼굴이 달아오른다.

댄, 당신 진짜 화끈한 것 같아요. 어제 진도가 더 나갈 기미가 있었어요. x.
타샤

카르멘은 타샤의 문자가 모호한 데가 있어서 확인이 필요했는지, 내가 얼굴을 붉히는 것을 긍정으로 본다. 그녀의 눈에 눈물이 고인다.

“그 여자, 침대에서 잘해? 가슴이 예뻐?”

“카르멘, 나탸샤랑 잔 적 없어. 정말로 없어.”

그녀가 흐느낀다.

"그만해. 난 이해해. 당연히 가슴 하나에 대머리인 여자보다는 어리고 화끈한 모니카 르윈스키(백악관 인턴직원으로 클린턴 대통령과 섹스 스캔들로 유명했다—옮긴이)랑 자겠지."

내가 대꾸하려는데 카르멘이 손을 저으며 아직 말이 다 끝나지 않았다고 신호를 보낸다.

그녀가 떨리는 목소리로 말을 잇는다.

"최악은 그게 아니야. 당신이 내가 없는 데서만 행복할 수 있다는 걸 아니 마음이 아파. 요즘 내가 같이 살기에 좋은 상대가 아니라는 걸 나도 잘 알아. 다시 당신을 행복하게 해줄 수 있으면 좋겠는데, 그러지 못해서 미치겠어. 또 심통이 나. 그러고 싶지 않은데…… 지긋지긋한 여편네가 되고 싶지 않아."

"당신은 지긋지긋한 여편네가 아니야."

카르멘은 그 말은 무시한다.

"문제가 어디 있든…… 당신이든 지겨운 암이든 나든 당신은 나랑 같이 있는 걸 끔찍하게 생각해. 당신은 달아나려고만 하지. 내 눈을 똑바로 보고 아직도 날 사랑한다고 말할 수 있어?"

"난…… 모르겠어, 카르멘……."

그녀가 잠시 잠자코 있다가 덧붙인다.

"당신이 그렇게 대답할 줄 알았어. 댄, 잘 들어. 지금부터 하려는 말에 대해 오랫동안 심각하게 생각해 왔어……."

그녀의 용기에 나 자신이 자꾸 작아지는 느낌이다. 전혀 예상치 못한 일이다. 무장해제 당한 기분이다. 상대팀의 공격수가 두 명일 거라고 예상했는데 갑자기 필드에 세 명이 등장한 것 같다. 카르멘이 계속 말한다.

"4시 반까지 술집에서 뭘 하는지 알고 싶지 않아. 당신이 누구에게 문자를 보내는지 알고 싶지 않아. 당신이 전화를 받지 않을 때 어디 있는지 알고 싶지 않아. 솔직히 말하자면 전부터 쭉 당신이 외도를 한다고 의심했어. 당신이 아프면 나도 똑같이 그럴 거야. 진작 다른 사람을 만나기 시작했을지 모르지."

나는 깜짝 놀라 카르멘을 바라본다. 그녀가 아는 걸까? 뭘 알고 뭘 모르는지 감을 잡으려고 그녀의 얼굴을 빤히 본다. 하지만 시간이 없다. 그녀가 계속 말한다.

"하지만 난 당신이 아니야. 난 가슴이 하나뿐인 암에 걸린 여자고, 아마도 몇 년밖에 못 살 거야. 그 몇 년 동안 여전히 날 사랑하는지 아닌지 모르는 남자랑 사느니 차라리 혼자 살고 싶어. 힘들 거야, 끔찍할 거야. 하지만 난 그럴 수 있고 그건 확실해……"

그녀는 입을 다물고 날 물끄러미 보더니 이런 말을 한다.

"우리 이혼해야 될까봐, 댄."

그녀의 입에서 나왔다. 이혼이란 말이.

이제 상대팀은 내가 늘 불가능한 선택으로 제쳐둔 것을 제시한다. 그녀는 열린 골대 앞에 공을 놔둔다. 나는 그쪽으로 달려가기만 하면 된다.

머리에 온갖 생각이 스치고 지나간다. 회사에 출근하려고 문을 나설 때마다 얼마나 마음이 놓이는지. 다시 저녁 외출을 할 수 있을 때면 얼마나 행복한지. 로즈랑 같이 있으면 얼마나 기분이 좋은지. 집에 올 때면 분위기가 어떨지 몰라서 얼마나 긴장되는지. 바로 이번처럼…… 얼마나 영원히 도망치고 싶어지는지.

그런데 이제 그럴 수 있다. 이제 '그러자'고 말하면 이 냉랭함에서 해방된다. 친밀감이 부족한 데서. 암에서.

"안 돼."

나는 '안 돼'라고 말한다. 내가 '안 돼'라고 말하다니!

"안 돼. 난 이혼하고 싶지 않아."

하고 싶으면서!

"맙소사. 그럼 당신은 어떻게 하고 싶은데? 더 자유롭고 싶어? 도대체 원하는 게 뭔지 말해보라고!"

그래! 원하는 걸 말해!

"내가 원하는 게 뭔지 어떻게 알겠어? 암이 없는 것, 그게 내가 원하는 거야!"

"나를 떨쳐내면 암도 떨쳐내게 돼."

그녀가 건조하게 말한다.

"아니, 난 당신을 떨쳐내고 싶지 않아!"

난 멍하다. 마음 깊숙한 곳에서부터 그게 진심인 것을 깨닫기 때문이다.

카르멘은 한동안 아무 말이 없다가 내 손을 잡는다.

"이번 주에는 당신이 뭘 원하는지 잘 생각해 봐, 댄. 난 당신이 여전히 날 사랑하는지 아닌지 알 때까지 앉아서 기다리고 싶지 않아. 물론 당신이랑 같이하고 싶지만 뭔가 변화가 있어야 해. 그렇지 않으면 둘 다 각자의 가게 될 거야. 당신이랑 나는 괜찮은 사람들이니 그런 비참한 상황을 당하면 안 되지."

"하느님 맙소사, 카르멘. 이렇게 될 수 있었다고 생각하니 정말이지……."

나는 가만히 그녀의 손바닥에 엄지손가락으로 원을 그린다.

"오늘 밤에는 그 이야기는 그만하자고. 즐거운 시간을 보내. 우리가 아직 그걸 할 수 있는지 알아보고."

그녀가 생긋 웃는다.

나도 빙그레 웃으면서 대답한다.

"그래, 클럽에서 신나게 즐겨보자고."

"좋은 계획이군요, 배트맨."

우리 둘이 술집에 가는 것은 정말 오랜만이다. 카르멘은 진토닉을, 나는 크로넨버그(프랑스 맥주 이름—옮긴이)를 마신다. 우리는 즐기면서 술을 마시고 춤춘다. 웃음을 터뜨린다. 둘이 같이!

우리는 비틀걸음으로 숙소로 돌아간다. 우리 방에서 가까운 카펫 깔린 계단참에서 카르멘이 스커트와 팬티를 벗더니, 계단에 다리를 벌리고 앉는다. 그녀는 오랫동안 짓지 않았던 표정으로 날 본다. 우리는 몇 년 만에 가장 화끈한 사랑을 나눈다.

당신에게 들려줄 이야기가 있어요.

함께 대화하니 기뻐요.

— 펄 잼 〈얼라이브〉 (Ten, 1991)

12

카르멘은 명랑하다. 계속 어젯밤의 섹스에 대해 말하고, 하루 종일 내게 윙크를 한다. 우리는 어젯밤의 대화에 대해서는 언급하지 않는다. 루나를 재운 지금도 그 이야기를 꺼내지 않는다. 방 앞쪽의 작은 테라스에 앉아서 책을 읽는다. 카르멘은 내 손을 잡고 쓰다듬는다. 우리가 갈라서는 것은 상상이 되지 않는다. 어림 반 푼 어치도 없는 소리!

하지만 여전히 긴장된다. 난 탁자 밑에 마지막 카드를 갖고 있고, 다음 게임을 시작하기 전에 그 카드를 해결해야 한다. 카르멘이 바라볼 때마다 나는 운을 떼고 싶다. 몇 번이고 초조해서 말을 못하고 만다. 그러다가 갑자기 있는 용기를 다 모은다.

"저기, 여보. 감히 입에 올리지 못했던 얘기지만 이제 해야겠어……."

더 이상 억누를 수가 없다. 내가 말을 맺는다.

"내…… 음…… 외도에 대해."

카르멘이 미소 짓는다.

"이렇게 될 줄 알았어. 우리가 그 이야기를 하는 게 좋다고 생각해. 그럼 해봐."

세상에, 그녀는 강하다. 하지만 난 아니다. 심장이 터져버릴 것 같다.

카르멘이 반듯하게 앉는다.

"그래서? 털어놔봐, 여보!"

나는 웃으면서 편안하게 말을 시작하기로 마음먹는다.

"분명히 당신은 외도해 본 적이 없을 거야, 그렇지?"

"정말로 알고 싶어?"

카르멘이 묻는다.

"응."

나는 순진하게 답한다. 그러고는 벌써 고백할 내용을 떠올리고 있다.

"그렇다면, 난 있어."

나는 그녀의 대답을 알아듣지 못한다.

"그래, 한 번 외도했어."

나는 입을 헤벌리고 카르멘을 바라본다. 샤론 이후 카르멘은 언제나 내가 한 번만 더 그러면 헤어질 거라고 으름장을 놓았다. 그런 카르멘이 그저 말문을 열려고 한번 던져본 질문에, 면접시험을 보는 사람이 초조해하면 긴장을 풀어주려고 분위기 전환용으로 던지는 질문에, 그녀도 외도를 했다고 담담하게 대답한다.

"음…… 저기, 모르겠어……. 아…… 언제?"

내가 말을 더듬는다.

"몇 년 전에 코닝기네다흐에서. 카페에서 본 남자랑. 아무도 못

봤어. 우린 밖으로 나가서 키스만 나누었어."

"쳇."

"그런데 핌이랑은 그걸 했어."

"아…… 뭘?"

"그거."

"이런. 언제?"

"몇 년 전에. 핌이 계속 저녁 식사를 하자고 졸랐지만 난 항상 거리를 두었어. 그런데 당신이 태국에 갔을 때 내가 핌에게 전화를 했어. 그래서 일이 벌어졌지."

"우리 집에서?"

"응. 또 그의 차에서……. 그리고 화장실에서도 한 차례."

"하느님 맙소사. 하루 저녁에 다?"

도대체 지금 말하는 사람이 카르멘 맞아?

"아니, 우린 두 번 더 만났어."

"내가 태국에서 머문 4주 동안에?"

"응."

식기세척기에서 그릇 꺼내는 것을 잊었다는 말이라도 하는 투다.

나는 이미 알고 있었을까? 마이애미에서 여자들이 복수로 그런 일을 벌인다고 말한 사람은 바로 나였다. MIU를 시작하기 전 나는 프랑크와 태국의 코판 강에서 한 달간 파티를 벌이고 싶어서 안달했다. 카르멘은 내가 부처상이나 보러 가는 게 아니라는 것을 알았기에 그 여행을 달가워하지 않았다. 몇 주일 후 공항에서 만났을 때, 그녀는 울음을 터뜨리며 내 품에 뛰어들었다. 한 시간 후 우리는 잠자리를 했고, 나는 몇 주 만에 처음 섹스를 하는 것처럼 행동했다. 돌아보면 카르멘도 마찬가지였다. 이런 여우.

"그럼 자기는?"

그녀가 묻는다.

"뭐가?"

"몇 번이나 그랬냐고?"

"아⋯⋯."

아직도 밉살스런 핌 생각이 머리에서 떠나지 않는다. 화장실이랑 차에서 그짓을 하다니. 싸구려 자식. 그런데 내 아내가 같이 그러다니. 메스꺼워.

"여보세요? 정신 차리세요, 댄!"

카르멘이 조바심을 낸다.

응? 아, 그래. 내 차례지. 어디서부터 시작하나? 먼저 카르멘과 사귀기 시작한 후에도 계속 잠자리를 한 과거 애인들. 그러니까 메릴과 한두 차례. 레이체 광장에서 우연히 부딪친 이후 6개월간 매주 금요일에 만난 엠마. 카르멘이 가지 않은 여러 번의 파티가 끝난 후 마우트와도 관계를 맺었다. 또 음⋯⋯ 빌어먹을, 어디서 시작하냐고? 같은 사람과 여러 차례 한 것은 한 번으로만 셈해야겠지. 그러면 헤아리기가 훨씬 수월해진다. 그럼 셋이네.

매춘부들과의 관계도 셈하지 않는다. 그것은 내가 제어할 수 없는 상황이었다. 하지만 노르트의 사우나에서 라몬과 어울렸던 두 여자는 사실 매춘부가 아니었으니까 그들은 수에 넣어야 한다. 다섯.

그 다음은 직장. 베르닐비의 리사와 신디. 샤론과도 두어 차례. 참, 그렇지. 다이안느. 잠깐만⋯⋯ 다섯 더하기 넷은 아홉이군. 또 MIU에서는 지금까지 크리스마스 파티 후에 마우트랑만. 하지만 마우트는 이미 예전 애인에 넣었다. 아직 나타샤와는 안 했고. 그러니까 아직 아홉이지. 젠장, 배에 문신을 한 마우트의 조수가 있네. 석달 후에 우리가 해고해야 했던 여자. 이름도 기억나지 않는데. 텐이었나.

휴가지. 헤이그 출신의 정신 나간 아이. 몇 년 전 라몬과 그랜카나리아에서 주말을 보낼 때 만난 여자. 열하나. 그 다음에는 태국. 흠, 어디 보자. 섬 별로 따져야겠는걸. 코사무이. 엉덩이에 반점이 있는 아일랜드 아가씨와 나이든 독일 추녀. 정말이지 프랑크가 무진장 웃었지. 아직도 부끄럽다니까. 음…… 열셋. 코사멧. 스웨덴 여자. 아니다, 그녀는 내게 오럴섹스만 해주고 싶어했지. 그 다음에는 코판 강. 핀란드 여자. 그러면 열넷이 되네. 음, 대단하네…….

"몇 명이냐고, 댄?"

"지금 세고 있어."

그러니까 열네 사람. 마이애미, 린다. 열다섯. 더 있나? 라몬이랑 스키 타러 갔을 때는 아무 일도 없었고. 프랑크랑 뉴욕에 갔을 때는? 그때도 아무 일 없었다. 아, 그래. 하칸이랑 터키에 다녀왔지. 식당 여종업원. 열여섯. 흠, 지금까지는 휴가지였고.

이제 외출. 맙소사, 벌써 열여섯 명이나 되잖아. 팍 자위트에서 크리스마스 파티 때 만난 여자. 열일곱. 작년에 카니발에서 토마스의 누이 엘리. 열여덟. 파라디소에서 만난 수리남 여자랑 더 필스 보헐에서 만난 눈썹에 피어싱한 아가씨. 스물. 바스티유, 봄멜, 파라디소에서 만나 애무한 여자들은 넣지 않는 게 좋겠지. 다 헤아리려면 몇 시간 걸릴 거야. 아, 잠깐만. 베이스먼트 잭스 콘서트가 끝나고 만난 여자. 사실 그녀의 집에 가서 잤다. 몇까지 셌더라? 아,

그래. 스물. 한 명 더하면 스물하나. 잊고 헤아리지 못한 사람이 서
넛 될 거야. 거기에 물론 로즈. 스물다섯 정도 되겠네. 나는 카르멘
을 본다. 안전벨트를 단단히 매셔. 고독공포증의 세계에 온 것을
환영합니다!

"그래서?"

"음…… 한쪽 손가락을 족히 넘는데."

"한쪽 손가락이 넘는다고?"

"두 손."

다섯 손이잖아, 나쁜 놈아!

"기가 막혀서."

"실망했어?"

"더 적기를 바랐어. 댄……."

그녀는 고개를 저으며 말한다. 카르멘은 내가 예상한 것만큼 화
내지 않는다. 그녀가 덧붙여 묻는다.

"내가 아는 사람들이야?"

꼴깍.

"정말 알고 싶어?"

"응."

"저기…… 옛날 여자 몇 명. 메럴, 엠마……."

"그것 봐!"

그녀는 승리감에 도취되어 손바닥으로 탁자를 탁 친다.

"그럴 줄 알았어, 알았다니까……. 엠마, 찔러도 피 한 방울 안
날 것 같던 여자! 둘이 여전히 그럴 줄 알았지! 또 메럴도 짐작했
지. 다시 그녀를 안 만나도 되니 다행이지."

마우트 얘기는 안 꺼내는 게 좋겠다. 카르멘이 다시 캐묻는다.

"그게 다 언제 일이야?"

"둘 다 우리가 같이 살기 전이었어."

"세상에⋯⋯ 댄! 맙소사, 그 시절에 우린 미친 듯이 관계를 하곤 했잖아. 지칠 줄 모르고 해댔잖아! 그런데 왜 다른 여자들이 필요했던 거야?!"

"나도 몰라. 여자들을 멀리할 수가 없었어."

없었어? '없어'라고 해야지, 이 자식아!

"맙소사, 그게 바로 중독이잖아."

나는 머리를 숙이고 앉아서 고개를 끄덕인다.

"내가 아는 여자가 더 있어?"

"음⋯⋯ 엘리."

"엘리?"

"토마스의 여동생."

"뭐! 엘리? 언제?"

"작년 카니발에서."

"설마 토마스가 눈치채지 못했겠지?"

"응, 당연하지! 조심했거든."

난 얼른 말한다. 봄멜에서 우리가 애무를 할 때 토마스가 동생에게 욕을 퍼붓던 광경이 눈에 선하다.

"운이 좋았네. 안 그랬으면 당신들 모두 《더 텔레그라프》의 일면을 장식했을지 몰라. 프랑크는 모든 걸 알 것 같은데?"

"대부분은 알아⋯⋯."

"쳇. 맙소사, 그건 정말 화난다."

"하지만 프랑크는 아무한테도 말하지 않을 거야."

"그게 핵심이 아니야! 당신 친구들이 내가 핌이랑 그랬다는 걸 알면 당신은 기분이 어떨까? 적어도 토마스가 아무것도 모르니까 다행이지. 그럼 마우트는 어때? 그녀도 알아? 잠깐만 기다려 봐……."

아, 제발 묻지 마.

카르멘이 말을 잇는다.

"설마 마우트랑도 그랬다고 말할 건 아니겠지, 응?"

아이쿠.

"마우트랑? 말도 안 돼!"

"그건 천만다행이네. 하지만 당신이 외도하는 걸 그녀도 알지?"

"그래. 마우트도 알아."

"이런, 그래. 당신 마우트랑 만날 때 무수한 여자랑 잤지, 안 그래?"

나는 고개를 끄덕인다.

"물론 늘 콘돔을 안 했을 테고?"

"거의 언제나 했어."

나는 거짓말한다. 그리고 그녀에게 묻는다.

"그럼 당신은 어때, 핌이랑은?"

"안 썼어."

"제길."

"잠깐만, 지금 나를 비난하려는 심산이야?"

그녀가 시무룩하게 묻는다. 나는 얼른 고개를 젓는다. 카르멘이 웃음을 터뜨린다.

"좋아. 아무려면 어때. 당신은 호색한에 나쁜 자식이야. 내게 말해줘서 다행스러워. 몇 명은 빼고 말했을 테지만."

"저기…… 난 이만하면 충분한 것 같은데, 당신은 안 그래?"

"좋아, 그만하자고. 하지만 한 가지는 약속해줘, 댄."

"그게 뭔데?"

아, 하느님. 폭풍우가 밀려오는 느낌이 확 든다. 아, 제발 그것만은…….

"지금부터 당신은 외도를 하면 안 돼. 내게 남은 몇 년간은."

제길. 제길제길제길. 아이고, 로즈.

"약속해."

나는 주저 없이 대답한다. 있는 힘을 다해 안심하라는 미소까지 지으면서.

비가 내리는데 하늘에는 구름 한 점 없네.

그대의 눈에서 나는 눈물이었나봐.

— 브루스 스프링스틴 〈화창한 날을 기다려〉 (The Rising, 2002)

13

오늘 밤에는 라몬과 만날 거라고 카르멘에게 말했다. 그녀는 키스하면서 재미있게 지내라고 했다. 외도에 대해 이야기한 다음 날, 카르멘은 좀 울었지만 다 뒤로 하고 싶다고 말했다. 그녀는 모든 것을 인정한 나를 대견해했다. 카르멘은 나를 다시 신뢰한다.

나는 나를 신뢰하지 않는다. 로즈의 집으로 가지 않고 '버티고'에서 만나자고 한 것도 그 때문이다. 오늘 저녁이 어떤 방향으로 흘러갈지 감도 안 잡힌다. 섹스머신이 되어주고, 정기적으로 인생의 쾌락을 주고, 크루아상을 주고, 대리 여왕이 되어주고, 정신과 의사가 되어주는 로즈에게 작별 인사를 하게 될까?

버티고는 요식업판 프랑크의 '얼굴 빼고 미인(즉 얼굴만 빼면 모든 조건이 좋다)'이다. 위치는 환상적인데 (폰델파크의 정자) 술집은 완전히 쓰레기다. 라운지 카페도 아닌 것이 심드렁한 분위기로 운영된다. 위치만 거기가 아니면 아무도 그런 데 가지 않을 것이다.

로즈가 벌써 도착했는지 확인하려고 안을 살피는데 뱃속이 조여든다. 첫 데이트도 아닌데. 그녀가 저기 바에 앉아 있다. 나를 보고 손을 흔들며 초조하게 미소 짓는다. 나는 뭘 마시겠냐고 묻는다.

"화이트 와인으로 할래요. 우리의 마지막 밤이잖아. 내 말이 맞지요?"

그녀가 안절부절못하며 묻는다.

"스위트한 와인, 드라이한 와인?"

내가 묻는다.

감히 로즈를 쳐다보지도 못한다. 하지만 그녀가 날 바라본다. 바텐더가 와인을 따르는 모습을 지켜보는데 나를 보는 그녀의 눈길이 느껴진다. 오늘따라 바텐더가 술을 너무 금방 따르는 것 같다. 얼른 잔을 들고 로즈의 잔에 부딪친다.

"건배."

"이제 판결문을 발표해 봐요."

"카르멘이랑 나는 다시 잘 지내보기로 했어."

"잘됐네요. 두 사람 모두에게 잘됐어요. 진심이에요."

"내가 오랫동안 외도했다고 고백했어."

"그래요. 그녀의 반응은 어땠어요?"

"나쁘지 않았어. 난 다시는 외도하지 않겠다고 약속해야 했어."

"그러니까…… 그럼 오늘이 우리의 마지막 저녁이네요, 응?"

로즈가 잔을 들면서 조롱하듯 내뱉는다.

"하지만 계속 볼 수는 있잖아, 안 그래?"

나는 평소 나쁜 소식을 전할 때 가벼운 분위기를 유도하는 데 능숙하다. 난 그 재주를 발휘하려고 최선을 다한다.

"이제 우린 정말 가지가지를 하네. 당신은 같이 잠자리도 못하는 유부남이랑 비밀 연애를 하고, 내게는 아무에게도 말하지 못하는 플라토닉한 애인이 있고. 말했다간 집에 가서 어떻게 만났는지 설명해야 될 테니까 말이지."

나는 웃음을 터뜨린다.

로즈는 웃지 않는다. 그녀는 즐겁지 않다. 얼굴에 먹구름이 끼어 있다.

로즈가 사납게 말한다.

"이 일이 우스울 게 하나도 없는 것 같아요, 댄. 그렇게 대책 없이 굴지 말아요! 우리가 더 이상은 만날 수 없다는 걸 모르겠어요? 만나면 당신 힘으로 약속을 지킬 수 있겠어요? 당신은 나한테 오지 않을 수 없을 거고 난 당신을 거부하지 못해요. 나중에 당신은 평생토록 죄책감을 느끼며 살 거고, 나는 평생토록 '못된 년'이 된 기분을 느끼며 살 거예요."

부인하기 힘들다. 서로 만나지 않는 것만이 내가 약속을 지키는 유일한 방법이다. 나도 안다. 실은 다행스럽다. 나는 그녀의 다리에 손을 내려놓는다. 로즈가 손을 잡아서 내 다리로 치운다.

"실수하기 전에 집에 돌아가도록 해요."

"이따금 전화하거나 이메일을 보내도 될까?"

내가 묻는다. 자전거를 갖고 밖에 서 있는 남학생이 된 것처럼 당황스럽다.

"안 그러는 게 좋겠어요."

로즈가 바닥에서 눈을 떼지 않고 대답한다.

나는 그녀에게 몸을 숙여 마지막으로 진한 입맞춤을 한다. 그런 다음 내 자전거에 올라탄다. 뒤를 돌아보니, 로즈는 아직도 자전거를 갖고 거기 서 있다.

그녀는 울고 있다.

이게 마지막 카운트다운이야……

— 유럽 〈파이널 카운트다운〉 (The Final Countdown, 1986)

14

1주일 후 우리는 카르멘이 죽어가고 있다는 것을 안다.

"정확히 아픈 데가 어딘지 내게 말해 봐요."

스켈테마 박사가 말한다.

카르멘은 갈비뼈 바로 밑을 가리킨다. 전날 내게 말했던 그 자리. 가운데서 약간 오른쪽, 보는 사람에게는 왼쪽이다. 그녀는 내게 "간이 있는 자리 아닌가?"라고 물었다. 모른다. 내 심장과 폐가 어디 있는지도 모른다. 그나마 위가 어디 있는지 아는 것은 과식하면 더부룩하기 때문이다. 나머지 장기는 어디 붙어 있는지 모른다. 난 학교에서 경영학을 전공했다.

스켈테마 박사가 말한다.

"흠. 옆방에 가서 옷을 벗어보세요."

나는 그 자리에 남는다. 의사가 카르멘의 차트를 뒤적인다. 불편한 침묵이 흐른다. 그러더니 그녀는 일어나서 나를 쳐다보지도 않고 말한다.

"가서 살펴봅시다."

그녀가 진료실에서 나가 문을 닫는 걸 보니, '살펴봅시다'는 내게 청유형으로 말한 게 아닌가 보다.

잠시 후 스켈테마 박사가 돌아와서 세면대에서 손을 씻고, 다시 자리에 앉는다. 그녀는 아무 말 없이 다시 차트를 넘기기 시작한다. 카르멘도 돌아온다. 의사는 차트판을 닫더니 안경을 쓰고 우리를 쳐다본다.

그녀가 말문을 연다.

"감각이 있는 곳이 간이에요. 전이가 된 것 같네요."

가끔 못 들어본 말이지만 무슨 뜻인지 금방 이해가 될 때가 있다.

"그럼 퍼지고 있나요?"

"맞아요. 퍼지고 있어요."

카르멘과 나는 서로 바라본다. 순간적으로 카르멘은 꼼짝도 하지 않는다. 그러다가 아랫입술이 떨리기 시작하자 손으로 입을 막는다. 눈물이 터져 나온다. 나는 다른 손을 잡고 그녀를 응시한다. 1년 전의 장면이 재연된다. 같은 진료실, 같은 의자, 똑같이 우리 앞에서 침묵하는 스켈테마. 당시 그녀는 카르멘이 인터넷에서 알아본 40퍼센트의 생존율이 너무 높은 수치라고 말했다. 이제는 생존율이 0에 지나지 않는다.

내가 조심스럽게 묻는다.

"퍼지고 있는 게 확실한가요?"

"지금 우리가 취할 최선의 조치는 당장 간 초음파 검사를 해보는 거예요. 검사를 받은 다음에 다시 오세요."

우리는 순한 양처럼 안내에 따라 검사를 받으러 간다. 우리는 초음파 대기실에 앉는다. 카르멘은 아무 말도 하지 않는다. 앉아서 고개를 숙이고, 담배 종이 말듯 손수건을 말았다 풀었다만 반복한다. 간호사가 방에서 나온다. 그녀는 들고 나온 차트판에 적힌 이름을 보더니 카르멘에게 묻는다.

"반 디펜 부인이세요?"

카르멘이 고개를 끄덕인다.

"나도 같이 갈까?"

내가 묻는다.

"그래요."

카르멘이 순순히 대답한다.

우리는 검사실로 들어간다. 카르멘은 옷을 벗고 검사대에 눕는다. 간호사가 하늘색 젤을 배에 문지른다. 나는 카르멘 옆에 서서 손을 꼭 잡아준다. 다른 손으로는 그녀의 어깨를 쓰다듬는다. 카르멘은 날 쳐다보면서 다시 울기 시작한다. 내 눈에도 눈물이 차오른다. 간호사가 장비를 집는다. 카르멘이 임신했을 때 초음파 검사를 받았던 장비처럼 생겼다. 그때 우리는 행복하게 스크린을 봤고, 산부인과 의사는 스크린 위에서 꼼지락대는 몸의 어디가 어느 기관인지 설명해 주었다. 태아는 계속 움직였다. 카르멘과 나는 녀석이 신이 났다고 생각했다. 우리는 꼬물대는 태아에게 '꼬물이'라는 별명을 지어주었다. 카르멘은 그 이름이 아기의 움직임을 가장 잘 표현한다고 생각했다.

오늘은 꼬물이의 움직임은 없다. 우리는 스크린을 쳐다보고 싶은 마음이 조금도 없다. 두 간호사(아니면 의사. 병원 내의 서열을 잘 모르겠다)가 우리에게 알아야 될 모든 점을 말해준다. 그들은 스크린의 뭔가를 가리키면서 서로 알아듣지 못할 말을 나눈다. 한 사람은 가끔 스크린에서 차트로 눈을 돌려 기록을 한다.

"다시 옷을 입으셔도 됩니다."

"그러면?"

내가 묻는다.

"결과는 스켈테마 박사에게 들으세요."

*

우리가 자리에 앉기 무섭게 의사가 말한다.

"별로 좋아 보이지 않네요. 간 위쪽에 전이된 것이 3×4센티미터 크기네요."

나는 카르멘을 쳐다본다. 벌써 그녀는 손으로 입을 막고 있다. 한바탕 울음이 터진다는 신호지만, 나는 의사에게 묻기로 한다.

"얼마나…… 제 아내에게 시간이 얼마나 남았습니까?"

"급히 조치를 취하지 않으면 잘해야 2개월……."

"조치를 취하면요?"

내가 따지듯 묻는다.

"정말로 솔직하게 말한다면, 이것은 상황을 지연시키는 정도일 뿐입니다. 탁소티어로 치료하면 몇 달 더 연장됩니다. 작년에 투약한 CAF와는 다른 종류의 항암제지요. 그래도 12개월 이상은 되지 않을 거예요. 몸이 그 이상은 버티지 못해요. 또 치료를 중단하자마자 다시 전이되기 시작할 겁니다. 잘하면 1년까지 연장해 볼 수는 있어요."

"통증이 심할까요?"

카르멘이 눈물을 흘리며 묻는다.

"아니요. 거의 없을 거예요. 간은 인체에서 독성 물질을 세척하는 공장이라고 상상하면 됩니다. 결국 종양은 간이 제 기능을 못하게 하지요. 그러면 점점 기운이 떨어지고 잠이 많아지고, 결국은 혼수상태에 빠집니다. 그리고 죽지요. 인간적인 과정이에요."

"적어도 긍정적인 면이 있네요."

카르멘이 눈물을 흘리며 중얼댄다.

내가 스켈테마 박사에게 묻는다.

"치료의 부작용은요?"

"CAF와 똑같아요. 구토, 피로, 탈모, 식욕 상실, 냄새. 이 치료를 받으면 근육이 저항하고, 손바닥과 손가락의 피부가 아주 민감해질 거예요."

"치료를 받을게요."

카르멘이 대꾸한다.

"참, 손톱도 빠질 거예요."

의사가 덧붙인다.

"알겠습니다."

내가 대답한다. 기왕 이렇게 된 마당에 끝까지 해볼 수밖에.

할 일이 너무 많은데.

아직 할 일이 너무나 많은데……

— 톤쳐 라허 〈할 일이 너무 많은데〉 (Stiekem dansen, 1983)

15

병원 주차장을 벗어나기도 전에 카르멘이 말한다.

"터무니없는 말 같지만 약간 안심이 되는 걸. 적어도 우리가 어디에 와 있는지 아니까. 난 죽어가고 있잖아."

"여보, 제발……."

진찰실에서 나온 후 내 입에서 처음 나온 말이다.

"하지만 사실이야. 작년에 여기 왔을 때는 불확실하고 무기력한 상태에 빠졌어. 이제 확실성은 있잖아."

그녀가 하는 말이, 실제로 이런 말을 입 밖에 낸다는 게 당황스럽다. 하지만 그녀는 핵심을 짚어낸다. 작년을 되돌아본다. 그때는 충격이 훨씬 컸다.

카르멘은 눈물 고인 눈으로 말한다.

"휴가를 가고 싶어. 최대한 많이. 아일랜드에 가고 싶어. 또……바르셀로나! 그래, 바르셀로나에 가고 싶다, 당신이랑."

심지어 이 대화가 즐거워지기 시작한다.

"프랑크한테 괜찮은 호텔을 아는지 물어볼게. 그게 다입니까, 마담?"

내가 씩 웃는다.

"아르덴 지방(프랑스 북부의 벨기에와 접한 산림지대―옮긴이)에 있는 어느 성으로 친구들을 다 데려가고 싶다."

카르멘이 꿈꾸듯이 말한다. 갑자기 그녀에게 삶의 기쁨인 것들이 되살아난다.

"아, 가는 길에 식품 가게에 잠깐 들를 수 있을까?"

"왜?"

"담배 좀 사와요. 다시 담배를 피울래."

나는 미소를 짓고 모로코 식품 가게 앞에 차를 세운다.

내가 차에서 내리기 전에 묻는다.

"보통 말보로, 아니면 라이트?"

"보통으로. 폐암에 걸린대도 크게 달라질 게 없잖아?"

나는 내가 할 일을 하니 이유는 묻지 말길.

나는 할 일을 하니 어쩌면 멍청한 일이지.

우리는 우리가 할 일을 하니……

— 아스트리트 네이흐 〈나는 할 일을 할 뿐〉

(Mensen zijn je beste vrienden, 1973)

16

나는 웃으면서 식품점으로 들어간다. 내 앞에 두 명이 있다. 밖을 내다보니 차에 앉아 있는 카르멘이 보인다. 그녀는 멍하니 허공을 보고 있다. 막막하게. 그녀를 보고 있자니 얼굴에서 웃음기가 사라진다.

이제 무엇을 예상할 수 있을까?

온갖 종류의 일들이 머릿속을 스치고 지나간다. 한밤의 구급차. 축 늘어진 카르멘. 통증에 대한 공포. 그리고 죽음. 죽음. 뱃속이 조여든다. 갑자기 공포에 휩싸인다. 내 아내가 죽어간다! 이제 정말로 카르멘이 죽어가고 있다! 울컥 구토가 밀려온다. 너무 지독해서 금방이라도 토할 것 같다. 나는 안절부절못하고 땀을 흘리기 시작한다.

내가 불쑥 소리친다.

"이봐요, 아메드. 도대체 얼마나 기다려야 일을 볼 수 있어요? 담배만 사면 되는데."

"진정하세요. 내 손이 둘 뿐인 걸 어째요!"

평소에는 그렇게 친절하던 사람이 오늘따라 무뚝뚝하게 대꾸한
다. 내 앞에 있는 두 사람이 고개를 돌려 시무룩하게 날 쳐다본다.
나는 얼른 화장실로 들어가 휴대전화를 꺼낸다.

전이됐어, 로즈. 나중에 전화해도 될까? 제발.

나는 아름다운 순간들을 모읍니다.

— 헤르만 브로트, 헹크 비넨데익과의 인터뷰 (1994)

17

루나에게

이 책에 우리가 함께한 일들을 모두 적고 싶구나. 내가 얼마나 널 사랑했는지 네가 언제나 알 수 있도록 말이지. 엄마는 아프단다. 암에 걸려서, 네가 이 글을 읽을 때는 이 세상에 없을 거야. 이 책이 아름다운 추억이 되면 좋겠구나.

너는 겨우 두 살이지만, 말을 워낙 잘하기 때문이기도 하겠지만 가끔은 정말 현명하단다. 지난해를 보내며 우리는 때때로 힘겨웠고, 아빠나 나는 울지 않을 수가 없었지. 너는 우리가 우는 걸 보면 다가와서 우리를 안아주고, 뺨에서 눈물을 닦아주었지. 그러면 우리는 기분이 한결 좋아졌어. 또는 네 말을 듣고 우리는 울다가도 웃음을 터뜨렸고 그러면 덜 괴로웠지. 많은 사람들이 우리를 위로하고 기운을 북돋워주려고 오지만, 그중 최고는 단연 너란다.

오늘 밤 네가 잠자리에 들기 전, 나는 너를 안아주면서 많이 사랑한다고 말했지. 그랬더니 너도 나를 사랑한다고 말했어. 얼마나 사랑스러운지! 마음이 따뜻해진단다.

아빠와 나는 서로 아주아주 많이 이야기를 나눈단다. 얼마 후면 엄마가 여기 없으리란 걸 알기 때문이야. 그건 아주 끔찍한 일이지만, 이 모든 상황에도 불

구하고 우리는 남은 짧은 시간 동안 멋진 일들을 많이 하고 있단다. 우리 세 사람은…… 나는 멋진 일들을 만끽하고, 내 작은 가족 덕분에 어찌나 행복한지 눈물이 날 것 같구나.

사랑한다! 엄마가 xxx

내게 묻는다면, 그들은 그리 행복하지 않지······

―톨 한세 〈빅 시티〉 (Tol Hansse moet niet zeuren, 1978)

18

카르멘은 토론 모임에 가입했다. 그녀는 이 모임을 '무플론(야생
양―옮긴이)'이라고 부른다.

무플론 – 타파웨어(다양한 플라스틱 용기를 생산하는 회사의 이름―옮긴이), 센터팍
스(유럽 휴양지들의 네트워크로 가족 여행에 알맞다―옮긴이), 《쉬(She)》 잡지, 아고
스(다양한 제품을 판매하는 상점으로 카탈로그를 보고 구매신청서를 제출한 후 물건을 받는
식으로 운영된다―옮긴이)의 카탈로그 등등. 카르멘은 유방암에 걸리지 않았다면
평생 무플론 같은 모임에 가입하는 일은 없었을 것이다. 그녀는 모임이 어땠는지
내게 이야기하며 가끔 웃음보를 터뜨린다. "다섯 여자랑 유방암에 대해 편안하게
이야기를 하며 아침나절을 보냈지."

그나마 괜찮은 여자는 '토니'라고 부르는 안토니아이다. 카르멘
처럼 30대이고 암스테르담에 살고 (다른 세 사람은 잔담, 메이드레흐
트, 내가 들어본 적 없는 마을에 산다) 외모가 나쁘지 않다. 나는 그녀
가 가슴이 하나뿐인 걸 몰랐다면, 괜찮은 상대였을 거라고까지 말

한다.

무플론 회원들은 한쪽 유방을 잘라낸 여자들이다. 한 사람은 (아직) 전이가 안 됐고, 한 사람은 병원에서 이미 포기했고, 나머지 셋은 카르멘과 같은 상태다. 조만간 다들 악화될 것이다. 카르멘은 '그러니 무플론은 점차 저절로 숫자가 줄어들 것'이라고 농담한다.

여자들은 관계에 대해서도 할 이야기가 아주 많다. 카르멘은 어느 무플론 회원이 암에 걸린 후 이혼했다고 내게 말해 주었다. 그녀의 남편은 더 이상 감당하지 못했다고. 또 토니의 남편은 병에 대해서는 거의 이야기하지 않고, 저녁 내내 다락방 컴퓨터 앞에서 시간을 보낸다. 다른 회원의 결혼생활은 암에 걸리기 전에 이미 삐걱댔으니 병으로 인한 변화는 없다. 그 이야기에 다들 웃음을 터뜨렸다.

그들은 2주에 한 번씩 회원의 집을 돌면서 만난다. 남편들도 가끔 서로 이야기를 나눈다고 카르멘이 말한다. 그 말을 들은 내 표정을 보고 카르멘은 '관심 있느냐'고 묻지 못한다.

카르멘은 모임에서 뭔가 얻는다. 적어도 무플론에서는 여자로서 유방 하나를 잃는 게 어떤지에 대해 터놓고 이야기한다. 안네, 마우트, 그녀의 어머니, 브로커스의 여직원들이 감히 꺼낼 수 없는 화제다.

지난 주 무플론은 우리 집에서 만났다. 내가 루나를 데리고 집에 가니, 그들이 아직 있었다. 그들이 가끔 내 이야기를 한다는 걸 알기에 인사를 하면서 머쓱했다.

이날 저녁 카르멘은 내게 말했다.

"우리가 10점 만점으로 남편들의 점수를 매겼어. 아내가 암에 걸렸다는 사실을 어떻게 받아들이는지, 항상 병원에 같이 가는지, 병에 대해 대화를 잘 하는지, 현실이 불행해도 잘 감당해 나가는 지.”

“그래, 당신은 나한테 몇 점을 줬어?”

“8점.”

“8점?”

내가 놀라서 반문했다.

“응. 회원들의 이야기를 들어보니, 당신이 모든 면에서 잘하고 있다는 걸 알게 됐지.”

“토마스랑 안네에게도 이런 모임에 대해 이야기해줘야겠는걸.”

내가 대답하자 카르멘이 대꾸한다.

“그럴 필요 없어. 벌써 이야기했는걸.”

이해력을 가진 이들을 위해

살아 있음을 기뻐하는 것은 죄가 아니라는 깊은 이해력.

— 브루스 스프링스틴 〈황무지〉 (Darkness On The Edge Of Town, 1978)

19

여름은 큰 파티 같다.

나는 급한 문제와 중요한 프레젠테이션이 있을 때만 출근하기로 프랑크와 합의했다. 평상시에는 카르멘과 최대한 같이 시간을 보낸다.

우리는 뭐든 하고 싶은 일을 한다.

유러피언 챔피언십의 네덜란드 경기는 모두 암표를 산다. 유고슬라비아와의 준준결승전에서 클루이베르트가 네 골을 넣자(2000년 6월 25일. 6대 1. 클루이베르트 4골, 오베르마르스 2골) 카르멘은 5만 명의 관중과 함께 미칠 듯이 열광한다. 나는 여전히 로즈에게 문자를 보낸다.

게임은 한 시간 반 동안 계속된 오르가슴이었어. 카르멘은 기가 막히다고 생각했지!

"네덜란드가 우승하면서 죽어도 괜찮을 거야, 안 그래? 흥분 속에서 가게 될 텐데……"

그녀가 키득댄다. 그러나 그렇게는 되지 않는다. 대회에서 네덜란드 팀은 카르멘보다 오래 버티지 못한다. 하지만 암의 좋은 점은 모든 것을 연관 짓는 것이다. 이탈리아 전에서 세계 기록인 페널티킥 실패를 하자 우리의 얼굴에서 미소가 멈춘다. 경기에 패해도 실제로 죽는 것은 아니다. 축구는 다시 시작된다.

우리는 주말여행을 떠나 최고급 호텔에 투숙한다. 바르셀로나에서는 아츠 호텔에서 머문다. 꼭대기층에서 바르셀로네타 해변과 지중해가 보인다. 우리는 가장 큰 스위트룸에서 숨바꼭질을 한다. 거의 매번 카르멘이 이긴다. 내가 옷장 앞을 세 번쯤 지나간 후 안에서 그녀가 웃음을 터트리면 그제서야 나는 그녀를 찾는다.

저녁에는 근사한 식사를 한다. 말로르카 거리에 있는 세르베제리아 카탈루냐에서 타파스(스페인식 전채 요리— 옮긴이)를 먹고 나는 기절할 뻔 한다.

방금 환상적인 타파스를 먹었어. 카르멘은 거의 못 먹지만 여전히 즐겁게 지내.

나도 마찬가지야.

망할 놈의 암. 타파스를 먹은 후 걸어서 돌아가려 했어.

5분 후 카르멘이 지쳤지. 지나가는 택시를 잡는 데 몇 시간을 기다렸어.

카르멘은 비참해서 울었지. 나중에 통화하고 싶어, 여신

아일랜드에서는 가장 호화로운 호텔에 머무르며 숙식했다. 카르멘이 기운이 없어서, 차를 타고 선술집에 가서 점심을 먹거나 밤에 인근 성에 가는 정도가 고작이지만 멋진 한 주를 보낸다. 우리는

루나를 위해 비디오 촬영을 한다. 카르멘과 댄의 유치한 놀이 위주로 찍는다. 더블린의 모리슨 호텔 라운지에서 카르멘은 뚱뚱한 여자 뒤에 숨어 '나 찾아봐라'를 한다. 나는 캐슬 발리모어 호텔의 샤워 캡을 쓰고 레드 핫 칠리 페퍼스 흉내를 낸다. 카르멘이 물개처럼 가슴 보형물을 코에 올린 장면. 모어 절벽(아일랜드의 대서양과 잇닿는 절벽—옮긴이)에서 레이 찰스 흉내를 내는 댄. 카르멘은 '어느 쪽이 더 나쁜가 퀴즈' 놀이를 한다(타서 죽는 것 아니면 익사하는 것? 다시는 못 앉는 것 아니면 다시는 못 서는 것? 먹지 않는 것 아니면 마시지 못 하는 것? 소변을 못 보는 것 아니면 대변을 못 보는 것? 암 아니면 에이즈?).

우린 즐겁게 지내, 여긴 미친 나라야. 이곳 사람들은 아침 10시에 술을 마시기 시작해. 여기 여자들은 못생겼어. 카르멘 말로는 그게 아일랜드의 최대 장점이래. x!

암스테르담에 돌아와서 날씨만 괜찮으면 매일 우린 배를 타고 수로를 내려간다. 부모님, 친구들과 로제와인을 잔뜩 싣고 떠난다. 자주 암스텔 호텔에 들러서 테라스에서 샴페인을 마신다. 아니면 차를 몰고 아우더케르크에 갔다가 클레인 파르데뷔르흐에서 독특한 점심 식사를 한다. 한 번은 차를 타고 조르흐플리트 묘지를 지나는데, 카르멘이 거기 묻히고 싶다고 말한다.

아이고. 방금 조르흐플리트 앞을 지났어. 카르멘이 나중을 위해 거기 좋은 자리를 잡는 걸 도와주겠냐고 물었어. 난 못해.

카르멘은 벨기에 아르덴의 스파에 있는 성으로 친구들을 초대해 우리와 주말을 지내게 한다. 손님은 스물세 명이다. 그녀의 인생이 총망라된 것 같다. 가끔 실내에서 흐르는 눈물이 바깥에 내리는 빗줄기보다 거세다.

우리는 집을 보러 다닌다. 원래 지금 사는 곳에서 3년쯤 살려고 했다. 그러다 MIU와 브로커스에서 돈을 많이 벌자 더 큰 집을 알아보는 와중에 암이 전이되어 여러 계획들이 어그러졌다. 이사는 내 계획이었다. 카르멘은 선뜻 반기지 않았지만 지금은 나중에 루나와 내가 어디 살지 아는 게 좋겠다고 생각한다.

"또 항암제가 효과가 있으면 나도 한동안 새 집에 살 수 있고."

그녀는 희망적으로 말한다.

나는 그렇지 않다. 카르멘이 아직 살아 있을 때 새 집으로 이사한다는 것은 그녀가 거기서 죽는다는 뜻이다. 솔직히 난 지금 집처럼 새 집에도 병과 죽음의 그림자가 드리울까봐 걱정된다. 새 집은 루나와 내게 새 출발의 상징으로 삼고 싶은 마음이 간절하다.

하지만 우리는 카르멘이 죽은 후에 대해 대화를 많이 한다. 몇 시간씩. 집에서, 술집에서, 우리 배에서, 테라스에서. 우리는 모든 것에 대해 이야기한다.

아빠와 엄마는 나중에 네게 새 엄마가 생길 거라는 점에 대해서도 이야기를 나눈단다. 좋은 아이디어라는 생각이 들어. 물론 아빠에게도 그렇지만, 네가 대화하고 같이 웃고, 소란을 떨고 여러 일들을 함께할 수 있는 사람이 있다면 네게도 좋은 일이지. 엄마는 여기 있지 못하더라도, 생각과 내 마음속에서 언제나 너와 함께할 거야. 무슨 일이 생기더라도 넌 언제나 내 귀염둥이야. 내가 거기서 직접 너와 이야기하고 안아주지 못하더라도…… 언제나 너를 사랑할 거야. 언제나 아빠를 사랑하는 것처럼.

대화를 나누면서 우리는 다시 서로 사랑에 빠지게 되었다. 우리는 서로를 즐기고, 아직 함께할 수 있는 매일을 즐긴다. 왕관 없는 기쁨의 왕과 왕비, 댄과 카르멘. 그들은 짧게 행복하게 살았습니다…….

내게 힘을 주세요, 주세요, 주세요 ……
— 스웨이드 〈더 파워〉 (Dog Man Star, 1994)

20

즐겁게 지내는 사이 카르멘은 상태가 급격히 나빠진다. 항암제의 부작용이 무시무시하다. 카르멘은 15년 일찍 폐경기를 겪는다. 갑자기 얼굴이 달아오르고 생리가 중단되면서 흰머리가 생긴다. 겨우 세 차례 치료 후에 다시 대머리가 된다. 상자에 보관한 삐쭉삐쭉한 가발을 다시 꺼낸다. 이번에는 눈썹과 속눈썹까지 빠진다. 며칠간 인조 눈썹을 붙이지만 성공하지 못한다. 항암제 때문에 계속 눈물이 나기 때문이다. 그녀는 종일 손수건으로 눈물을 훔치며 돌아다닌다.

또 다른 부작용으로 손톱이 빠지거나 건들건들 해서 손가락에 반창고를 감고 있다. '문에 손이 낀 느낌'이라고 한다. 오늘 아침 카르멘은 루나의 기저귀를 갈아줄 수 없어서 울었다. 찍찍이를 뗄 기운이 없다. 그 후 자신에게, 기저귀 회사에, 암에게 화를 낸다. 언제든 나한테 부탁하면 된다고 짜증스럽게 말한 나한테도 화를 낸다.

"직접 하고 싶은 내 마음을 그렇게도 모르겠어?"

또 다른 문제는 기침이다. 밤에 특히 심하다. 가끔 그녀의 기침이 멎지 않을까봐 걱정스럽다. 하지만 기침이 암이 전이되었다는 신호일까봐 더 걱정이다. 소책자에서 유방암이 가장 많이 전이되는 곳이 폐라는 대목을 읽었다. 의사는 우리를 안심시킨다. 아마 늑막염일 거라고 한다.

"늑막염이라고요?"

아마도 항암제의 부작용 같은데.

또 카르멘은 노력이 필요한 일은 아무것도 못한다. 기운이 남아 있지 않다. 스켈테마 박사는 그것을 '충적 효과'라고 부른다. 몸이 점점 항암제를 거부한다. 하긴 그럴 만도 하지 않은가?

하지만 여태껏 가장 큰 문제는 항암제가 몸으로 들어가는 혈관에 바늘과 작은 튜브를 찌르는 일이다. 우리에게는 그 바늘과 튜브가 암의 비참함을 보여주는 상징이 되었다. 카르멘의 혈관은 보통 사람보다 피부 속 깊숙이 묻혀 있다. 바늘을 찌르는 것이 매번 점점 힘들고 고통스러워진다. 의료진은 몇 분간이나 헤매다가 튜브를 삽입한다. 카르멘은 그것을 넘어야 할 산으로 본다. 매주 산이 점점 높아진다. 흐느끼는 카르멘의 손에 의사가 바늘을 찌를 때면 곁에 있는 나는 눈물을 주체할 수 없다.

두 차례 더 주사를 맞아서, 6회로 이루어진 첫 번째 치료가 마무리된다. 그 다음에는 3주간 쉬면서 카르멘의 몸이 회복할 기회를 얻는다. 그 후 다시 서커스가 시작된다. 다시 6회 치료. 그 생각에 카르멘은 미치려 한다.

매주 항암제 투약이 시작되기 전 스켈테마 박사와 만난다. 그 자리에서 카르멘이 말한다.

"주사바늘을 몸에 찌르는 것 말고 먹을 수 있는 약이 있다면, 기꺼이 치료를, 항암치료를 받을 텐데요."

그 말을 하면서 카르멘은 다시 감정이 북받친다. 그녀는 눈물을
참느라 안간힘을 쓴다.

"그래요, 하지만 그런 약은 없어요."

의사가 무뚝뚝하게 대꾸한다.

나는 엉엉 우는 카르멘을 항암치료실로 데려간다. 다섯 번째 치
료다.

이제 일곱 차례 남았다.

카르멘이 바늘을 꽂은 후 난 화장실에서 울고 있어.

끔찍해, 로즈.

나중에 전화할게.

오랫동안 나를 놀라게 한 일.

백 년을 산다 해도 못 잊을 일.

네가 나를 속였다는 것, 나를 갖고 놀았다는 것.

― 윔 소네펠트 〈티룸 탱고〉 (Een avond met Wim Sonneveld, 1966)

21

경구용 항암제가 있다고 한다.

카르멘은 토니를 통해서 그 사실을 알았다. 토니에 따르면 안토
니 반 레유엔훅 병원에서 경구용 항암제를 실험 중이다. 카르멘이
방사선치료를 받은 병원이다. 실험을 시작한 지 몇 달 되었다. 믿
을 수가 없다.

카르멘은 내게 그 병원에 전화해 달라고 부탁한다.

"나보다 자기가 말을 더 잘하잖아."

나와 통화한 안토니 병원의 의사는 토니의 말을 확인해 준다.

반 디펜이 신트 루카스 병원의 환자인 한 그들은 아무것도 해줄
수 없다고 말한다. 나는 이해한다고, 스켈테마 박사와 연락하겠다
고 말한다.

나는 전화기를 내려놓는다. 카르멘이 쳐다본다.

"그렇대. 경구 복용약이 있대."

카르멘이 눈물을 쏟는다.

망할 놈의 병원으로 달려가서, 스켈테마의 양손을 책상에 붙이

고, 카르멘이 매주 맞는 주사바늘을 꽂아주고 싶다. 하나, 둘, 셋, 넷, 다섯, 여섯, 일곱, 여덟, 아홉, 열. 크게 심호흡하고. 그 다음에 신트 루카스에 전화해서 스켈테마 박사를 바꿔달라고 한다. 휴가 중이란다.

타스밀 박사가 대리 진료를 한다. 그에게 최대한 차분하게, 내 아내가 매주 주사를 맞는 게 너무 힘들어서 큰 심리적인 문제가 생겼고 스켈테마 박사도 이런 상황을 안다고 말한다. 그러니 반 디펜을 안토니 병원의 경구용 항암제 실험을 책임진 의사의 환자로 이전시켜주는 데 공식적으로 동의해 달라고 부탁한다.

타스밀 박사는 도와줄 수가 없다고 대답한다. 동료의 환자를 그렇게 쉽게 보내줄 수는 없다면서, 스켈테마 박사가 열흘 남짓 후에 복귀한다고 말한다.

나는 분노가 끓어올라서, 난 오늘까지 순진하게도 의사들이 시한부 환자들의 삶의 질을 최우선으로 여긴다고 믿으며 살았다고 쏘아붙인다. 그런데 매주 치료 전날이면 몸에 튜브를 삽입하는 일을 직시할 수 없다는 간단한 이유 때문에 울면서 돌아다니는 내 아내의 경우 삶의 질이 0에 가깝다고 말한다. 그런 다음 오랜—하지만 이번 경우 적절한—원한을 끄집어내서, 아내가 2년 전 그의 동료인 볼터스 박사가 저지른 실수로 인해 이런 상태로 생을 마감하게 되었으니 그 병원 의사들이 수치심을 갖기를 바랐다고 말한다.

타스밀 박사는 짜증을 내면서 그는 아는 바 없으며, 그 이야기는 이 의논의 맥락에서 완전히 벗어난 이야기라고 말한다. 또 내가 그에게 그런 말투로 말하는 것은 정상이 아니라고 본다고 맞받아친다.

내가 그에게 묻는다.

"할 말 다했습니까?"

"네."

"좋습니다. 그럼 말을 하지요. 난 더 이상 당신들이랑 아무 관계도 맺지 않겠소."

나는 그에게 곧 험악한 팩스를 받게 될 거라고 덧붙인다. 스켈테마 박사와 안토니 병원의 담당 의사에게도 복사해서 보낼 거라고. 내 아내의 행복이 스켈테마의 망할 놈의 휴가보다 중요하기 때문이라고.

카르멘은 그냥 넘어가야 되지 않느냐고 묻는다. 그런 생각 하지도 마! 나는 분노한다. 우리는 맥없이 속았다. 완전히 속았다.

그 사이 나는 컴퓨터로 가서 앉는다. 내 아내가 실험 대상이 되게 하기 위해 필요하면 이 일을 언론에 알릴 것이며, 나 나름대로 강구한 수단이 있다는 내용의 팩스를 작성한다. 그 수단이 무엇인지는 조금도 암시하지 않지만, 글의 분위기는 무시무시한 것 같다.

팩스를 보낸 다음 날 아침 9시 난 전화를 받는다.

"반 디펜 씨, 안토니 반 레유엔훅 병원 의료 부장인 로덴바흐입니다. 신트 루카스 병원의 타스밀 박사에게 선생님의 번호를 받았습니다."

두 시간 후 우리는 그와 면담한다. 로덴바흐 박사는 그야말로 오아시스다. 환자들이 말을 하게 놔두고 귀담아 들어주는 의사다. 그는 우리에게, 경구약 실험 결과가 아직 불확실하며, 지금까지는 카르멘에게 탁소티어의 치료가 효과가 있다고 말한다. 그는 실험에 참여하지 말라고 조언하면서, 튜브 삽입을 피할 수 있는 대안을 제시한다. 포터캣. 내 귀에는 무슨 '포터블 토일렛(이동식 화장실)'처럼 들리지만, 마취를 한 상태에서 이 작은 기구를 가슴 근처 피부에 삽입하는 간단한 수술만 받으면 끝이다. 항암제는 바늘과 관이 아니라 이 영구적인 구멍을 통해 혈관으로 직접 주입된다. 통증이 없고 단번에 주입이 된다. 혈관을 찔러댈 필요가 없다. 카르멘은 6개월 전 인터넷 채팅을 통해서 이 기구에 대해 알았다고 말한다. 그때 스켈테마 박사에게 의논을 했지만, 그녀는 기구 삽입에 강력히 반대했다. 제법 큰 수술이며 구멍이 막히는 일이 잦다고 했다. 고초를 겪을 가치가 없는 시술이라는 게 스켈테마의 견해였다.

"저기…… 우리가 보기에는 좋은 방법 같습니다만."

로덴바흐 박사는 같은 의사인 스켈테마를 깎아내리지 않으려고 최선을 다한다. 바로 이 스켈테마에게 아내가 암전문 병원인 안토니에서 치료받는 게 더 낫지 않겠냐고 물은 적이 있다. 바로 그때 스켈테마는 인터넷의 도래 후 암에 대한 전 세계 병원들의 모든 정보, 모든 새로운 발전, 모든 신기술이 몇 시간 안에 전 세계 의사들의 상식이 되었다며 분통을 터뜨렸다. 또 그녀는 환자들에 대해 2주마다 안토니 병원의 의료진과 상의한다고 말했다.

잘 봐준다면 그녀는 몇 달간 숙제를 안 한 것이고, 잘못 봐주면 그녀는 우리에게 쌀쌀맞게 거짓말을 했다. 카르멘이 주사바늘을 피할 수 있게 해달라고 울면서 매달리는데도.

*

로덴바흐 박사는 먹는 항암제보다는 포터캣이 나을 것 같지만 선택권은 카르멘에게 있다고 말한다. 또 그녀를 환자로 받아주겠다고 제안한다.

카르멘은 포터캣을 선택한다. 또 로덴바흐와 안토니 병원을 택한다. 그녀가 기뻐하는 기색이 완연하고 나도 마찬가지다.

안토니 반 레유엔훅 병원은 암치료를 전문으로 한다. 안토니의 의사와 간호사들은 생명을 위협받거나 ― 카르멘의 경우처럼 ― 시한부인 사람들의 머릿속이 어떻게 돌아가는지 잘 안다.

또 거기 다니는 사람들은 아내가 방금 출산했거나 맹장수술 후 회복 중인 게 아니라 암환자임을 다 안다. 팔짱을 끼고 복도를 걷거나 복도의 커피 자판기 옆에 말 없이 앉아 있는 사람을 보면 나도 모르게 안쓰러운 눈길을 던지게 된다. 그들은 방금 어머니가 암이 전이되었다거나 할아버지가 언제 돌아가실지 모른다는 소식을 들은 사람들이다. 혹은 의사들이 그들의 배우자를 포기한다는 말을 들었거나. 사실 안토니 병원은 암스테르담의 홍등가와 비슷하다. 그곳에서 얼쩡대는 사람들을 보면 거기 왜 왔는지 다 알 수 있으니까.

포터캣을 삽입하는 수술은 식은 죽 먹기고, 카르멘은 남은 항암치료를 받으러 가면서 휘파람을 분다.

우린 다시는 신트 루카스를 쳐다보지도 않는다. 한 번은 음성 사서함에서 스켈테마의 목소리가 흘러나온다. 그녀는 휴가 중에 일이 이렇게 되어 아쉽다고 생각한다면서 행운을 빈다고 말한다. 나는 그녀의 말을 믿고 그냥 넘어간다. 카르멘도 마찬가지고.

이렇게 한다고 카르멘이 더 오래 살지는 않겠지만 더 낫게 살기는 할 것이다.

그 기분을 느낄 때면 난 성적인 치유를 원해……

— 마빈 게이 〈섹슈얼 힐링〉(Midnight Love, 1982)

22

내 삶도 조금 낫게 만들 요량으로 예전 습관으로 되돌아갔다. 난 다시 로즈에게 중독되었다.

카르멘의 암이 전이되었다는 소식을 들은 다음 날 우리는 더 페이프 지역에 있는 '커피 컴퍼니'에서 만났다. 아침에 루나를 놀이방에 데려다준 후였다. 고독공포증 환자의 관점에서 보자면, 로즈의 집에서 먼 곳이기에 안전한 장소요, 안전한 시간대다.

로즈는 내가 쏟아내는 좌절감과 고뇌를 귀담아 들어주었다.

커피 컴퍼니. 여기서는 사람들과 대화가 가능하지만, 실은 커피 전문가들에게 어울리는 곳이다. 독특한 커피를 주문할수록 위상이 높아진다. 식도락가가 되어야 한다. 여기서는 카푸치노와 에스프레소는 잊어주시길. 커피에 대해 쥐뿔도 모른다 해도 아메리카노나 리스트레토(에스프레소를 반만 추출한 진한 커피—옮긴이)를 주문하라. 그러면 이 집과 제법 어울려 보인다. 그게 중요하거든.

그후로 여름 내내, 카르멘과 휴가를 다니고 보트 여행을 하는 와중에도 몰래 로즈와 만났다. 우리는 술집과 샌드위치 전문점에서 만나곤 했다. 일부러 숲 근처의 카페들은 피했다. 그래야 결국 그녀의 집에 가서 '카르멘과의 언약'을 깨는 일이 없을 테니까.

넉 달 동안 로즈를 가까이 하지 않는 것을 최선으로 여겼다. 카르멘을 안 후로 이렇게 오랫동안 일부일처제를 고수한 적이 없다. 아니 클럽 메드 리조트에서 카르멘과 한 차례 관계한 후로는 '무처제'라는 표현이 맞겠지. 항암제가 성욕을 완전히 앗아갔다. 그래서 내 성생활이 사라졌지만, 죄책감은 그렇지가 않다. 평생 처음으로 고독공포증이 날 비웃었다. 나는 아직도 이중생활을 하고 아직도 은밀히 두 여자를 가졌지만, 누구와도 잠자리를 할 수 없다. 이따금 술집에서 로즈가 친밀하게 안아줄 때면 내 거시기가 욕망으로 터질 것 같았다. 그러면 나는 집에 돌아와서, 화장실이나 샤워기 아래서 그녀를 상상하며 자위를 했다.

신트 루카스에서 항암치료를 한바탕 겪고 난 어느 저녁, 상황이 나빠졌다. 로즈에게 전화를 하니 집에 있었고, 15분 후 나는 그녀의 집에 도착했다. 로즈가 다독거려주었다. 다독임은 포옹으로 변했고 포옹은 섹스가 되었다. 그녀는 거부했지만, 무엇도 우리를 막지 못했다. 결국 카펫에서 그러고 말았다. 그녀의 몸에 들어간 지 1분도 안 돼서 나는 절정에 이르렀다. 우리는 같이 울었다.

그후 몇 주일 후, 나는 어느 때보다도 로즈에게 중독되었다. 30분마다 그녀와 같이 있고 싶어 안달이 났다. 내 일정표는 비인간적인 시간 운영으로 몸살을 앓기 시작했다. 카르멘. 루나. 병원. 중개사가 우리를 위해 골라놓은 집 보기. 직장일. 일은 로즈를 잠깐 찾아가는 알리바이가 되어주었다.

하지만 작년의 연애와는 한 가지 다른 점이 있다. 지난 주 침대에서 뒹굴다가 갑자기 로즈가 그 말을 했다.

"사랑해요, 댄."

미친 소리 같지만, 문제로 여겨지는 게 아니라 마음이 흐뭇했다. 처음에는 정확한 이유를 파악할 수가 없었다. 이미 '카르멘과의 언약'은 깨졌고, 이런 말이 상황을 더 어렵게 몰아갈 텐데도 흐뭇하다니.

'사랑해요, 댄'이란 말이 그렇게 좋게 들린 이유를 깨닫자, 나는 스스로에게 경고했다. 로즈의 사랑 선언은 내 자존심을 어루만져준다. 친구가 아니라 다시 남자가 된 기분을 느낀다. 이것은 집에서 느끼는 허울뿐인 사랑에 대한 보상이다.

내가 박수를 받지 못하리란 것을 안다. 하지만 암투병을 할 때의 사랑은 나름의 규칙이 있다고 나 자신에게 말한다. 로즈는 내가 즐기는 유일한 대상이다. 같이 있으면 기분 좋은 유일한 대상이다. 그리고 이제 그녀도 나를 사랑한다.

프랑크, 클럽 바스티유, 술, 엑스터시도 이것과는 상대가 안 된다.

내 사랑이 전화해서 말하네요.

당신이 여기 필요하다고……

— 골든 이어링 〈레이더 러브〉 (Moontan, 1973)

23

처음에는 우리의 상상으로 돌렸지만, 몇 주가 지나자 눈앞에서 벌어지는 사태를 도저히 외면할 수 없게 되었다. 카르멘은 임신한 것도 아니고 루나보다도 식사량이 적은데 배가 점점 불러오고 있다.

로덴바흐 박사는 우리의 의심을 확인해 준다. 항암제 탁소티어의 효과가 멈추었다고 한다. 그는 다시 찬찬히 혈액검사 결과를 확인해보니 종양이 다시 활동 중이라고 설명한다. 간이 더 이상의 작용을 멈추었고 땀을 흘리는 것과 비슷한 상황이다. 그 땀은 복수액이라는 것으로, 이제 카르멘의 배 전체에 복수가 차고 있다. 복수액에 악성 암세포가 들어 있기 때문이다.

로덴바흐는 이제 탁소티어가 효과를 멈추었으니, 선택할 수 있는 것은 한 가지밖에 없다고 말한다. LV라는 화학요법이다. L은 류코보린을, V는 5-FU를 뜻한다. 부작용이 거의 없고, 매주 포토캣을 통해 투약하면 된다고 한다. 우리는 서로 마주보고 어깨를 으쓱한다. 해보지요. 행운을 빌어봅시다. 로덴바흐는 이것이 생명 연장을 위한 수단에 불과하다고 경고한다. 또 5-FU의 투약이 너무 늦지 않기를 바란다고 말한다. 몇 주 동안은 치료를 시작하지 못하기 때문이다. 몸이 동시에 다른 두 가지 항암제에 적응하지 못해서 사이를 뒤야 한단다.

곧 카르멘의 배는 임산부처럼 튀어나온다. 맞는 옷이 없다. 카르멘은 가까스로 공포를 억눌러 이번 주에 임부복 매장에 옷을 사러 나갔다. 그곳에서 카르멘과 나는 예전 베르닐비의 동료와 우연히 마주친다. 그녀는 "어머나, 잘됐네요! 둘째를 가지셨군요!"라고 말한다. 그러자 카르멘은 적극적으로 고개를 끄덕이며 "네! 아들을 기대하고 있어요!"라고 맞장구친다.

하지만 그것을 제외하면 그다지 웃을 일이 없다. 카르멘의 몸은 당장이라도 터질 것 같다. 로덴바흐 박사는 복수를 뺄 수는 있지만, 가능하면 그러지 않으려고 한다고 말한다. 복수를 뺄수록 더 빨리 다시 찬다. 그는 카르멘이 첫 LV치료 때까지 얼마나 더 버틸 수 있을지 걱정한다.

*

1차 LV치료를 받기 전날 밤, 나는 집에 있을 수가 없다. 최근에는 워낙 회사에 출근하는 일이 적었기에 프랑크에게 1주일에 하루 저녁만 나가서 급한 업무를 처리하겠다고 제의했다. 그런 식으로 집을 벗어나, 나중에 로즈의 집에 들른다.

회사에 가기 전에 카르멘에게 묻는다.

"아침까지 견딜 수 있겠어?"

"응, 괜찮을 거예요."

내 아내가 암뿐 아니라 '지나치게 긍정적인 사고방식'이란 병도 않는다는 것을 알기에 나는 그녀의 말을 믿지 않는다.

"확실해?"

"물론이야. 아무 문제없어."

사무실에 도착한 지 1시간쯤 후에 전화벨이 울린다.

"못 견디겠어, 여보."

카르멘이 흐느낀다.

"금방 갈게."

프랑크가 함께 간다. 우리는 5분 만에 집에 도착해서 위층으로 달려간다. 카르멘의 얼굴을 보니 통증에 시달리는 기색이 완연하다.

"병원에 전화했어?"

"아니, 못했어."

정신없이 전화부에서 안토니 병원을 찾아서 '통화'를 누른다.

"안녕하세요, 안토니 반…… 반 디펜입니다. 로덴바흐 박사가 속한 과의 당직 의사와 통화할 수 있을까요?"

나는 내일 아침까지 기다릴 수 없겠냐는 당직 의사의 질문에 "아니요, 지금 해야 됩니다"라고 잘라 말한다. 의사는 카르멘에게 병원으로 와서 복수를 빼는 것을 허락한다.

프랑크는 집에 남아 루나를 돌본다.

우리는 4층으로 가야 한다. 좋은 때도 안토니 병원은 아늑함에 있어서는 바스티유와 비교가 안 되고, 조명도 호텔 아레나와 경쟁 상대가 안 된다. 그런데 늦은 저녁에는 평소보다 더 심란한 분위기를 풍긴다.

카르멘의 배에서 복수를 뺄 의사는 벌써 위층에서 우리를 기다리고 있다. 잘해봐야 스물여덟, 아홉쯤 된 남자 의사다.

"복수 주사를 맞으러 와보신 적이 있나요?"

그가 묻는다. 그래, 또 새로운 말을 배우는군. 의사와 나는 카르멘을 도와 침상에 눕힌다. 그녀는 마취를 받고, 배 옆쪽에 0.5센티미터짜리 작은 튜브가 삽입된다. 튜브의 다른 쪽 끝은 양동이에 담긴다. 카르멘의 배에서 노란 액체가 튜브를 타고 천천히 양동이로 쏟아진다. 1리터, 2리터, 3리터, 4리터 반. 의료진은 카르멘의 몸을 가끔씩 기울여준다. 4.7리터.

"1주일간은 소변을 못 본 것 같네요!"

뱃속이 비니 카르멘은 다시 걸을 수 있다. 우리는 어둡고 인적 없는 병원 복도를 말없이 지나 출구로 간다. 12시 15분에 집에 도착한다. 프랑크는 소파에서 텔레비전을 보고 있다. 카르멘과 나는 오는 길에 아무 말도 없었다.

"누구, 한잔 할 사람?"

내가 묻는다.

"물 한 잔 줘."

카르멘이 나직이 말한다.

"나는 보드카 한 잔 마셔야지. 너는?"

내가 프랑크에게 묻는다.

"맥주면 되겠어."

나는 소파에 파묻혀 오늘 저녁의 일을 흘려보낸다. 카르멘이 처음 암에 걸린 이후로 두려워하던 그런 저녁이었다. 밤에 겁에 질려 병원으로 달려갈 일이 겁났다. 이날 저녁은 '암 공포 톱 5'에서 2위에 랭크된다. 지금까지 가장 큰 공포 1위는 이제 옛일이 되었다.

내 아내의 머리 면도. 나는 왈칵 눈물을 터뜨린다. 카르멘도 같이 운다. 프랑크가 와서 우리를 끌어안는다.

"오늘 아침에 감당 못하겠다고 말했어야 했는데…… 그렇지?"

그녀가 자책한다.

"그래."

내가 쏘아붙인다.

"하지만 계속 배에 대해 불평하기 싫었어."

"한밤중에 잔뜩 겁먹은 채 병원으로 달려가는 게 훨씬 더 나빠."

프랑크가 가기 전에 거든다.

"댄에게 솔직해질 필요가 있어요, 카르멘. 그러면 적어도 카르멘이 괜찮다고 말할 땐 진짜 괜찮은 거라고 알잖아요."

카르멘은 어색하게 고개를 끄덕이고 프랑크와 포옹한 후 작별한다.

잠시 후 화장실에서 갑자기 비명소리가 들린다.

"내 몸에 이것 좀 봐!"

카르멘이 잔뜩 겁먹은 목소리로 소리친다.

사타구니 위로 왼쪽에 당구공만 한 혹이 있다. 나도 겁을 먹는다. 감염이 된 것 같다. 세 시간 전만 해도 아무것도 없었는데 그 사이 당구공만 한 혹이 자랄 수 있다니? 나는 침착한 체 한다. 우리는 병원의 당직 의사와 통화한다. 그는 그게 뭔지 모르겠다고 대답한다. 우리는 주치의인 로덴바흐에게 연락한다.

그는 전화로 우리의 걱정을 덜어준다. 심각한 게 아니다. 당구공은 바늘을 찔러서 생긴 것이다. 여러 겹의 복부 벽에 바늘구멍이 생겼고, 뱃속에 남은 복수가 중력 때문에 배의 맨 아래쪽으로 똑똑 떨어져서 혹이 된 것이다.

"세상에 그런 생각을 못했네."

카르멘이 담담하게 말한다.

카르멘이 누우면 액체가 배 전체로 퍼질 테고, 내일 아침이면 바늘구멍들이 기본적으로 아물 거라고 한다.

아침이 되기 전에 나는 다시 로덴바흐 박사에게 전화를 건다. 카르멘이 통증이 심해서 신음하면서 나를 깨웠기 때문이다.

나는 다시 겁을 먹고 소리친다.

"선생님, 댄 반 디펜인데요! 아내가 제 옆에 누워 있는데 통증이 심해서 웅크리고 있어요! 꼭 산통 같다는데 그럴 리는 없잖습니까?"

이번에도 주치의는 겁내지 않는다. 그는 몇 분 후면 통증이 사라질 거라고 말한다. 복수를 뺀 후의 보편적인 현상이란다. 뱃속의 장기가 원래 자리를 되찾으면서 생기는 통증이라고 한다.

내가 로덴바흐에게 말한다.

"제가 다 게워낼 것 같네요."

"그런 생각이 들기 마련이지요."

나는 카르멘의 손을 꽉 움켜쥐고 힘껏 누른다. 루나를 출산할 때처럼. 곧 통증이 끝난다. 다시 환해진다. 한 시간 후 루나가 깬다. 아무 일도 없었던 것 같다.

기진맥진해서 잠에 빠져들기 직전, 지난밤에 잊은 일이 떠올라 소스라치게 놀란다. 가슴이 툭 하고 내려앉는다.

세상에 맙소사. 아, 이렇게 멍청할 데가 있나. 망할 자식, 빌어먹을 놈.

로즈가 아직 나를 기다리고 있다.

펜스 뒤에 수다쟁이, 펜스 뒤에 수다쟁이……
— 상대팀 응원단에게 부르는 아약스 욕설 노래(곡 〈When The Saints〉)

24

밤에 정신없이 병원을 뛰어다닌 상세한 사연과 열여섯 번쯤 되는 사과 끝에 로즈는 마음을 푼다. 나는 그녀의 아침 식사 자리에 앉아 있다. 그녀는 아직도 가운 차림이다. 루나를 놀이방에 데려다주자마자 로즈의 아파트로 왔다. 거기 있는 내 작은 화분에 얼른 물을 줘야 했다.

"상황이 점점 힘들어지고 있어요, 댄. 난 당신이 마지막 순간에 약속을 취소할지 아닐지 몰라요. 당신이 10분이라도 늦으면 집에서 일이 잘못 됐을까봐 늘 노심초사해요. 혹시 카르멘이……"

"헤어지고 싶어?"

내가 고집스럽게 묻는다.

로즈가 한숨을 쉰다.

"아뇨. 물론 헤어지고 싶지 않아요."

"당신이 이용당한다고 느끼지 않으면 좋겠어. 지금도 그렇지 않고, 이후에도 그렇지 않아. 카르멘이…… 카르멘이 여기 없을 때도 마찬가지야. 나중에는 내가 루나와 나만 생각하면서 한동안 지내야 된다는 것을 알기 때문에 하는 말이야.”

“그만해요. 나도 알아요. 하지만 듣고 싶지 않네요.”

“들어야 해.”

고약한 일인 줄 알지만 일부러 그 말을 한다. 이것이 이기적인 정직함이라 해도…… 이 시기를 견디기 위해 그녀를 이용하는 거라는 내 조바심을 덜려는 이기적인 정직함에서 비롯되었다 할지라도.

이것은 뻔한 이야기다. 로즈가 곤경에 빠진 나를 두고 가지 않으리란 것을 잘 알기에.

당신에게 모든 것을 퍼붓지 않을래.

매번 그런다는 것을 알지만……

― 올 세인츠 〈블랙커피〉 (Saints And Sinners, 2000)

25

IV치료가 빨리 효과를 발휘하지 않으면 카르멘은 크리스마스까지 살지 못할 것이다. 온갖 고통을 안겨준 빌어먹을 탁소티어는 우리에게 채 반년도 안 되는 시간밖에 못 줄 것이다. 하느님 맙소사.

카르멘의 간은 잔뜩 부어올라 배 한쪽에 큰 털실 방울이 달린 것 같다. 이제 간은 작용을 거의 못하고 복수가 더 많이 나온다. 처음 복수를 뺀 후 카르멘은 매주 배에 찬 복수를 빼내야 한다. 마지막에는 개인 신기록을 세웠다. 7.1리터. 그것이 육상경기에서 네덜란드와 유럽 기록이라 해도 놀라지 않을 것이다. 하긴 카르멘은 약물 복용 때문에 경기에 참가하지 못했을 테지만.

바늘을 찌른 후에 장기가 제자리를 찾으면서 생기는 통증 전 과정이 숫제 고문이다. 가끔 그녀는 내게 더 이상 통증을 감추지 못할 때까지 며칠씩 주위를 걸어 다닌다.

매번 복수와 함께 다량의 단백질이 몸에서 빠져나온다. 그녀는 눈에 띄게 쇠약해지고, 매주 점점 기운이 약해진다. 배에 복수가 차면 백 미터도 못 걷는다. 그럼에도 지난 주말 카르멘은 외출을 하고 싶어했다. 우리는 가정 간호부에서 휠체어를 빌려서 산책에 나섰다. 나는 휠체어를 미는 게 아무렇지도 않다고 카르멘에게 거짓말했다. 사실 눈물을 참느라 혼났다.

　이제는 엄마가 잘 못 걷기 때문에 휠체어를 구했다고 네게 말했지. 그랬더니 너는 날 옮겨주겠다고 했어. 어찌나 귀엽고 동시에 비참하던지, 나는 울고 말았단다. 이제 글로 쓰려니 다시 눈물이 고이는구나. 가끔은 정말로, 정말이지 힘들단다. 얼마 전 너는 내게 와서는 아직도 아프냐고 물었지. 이번 주에 병원에서는 의사를 보자 물었어. "저 사람이 엄마를 낫게 해주는 거야?"라고.

　카르멘은 모든 것을 하고 싶어하지만, 아무 일도 하지 못한다. 지난 일요일에는 내가 잠을 잘 수 있게 아침나절에 그녀가 루나를 보살폈다. 그런데 8시 반에 카르멘이 나를 데리러 왔다. 두 번이나 토해서였다.

　정오쯤 그녀는 서서히 기운을 차리기 시작한다. 그래서 내가 아침에 루나에게 옷을 입히고 아침을 먹인 후 놀이방에 데려다준다. 주말 아침에는 암스테르담 숲에 있는 염소 농장이나 폰델파크의 놀이터에 루나를 데려간다. 카르멘이 너무 슬퍼할까봐 나는 우리가 어디 다녀왔는지 말하지 않는다.

　엄마는 대부분 정오까지는 침대에서 일어나지 못한단다. 아침에는 너무 아파. 매일 아빠가 너랑 같이 일어나서 모든 일을 처리하지. 나는 가끔 아빠한테 투덜댄단다. 이제는 내가 직접 못하니까. 불공평한 일이긴 해도 가장 가까운 사람한테 가장 심하게 굴게 되는구나. 하지만 그 어느 때보다도 아빠랑 내가 강해진 느낌이 들어. 이런 와중에도 아빠는 이 상황을 즐기려고 애쓰고, 그 덕분에 나도 힘을 얻지. 그래서 내가 하루쯤 컨디션이 좋으면 우리는 근사한 일들을 최대한 많이 한단다.

하지만 그녀의 컨디션이 괜찮은 날은 드물다. 놀이방에서 산타 파티를 하는 날, 몸 상태가 바닥이어서 그녀는 참석하지 못한다. 가까스로 침대에서 일어나 옷을 입지만 도저히 갈 수가 없다. 몸이 축 늘어진다. 파티에 참석한 열두 명의 엄마 사이에서 남자는 나 혼자다 — 산타와 (그는 산타 옷을 입고 있다) 요정 둘은 빼고.

루나와 내가 집에 돌아가자 카르멘이 흐느낀다.

"이런 일도 못하면 난 다 끝난 거지 뭐야."

내 뺨에도 눈물이 홍수처럼 쏟아진다.

카르멘은 끝이 얼마 남지 않았다고 생각한다. 그녀는 이미 계획과 의지와 생각을 정리하는 데 속도를 낸다.

예를 들면 마우트, 안네, 토마스, 프랑크에게 반지를 만들라고 했다. "기념 반지로 삼으려고"라면서. 나는 이미 하나 만들었고, 나중에 결혼반지 대신 낄 예정이다. 그녀는 반지에 '내 큰 사랑을 위해. xxx 카르멘'이라고 새기게 했다. 반지를 찾으러 갔을 때, 반지를 만든 여자가 결혼할 거냐고 묻는다.

"아니요, 다른 특별한 일에 쓰려고요."

카르멘이 가볍게 대답한다.

"아, 무슨 일인지 알만 하네요."

그녀는 카르멘의 배를 빤히 쳐다보면서 덧붙인다.

"멋진 생각이에요, 반지로 축하하다니!"

카르멘은 친지들에게 이메일을 보내, 루나를 위해 그녀에 대한 글을 써달라고 부탁한다. 편지들이 쏟아져 들어온다. 우리는 큰 상자에 편지들과 카르멘의 일기장, 사진첩을 비롯해 프랑크의 아이디어로 만든, 친구들이 카르멘에 대해 말하는 장면을 담은 비디오 두 개를 담는다. 루나 곁에는 엄마가 없겠지만, 루나는 엄마가 살아 있는 아이보다도 엄마에 대해 잘 알게 될 것이다.

*

카르멘은 안토니 병원의 대기실에 누워서 『무지개를 넘어 재단』의 책자를 본다. 어린이들의 슬픔 적응을 전문으로 하는 아동 심리학자들에 대한 글을 읽는다. 우리는 결국 라펜뷔르허스트라트에 있는 심리학자를 만난다. 자유롭게 대화하고 싶어서 루나를 데려가지 않는다.

심리학자의 상담실에는 장난감이 넘쳐난다. 벽에는 아이들의 그림들이 있다. 큰 십자가와 날개 달린 인형이 그려진 그림이다. 비뚤비뚤하게 '우리 엄마'라고 적혀 있다. 나는 카르멘이 그 그림을 보지 않기를 바란다. 심리학자는 아이들이 세 돌 이전에 일어난 일들에 대해 어떻게 기억하는지, 죽음의 개념을 어떻게 이해하는지, 한 부모 없이 성장하는 것이 아이에게 어떤 영향을 미치는지 설명한다. 카르멘이 부지런히 루나에게 편지를 쓴다고 말하자, 그녀는 아주 좋은 생각이라고 칭찬한다. 아니면 루나가 엄마에 대해 아무것도 기억하지 못할 거라고 한다. 카르멘은 그 말을 듣고 눈물을 참지 못한다. 심리학자는 잠시 기다렸다가, 세 살배기에게도 부모의 죽음을 적절히 준비시킬 수 있다고 말한다.

"너무 급하게 하면 안 되지만, 엄마가 아프고 얼마 후에는 곁에 없을 거라는 사실을 숨기지 마세요."

그녀는 루나에게 어떻게 말해야 할지 방법들을 가르쳐준 다음, '소외 행동'이라는 것을 경고한다.

"사랑하는 사람을 잃을 거라는 이야기를 듣거나 눈치를 채면 때로 아이들이 그 사람에게 불친절하거나 거슬리게 굴게 됩니다. 나중에 그 사람이 없어질 때의 고통에서 자신을 보호하기 위한 본능적인 반응이지요."

내가 심리학자의 설명에 화들짝 놀란 것은 루나 때문이 아니다. 내 행동이 바로 그렇기 때문이다. '여전히 카르멘을 사랑하나'라는 의심, 점점 광적으로 변한 고독공포증. 댄 어린이는 소외 행동을 보였던 것이다.

저녁에 나는 루나에게 『개구리와 작은 새』를 읽어준다. 아동 심리학자가 준 책이다. 새가 반듯하게 누워 있자, 누구는 잔다고 하고 누구는 지쳤다고 한다.

토끼는 새 옆에 앉아서 조심스럽게 봤어요.
"새가 죽었네"라고 토끼가 말했어요.
개구리는 "죽어? 그게 뭔데?"라고 물었어요.
토끼는 파란 하늘을 가리켰어요.
"누구나 죽지"라고 말하면서요.
놀란 개구리는 "우리도?"라고 물었어요.
토끼는 확실히 알지 못했어요.

그래서 "늙으면 그럴 거야"라고 대답했지요.
(막스 펠트하위스 『개구리와 작은 새』(1991) 인용)

그들은 작은 새를 묻어주고 몹시 슬퍼한다. 그런 다음 신나게 논다. 내가 글을 읽는 동안 루나는 작은 손으로 내 팔을 어루만진다. 아이는 내가 힘들어하는 것을 알고 안쓰러워한다. 나도 아이가 안쓰럽다. 작은 새가 엄마라는 것을 모르니까.

*

카르멘은 나름의 방식으로 죽음에 대해 말한다.

우리는 물고기 두 마리를 사서 '엘비스'와 '베아비스'라고 불렀지. 그런데 지난주에 갑자기 엘비스가 죽어서 어항에 둥둥 떠 있었어. 나는 아주 나쁜 일은 아니라고 생각했어. 왜냐면 네가 동물과 사람들이 죽는 것을 처음으로 직접 봤으니까. 네가 왜 엘비스가 살아 있지 않느냐고 묻자, 나는 아주 아팠을 거고 몸이 낫지 않아서 죽었다고 대답했지. 사람들도 가끔 그렇다고. 그러면 사람들도 죽는다고. 나는 엘비스가 물고기 천국에 갔을 거라고 말했어. 너는 그것을 아주 당연하게 받아들였지. 나는 엘비스를 변기에 넣고 물을 내렸어. 저녁에 아빠가 집에 오자, 너는 물고기가 죽어서 물고기 천국에 갔다고 말했어. 그리고 "그건 변기 안에 있어"라고 말했어. 한편 베아비스가 물 밖으로 나와서 그것도 변기에 넣었지. 하지만 너는 베아비스가 친구 엘비스랑 다시 같이 있을 거라면서 별로 나쁘게 생각하지 않았어. 나중에 내가 죽으면 사람들의 천국으로 갈 거야. 너는 그곳이 구름 속에 있다고 중얼댔지. 그래 넌 이제 이해하기 시작하는구나, 조금씩.

우리 집, 태양 속에 있는 그곳.

하지만 난 더 자주 행복하면 좋겠어……

— 르네 프로허 〈우리 집〉 (1989)

26

여신, 우린 아우트 자위트에 있는 집을 샀어. 카르멘은 모래놀이하는 아이처럼 즐거워해. 멋지지 않아?

아우트 자위트는 암스테르담에서 진짜 세련된 곳이다. 고급 과일가게에서 포도 한 송이가 보스 엔 롬머 같은 동네의 한달치 집세만 하다. 속물 분위기가 물씬해서 스넥바의 이름도 르 쥐트 같은 프랑스식이다.

카르멘은 믿기 힘들 만큼 흥분한다. 아는 사람들에게 전화와 이메일로 새 집에 대해 말한다. 안네와 토마스가 와서 구경할 때 난 좀 쑥스럽다. 집은 멋지지만 어처구니없게 크다. 4층짜리 건물에 지금 사는 집의 두 배 넓이다. 게다가 나중에는 셋이 아니라 달랑 둘만 살 텐데.

집을 계약한 후의 토요일, 우리는 집을 꾸미기 위해 KNSM 섬으로 간다. 프랑크에 따르면 포겐포홀(주방 가구 전문업체—옮긴이) 전시장이 거기 있다. 또 월드 오브 원더스와 필랏 앤 필랏에도 가보라고 한다. 하지만 겨우 두 군데를 돌고 카르멘은 지친다. 배가 다시 부풀어 오르기 시작한다. 그래서 큰 상자 같은 집안을 꾸밀 돈과 시간은 있지만, 기운이 없어서 집을 채울 물건을 못 산다.

우리는 프랑크의 집에 가서 도움을 요청한다. 그는 기꺼이 도와주겠다고 나선다. 그가 프로젝트에 달라붙는다. 매일 저녁 우리는 바닥 견본들, 나무와 코르크, 서재 가구 카탈로그, 조명 카탈로그를 뒤진다. 집 꾸며주는 프로그램에 뽑힌 한 쌍 같다.

집 열쇠를 받은 후 일요일이 되자, 카르멘의 어머니가 집을 보러 온다. 그럴 줄 알았지만, 막상 장모님이 오니 당혹스럽다. 집 전체를 돌아보다가, 3층의 루나가 쓸 방에 들어서자 장모님이 손으로 입을 막는다. 그녀의 어깨가 들썩이기 시작한다. 내가 다가가서 안아드린다. 장차 손녀가 쓸 방에서, 카르멘이 이 방에서 전처럼 딸을 안지 못하리란 것을 우리 둘 다 알고 있다.

빛나는 행복한 사람들……

— R.E.M. 〈빛나는 행복한 사람들〉(Out Of Time, 1991)

27

LV치료가 효과가 있었는지 갑자기 카르멘의 상태가 호전되기 시작한다.

아침이면 여전히 아프지만 오후에는 기운을 차려서 자주 외출한다. 병이 날 때까지 쇼핑을 한다. 새 집에서 살면 좋을 텐데. 옷장 공간이 넉넉해서 새 옷을 다 걸 수 있을 텐데.

새 집은 대성공이다. 난 모든 일을 처리해낸다 — 은행, 이삿짐센터, 공증인, 우리 집을 파는 일. 카르멘은 아무것도 신경 쓸 필요가 없고 그래서 또한 다행이다. 그녀는 일을 그만둔 후로 기억력이 염소 치즈가 되었다. 일처리에 시간이 많이 들지만 난 그게 좋다. 미래와 관련된 일이란 생각이 들어서 그렇다. 미래. 음, 매일 미래가 되기를 기대한다.

하지만 새집을 손보는 일은 수리공들이 진행한다.

수리가 척척 진행되어 우리는 불평할 일이 없다. 수리공들은 방하나를 마무리하고 다음 방으로 넘어간다. 계획대로 루나의 방이 맨 먼저 준비된다. 수리공들과 항암치료가 지금처럼만 잘 진행된다면, 카르멘이 새 집에서 살게 될 수도 있을 듯하다.

수리공은 릭과 론으로 이루어진 2인조 실내 장식가들이다. 나는 병적으로 잡일을 못해서, 강점을 개발하고 약점을 위장해야 한다는 '요한 크라위프 논리'를 고수한다. DIY 기술이 부족하다는 사실을 당황하지 않고 인정한다. 릭은 '댄, 이게 망치입니다'란 메모를 정기적으로 남긴다. 나는 수리공들에게 잘난 체 하지 말고 그냥 일을 하라고 말한다. 또 루나의 토끼 인형 눈에 웹캠을 설치해서 몇 주간 그들을 지켜보고 있다고 말한다. 토끼 인형은 강아지 인형과 함께 벌써 새 집에 가 있다. 다음 날 가보니 토끼 눈이 테이프로 봉해져 있다.

주변 사람들은 상황 파악을 제대로 못한다. 다들 아무 말도 안 하지만 친구들은 우리가 늘 말했던 것처럼 극적인 상황인지 의심하기 시작하는 기색이 완연하다. 사무실에서 점심 식사 때 누군가 카르멘이 70세까지 살겠다고 말했다는 얘기를 마우트와 프랑크에게 듣는다. 어느 시점에서는 토마스가 프랑크에게 카르멘이 '멋지게 날씬하다'고 말하는 소리를 듣는다. 브로커스의 직원 파티에서 카르멘은 언제 복귀하냐는 질문을 받는다. 상대는 '복귀할 거냐, 아니냐?'가 아니라 '언제 하느냐?'고 묻는다.

정황이 이해된다. 1년 반 전 우리는 카르멘이 생존 가능성이 아주 낮은 암에 걸렸다고 말했다. 그 다음에는 암이 전이되어 카르멘이 죽어가고 있다고 말했다. 12월에는 모든 게 끝나는 것 같았다. 카르멘은 나날이 악화되었다. 그런데 몇 달이 지난 지금, 카르멘이 잘 돌아다니고 있으니! 매사가 제대로 돌아가는 것 같다. 카르멘은 아주 잘 해나가고 있다. 머리는 다시 자라서 썩 좋아 보인다. 보정 속옷을 입은 티도 나지 않고, 믿기지 않을 만큼 쾌활하다. 그렇다, 약간 마르고 배가 점점 부르는 게 좋을 리는 없지만 그래도 상황이 괜찮은 편이다.

친구들, 가족, 동료들, 지인들은 정해진 기간 동안 생명을 위협하는 병을 안고 사는 사람밖에 상상하지 못한다. 그런 사람은 회복하거나 그 시간 내에 죽거나 둘 중 하나가 아닌가? 간단한 얘기잖아?

하지만 그렇게 간단하지가 않다.

로덴바흐 박사는 우리에게 말했다.

"LV치료를 받는 환자 중에는 몇 년간 암과 싸우는 경우도 있습니다. 하지만 그 다음 주에 치료 효과가 전혀 없을 수도 있습니다. 어떻게 될지는 아무도 모릅니다."

마라톤의 결승점이 다시 바뀌었다. 몇 킬로미터나 더 나아갈지는 모른다. 암이 발견된 순간부터 투병 첫해 동안 불확실성 속에서 살았는데, 다시 그 속으로 내던져졌다.

고마워요, 의사 선생.

아무리 분노해도 나는 여전히 갇힌 쥐인 걸⋯⋯

— 스매싱 펌킨스 〈나비 날개가 달린 총알〉

(Melon Collie And The Infinity Sadness, 1995)

28

이제 카르멘은 약간 나아졌지만, 최선을 다해도 당연히 하루 종일 쇼핑을 하지는 못했다. 그러자 다른 일들을 생각해 내기 시작했다. 예를 들면 6월에 클럽 메드에서 내가 한 고백에 대해. 처음에는 그냥 눌러두었다. 우리는 행복했고, 함께할 수 있는 시간 동안은 최대한 삶을 누리고 싶었다. 그러다 몸이 나빠지자, 그녀의 모든 관심과 에너지는 물리적인 생존에만 집중되었다.

하지만 이제 고독공포증에 시달린 내 과거에 관심을 둔다. 최근에는 낮에 전화해서 내가 어디 있는지 확인하는 횟수가 점점 많아진다. 내가 한 시간만 외출해도 뭘 하고 있는지 묻는 일이 잦아진다.

그녀가 아직 말은 안 꺼냈지만, 카르멘이 '금요일밤 외출'에 대해 이야기하고 싶어하는 게 느껴진다. 하필 이런 시점에! 그녀가 그 말을 꺼내기도 전에 나는 뾰루퉁해진다. 그 아이디어 자체가 못마땅하다. 미치겠다, 정말. 이 세상에 그보다 성스러운 일은 없는 건가?

이제 금요일이다. 나가서 라몬이랑 간단히 식사한 후에 로즈의 집에 갈 계획이다. 나는 핑크빛 셔츠와 뱀가죽 바지를 입고 응접실로 들어간다. 카르멘은 소파에 누워 텔레비전을 보고 있다. 눈빛으로 봐서 내가 의심한 그대로다. 나는 멍한 표정을 짓고 그녀에게 키스한다.

"오늘 밤에 봐, 자기."

최대한 상냥하게 인사한다.

"솔직히 자기가 오늘 밤에 나가지 않으면 좋겠어."

"여보, 무슨 일이 있으면 15분 내에 집에 돌아올 수 있어. 전화기를 가져갈게."

"내 말은 그런 뜻이 아니야. 그냥 당신이 집에 있으면 좋겠어."

"뭐라고? 10분 후에 라몬이랑 만나기로 되어 있단 말이야. 전에 말했잖아! 온종일 가벼운 저녁 외출을 고대하고 있었다고—한 주 내내 긴장을 푸는 시간은 이때뿐이잖아."

"온갖 여자들이랑 자고 돌아다니기 전에 미리 생각을 했어야지!"

카르멘이 차갑게 쏘아붙인다.

"카르멘, 말도 안 되는 소리야. 그 일에 대해서는 전에 다 이야기했잖아."

"그래. 그런데 지금 난 그 일을 다르게 보게 됐어. 당신이 외출하면, 다시 바람피우지 않는다고 어떻게 믿지?"

어떻게 그러는지 나도 모르겠지만 무지 화난 척 하는 데 성공한다.

"카르멘! 그렇게 몰아붙이지 말라고! 항암치료와 방사선치료에 따라다니고, 당신 대신 의사들에게 따지고, 자는 의사한테 연락하는 사람도 나라고. 난…… 난 당신을 위해 모든 걸 다 하는데!"

"당신이 나를 위해 해주는 일과 이건 아무런 관계가 없어. 그건 평범한 일이야. 좀 낫고 못할 뿐이지. 알지?"

이제 난 진짜로 화가 난다. 진심으로 한 말은 아니겠지. 진심일 리가 없다. 나는 카르멘에게 사과를 할 시간 여유를 준다. 그런데 그녀는 나를 도전적으로 쳐다본다.

"알았어."

목소리가 갈라진다. 나는 소파에 전화기를 집어 던지며 말한다.

"그럼 안네나 마우트나 당신 어머니에게 전화해. 내가 당신을 위해 하는 일들이 그렇게 평범하다면 그 사람들한테 돌봐달라고 해. 나는 호텔에 가서 잘 테니까."

나는 벌떡 일어나 쿵쾅거리며 나간다. 카르멘이 내게 전화기를 던진다.

"가, 또 도망치시지! 가서 또 다른 여자랑 자! 가서 맘대로 해! 나도 당신 필요 없어!"

그녀가 소리를 지른다.

나도 당신 필요 없어. 나도 당신 필요 없어. 1년 반을 통원치료하고, 진찰을 받고, 울고불고 난리치고, 조바심내고 괴로워하고……그런데 내가 필요 없다니.

나는 화가 나서 제정신이 아니다. 응접실 문을 열고 복도로 나간다. 나도 당신 필요 없어. 그러면 어디 이제부터 혼자서 투병해 봐. 난 나갈 테니까. 화가 나서 재킷을 걸치고, 욕설을 내뱉으며 현관문을 연다.

그러다가 멈추어 선다.

내 아내가 암에 걸려 죽어가고 있다. 난 갈 수 없다. 정말이지 갈 수 없다. 현관문을 닫고 다시 재킷을 벗는다. 거울에 비친 내 모습을 본다. 정말로 갈 수가 없다. 응접실에서 카르멘의 조용한 목소리가 들린다.

"댄?"

나는 응접실로 돌아간다. 카르멘은 벌써 문간에 서 있다.

"미안해…… 미안해, 댄……."

그녀가 나직이 말한다.

나는 무기력하게 그녀를 바라보다 다가가서 품에 안는다. 카르멘은 힘없는 인형처럼 내게 기대고 울음을 터뜨린다.

라몬, 오늘 밤에는 못 나가. 나중에 말할게.

여신, 집에 문제가 있어. 이따 못 들를 거야. 내일 전화할게. 미안.

한 시간 동안 울고, 위로하고 화해한 끝에 우리는 프랑크에게 전화해서 집에 와주겠냐고 물어보기로 한다. 분위기 전환을 위해서. 그는 못 온단다.

"난 카페 뱁에 있는데."

"그래."

"무슨 일 있어?"

"음, 아냐. 됐어. 즐겁게 지내!"

"최선을 다할게!"

나는 마우트에게 전화한다. 말 안 해도 알겠다. 술집 소리가 난다. 그녀가 전화기에 대고 소리친다.

"댄? 소리가 잘 안 들려요. 난 타샤랑 필스보헐에 있어요."

카페 뱁. 휴지통 하나도 심각하게 고민하는 디자이너 카페. 뱁은 뉴워제이츠 포르뷔르흐발에 있다. 10년간은 히피들에게나 어울리는 지역이었는데 세이모어 라이클리와 스카윔이 문을 열고 딥과 뱁이 생겼다. 광고계와 홍보업계에서 좀 잘나간다 하는 인물(잘 나가는 회계 담당자들, RTF 여직원들, 교통 정보 리포터들)은 특별한 시간에 거기에 갔다. 그래서 한동안은 라몬과 나까지도 자주 들락거렸다. 그러다가 바스티유가 훨씬 괜찮다고 인정해야 했고, 앞으로의 삶을 위해서 다시 일상으로 돌아갔다.

나는 전화를 끊고, 급한 일이 아니라는 문자를 보낸다.

"다들 시내에 나가 술을 마시고 있군."

나는 괜시레 짜증 섞인 소리를 낸다.

카르멘은 나를 쳐다보지도 못한다.

"상관없어, 여보. 내가 안네에게 전화해 볼까?"

"그래. 우리가 무슨 일로 싸웠는지 말하면 안네는 우리가 또 다시 그러기 시작한다고 넘겨짚을 텐데……."

나는 카르멘의 어머니에게 전화한다. 그녀는 문제가 있는 줄 알아차리고, 내가 묻기도 전에 집에 오겠다고 말한다. 30분도 안 되어 장모님이 도착한다. 우리는 이런저런 이야기를 나누지만, 저녁 때 싸운 일은 말하지 않는다. 11시가 되자 카르멘은 맥이 다 빠져서 잠자리에 든다. 나는 레드와인을 한 병 더 따서 아래층에서 장모님과 마주앉는다.

장모님은 무슨 일로 부부싸움을 했느냐고 묻는다.

"저희가 싸운 걸 어떻게 아셨어요?"

"엄마들은 육감으로 안다네."

그녀는 웃으면서 대답한다. 장모님이 나를 물끄러미 바라보며 덧붙인다.

"얼마 전 카르멘이 자네의 외도에 대해 말하더군."

"그래요?"

나는 움찔한다.

"자네가 내 아들이라면 한 대 때려줬을 거야."

나는 멋쩍어서 씩 웃는다.

"자네도 알겠지만 나는 밤이면 그 놈의 암과 자네 부부가 겪는 일을 생각하느라 뜬눈으로 밤을 샌다네. 차라리 내가 카르멘 대신 항암치료와 가슴절제 수술을 받고 그 모든 고통을 겪었으면 좋겠어. 자네가 가끔 분통을 터뜨리는 것도 십분 이해하지."

"저도 장모님을 이해합니다."

"하지만 이렇게 집에 갇혀 있기만 하는 건 효과가 없을 거야. 내일 카르멘에게도 그렇게 말하려고 하네. 이따금 자네가 얼마나 힘겨울지 훤히 아네. 또 자네가 정말 잘 해나가고 있다고 생각하고. 자네가 내 사위인 게 자랑스럽다네."

그녀는 나를 꼭 안고 달래준다. 나는 그녀의 품에서 억장이 무너진다.

"가끔은 모든 게 끝나기를 바라지 않나?"

"네. 정직하게 말하자면 그렇습니다."

"그것도 이해가 되네. 이해하고말고. 그런 생각을 한다고 부끄러워할 것 없어."

그녀가 내 이마에 입 맞추고, 눈물을 닦는다.

"이제 커피 한 잔 마시고 싶군!"

빌어먹을, 당신이 말하는 대로 하지 않을 거야……

— 레이지 어게인스트 더 머신 〈킬링 인 더 네임〉

(Rage Against The Machine, 1992)

29

"라몬의 성이 뭐야?"

카르멘이 소리친다.

"델 에스트레코."

나도 큰소리로 대답한다.

"델 에스트레코…… 가능하다면 2인용 테이블이요."

조용.

"알았어요. 아뇨, 괜찮아요. 그냥 확인해 본 거예요. 고마워요."

카르멘이 전화를 끊는다.

"이제 나를 믿겠어?"

나는 신문에 시선을 고정시킨 채 한숨을 내쉰다.

카르멘도 한숨을 쉬며 고개를 끄덕인다.

"그럼 나가봐."

10시 반쯤 당신 집으로 갈게. 여신

x!

"뭐야? 얼마나 됐는데!"

라몬이 입에 고기를 가득 문 채로 소리친다.

"1년 반."

"1년 반이라고!"

라몬은 '르 가라지'가 울리도록 소리친다.

르 가라지. 정장을 입은 중년 남자들이 이곳 음식만큼 맛있어 보이는 여자들을 동반해 여기 온다. 하지만 그녀들은 선도가 약간 떨어지고 인공색소, 조미료, 방부제가 든 것처럼 보인다.

"그래."

"그러면 우리가 마이애미에 갔을 때 벌써 사귀고 있었던 거야?"

"응."

"왜 진작 말하지 않았어?"

"어딜 가나 카르멘 이야기뿐이니까. 늘 그녀가 어떤지 사람들에게 말해야 되거든. 너한테는 그럴 필요가 없었지. 나한테 너는 '암없는 구역'이었어."

"이런, 제길……."

그는 허공을 응시하다가 불쑥 덧붙인다.

"빌어먹을…… 무슨 일이 있는 줄은 알았지."

라몬은 평소와 다른 진지한 표정으로 날 보더니 다시 말을 잇는다.

"다만 그게 뭔지 몰랐을 뿐이야. 작년 한 해를 보내며 넌 너무 많이 변했다고, 친구. 가끔 약을 먹기 시작하더니 갑자기 멋진 셔츠랑 비싼 가죽 재킷을 입고 나타나지 않나, 또 머리 모양은 얌전하지 않고…… 이제야 알겠네. 넌 집에서 벌어지는 힘든 일에서 빠져 나오고 싶었던 거야."

나도 모르게 입이 벌어졌다. 축구나 여자 이야기밖에 못할 상대로 여겼던 라몬이 토마스 같은 친구도 이해하려 들지 않는 일을 금방 이해하다니.

"지난주에 나오지 못했을 때 카르멘이랑 무슨 일이 있었어?"

그가 걱정스런 말투로 묻는다. 라몬이 그런 말을 하다니 좀 우습다.

나는 용기를 내서 웃으며 말한다.

"아니, 성질을 낸 건 나였지. 그 무렵 카르멘의 인내심이 바닥났어. 내 일거수일투족을 감시하려 들어."

"너 같이 밝히는 놈을 남편으로 뒀는데 그럴 만도 하지."

그는 아무렇지 않게 옷소매로 입을 닦고는 말을 잇는다.

"아픈 카르멘에게 아직도 바람을 피우고 있는 걸 들키면 그때는 내가 널 가만두지 않을 거야. 너랑 친구들끼리만 아는 비밀로 하라고. 됐어, 이제 바스티유로 가서 화끈한 아가씨가 있는지 보자고."

그는 웨이터에게 계산서를 가져오라고 손짓한다.

"난 못 가. 여자랑 데이트 약속이 있거든. 벌써 한 시간이나 늦었어."

카르멘의 집 근처에는 주차할 자리가 없다. 이런 망할. 벌써 11시 반이 다 됐다. 차는 뭐하러 끌고 나와서 생고생이람? 르 가라지에서 로즈의 집까지 전차로 세 정거장인데.

가는 중이야, 여신! 기운 내!

욕설을 퍼부으며 두 블록을 돈 끝에 장애인 주차칸에 차를 댄다. 이 시간이니 견인될 가능성이 50퍼센트 이하겠지. 12시 15분 전에 벨을 누른다.

"안녕."

초인종 옆에 달린 스피커에 대고 소리친다.

스피커에서 응답이 없다. 그녀가 사는 3층으로 뛰어올라가니, 로즈는 기자회견장의 반 할처럼 뾰로통하다.

"미안해. 라몬이랑 시간이 오래 걸렸어."

"미안해? 1주일 사이에 마냥 기다려야 하는 게 이번이 벌써 두 번째라고요. 지난 금요일 저녁 내내 기다렸고, 오늘도 한 시간 반이나 기다렸어요. 내가 앉아서 주인님이 나타나기를 기다렸다가 일어나서 죽는 시늉이라도 해야 되는 건가요? 이제 이짓도 지겨워 죽겠어요!"

아니, 이러려고 온 게 아닌데. 나는 로즈를 빤히 쳐다본다.

"싸움은 벌써 집에서 실컷 했어. 또 싸우려면 여기까지 올 필요가 없지."

내가 냉정하게 말한다.

"그렇군요, 그게 당신 생각이에요?"

"그래."

"그럼 꺼져요!"

로즈가 소리친다.

난 그녀의 말대로 한다. 카르멘이 윽박질렀을 때는 현관에서 '떠날 수 없다'고 깨달았다. 하지만 로즈의 집에서는 날 막는 게 없다. 그녀가 날 사랑하는 게 내 잘못은 아니지 않는가?

어젯밤 술을 마시고 깨달았지.

여자들이 제대로 대접받지 못한다는 것을……

— 더 신 〈블라우〉 (Blauw, 1990)

30

문을 쾅 닫고 정신없이 거리로 뛰쳐나와 차를 몰다가, 오버톰으로 좌회전한다. 한순간 로즈에게 '사과해야 하나'라는 생각이 스친다. 하지만 그럴 수는 없다. 대신 라몬에게 문자를 보낸다.

B에 있어?

마우트에게도 문자를 보낸다. 그녀를 만나고 싶다. 적어도 마우트는 로즈만큼 까칠하게 굴지 않는다. 데 데익의 음악을 틀고 전속력으로 도로를 내달린다. '갑자기 당신은 잘될 거라고 느끼지만 …… 아니, 너무 늦지 않았다고, 우리는 햇살을 받는 것 외에 바라는 게 없는 대다수와 같다고……' 라몬이 '응!'이라는 문자를 보낸다. 순간 입꼬리가 슬쩍 올라간다. '……모든 게 잘 풀려, 우리는 막 시작하지…… 우리는 정말로 막 시작하지!'

데익이 제대로 짚었다. 마우트의 문자도 도착한다. 타샤와…… 음…… 더 필스보헐에 있다고 한다. 원래는 모어에 가려고 했는데 먼저 바스티유에 갈 작정이라고.

차를 몰고 도로를 한 바퀴 돌고 나니 바스티유 쪽에 마음이 끌린다. 계속 질주하는 것은 자제해야 한다.

근육질인 가슴을 뽐내려고 셔츠 단추를 두 개쯤 더 풀어헤친 남자가 바에 서 있다. 복이 많게도 풍만한 가슴을 가진 금발 아가씨가 그의 팔짱을 끼고 있다. 그녀는 데비라고 자기 소개를 한다. 카르멘은 자신을 '과거에 가슴 큰 금발'이라고 말하지만, 데비는 그 반대다. 전에는 금발도 큰 가슴도 아니었다. 라몬은 그런 점은 아랑곳하지 않고 재미를 볼 것이다.

"계획이 바뀐 거야, 친구?"

나는 말 없이 어깨를 으쓱한다.

"너도 보드카 마실래?"

라몬이 웃음을 터뜨리면서 나를 안더니, 머리통을 찰싹 때린다. 그는 작고 둥근 알약을 내민다. 아, 그거 좋지. 나는 고개를 끄덕이고, 보드카로 알약을 삼킨다. 그와 동시에 마우트와 타샤가 들이닥친다. 그들은 희희낙락하며 내 목을 감싸 안는다. 둘 다 신이 나서 소리친다. 맙소사, 오늘 밤은 술을 마실 생각이었는데.

"댄, 무진장 스트레스를 받은 것처럼 보여요. 무슨 일 있었어요?"

"아니, 아무 일도 없어. 두 사람 다 보드카 마실 테야?"

타샤가 한 팔로 나를 안으며 애교를 떤다.

"저는 브리저(바카디 브리저. 저알콜 과실주의 브랜드 명—옮긴이)요. 빨간 걸로요. 그걸 마시면 입술이 달콤해지거든요. 원한다면 나중에 시험해 봐요."

나는 그저 허허 웃는 걸로 상황을 무마시킨다.

내가 브리저를 건네자 타샤가 흔연스레 묻는다.

"그런데 로즈는 여기 안 왔네요?"

"로즈를 어떻게 알아?"

나는 당황해서 묻는다. 그리고 화난 표정으로 마우트를 쳐다본다. 그녀는 얼른 고개를 저어, 타샤에게 말하지 않았다고 알린다.

타샤가 어깨를 으쓱하며 말한다.

"저기 컴퓨터 앞을 떠날 때면 편지함을 닫아야죠."

내 얼굴이 토마토처럼 빨개진다. 마우트가 웃음을 터트린다. 하긴 타샤가 안다고 달라질 게 있나? 나는 바스티유에 있고 라몬은 방금 보드카를 건네주었다. 반 시간 동안 벌써 세 잔째다. 또 약이 효과를 발휘하기 시작하고, 마우트가 타샤처럼 내 허리에 팔을 두른다. 나는 화끈한 두 여자를 대동해서 모어로 갈 작정이고, 바스티유에서는 〈밤 때문이야〉가 흘러나온다. 딱 어울리는 곡이다.

*

새벽 3시에 우리는 클럽 모어에 들어선다. 그렇다, 걸어서 들어간다. 난 아약스의 스카프를 두르고 카윕(네덜란드의 명문 축구 구단인 페예노르트의 홈구장—옮긴이)에 들어가려던 사람이라도 되는 듯 사타구니까지 온몸을 수색 당한다.

록시가 클럽계의 마르코 반 바스턴(네덜란드 아약스 팀의 선수, 감독 역임—옮긴이)
이라면 모어는 톤 블랭커(70년대에 요한 크루이프 이후 아약스 최고의 재능을 가진 선수
로 꼽혔다. 지금까지도 그렇다) 클럽 초기의 분위기로 가지 않았다. 새로운 록시가 될
것 같았지만, 프랑크의 견해를 정확히 해석하자면 모어는 반짝이는 록시의 구두
에는 어울리지 않는다나.

한 시간 후에 집에 가게 될 것 같지가 않다. 나는 돌아갈 때를 놓
친다. 라몬이 준 약과 타샤의 혀를 거부할 수가 없다. 타샤와 또 한
번 키스한 후, 나는 죄책감 어린 눈으로 마우트를 바라본다. 그녀
는 내 예상과는 다른 반응을 한다. 눈동자를 보니 마우트도 라몬에
게 약을 얻어먹은 모양이다. 그녀가 나를 붙잡더니 같이 키스하기
시작한다. 우리 셋은 모어의 댄스 플로어에 서서 서로 키스를 나눈
다. 타샤가 마우트의 귀에 뭐라고 속삭인다. 마우트는 그녀를 잠시
쳐다보더니 고개를 끄덕인다.

"짜릿한 맛 좀 볼래요, 댄?"

*

미리 알 수도 있었을 텐데 그걸 모르다니. 늘 4시 반 전에 집에
가다가 이번 한 번 새벽 6시 반이 지나도록 집에 가지 않으면, 엄
청난 공격을 당하기 마련인데 말이다.

띠리링.

나는 마우트와 나타샤에게 조용히 하라는 손짓을 한다.

"지금 어디 있어, 이 자식아?"

카르멘이 울면서 묻는다.

"나 말이야…… 지금 가는 길인데……."

"지금 7시 15분 전이야, 댄."

그녀가 화를 내며 소리친다.

가슴이 쿵하고 내려앉는다. 마우트는 벌벌 떨며 침대에 앉아 있다. 타샤는 무덤덤하게 담배에 불을 붙인다.

"기운 내요."

문 밖으로 나가는 내게 마우트가 속삭인다. 타샤는 윙크만 한다.

나는 차로 달려간다. 세 골목 너머에 주차해 놓았다. 주위에 경찰이 없는지 얼른 살펴본 다음, 전차 선로를 가로질러 간다. CD 플레이어에서 데 데익의 CD를 빼고 브루스 스프링스틴의 실황 음반을 넣는다. 〈프라미스드 랜드〉의 날카로운 하모니카 소리가 나올 때까지 버튼을 마구 누른다. 50미터 앞에서 신호등이 노란 색으로 바뀐다. 나는 페달을 힘껏 밟아 빨간불인데도 교차로를 지난다. 온몸에 아드레날린이 솟구친다. 스프링스틴의 절규하는 노래에 맞춰 질주한다. '가끔 내가 너무 약해'—주유소 앞의 완만한 커브길에서 브레이크를 살짝 밟는다 —'터뜨리고 싶어'—굽이진 곳으로 들어가며 다시 페달을 밟는다 —'온 동네를 폭발시켜 버리고 싶어'— 차를 왼쪽으로 붙인다. 교통섬(차량이 동선을 이탈하지 못하게 세워놓은 구조물—옮긴이)을 피하려고 운전대를 홱 꺾지만—'칼을 들고'—그때 내 시보레가 출렁 흔들리면서—'내 마음에서 이 아픔을 도려내'—튕겨져 나간다. 둔탁하게 부딪치는 소리와 유리가 깨져서 튀는 소리가 들리면서, 차는 옆으로 누운 채 몇 미터 미끄러진다.

그러더니 사방이 조용하다. 귀가 멍멍할 정도로 고요하다.

하제스의 소리도 안 들린다. 데익의 음악도 안 들린다. 하우스 음악도, 스프링스틴도. 나는 안전띠를 한 채 허공에 매달려 있다. 몇 초 동안 정신이 멍하다. 그러다 갑자기 모든 게 훅 스치고 지나간다. 난 살아 있다. 통증? 통증은 없다. 움직임. 가능하다. 유리. 사방에 유리 파편이 튀었다. 아, 이런 망할, 카르멘! 화재? 빠져나가! 길 한가운데다. 여기서 빠져나가! 차가 일어날 수 있을까? 달아나! 창문을 타 넘으라고. 얼른. 경찰. 음주운전. 씨. 젠장. 아, 빌어먹을. 젠장젠장젠장.

조수석 문을 밀고 차 밖으로 나간다. 차 밑면을 보고 깜짝 놀란다. 새벽 7시 9분 전에 아무 일도 아니란 듯이 내 차는 자빠져 있다. 마치 항복이라도 하는 듯.

인도로 걸어가서 난간을 넘는다. 천천히 상황 파악이 되기 시작한다. 방금 핵폭탄이 터진 셈이다. 내 차. 운전면허. 경찰이 내 몸의 알코올 속에서 피를 찾을 수 있다면 그게 기적이겠지. 결국 철창신세를 질 수도 있다. 길에 다른 차가 없었기에 망정이지 사람을 죽였을 수도 있다. 루나…… 아, 로즈는 내가 집에 있다고 생각할 텐데. 하느님 맙소사, 또 카르멘은…….

집으로 전화를 걸어보지만 카르멘은 받지 않는다. 차 사고가 났다고, 다행히 다치지는 않았지만 당장은 집에 못 갈 거라는 메시지를 남긴다.

경찰차가 사이렌을 울리며 달려온다. 나는 재빨리 민트향 캔디를 입에 문다.

경찰서에 가니 전화기, 지갑, 열쇠를 내놓고, 허리띠를 빼고 구두끈도 풀라고 한다. 경찰서 한쪽 구석에 있는 방에서 기다리라고 한다. 방으로 들어가자 문이 닫힌다.

감방이다. 나는 벽에 붙은 벤치로 가서 앉는다.

집에서는 곧 죽을 아내가 밤새도록 내가 들어오기를 기다리고 있다. 아우트 베스트에서는 몇 달간 내 고통을 견디게 해준 여자가 밤새도록 울며 누워 있을 것이다. 그리고 난 여기 감방에 갇혀 있다.

영원토록 감방에 갇힌 것 같다. 실은 20분이 지난 것 같지만. 진술을 마치자 경찰은 택시를 타고 집으로 가게 해준다. 7시 15분이다.

카르멘은 응접실의 가정용 간호 침대에 있다. 대머리에 회색 가운을 걸친 모습으로 나를 무섭게 노려본다.

"내가 전화했을 때 어디 있었어?"

"여자랑."

평생 처음으로 여자에게 뺨을 맞는다.

카르멘을 탓할 수 없다.

"그걸로 부족해서 술을 잔뜩 마시고 차를 몰아!"

그 다음이 결정타. 그녀가 덧붙인다.

"이런 상태라면…… 세상에, 루나는 엄마만 잃는 게 아니라 아버지도 잃게 생겼어!"

나는 그놈의 미다스 왕 같아.
건드리는 것마다 엉망으로 변하니……

― 드라마 〈소프라노스〉 (1999)

31

깨보니 카르멘이 옆에 없다. 전화기를 확인해 보니 라몬의 문자가 와 있다. 다행히 카르멘이 열어보지 않았다. 그는 여자들이랑 실컷 즐겼냐고 묻는다. 내가? 그래, 그랬지. 여태 즐기고 있지. 일어나서 샤워를 하고 아래층으로 내려간다. 카르멘은 빨개진 눈으로 루나에게 밥을 먹이고 있다.

"당신, 정신과에 가볼 때가 됐어. 이렇게는 더 이상 못 버텨."

나는 대꾸하지 않는다. 카르멘이 위층으로 올라가자, 나는 기계적으로 루나에게 죽을 마저 먹인다.

잠시 후 카르멘이 다시 내려온다. 큰 가방을 들고 있다.

"나, 갈 거야."

"어디?"

내가 조용히 묻는다.

"안네의 집에."

"언제 돌아올 건데?"

"아직 몰라. 아직 모르겠어, 댄."

그녀가 울먹이며 대답한다.

나는 루나를 안고 현관문까지 걸어간다. 카르멘은 루나에게 뽀뽀하더니 "전화할게"라고 말하고 차에 타고는 돌아보지도 않고 가버린다.

루나는 내 입술에 뽀뽀하고 꼭 안는다. 아빠가 나빴다고 말한다.

"아빠가 맥주를 많이 마시고 차를 운전했거든. 그래서 아빠랑 차가 넘어졌어."

"시보레 차에서?"

"응…….."

"엄마가 아빠 때문에 화 많이 났지?"

"그래."

우리는 꼭 껴안는다. 나는 나직이 노래를 불러준다.

아빠랑 루나는 아주 잘 지내지
누가 봐도 둘은 친한 친구라네
아빠랑 루나는 아주 잘 지내지
누가 봐도 둘은 친한 친구라네
(작사 : 댄, 작곡가 : 미상, 원곡 : PSV 응원가. 오래전부터 불러온 노래)

나는 프랑크에게 전화해서 조금 늦겠다고 말한다. 자전거를 타고 루나를 놀이방에 데려다준 다음 곧바로 정비소로 달려간다. 아마 내 시보레는 몇 달간 거기 있게 될 것이다. 게다가 아무리 빨라도 재판을 받기 전까지는 운전면허를 되찾지 못한다. 그러니 차가있어도 달라질 게 없다.

차를 보니 겁이 나서 몸이 굳는다.

"거기서 빠져나온 게 놀랍네요."

정비공이 고개를 절레절레 흔들며 중얼댄다. 보험회사 직원이 옆에 서서, 음주운전이어서 보험사는 당연히 예상 손해액 2만 5천 길더의 지급을 거부했다고 말한다. 그는 할부 금융사가 나를 계속 고객으로 받아주도록 설득하는 데 최선을 다하겠다고 한다. 또 내가 아연실색할 만치 어리석다는 생각이 든다고 말한다. 나도 동의한다. 정비공이 히죽거린다. 타샤는 병가를 냈다. 하지만 마우트는 출근했다. 그녀에게 밖에 나가 이야기하자고 청한다. 사고와 카르멘에 대해 말한다. 그녀의 얼굴이 백짓장처럼 변한다. 그러더니 화장실로 달려가 오랫동안 나오지 않는다.

나는 프랑크에게도 사고 소식을 알린다.

"카르멘이 엄청나게 화났겠는걸."

"오늘 아침에 집을 나갔어."

"맙소사, 댄······."

라몬에게서 전화가 온다. 마우트에게 소식을 들었다고 나더러 '얼빠진 놈'이라고 소리를 지른다.

"네가 차를 탈 줄 알았다면 열쇠를 수로에 던져버렸을 텐데, 이 멍청한 자식아. 이봐, 도대체 왜 그러는 거야?"

얼마 지나지 않아 마우트의 이메일이 들어온다.

보낸 이 : maud@creativeandstrategicmarketingagencymiu.nl

받는 이 : dan@creativeandstrategicmarketingagencymiu.nl

보낸 시간 : 2001년 3월 22일 목요일 14:31

제목 : 어제

어제 우리가 그러지 말았어야 했는데 후회스러워요. 오늘 아침에야 약이랑 술 때문에 얼마나 우리가 얼마나 멀리 갔는지 깨달았어요.

다시는 카르멘 앞에 못 나타날 거예요. 타샤한테, 당신한테, 나 자신한테 화가 나요. 또 당신이 걱정돼요. 당신에게는 간절히 도움이 필요해요,

댄. 당신을 비난하려는 건 아니지만, 정신과 의사를 만나야 해요. 혼자서는 이 모든 상황을 헤쳐 나가지 못해요.

마우트

추신 : 어쩌면 나랑 같이 가도 좋겠네요. 단체 할인 받으면 되겠네.

쓰리섬(셋이 벌이는 성행위—옮긴이)은 괴로움에 효과가 있다던데. 나는 한숨을 쉬면서 메일을 삭제한다. 사람들한테 정신과에 가보라는 소리나 듣다니. 도대체 날더러 가서 무슨 말을 하라고 이러는 거야? 바보 멍청이처럼 규정 속도의 다섯 배쯤으로 차를 몰다가 사고를 냈다고. 견습직원이랑 옛 애인이랑—내 아내랑 친한 사이랍니다, 선생님—한 침대에서 뒹굴다가 아내의 전화를 받아서 그런 거라고. 그날 저녁에 내연 관계의 애인이랑 한바탕 말다툼을 벌여서—아내가 죽을 때까지 다시는 외도하지 않겠다고 단단히 약속해 놓고 아직도 그녀랑 몸을 섞고 있지요— 사실 아내는 암에 걸려서 얼마 후면 세상을 떠날 거예요, 선생님—벌어진 일인데 저는 어떻게 해야 합니까, 선생님? 아직 살아 있을 때 모든 것을 카르멘에게 고백해야 할까요?

당신 나빠, 당신 나빠, 당신 나빠, 베이비 당신 나빠.

다시 말할게.

당신 나빠, 당신 나빠, 당신 나빠, 베이비 당신 나빠.

— 린다 론스태트 〈당신 나빠〉(You're No Good, 1974)

32

딱 이틀 하고도 네 시간 18분 후에 카르멘이 전화를 한다.

오늘 오후에 집에 오겠다고 한다. 무뚝뚝해도 적어도 전화는 했으니 다행이다. 나는 말대꾸하지 않고 그녀가 맘껏 쏘아붙이게 내버려둔다. 누군가 목을 벨 면도날을 들고 면도를 해줄 때는 움직이지 말아야 되거늘…… 아직까지도 너무나 창피해서 카르멘이 적대적으로 나오는 게 고마울 지경이다. 나는 일부러 바싹 엎드린다. 지난 밤 보드카 반 병을 비웠기에, 전화로 받는 독배를 감당할 수 있다.

보드카는 프랑크가 가져왔다. 그는 어제 불쑥 내 집에 찾아왔다. 회사에서는 차 사고에 대해 더 이상의 이야기가 오가지 않았다. 어젯밤 나는 프랑크에게 모든 것을 (타샤와 마우트의 이름과 행동은 검열해서 삭제했지만) 털어놓았다. 그는 내 어깨에 팔을 둘렀고 나는 감정을 쏟아냈다. 집, 경찰서, 정비소, 직장에서 굴욕의 이틀을 보낸 후여서 프랑크에게 매달려 흐느꼈다. 밤이 깊어질 무렵, 기분이 약간 나아졌다.

오늘 아침은 아니었다. 루나가 우는 소리에 잠에서 깼다. 숙취가 있었고 심하게 우울했다. 비틀비틀 침대에서 내려와 루나에게 죽을 먹이고 옷을 입힌 다음 놀이방에 데려다준 게 내가 할 수 있는 최선이었다. 마우트에게 전화해서 오늘은 사무실에 출근하지 않을 거라고 알리고, 다시 침대로 기어들어갔다. 이것은 루나의 숨바꼭질 같다. 제 눈을 손으로 가리고 아무도 자기를 못 볼 거라고 기대하는 꼴이다.

다시 잠을 이룰 수가 없다. 카르멘의 전화를 받은 지 한 시간 만에 기분이 더 개떡 같아졌다. 오늘 오후가 걱정스럽다. 반 전체에게 따돌림을 당한 아이가 학교에 가자마자 또 왕따가 시작된다는 것을 알면서 잠에서 깨는 기분이다. 이틀간 반성문을 썼다면 더 나았을까?

딴 여자랑 자거나, 규정 속도를 5배 초과해 운전하면 안 됩니다.
딴 여자랑 자거나, 규정 속도를 5배 초과해 운전하면 안 됩니다.
딴 여자랑 자거나, 규정 속도를 5배 초과해 운전하면 안 됩니다.
딴 여자랑 자거나, 규정 속도를 5배 초과해 운전하면 안 됩니다.
딴 여자랑 자거나, 규정 속도를 5배 초과해 운전하면 안 됩니다.
딴 여자랑 자거나, 규정 속도를 5배 초과해 운전하면 안 됩니다.
딴 여자랑 자거나, 규정 속도를 5배 초과해 운전하면 안 됩니다.
딴 여자랑 자거나, 규정 속도를 5배 초과해 운전하면 안 됩니다.
딴 여자랑 자거나, 규정 속도를 5배 초과해 운전하면 안 됩니다.
딴 여자랑 자거나, 규정 속도를 5배 초과해 운전하면 안 됩니다.
딴 여자랑 자거나, 규정 속도를 5배 초과해 운전하면 안 됩니다.

딴 여자랑 자거나, 규정 속도를 5배 초과해 운전하면 안 됩니다.
딴 여자랑 자거나, 규정 속도를 5배 초과해 운전하면 안 됩니다.
딴 여자랑 자거나, 규정 속도를 5배 초과해 운전하면 안 됩니다.
딴 여자랑 자거나, 규정 속도를 5배 초과해 운전하면 안 됩니다.
딴 여자랑 자거나, 규정 속도를 5배 초과해 운전하면 안 됩니다.
딴 여자랑 자거나, 규정 속도를 5배 초과해 운전하면 안 됩니다.
딴 여자랑 자거나, 규정 속도를 5배 초과해 운전하면 안 됩니다.
딴 여자랑 자거나, 규정 속도를 5배 초과해 운전하면 안 됩니다.
딴 여자랑 자거나, 규정 속도를 5배 초과해 운전하면 안 됩니다.
딴 여자랑 자거나, 규정 속도를 5배 초과해 운전하면 안 됩니다.
딴 여자랑 자거나, 규정 속도를 5배 초과해 운전하면 안 됩니다.
딴 여자랑 자거나, 규정 속도를 5배 초과해 운전하면 안 됩니다.

시계를 보니 12시 반이다. 몇 시간 후면 카르멘이 집에 온다. 그 순간이 가까워질수록 점점 감당할 자신이 없어진다. 옳은 일을 하고 싶고, 카르멘을 위해 거기 있어주고 싶다. 하지만 내가 다 망쳐 버렸다. 이제 카르멘은 나를 전혀 이해하지 못한다. 아무도 날 이해하지 못한다. 마우트는 나한테 화가 나 있다. 오늘 아파서 출근 못한다고 했으니 이제 프랑크도 화를 내겠지. 라몬은 날 '개자식' 이라고 부른다. 또 이틀간 카르멘을 달래준 토마스와 안네가 날 좋 게 보지 않으리라 짐작된다. 로즈까지 토라진 데다 다들 아는 일을 그녀는 모르고 있다. 아, 그렇다. 난 내가 봐도 나쁜 놈이다. 죄책감 이 든다. 숙취가 남아 있고 비참하고 화나고, 걱정스럽다. 난 이기 적이고 약하고, 교활한 놈이다. 부당한 취급을 받고 촌스럽고, 위선적이고, 평가절하 되었다. 한도를 넘었고 망가지고, 비도덕적이고 비사교적이다. 오해받고 겁쟁이고 가식적이고 불행하다.

한마디로 말해 매사가 순탄하게 돌아가지 않는다.

한숨을 내쉬면서 돌아눕는다. 화장실에 간다. 다시 침대로 들어간다. 다시 침대에서 나와 창밖을 내다본다. 침대로 돌아간다. 반듯하게 눕는다. 엎드린다. 침대에서 나온다. 부엌에 가서 우유 한 잔을 따른다. 다시 침대로 온다. 1시 12분 전이다. 오른쪽으로 모로 눕는다. 운다. 왼쪽으로 모로 눕는다. 오른쪽으로 반듯이 눕는다. 로즈에게 전화를 건다.

로즈는 불같이 화를 낸다.

"왜 이제 전화하는 거예요? 이틀 밤을 울면서 당신의 연락을 기다렸는데!"

나는 시내에 갔다가 만취하는 바람에 차 사고가 났다고 말한다. 로즈는 경악한다.

"뭐예요? 당신 미쳤어요? 그럼…… 다친 거예요?"

"아니……."

"다행이네."

그녀가 한숨을 쉰다. 오늘 처음 들은 좋은 말이다.

마우트와 나타샤 부분과 카르멘의 가출 부분을 생략하면 사고 이야기의 핵심이 빠지는 것이란 생각이 든다.

"이틀 전에 카르멘이 집을 나갔어, 로즈."

"뭐라고요?!"

"사고와 음주와 늦은 귀가 때문에 무진장 화가 났지."

"당신 정말 구제불능이네요. 댄, 당신은 참 괜찮은 사람이지만 최근 당신이 사람들을 대하는 것을 보면 사실 정상이 아니에요. 정신과에 가보지 그래요?"

"당신까지 이러기야? 그러지 마! 난 정신과 의사한테 안 가!"

로즈는 잠시 잠자코 있더니 갑자기 묻는다.

"내가 노라에 대해 얘기한 적 있나요?"

"아니, 누군데?"

"노라는 영적인 조언을 해주는 여자 분이에요."

"참 잘났네."

"그녀가 당신을 도와줄 수 있을지도 몰라요."

"난 신을 안 믿어."

"내가 뭐 신앙에 대해 얘기했어요?"

"아니, 그건 아니지만 영적인 조언이 나한테 무슨 소용이 있겠어? 그 여자한테 어떤 종류의 보드카를 선택할지 물어봐야 하나?"

"비웃고 싶으면 그렇게 해요. 하지만 아직 내 얘기 안 끝났어요."

"그래, 해봐."

로즈는 내 비아냥대는 말을 무시한다.

"당신이야 어처구니없다고 생각할 테고 당신한테 어울리지 않는 얘기지만, 노라는 재능을 가진 여성이에요. 그녀는 치료사 같은 것도, 영적 스승도, 열렬한 신도 타입도 아니에요. 그저 뭐라고 표현해야 될까…… 영적인 재능이 있어서 그걸 사람들을 돕는 데 쓰는 사람이에요. 인생에 대한 중요한 질문에 답을 해주죠."

"어떻게 그 여자가 답을 알지?"

"답이 들어오는 거죠."

"어디서?"

"영적인 세계에서요."

"설마."

나는 무관심한 체 하지만, 로즈의 이야기에 슬슬 마음이 끌린다.
이유는 모르겠다.

"원한다면 나중에 전화번호를 문자로 보내줄게요."

"그렇게 해."

나는 최대한 무심한 척 한다.

"오늘 오후엔 행운을 빌어요."

노라. 06-42518346. 지금 전화해 봐요. x

나는 잠시 휴대전화 화면에 뜬 번호를 빤히 보다가 어깨를 으쓱
하고 전화부에 저장한다. 안전을 위해 이름은 'SOS'라는 암호로
저장해 둔다. 노라가 누구인지, 어떻게 전화번호를 알게 되었는지,
잠자리를 한 여자가 아니라는 사실을 카르멘에게 설명해야 된다
면 끔찍하다.

당신이 내 입장이라면 어떻게 했겠어.

내 입장을 헤아려줘……

— 데 데익 〈내 입장을 헤아려줘〉 (Muzikanten dansen niet, 2002)

33

현관문이 열리는 소리가 들린다. 그녀가 들어와서 가방을 내려놓고, 재킷을 벗어놓은 다음 부엌으로 가서 식탁에 앉는다.

"커피 마실래?"

카르멘이 고개를 젓는다.

"괜찮다면 나는 마실게."

그녀의 눈이 커피를 준비하는 나를 쫓아온다.

"오늘 아침에 프랑크가 나한테 전화했어. 당신은 아무 이상 없고, 오늘 병가를 냈다더군."

"음……맞아……."

"잘 들어, 댄. 당신한테 배신당한 기분이야. 또 안네랑 토마스도 그렇게 생각해."

"이런, 나라면 그렇게 생각하지 않았을 텐데."

"가끔은 친구들을 믿어봐도 괜찮을 거야. 안네는 당신을 대변하고 나섰어. 나와 당신의 입장이 바뀌었다면, 나 역시 절망을 털어내려 했을 거라고. 나 같았으면 화려한 쇼핑가에서 물건을 사들이

느라 오래전에 파산했을 거라고. 참, 또 다른 일도 있었어."

"뭔데?"

"토니가 남편이랑 헤어졌어. 감당 못하겠다면서 항암치료에 한 번도 안 왔던 남자였지. 토니는 전부터 남편과 대화를 하지 않고 있었지. 그 일을 보면서 나는 생각하게 됐어. 우리는 많은 일을 함께 겪었으니 이번 일도 감당할 수 있을 거라고. 이미 벌어진 일이니 적응해야겠지."

나는 고개를 끄덕인다. 어머니에게 다시 잘해보자는 말을 들은 아이처럼 기분이 좋다.

"이리 와, 이 바보 양반아."

그녀가 미소를 지으면서 내 머리를 쓸어준다. 그녀가 덧붙인다.

"용서도 사랑의 일부분이거든."

그들이 아무리 많은 돈을 쓰고, 아무리 채근을 해도

나는 모쿰(유럽 최대의 경영 컨설팅 회사─옮긴이)을 떠나지 않을 것이다.

여기서는 웃을 수 있고, 정말로 재미있다.

또 어디서 이럴 수 있을지 상상할 수가 없다.

─ 대니 데 뭉크 〈메인 스타트〉(Danny de Munk, 1984)

34

이런 일이 일어날까 두려웠다.

이번 주에도 이삿날 안네의 집에 가 있지 않겠느냐고 세 번이나 물어봤다. 그러면 내가 이삿짐센터 사람들을 시켜 짐을 새 집으로 옮긴 다음, 침실과 거실을 정돈할 수 있을 터였다. 그리고 저녁에 카르멘은 말끔한 집으로 들어올 수 있다. 그러나 그녀는 내 말을 들으려 하지 않는다.

15분 후면 이삿짐센터 사람들이 들이닥칠 텐데 카르멘은 여태 축 늘어져 있다. 그럴 줄 몰랐던 것도 아니다. 카르멘의 몸은 정오 전에는 언제나 활기가 없다. 자거나 가만히 누워 있으면 괜찮지만, 긴장을 주면 몸은 에너지 소모를 독특한 방식으로 거부한다. 그래서 몇 시간 전에 먹은 것까지 죄다 토해 버린다. 카르멘은 1시간 동안 벌써 세 차례나 화장실에 다녀왔다.

인부들이 오기를 기다리며 그들에게 뜨거운 커피와 사과브랜디는 계속 식탁에 두라고 말한다. 아내의 구토에 대비해 양동이는 내가 직접 새 집으로 운반하겠다고 알린다. 나는 카르멘이 옷을 입는 것을 거들고 차로 데리고 간 후, 침실에서 베개와 이불, 양동이를 챙겨서 렌트카에 재빨리 싣는다. 각도가 큰 커브길과 갑작스런 움직임을 피하느라 최대한 조심조심 운전한다. 우리는 요하네스 베르휠스스트라트의 새 집에 도착한다. 나는 먼저 이불과 베개를 들고 침실로 간다(시간 맞춰서 물침대를 배달해 준 가구점과 신께 감사). 종종걸음으로 다시 차로 와서 카르멘을 데리고 천천히 위층으로 올라간다. 그녀를 도와 옷을 벗게 하고, 푹신한 물침대에 눕힌다. 50킬로그램도 안 되는 왜소한 몸과 죽은 사람처럼 창백한 안색을 한 그녀가 빙그레 웃는다. 넓은 방은 큰 침대와 구토용 양동이 외에는 아무것도 없이 텅 비어 있다.

"이제 당신이 집을 통째로 옮기는 동안, 나는 우리 새 집에서 편안하게 잘게."

그녀가 키득대며 말한다.

나는 웃음을 터뜨린다. 그녀의 유머감각이 얼마나 그리워질까.

가까이서 보면 당신은 얼마나 못 생겼는지……

— 휩 항오프 〈가까이서 보면 당신은 얼마나 못 생겼는지〉

(De allerergste van Huub Hangop, 1993)

35

우리의 오페어(그 나라의 언어, 문화 등을 배우기 위해 가사 도우미를 하는 외국인—옮긴이)가 도착했다. 신청한 대로 체코 출신 아가씨다.

카르멘과 나는 몇 달 전 오페어 웹사이트에서 그녀를 찾아냈다. 당시에는 카르멘이 살아서 오페어를 만나리라고 기대하지 않았다. 하지만 LV항암제 덕분에 그녀를 만날 수 있게 되었다. 카르멘은 그녀에게 만나게 되어 반갑다고 인사한다. 카르멘이 그녀를 반기는 다른 이유는, 오페어가 사진으로 본 것보다 훨씬 못 생겼다는 점 때문이다. 맙소사, 우리가 집에 메주 한 덩이를 들여놓았다!

오페어는 어느 고스 록밴드 가수와 아랫입술에 피어싱을 한 퍼비(올빼미와 비슷한 인형—옮긴이)를 섞어놓은 것 같이 생겼다. 하지만 루나는 퍼비 인형에 열광하기에 아주 만족한다. 카르멘도 마찬가지. 그녀는 신이 나서, 내가 오페어에게 추근대지 않으리라 믿는다는 이메일을 친구들 모두에게 뿌린다. 마무리 작업을 하는 집 수리공 릭은 추가 위험수당을 요구한다는 문자를 보내왔다. 갑자기 오페어랑 부딪치는 사고가 생기면 아래층으로 떨어질 위험이 크다나.

일이 잘 풀리지 않는다. 오페어에게 슈퍼에 가서 사올 물건을 설명하고, 물건의 네덜란드 이름을 말하고 종이에 적은 다음 다시 설명하는 동안이면 내가 세 번도 더 갔다 왔을 것이다. 마침내 머릿속에 '다진 고기 반 근'을 주입시키자, 오페어 아가씨는 고기 구입을 거부한다. 슈퍼마켓의 정육 코너를 걸어서 지날 수가 없단다. 자기는 채식주의자여서, 도축 당한 동물이 든 음식은 사거나 만들지 않겠다고 으름장을 놓는다.

또한 자전거도 안 타겠다고 한다. 종교나 철학과 관련된 이유가 있을 거라고 짐작했지만, 열심히 부추긴 끝에 자전거를 타는 모습을 보고 '됐다' 싶었다. 진짜 엉망진창이다. 여전히 내가 직접 루나를 놀이방에 데리고 다닌다.

언어 장벽, 퉁명스럽고 심술궂은 성격, 음식 준비에 대한 의견차 외에도 문제가 있다. 우린 오페어와 같이 지내는 게 즐겁지 않다는 것을 이내 간파한다. 질문을 할 때마다, 그녀는 피어싱을 삼키라는 요구라도 받은 듯이 한숨을 쉬어댄다. 커트 코베인(록밴드 너바나의 보컬 겸 리타리스트로 자살로 생을 마무리했다—옮긴이)만큼이나 우울한 여자애다(연민이 생긴다. 학교에서 친구들은 귀여운 남자애들이랑 뽀뽀하고 난리인데 한쪽에 우두커니 서서 십대를 보내면 명랑한 성격이 될 수 없겠지).

그래서 오페어는—한숨은 쉬지만—다림질을 하고, 집안을 쓸고 닦는다. 식기세척기와 세탁기, 건조기, 쓰레기 치우기도 그녀에게 맡겼다. 아니면 내가 1시에 집에 와서, 오페어가 오기 전과 똑같이 집안일을 하는 데 시간을 써야 될 것이다. 다만 그녀로 인해 집에 문제가 하나 더 늘어났다.

하지만 솔직히 말하자면 오페어가 온 덕분에 나는 이전보다 느긋하게 지낸다. 주말에는 그녀가 내 아침 일을 맡아서 해준다. 저녁에 카르멘이 수면제 두 알을 먹고 곤히 잠들면 오페어는 집에서 루나를 돌보고, 나는 심야 영업을 하는 상점에 가거나, 회사에서 일을 마무리할 수 있고, 로즈와 섹스를 할 수도 있다.

항상 인생의 밝은 면을 보라……

— 몬티 파이턴 〈항상 인생의 밝은 면을 보라〉 (Life Of Brian, 1979)

36

오페어와 함께 지내는 생활은 좀 답답해도, 하루하루 카르멘이 더 자랑스럽게 느껴지게 한다는 장점도 있다.

카르멘은 남은 날을 늘릴 수 없지만, 하루에 활기를 더한다. 반면 우리 오페어는 사는 게 뭔지도 모른다. 아무것도 즐길 줄 모른다. 전혀.

몸이 좀 나은 날이면 카르멘은 삶에 대한 애정으로 충만하다. 예를 들면 오늘 저녁 안네, 토마스와 함께 하는 식사를 고대하며 이번 주를 보냈다. 나는 아니다. 그러니 카르멘이 오늘 완전히 비참해 해도 나는 그럭저럭 괜찮다.

하지만 카르멘은 약속을 지키고 싶어한다. 이런 경우, 기운이 없을 때는 집에 있겠다고 하는 아내가 있으면 좋겠다. 하지만 내가 알기에 카르멘은 눈에 흙이 들어오지 않는 한 외출하고 싶어할 것이다.

자동차가 공중 제비돌기를 한 사고 이후, 나는 토마스랑 통화하지 않았다. 나는 렌트한 차에서 내려서도 그를 쳐다볼 수가 없다.

카르멘이 앞장서서 응접실로 들어간다. 토마스가 나를 한쪽으로 끌고 간다.

"카니발에서는 아무 일도 없었던 거야, 알겠지?"

그가 초조하게 소곤댄다.

나는 최대한 순진하게 그를 바라본다.

"저기…… 마우트와의 일 말이야."

그는 무슨 바퀴벌레 이야기라도 하는 것처럼 그 이름을 중얼댄다. 하지만 머릿속에 그날 밤의 장면이 고이 간직되어 있는 기색이 역력하다. 얼굴에 미소까지 떠오른다. 나는 손으로 입에 자물쇠를 채우고 열쇠를 삼키는 시늉을 한다. 토마스는 옆구리를 슬쩍 찌르면서 반짝이는 눈으로 날 쳐다본다. 이것 봐. 외도의 장점도 무시 못한다니까. 예를 들면 남의 외도를 더 잘 봐줄 수 있게 해주지.

안네와 토마스는 우리를 위해 할 수 있는 모든 일을 한다. 카르멘과 나를 위해. 프랑크처럼 말과 포옹으로써가 아니라, 그들 나름의 방식으로 배려해 준다. 차 사고와 렌트카 이야기를 꺼내지 않는 것으로. 토마스가 나를 위해 특별히 보드카와 라임주스를 사온 것으로. 오늘 안네는 우리를 위해 부엌에서 법석을 떠는 것으로 마음을 표시한다. 그녀는 오늘 저녁 우리를 잔뜩 먹이고 싶다고 말한다. 카르멘은 종일 게우고 있다는 내색을 하지 않고 우리랑 함께 식사한다.

전채요리를 먹은 후 그녀는 화장실로 간다. 전채요리를 다 게운다.

주 요리를 먹은 후 그녀는 화장실에 간다. 주 요리를 게워낸다.

디저트를 먹은 후 그녀는 화장실에 간다. 그것도 토한다.

"여러분! 오늘 저녁, 정말 고마워요."

안네가 내 뺨에 세 번 뽀뽀하고 윙크한다. 토마스는 내 어깨를 툭 친다.

카르멘은 안색이 창백하지만 눈은 반짝인다.

"정말 고마워요, 사랑하는 친구들. 오늘 저녁은 정말 즐거웠어."

토마스가 불쑥 그녀를 포옹한다. 나는 한순간 그가 카르멘을 놔 주지 않을 것 같다는 생각을 한다.

차를 몰고 가면서 슬쩍 뒤돌아 보니, 토마스는 안네를 꼭 안고 서, 다른 손으로 눈물을 훔치고 있다.

두 번의 생일과 한 번의 장례식

— 〈네 번의 결혼식과 한 번의 장례식〉의 자유로운 해석

37

무플론 모임의 첫 사망자는 토니가 된다.

카메론은 정신을 차리지 못한다. 3주 전 토니는 항암치료를 계속하는 것이 무의미하다는 말을 들었다. 그리고 이제 세상을 떠났다.

토니는 이혼한 후 전남편과 만난 적이 없다. 그는 관에 누운 그녀를 한 번 더 볼 수 있을 것이다.

"적어도 싸우지는 못하겠네."

카르멘이 빙그레 웃으며 말한다.

그녀는 장례식에 참석하고 싶다고 말한다. 그 날이 언제인지 알고 나자 나는 화가 치민다. 다음 주 화요일. 루나와 내 생일이다. 암이 파고든 후 세 번째 맞는 생일이다. 또 분명히 마지막 생일일 것이다. 그런데 카르멘은 장례식에 가겠다고? 자기 장례식을 미리 보는 셈인데도?

"혹시 그 자리에 있는 게 당신한테 힘들 거라는 생각은 안 해?"

"두 사람의 생일은 일요일에 축하하면 안 될까? 화요일에는 아무도 못 오는걸. 또 식은 두어 시간이면 끝나."

나는 내색하지 않으려 했지만, 카르멘은 내가 달가워하지 않는 것을 알아차린다.

"장례식에 안 가면 토니가 섭섭해할 것 같아."

"하지만 루나랑 나는 안 섭섭할 것 같아?"

나도 어쩔 수가 없다. 그 말이 쑥 나와 버린걸.

*

일요일, 집안이 북적댄다. 내 친구들, 가족, 루나의 놀이방 친구들. 장모님은 집에 들어서다가 깜짝 놀란다. 그 분이 마지막으로 딸을 본 건 3주 전이었다. 배만 불룩 나온 카르멘은 영양실조에 걸린 임산부 같다. 우리는 부엌에 서서 수다를 떤다. 루나는 새 공주 드레스와 천사 날개를 달고 으스대며 집안을 휘젓고 다닌다. 카르멘은 주저앉아 아이를 찬찬히 본다.

"정말 예쁘다."

그녀는 루나에게 정성껏 말하다가 균형을 잃고 고꾸라진다. 루나가 함께 넘어진다.

아이는 겁을 먹고 울기 시작한다.

"조심해! 이제 다리에 힘이 없는 걸 알면서그래, 카르멘!"

내가 놀라서 버럭 소리친다.

카르멘은 넘어진 데다 내가 심하게 굴자 창피함에 울기 시작한다. 파티가 소란스럽게 시작된다.

"생일인 화요일에 근사한 계획이라도 있어요?"

318

안네는 만들어온 오렌지 케이크를 먹으면서 묻는다.

"카르멘은 계획이 있어요. 토니의 장례식에 간다네요. 토론 모임의 회원이었죠."

"장례식이 화요일이에요?"

"네."

안네가 얼굴을 찌푸린다.

*

파티가 끝난 저녁, 카르멘은 장례식에 참석하지 않겠다고 말한다.

"안네가 그 이야기를 꺼냈어. 토니를 위해 예쁜 꽃다발을 보낼 거야. 그러는 게 좋겠어. 토니도 이해해 줄 거야."

"나도 토니가 이해하리라 믿어."

생일 축하합니다. 생일 축하합니다.

사랑하는 댄와 루나.

생일 축하합니다.

38

카르멘도 함께 노래한다. 앞으로 행복한 파티가 여러 번 있겠지만 그녀는 함께하지 못하리란 것을 스스로도 잘 안다. 카르멘이 하는 일들을 보면 알 수 있다. 그녀는 토니의 장례식에 가려던 계획을 취소하기로 결심했다. 루나와 나는 침대에서 아침상을 받는다. 카르멘이 우리를 위해 준비한 아침상을, 오페어 아가씨에게 위층으로 올려다 달라고 부탁했다. 루나는 환한 표정으로 땅콩버터를 바른 크루아상과 코코넛 케이크를 먹는다. 나도 케이크와 빵을 먹고, 카르멘은 마지못해 켈로그 시리얼을 여섯 숟가락 떠먹는다.

오늘은 편하게 돌아가지 않는다. 사사건건 감정이 복받친다. 나를 친구로 두어서 행복하며 오래도록 이렇게 지내고 싶다는 프랑크의 문자를 받자 마음이 찡하다. 여러 가지 일이 일어났는데도 카르멘과 내가 함께 생일을 축하해서 기쁘다는 안네의 문자를 받을 때도 그렇다. 또 우리가 처음 만났을 때 내가 찍은 누드 사진들의 확대본을 카르멘에게 받자 가슴이 먹먹하다.

아침 식사를 마친 후, 나는 카르멘이 고단하고 몸이 안 좋아진 것을 알아차린다.

"당신은 한두 시간 누워 있도록 해."

카르멘이 머뭇대며 묻는다.

"이런 날 내가 너무 비협조적인 거 아냐?"

나는 고개를 젓는다.

"누워서 눈 좀 붙여. 이따가 난 30분쯤 시내에 갔다 올 거야. 일요일에 마우트가 음반 상품권을 줬거든."

한 시간쯤 내 귀염둥이랑 놀다가, 오페어에게 루나와 팬케이크를 만들라고 부탁한다. 그녀가 덜렁대는 데 이골이 난 터라, 루나가 싱크대 옆 의자에서 떨어지지 않도록 신경 쓰라고 단단히 주의를 준다.

"절 믿으세요."

흠. 그녀를 알기에 그런 말을 하면 아슬아슬한 기분이 든다. 그렇다고 답답한 아가씨가 내 딸을 잘 보는지 종일 감독할 수는 없는 노릇이다.

잠깐 위층으로 뛰어 올라간다. 침대 옆에 카르멘의 양동이가 놓여 있다. 안을 보니 토사물이 있다. 오늘 아침 그녀가 억지로 먹은 것은 허사였다.

나는 자전거를 타고 부리나케 음반 가게로 간다. 15분 후 음반 교환권으로 콜드플레이의 CD를 산다. 더불어 알리바이도 확보한다.

그 후 자전거를 타로 로즈에게 간다. 그녀는 크리스마스 선물처럼 빨간 레이스를 몸에 두르고 있다.

그게 뭐였지?

너의 인생이었지, 이 친구야.

아, 너무 빨랐어. 한 번 더 살 수 있을까?

— 〈폴티 타워스〉(1976. 영국 BBC에서 방영한 시트콤—옮긴이)

39

로덴바흐 박사의 대기실에 앉아 있자니 지루해 죽겠다. 입구의 잡지꽂이에서 가져온 축구 잡지는 다 읽었다. 카르멘의 차트를 보기 시작한다. 카르멘의 배에서 복수를 빼준 간호사가 로덴바흐 박사에게 전해 달라고 부탁하며 우리에게 차트를 주고 갔다. 11월 이후 16차례나 복수를 뺐다. 나는 재빨리 그 양을 계산했다.

"당신의 배에서 뺀 복수가 몇 리터나 되는지 알아?"

"모르겠는데."

"71리터가 넘어."

"하하하. 그 무게가 복수를 빼기 시작하기 전의 체중보다 더 나가겠네!"

현재 카르멘은 47킬로그램이다. 나날이 야위어가는 것을 대번에 알 수 있다. 6개월 전만 해도 70킬로그램에 육박했는데. 지방이 다 빠져서인지 지난 몇 주간 심하게 추위를 탔다. 응접실의 온도는 종일 24도로 맞추어져 있다. 물침대는 추천 온도보다도 4도씩 높이고 잔다. 물침대를 구입하길 정말 잘했다. 보통 매트리스는 너무 딱딱해서 힘들 것이다. 이제 몸에 살집은 없고 뼈밖에 안 남았으니 얼마나 불편했을까.

우리가 주치의와 의논할 이야기는 마음 편한 내용이 아니다. LV 치료를 시작하면서 2주에 한 번씩 주사를 맞았지만 이제는 며칠에 한 번씩 맞는다. 또 주사를 맞는 게 점점 불편해지고 있다. 카르멘의 장기들이 흐물흐물해졌는지, 바늘을 찌를 때마다 점점 아파한다. 지난번은 손발이 오그라들 정도였다. 모르핀을 투약했는데도 카르멘은 통증 때문에 다 토했다. 배에 삽입한 관에서 뿌옇고 누런 물이 수 리터나 양동이에 떨어지는 와중에 아내가 양동이에 머리를 박은 장면이 내 마음에 상처로 남았다.

*

"앉으시지요."

로덴바흐 박사가 다정하게 말한다.

안토니 병원으로 옮긴 후 그와 여섯 번쯤 만났다. 서로 존중하는 분위기다. 그는 우리가 여느 환자들과는 달리 칭얼대며 보채지 않는다는 것을 알고, 우리는 그가 전에 만난 의사들처럼 얼버무리거나 속이지 않는다는 것을 안다.

로덴바흐는 새로 확인된 사실을 말해 준다.

"암수치가 다시 높아지고 있습니다. LV치료의 효과가 멈춘 것이지요."

"저기…… 그게, 그게 무슨 뜻입니까?"

나는 의사가 무슨 말을 할지 알면서도 말을 더듬는다.

"이제 싸움을 접어야 할 때가 된 것 같습니다."

그런 거구나. 치료의 끝.

그렇게 의사는 치료 포기를 선언했다. 그리고 토니는 3주 후에 죽었다.

카르멘은 그대로 앉아 손으로 입을 틀어막고 날 쳐다본다. 나는 그녀의 손을 꼭 잡고 마주본다.

"우리 갈까?"

내가 조심스럽게 묻는다.

그녀가 고개를 끄덕인다.

3주 후에 로덴바흐와 다시 만날 약속을 잡는다. 약간 마음이 가벼워진다. 그때쯤이면 카르멘은 우리 곁에 없을지 모르고, 그럼 로덴바흐의 역할도 끝날 테니까. 그가 카르멘을 위해 해줄 수 있는 있는 일은, 모르핀과 카이트릴(진통제의 일종—옮긴이), 코데인(진통 수면제—옮긴이), 프레드니손(부신피질 호르몬제—옮긴이), 테마제팜(신경 안정제—옮긴이)의 처방전에 서명하는 정도다. 통증 관리만 한다.

나는 차에 시동을 걸고 CD를 켠다. 데익의 노래는 틀리다.

저절로 정리되지 않을 것이다.

Part 3

카르멘

친구들 모두에게 전화해도 날 안 믿을 거야.

결국 내가 감정을 못 이긴다고 생각하겠지……

— 라디오헤드 〈향수병에 걸린 지하 세계의 외계인〉 (OK Computer, 1997)

1

노라에게 전화를 했다. 주치의와 면담하고 나온 후였다.

로즈만 그 사실을 안다. 집에서는 노라에 대해 한마디도 하지 않았다. 카르멘은 노라 같은 사람을 좋다고 만나면서, 그녀가 여러 번 권한 심리 전문가와의 상담을 거부한 나를 어리석다고 하겠지.

나조차도 왜 노라에게 전화했는지 정확히 모르겠다. 교통사고랑 관계 있는 것 같기도 하다. 시보레의 한쪽 면이 완전히 찌그러졌는데도 상처 하나 없이 빠져나왔다는 사실은 1988년 대 러시아 전에서 마르코가 기록한 골 만큼이나 기적이다.

프랑크와 마우트도 오늘 내가 노라를 만나러 가는 줄 모른다. 타샤에게 근무일지에 오후에 휴가를 냈다고 기록하라고 일러두었다. 그녀는 무언가 궁금한 듯한 눈길로 바라보더니 윙크를 하며 음란한 손짓을 해보였다. 나는 대꾸하지 않았다.

영적 조언자의 사무실은 60년대식 테라스 달린 주택이었다. 두근거리는 마음으로 초인종을 눌렀다.

노라는 검은 머리의 호리호리한 보통 여자다. 나를 위층 상담실로 안내하더니 차를 마시겠냐고 묻는다. 그러겠다고 대답한다. 그녀가 방에서 나간다. 나는 조용히 방 안을 둘러본다. 풍수에 맞게 배열해 놓은 색칠한 돌들이 놓여 있다. 향 냄새를 맡자 인도 여행이 기억난다. 히말라야 노래 차트에서 꽤 높은 순위일 것 같은 분위기의 음악이 흘러나온다. 그녀가 다음 주에 진행하는 '꿈풀이 워크샵'을 알리는 전단지 뭉치도 있다.

상담실에서 보이는 갤러리 풍의 아파트 건물은 세속과 떨어진 듯한 방 분위기와 전혀 어울리지 않는다. 현대식 아파트를 좋아하지 않지만 적어도 거기서는 귀신이 안 나올 테니까. 아파트가 보이니 마음이 편해진다. 브레다 노르트가 연상된다.

노라가 쟁반을 들고 들어오며 다정한 미소를 짓는다. 별로 특별할 것 없는 보통 차다.

"여기 오셔야했군요."

갑자기 전에도 있었던 일처럼 느껴진다. 2년 전 정신요법사와 대화한 것 같다! 어디서 그랬더라?

"그럼 곧장 이야기를 시작해 볼까요?"

내 미심쩍은 표정을 보고 노라가 말한다. 그녀는 통화하면서 내가 알려준 이름과 생일로 다른 세상으로부터 메시지를 받았다고 말한다. 그 내용을 적어두었으니 이제 읽어주겠다고 한다. 나는 이런 부류의 귀신놀음은 믿지 않는다는 말을 하고 싶지만, 참는다. 노라가 편지를 읽기 시작한다.

그대가 대신 편지를 받아주는 사람은 왕성한 기운의 소유자지만, 이 기간 내내 그 기운을 조절해야 한다. 이제 그는 선택을 해야만 한다. 다 욕심내면 혼란에 빠진다는 것을 그는 이미 안다.

훌륭한 통찰력이다. 그것이 와서 꿰뚫게 하라.

앞으로 그는 많은 질문을 받을 것이다. 이제는 다른 방식으로 사건들을 통제할 수가 없다. 그는 책임을 져야 한다. 더는 거기서 달아날 수가 없다.

앞으로 그렇게 될 것이다. 자신은 못한다고 생각하겠지만 그는 해낼 수 있다.

그에게 본능을 믿으라고 말하라. 마음의 기운에서 길 안내를 얻으라고 말하라. 그게 도움이 될 것이다, 그에게 힘을 줄 것이다.

그는 할 수 있다. 자신감을 가지라고 하라. 큰 도움이 그의 주변에 있다.

사랑의 마음으로…….

설마. 이렇게 떠벌릴 수가.

노라는 차분하게 편지를 내려놓더니 잠시 기다렸다가 운을 뗀다.

"편지에서 알아들을 만한 내용이 있나요?"

"흠, 무슨 말을 할 수 있을까요? 아무에게나 적용될 수 있는 말인데……."

그녀가 슬며시 미소를 띠며 대꾸한다.

"그렇게 생각해요? 편지에 기술된 혼란도 그런가요?"

좋아, 그건 뭘 좀 안다고 해두자고.

"흠, 점성술의 속임수 중 한 가지인걸요. 누구나 '혼란'이라고 할 수 있는 상황에 빠져 있지 않나요? 세일 때 이케아(대규모 조립식 가구 매장—옮긴이) 매장에 가봤어요?"

노라가 웃음을 터뜨린다.

"편지에서 의미하는 것은 그보다 더 혼란스러운 일이라는 생각이 드는데, 아닌가요?"

그녀에게 기회를 주기로 한다.

"얼마 전 차 사고가 났는데 그 일도 '혼란스럽다'라고 할 수 있겠네요."

"충돌 사고였나요?"

나는 고개를 끄덕인다.

"사람들은 우리가 알지 못하는 힘의 보호를 받아요─아, 시작되는군─사고는 당신이 받는 보호가 바닥나고 있다는 신호일 거예요─흠, 이거 기분이 별로인걸─ 신이나 운명, 이런 것들을 관장하는 존재를 믿지 않긴 해도, 보호가 바닥나고 있다는 말은 너무 심한걸.

"한데 당신이 여기 온 것은 누군가 중병을 앓기 때문이 아닌가요?"

충격.

"그…… 그래요. 아내가…….."

"부인의 이름이 뭔가요?"

"카르멘."

"카르멘이 죽을 지경이군요."

등줄기가 오싹하다 ─카르멘이 오래 못 산다는 말을 주치의에게 듣는 것과 아무 상관 없는 모르는 사람에게 듣는 것은 전혀 다른 일이다.

"두려워할 필요 없어요. 그녀는 두려워하지 않아요. 다행이지요."

나는 침을 삼킨다. 여전히 노라의 말을 한마디도 믿지 않지만, 마음이 뭉클하다.

나도 모르게 고백한다.

"아직 그녀에게 해야 할 말이 너무 많아서……."

"그럴 기회가 있을 거예요―이 노라라는 여자가 하늘이랄까……
음…… 뭐 그런 딴 세상과 연결돼 있는 건 아니겠지?―앞으로 한
동안은 부인과 최대한 긴 시간을 함께 보내도록 해요―그래, 또
시작이군. 그건 나 혼자서도 알아서 할 수 있었던 일이라고. 최근
에 어떤 일이든 혼자 해온 걸 보면 말이지. 이거이거, 이 여자한테
한 방 날려야겠는걸. 이런 심령술사들은 현실적인 일에 잘 적응하
지 못하니까 말이지……."

"1년 넘게 연애를 했습니다."

댄 1대 0! 제법 도전적인 이야기야. 그러니까 말이지…….

노라는 차분한 성격이다. 내게 말을 계속 해보라고 손짓한다. 순
간적으로 무슨 말을 할지 모르겠다. 아니 무슨 말을 해야 되는 건
지도 모르겠다. 왜 찾아왔는지는 알고 있으니 핵심을 밝히고 이 여
자한테 물어보라고.

"카르멘은 그 일을 모릅니다. 아직 말할 수 있을 때 아내에게 털
어놓아야 될까요?"

노라는 잠시 기다렸다가 입을 연다.

"부인은 알고 있어요. 오래전부터 알았어요―뭐야?―부인이 물
어보면 사실을 말해야 하지만―으으윽―묻지 않으면―그거 괜찮
은데―그녀는 당신이 어떤지 쭉 알고 있었어요. 당신이 아는 것보
다도 잘 알지요. 최근에는 그것과도 타협을 했고요―이 여자, 마
음에 드네―연애하는 여자의 이름이 뭔가요?"

"로즈……."

노라가 나직하게 말한다.

"카르멘이 병치레를 하는 동안 당신이 로즈와 만난 건 쓸데없는 일은 아니었어요. 필요한 일이었지요—그것 봐! 그래, 당신 돈 좀 벌었는걸. 의문을 품은 대가를 지불해 줘야지. 냉소할 만한 일이라고 끝내 나쁘기만 한 것은 아니거든.

"카르멘이 나와 함께여서 정말 행복한가요? 나는 성실해 본 적이 없고 상당한…… 바람둥이거든요."

노라는 갑자기 날카롭게 대꾸한다.

"당신이 가볍게 살 줄 모르면 부인은 병을 버텨내지 못했을 거예요. 죄책감 느끼지 말아요. 카르멘은 당신과 함께해서 아주 행복해요. 또 당신의 약점을 수치스러워할 필요 없어요—이 여자에게 토마스의 휴대전화 번호라도 알려줘야 될까?—이제 카르멘은 준비가 됐지만 당신은 아니에요—그러길 바란다—그녀는 마음속 깊숙이 이미 당신을 용서했지만—아주 단호하게 말하는군—당신은 여전히 카르멘을 지지해야 해요. 다른 모든 일을 제쳐두고, 당신 안에 있는 사랑을 전부 끌어모아 그녀를 보살피도록 해요—나더러 나이팅게일이라도 되라고? 그렇게는 못해—집안일은 다른 사람들에게 맡겨요. 그럴 수 있나요?"

"저기…… 집에 오페어가 있습니다. 그녀가 딸아이를 보살피고 살림을 하지요. 잘 부탁하면 집안일을 맡길 수 있을 겁니다."

"잘됐네요. 걱정 말아요. 카르멘과 무관한 일은 다 그녀에게 맡겨요. 그런데 따님의 이름은 뭔가요?"

"루나. 막 세 살이 됐어요. 나랑 생일이 같지요."

나는 으스대며 말해 놓고 얼굴이 빨개진다.

"그걸로 많은 게 설명되네요. 당신이 생각하는 것보다 부녀의 유대감이 강해요―이런, 이제 감상적으로 흐르네요, 노라―부인이 가족 곁을 떠나면, 당신은 집에 오페어를 두고 싶지 않을 거예요―이 여자가 우리 오페어를 잘 아나?―당신은 직접 딸을 보살피고 싶을 거예요―그건 아니거든. 출근해야 되는데 놀이방이 문을 닫고 나면 어떻게 직접 루나를 보살핀다는 거야? 아니면⋯⋯ 이게 더 중요하긴 하지만, 외출하고 싶을 땐 또 어쩌고?―당신은 딴 사람이 될 거고―아, 거기까지만!―부인이 그렇게 되도록 도와줄 거예요. 그녀가 거기 없더라도―카르멘이 상냥한 귀신이 되어서 말이지요? 잘 봐줘요, 귀신!"

노라는 내 걱정스런 표정을 보고 웃음을 터뜨린다.

"내 말을 믿어요. 카르멘과 당신은 당신이 생각하는 것보다 훨씬 오랫동안 아는 사이였어요. 그녀는 당신을 사랑해요. 마음속 깊이―감동 받지 않을 수가 없구먼. 목구멍으로 치미는 뜨거운 것을 삼킨다―두 사람은 영혼의 동반자예요. 영원토록."

침묵. 나는 눈을 깜빡인다.

"당신이 여기 온 것을 카르멘이 아나요?"

"아니요. 그 사람은 이렇게⋯⋯ 애매한 일에 대해서는 지나치게 이성적이어서요."

"부인에게 말하세요. 그녀에게 도움이 될 거예요."

"잘 모르겠네요⋯⋯."

나는 머뭇대다가 말을 잇는다.

"카르멘은 어처구니없는 일로 여길 거고 화를 낼 거예요. 우린 서로에게 완전히 질린 것 같거든요. 최근에는 내가 하는 일에 사사건건 짜증을 내요."

노라는 힘차게 고개를 젓는다.

"다시 말할게요. 카르멘은 당신을 깊이 사랑해요. 당신이 다른 사람에게 지지받는 것을 원하지 않아요—쾅—나라면 당장 집에 가겠어요. 그 일이 당신의 예상보다 빨리 벌어질 거예요—쾅쾅— 그렇게 될 때 그 자리에 있도록 해요—쾅쾅쾅—그러면 카르멘이 굉장히 고마워할 거예요. 당신도 그럴 거고요. 오랜 세월에 걸쳐 부인에게 받은 것에 대해 보답할 기회예요……."

*

차에 올라탄 뒤로 그 말이 머릿속을 흔들어댄다. '오랜 세월에 걸쳐 부인에게 받은 것을 당신이 되돌려줄 기회예요.'

차창에 달린 거울을 움직여 내 얼굴을 본다. 놀랍게도 환한 미소를 짓고 있다. 어안이 벙벙할 정도로 행복해 보인다. '오랜 세월에 걸쳐 부인에게 받은 것을 당신이 되돌려줄 기회예요.' 에드거 데이비스(축구 선수들 중 화염병으로 알려져 있다)도 울고 갈 만큼 기운이 펄펄하다.

누군지 모르겠지만 어쨌든 점괘를 내려준 존재와 노라 덕분이다.

나 자신을 알아보지 못했어.

거울에 비친 내 모습을 보고도 나인 줄 몰랐어.

내가 사라지는 기분이 들어.

이제는 내 옷이 내 몸에 맞지 않아……

— 브루스 스프링스틴 〈스트리츠 오브 필라델피아〉 (영화 〈필라델피아〉 OST, 1993)

2

휴대전화의 전원을 다시 켜 보니 음성 메일이 도착해 있다. 카르멘이다. 전화를 해줄까? 수화기 너머로 들리는 그녀의 목소리가 좋지 않다. 그녀의 상태가 안 좋다.

"댄, 구토가 멈추지를 않아. 너무 무서워…….."

그녀가 흐느낀다.

"내가 곧장 갈게."

4분 51초 후, 나는 집에 도착해서 계단을 두 칸씩 뛰어올라 침실로 간다. 카르멘은 양동이를 부여잡고 토하려고 애쓰고 있다.

그녀 곁으로 다가가서 머리를 쓰다듬어준다. 카르멘은 짧은 회색 머리를 빨갛게 염색했다.

"당신이 와줘서 다행이야."

양동이에 머리를 숙이고 있어서 목소리가 울린다.

"아침 내내 상태가 안 좋았어. 그런데 더 이상 나오지도 않네."

갑자기 그녀는 구역질을 하더니 토사물을 쏟아낸다. 한눈에 담즙인 걸 알겠다. 음식이 아니다. 애당초 위에 음식물이 있지 않았으니 음식물을 토할 수가 없다.

1시간 반 후, 우리 가정의인 바커 박사가 도착해서 조제한 유동식과 진통제를 처방해 준다. 카르멘이 잠들자 나는 약을 받으러 근처 약국으로 간다.

가는 길에 로즈에게 전화를 건다. 그녀는 노라와의 만남이 잘된 것을 다행스러워한다. 나는 카르멘의 상태가 그다지 좋지 않아서 한동안 만나기 힘들 것 같다고 이야기한다. 오는 금요일의 데이트 약속도 취소한다. 로즈는 깔끔하게 받아들인다. 힘을 내라고 격려하면서 응접실에 있는 작은 상자 위에 카르멘을 위해 촛불을 켜두겠다고 말한다. 한 번도 만난 적은 없지만 이제는 아주 잘 아는 여인을 위해서. 로즈에게는 카르멘이 수년간 아는 사이인 것 같다.

저녁에 장모님이 집에 온다. 우리 네 사람은 근처 카페의 테라스에 앉는다. 장모님은 얇은 실크 블라우스를 입고 있다. 루나와 나는 티셔츠 차림이다. 저녁 햇살이 포근하다. 살짝 덥기까지 하다.

킹 아서의 테라스는 세련된 우리 동네의 가운데, 코르넬리스 스파위스트라트와 요하네스 베르휠스스트라트의 교차로에 있다. 남자 손님들은 보통 이상으로 비위에 거슬린다(잘 나가는 변호사들과 힐튼 호텔에 투숙하는 영국인 사업가들이 부인과 아이들을 피해 쉬러 나온다). 그들은 여기 여자를 구하러 오지 않는다(동네 파파할머니들이 진을 치고 있다). 하지만 데 페입이나 아우트베스트 같은 동네보다 햇살이 좋다. 동네가 워낙 멋지다 보니 해가 드는 시간도 알아서 조절이 되는 것 같다.

카르멘은 두툼한 재킷에 선글라스를 끼고 휠체어에 앉아 있다.
우리가 음료수를 마시고 있는데 그녀가 묻는다.

"약간 싸늘하지 않아요?"

"나도 좀 그렇네."

나는 거짓말을 한다.

장모님도 맞장구친다.

"그래, 따뜻해 보이는데 그렇지가 않네."

5분 후 우리는 집에 돌아온다.

저녁 햇빛으로는 살과 뼈를 따뜻하게 하지 못한다.

당신은 우리가 모르는 곳에 가려고 짐을 싸네.

우리가 안다고 믿어야 하는 곳으로 ....

— U2 〈워크 온〉 (All That You Can't Leave Behind, 2000)

3

"모든 일이 어서 끝나면 좋겠어."

장모님은 그렇게 말하고는, 손으로 눈을 가리고 울기 시작한다. 나는 그녀의 어깨를 감싸 안는다.

딸을 잃을 어머니. 침대에 누운 그녀의 딸은 항암치료의 부작용 때문에 몹시 괴로워한다. 그녀의 딸은 울면서 가슴이 있던 자리를 어머니에게 보여주었다. 이제는 지퍼 같은 봉합 흉터 외에 아무것도 없는 자리를. 그녀는 딸의 고통이 어서 끝나기를 바란다. 어머니들은 자식이 고통받는 모습을 보지 말아야 한다는 법안을 통과시켜야 될 것 같다.

장모님이 내 손을 잡고 뺨에 입 맞춘다.

"우린 이 일을 잘 겪어내겠지, 안 그런가?"

나는 고개를 끄덕인다. 프랑크는 말없이 앉아 이 광경을 지켜본다. 상황이 안 좋게 돌아가고 있다. 프랑크가 집에 온 것도 그 때문이다. 상황이 상황이니만큼 어쩔 수가 없다. 안네도 와 있다. 그녀의 따뜻한 포옹에 마음이 푸근해진다. 2년 전 예전에 살던 집의 계단에서 토마스와 서 있을 때도 그녀의 포옹에 마음이 풀렸다.

"난 가서 카르멘 좀 볼게요."

내가 위층으로 올라간다.

카르멘은 막 낮잠에서 깼다. 그녀는 침실로 들어서는 나를 보고 빙긋 웃는다.

"어서와, 자기."

"기분은 어때?"

나는 침대에 걸터앉아 그녀의 손을 꼭 잡는다. 맙소사, 손이 바스라질 것 같다.

"더 이상 버틴들 무슨 소용이 있을지 모르겠어, 댄. 이런 상태가 계속되야 한다면 어서 모든 게 끝났으면 좋겠어……."

카르멘은 손을 쓰다듬는 내 손을 내려다본다. 그녀는 하고 싶은 말이 있는 눈치지만, 마음에 담아둔다.

"무슨 얘긴데?"

그녀의 의중을 이미 알지만 잠자코 있다. 카르멘이 말을 시작해 주면 좋겠다.

"혹시…… 혹시 내가 다 끝내고 싶다면 어떻게 되는지 알고 싶어서 그래. 또 자기 생각이 어떤지도."

"안락사를 뜻하는 거야?"

"그래."

카르멘은 내가 대놓고 말하자 반가워서 안도한다.

"바커 박사에게 전화해서 절차를 알아볼까?"

그녀가 고개를 끄덕인다. 나는 카르멘을 가슴에 안는다. 갓난아기보다 약하게 느껴진다.

"내가 가서 통화할게. 그밖에 내가 해줄 일이 있어?"

"내일 사람들을 오라고 해줘."

"말만 해. 누구?"

"토마스랑 안네. 마우트. 프랑크."

"안네는 벌써 여기 와 있어. 프랑크도 마찬가지고."

"잘 됐네! 잠깐 올라오라고 해."

"알았어. 그런데 뭘 좀 먹을래?"

"그래야겠지?"

"오늘부터는 아무것도 안 해도 돼."

내 길을 가게 해줘……

— 제임스 피 〈렛 미〉 (Dag en nacht, 1978)

4

루나가 꼭 안는 게 뭔지 안 이후로 아침마다 우리 셋은 서로 꼭 끌어안는다.

지난 밤 장모님과 함께 여기서 잔 프랑크에게 오늘 아침의 포옹 장면을 촬영해 달라고 부탁한다. 나는 빛나는 건강한 귀염둥이(3세)와 꼬챙이 같지만 그래도 빛나는 아내(36세)를 품에 안는다. 카르멘은 실크 파자마를, 루나는 곰이 그려진 흰 잠옷을 입고 있다. 둘 다 환하게 웃는다. 프랑크는 카메라를 똑바로 들고 있지 못한다.

프랑크, 장모님까지 다 함께 카르멘의 침대에서 아침 식사를 한다. 점심 식사 때는 마우트도 합류한다. 그녀는 방에 들어서자마자 카르멘을 꼭 안고 마구 흐느낀다. 안네와 토마스도 들어선다. 우리 오페어까지도 카르멘의 침대 옆에 자리를 잡고 있다. 그래야 된다고 느끼는 모양이다. 카르멘은 북적대는 것을 좋아한다. 카르멘은 아무것도 먹지 못한다. 체중이 더 많이 줄어든 듯싶다. 이젠 42킬로그램쯤 나갈 것 같다.

그 사이 바커 박사가 찾아온다. 어제 내가 전화했을 때 그는 안락사의 절차를 정확히 설명해 주었다. 카르멘이 어떤 조건 하에서 안락사가 실행되기를 바라는지 밝히는 편지를 써야 한다. 그녀가 편지에 서명을 해야 한다. 그리고 먼저 바커 박사와 대화를 한 다음 다른 의사와 면담해야 한다. 그 후 두 의사는 이것이 '비인간적인 고통이 수반된 가망 없는 상황'이라는 데 동의한다. 가족이나 다른 누구로부터 강요나 압력이 없어야 한다. 그 순간부터 카르멘은 죽고 싶은 시간을 결정할 수 있다.

적어도 모든 게 계획대로 된다면 그렇다. 우리 가정의는 등이 아프다고 하면서도 오늘 카르멘과 대화하러 들르겠다고 말한다. 나는 그러라고 대답한다.

바커 박사는 숨을 몰아쉬면서 우리 집 2층 침실로 들어선다. 그는 카르멘에게 등에 대해 말한다. 그녀는 걱정하면서 통증이 심하냐고, 내일 오지 그랬느냐고 한다.

"진통제가 듣지 않네요. 카르멘은 어때요? 통증이 심합니까?"

"점점 심해져요. 어제부터는 등도 몹시 아프고요."

그녀의 말에 나는 놀란다. 나한테는 그런 말을 안 했는데.

의사가 카르멘이 가르치는 부위를 진찰한다.

"다시 퍼지고 있군요."

"네."

카르멘은 담담한 표정이다.

"모르핀 경구약을 처방해 줄게요. 댄에게 들었는데, 너무 힘든 때가 오면 모든 걸 정리하고 싶다고요."

카르멘이 고개를 끄덕인다. 의사는 안락사의 법적인 부분을 처리하도록 다른 동료를 보내주겠다고 말한다.

"그러세요."

다른 의사는 오후 늦게 찾아온다. 그는 격식을 차리는 타입이다. 나는 밖에 나가 있을지 묻는다. 이런 일이 어떻게 처리되는지 모르겠다. 꼭 〈미스터 앤 미시즈〉 프로그램에서 자기 부인이 어떻게 대답하는지 듣지 못하도록 헤드폰을 쓰고 기다려야 되는 것 같다.

나는 방에 그대로 있도록 지시를 받는다. 카르멘은 병을 끝내야 할지 또 언제 그럴지 직접 결정하고 싶은 마음이 간절하다고 말한다. 무슨 입사 면접이라도 하는 것 같다. 카르멘은 의사에게 잘 보이려고 애쓰는 것 같다. 의사는 더 묻지 않고 서류에 서명한다. 카르멘은 고맙다고 인사한다. 좋아하는 기색이 완연하다. 새 자동차의 열쇠라도 받은 사람 같다.

"진짜로 신나는 것 같아, 그런 거야?"

내가 놀라서 묻는다.

"그래, 다시 선택권을 얻었으니까. 내 생명을 어떻게 할지 내가 결정할 수 있게 됐어."

당신이 모르는 것, 어떻게든 느낄 수 있을 거야……
— U2 〈뷰티풀 데이〉 (All That You Can't Leave Behind, 2000)

5

장모님과 프랑크 외에도 마우트가 우리 집에 머물기로 했다. 카르멘이 살아 있는 동안 정신적, 실질적으로 필요한 도움을 주기 위해서다. 프랑크와 마우트는 남는 방의 한 침대에서 자야 한다. 프랑크가 침실에서 나가자 카르멘은 킥킥 웃으면서, 오늘 밤 그를 즐겁게 해주라고 마우트를 설득한다.

"프랑크가 잘 때 그냥 위로 올라가서 '화끈하게 한번 해보자고, 이 게으른 인간아!'라고 냅다 소리 질러!"

두 여자는 웃음을 터뜨린다. 오늘 카르멘은 다시 명랑해진다.

"오늘 저녁에도 같이 식사할까?"

그녀가 희망적으로 말한다.

"음식 냄새 때문에 속이 느글대지 않겠어?"

"그렇겠지만, 그러면 뭔가 마침내 나올지 몰라."

오페어가 음식을 준비한다. 카르멘은 먹지 않고, 다들 먹는 둥 마는 둥 한다. 음식 냄새가 카르멘의 토사물 냄새와 비슷하다. 초록색과 노란색 재료가 든 밥이다. 노란색은 옥수수 같은데 초록색은 뭔지 감이 안 잡힌다. 카르멘은 우리가 먹는 모습을 지켜보다가, 이따금 우리와 눈을 맞추고 접시를 보면서 와락 웃음을 터뜨린다. 그러니 우리 오페어가 제구실을 한다. 죽음을 맞는 카르멘에게 웃음을 안겨주니. 본인이 의도한 바는 아니지만.

식사 후 다른 사람들은 아래층으로 내려가고 나는 카르멘 곁에 남는다.

"댄…… 나 말이야…… 대변을 봐야겠는데."

"나가 있을까?"

오늘은 가정 간호사가 변기 의자를 가져다놓았다. 캠핑용 의자에 변기 뚜껑이 달린 모양으로, 보통 의자처럼 앉으면 된다. 변기 뚜껑 밑에는 양동이가 달려 있다.

"저기 …… 잠깐만 있어봐…… 혼자서 일어날 수 있을지 모르겠어."

카르멘은 아주 천천히 침대에서 내려온다. 거의 일어섰을 때 벌렁 넘어지고 만다. 그녀가 울기 시작한다.

"다리에 힘이 하나도 없어."

카르멘이 흐느낀다.

"이리 와봐."

나는 변기 의자를 침대에 바싹 끌어다 놓고, 그녀를 부축한다. 카르멘이 파자마 바지와 팬티를 내린다. 나는 그녀를 천천히 변기 의자에 앉힌다.

"내 참…… 완전 할머니처럼 앉네."

볼 일을 마치자 카르멘은 머뭇거린다.

"내가 엉덩이를 닦아줄까?"

그녀는 고개를 끄덕이고는 나를 쳐다보지도 못한다.

"넘어질까 걱정이 돼서……."

"당신이 할 수 없는 일이잖아. 나한테 몸을 기대고 있어. 덕분에 당신 엉덩이를 다시 만져보게 됐네."

내가 눈을 찡긋하자 카르멘은 눈물이 그렁그렁한 눈으로 웃는다. 그녀는 내 목에 팔을 감고 내게 얼굴을 돌리고 있다.

"내 좋은 친구……."

그녀가 속삭인다. 나는 한 손으로는 카르멘의 겨드랑이를 꽉 잡고, 다른 손으로 엉덩이를 닦는다. 그러자 무릎이 흔들린다. 카르멘은 다리로 서지 못하고 양팔로 내 목을 감싸고 있다. 나는 한 손으로 파자마 바지를 올려준다.

카르멘이 침대에 눕자 내가 묻는다. 그녀는 긴장해서 숨을 몰아쉰다.

"당신이 우리 곁에 없을 때 내가 하지 않았으면 하는 일이라도 있어?"

"아니."

"한참 지난 후에 다시 섹스를 할까?"

그녀가 빙그레 웃는다.

"아니야. 당신이 하고 싶은 대로 해. 그렇지만…… 다시 샤론이랑 그러지는 않았으면 좋겠어. 당신의 외도를 상징하는 여자니까. 바람 피운 게 그때가 처음이었어?"

"아니…… 옛 여자친구들 중 한 명하고 그랬을걸. 메릴 같은데. 아니면 엠마. 하지만 당신한테 처음 들킨 사람이 샤론이었지."

둘 다 소리 내어 웃는다.

"그래, 하지만 그 여자 말고도 만날 사람은 많아. 기다려봐, 다들 몰려들 테니까. 당신은 자유의 몸이겠다, 사업체도 있겠다, 멋진 집이랑 귀여운 딸도 있겠다. 1등 배우자감이거든. 벌써 안네, 프랑크, 엄마한테 말해뒀어. 당신이 예상보다 빨리 새 아내를 맞이해도 놀라지 말라고 말이야. 당신은 그런 사람이거든."

"그래?"

"저기, 그건 중요하지 않아. 난 당신이 얼른 다시 행복해지길 바라. 새 아내랑. 또 당신한테 휘둘리지 않고 잘 맞출 줄 아는 사람이 필요해."

"그 외에는?"

"성적으로 뜨거운 여자여야겠지."

나는 다시 웃음을 터뜨린다.

"하지만 그 외도에 대해서는 조치를 취해야 할 거야, 댄."

"일부일처제를 지켜라……."

"아니, 평생 그럴 수 있는 사람은 별로 없지. 당신은 그러지 못할 거야. 하지만 다시는 여자에게 완전히 바보가 된 기분을 느끼게 하면 안 돼. 암스테르담과 브레다의 여자 절반이랑 자고 다니는데, 정작 파트너만 그걸 모르는 꼴을 당하게 하지 말라는 거야. 당신이 하는 짓을 아무도 모르게 하라고."

"당신이 핌이랑 그랬던 것처럼……."

"맞아. 혼자서만 알라고. 자기 남자가 바람을 피울 때 감정적으로 사랑이랑 연관 짓지 않을 수 있는 여자는 없을 거야. 나도 그럴 수 있었으면 좋았겠지만……."

나는 죄책감을 느끼며 바닥을 내려다본다. 잠깐 머뭇대지만, 마음을 짓누르던 질문을 던지기로 한다. 나는 에둘러서 묻는다.

"나한테 듣고 싶은 얘기가 더 있어? 물어볼 엄두가 나지 않았던 궁금한 점이라도?"

그녀는 다시 미소 짓는다.

"아니, 당신 죄책감 느낄 필요 없어. 난 알고 싶은 건 다 알아."

"정말이야?"

"응."

난 점점 작아지는 기분이 든다. 나는 빙긋 웃고 화장실로 가서, 변기와 토사물 양동이를 씻는다.

다시 침실로 돌아와서 변기 의자에 변기를 끼운다. 그런 나를 카르멘이 잠자코 지켜본다.

"내가 아픈 후 당신은 날 위해 정말 애써주었어."

그녀는 감격한 말투로 말을 이어간다.

"이젠 내 대소변까지 처리해줘야 하니……."

이때 갑자기 노라가 한 말이 생각난다. '오랫동안 부인에게 받은 것에 보답할 기회가 생긴 거예요.'

나는 순간적으로 우물쭈물한다.

"어제 어떤 사람을 만나러 갔는데, 당신한테는 그 이야기를 할 엄두가 안 났어……."

"정말? 말해 볼 테야?"

카르멘이 호기심을 드러낸다.

나는 난처한 기분을 느끼며 노라에 대해 말한다. 그 만남에서 내가 얻은 것에 대해서도 털어놓는다.

내가 노라에게 받아온 편지를 낭독하자 카르멘은 귀담아 듣는다. 가슴이 뭉클한 기색이 완연하다.

"당신 거기 가길 잘한 것 같아. 그리고 효과가 있었다니 기뻐. 좋은 일 같은데……."

"정말? 하지만 자기는 그런 거 믿지 않잖아?"

내가 놀라서 묻는다.

"내가 뭘 믿는지 모르겠지만, 노라가 당신한테 한 말이 터무니없는 소리가 아니거든. 점점 내가 죽을 가능성의 문제가 아니라는 생각이 들어. 준비가 된 기분이야."

"당신이 여기 없게 되어도 어떤 방식으로든 우리가 함께 있을 거라고 믿어?"

"그래, 나는 당신을 위해 또 루나를 위해 거기 있을 거야."

카르멘이 단호하게 대답한다.

"나도 그럴 거라고 믿지만, 때로 사람들이 신이나 사후 세계를 믿는 것은 생이 마감되기 때문이라고들 하잖아. 일종의 자기 보호로……."

그녀는 확고한 말투로 말을 잇는다.

"아니, 그 이상이야. 그 정도에서 그치는 게 아니야. 내가 여전히 거기 있을 거라는 느낌이 강해. 꼭 누군가를 사랑하는 기분이야. 그냥 알잖아. 작년에 클럽 메드 리조트에서 당신이 더 이상 나를 사랑하지 않는다고 했을 때 내가 헛소리라고 생각했던 것처럼 말이야. 꼭 항상 당신을 사랑했던 것 같아. 우리가 만나기 전부터……."

"내 성향이 이기적인데도 말이지?"

"당신은 늘 '좋다'고 분명히 밝히지만, 솔직히 난 언제나 괜찮았던 건 아니야. 2년 전 폰델파크에서 날 끌고 가던 일을 기억해?"

"처음이자 마지막으로 날 위해 그런 거야."

내가 씩 웃는다.

"그건 중요하지 않아. 상징적인 일이었지."

"자긴 내가 여자들이랑 어떤지 미리 알았더라도 나랑 결혼했을까?"

카르멘은 날 바라보며 빙긋 웃는다. 한쪽 입매만 슬쩍 올라가는, 내가 잘 아는 미소다.

"응. 물론이야."

우리는 손을 맞잡는다. 아무 말 없이 손만 꽉 잡는다. 우리는 몇 분간 그렇게 누워 있다. 카르멘이 눈을 감고 있다. 잠시 후 그녀가 잠든다.

아래층에 내려가니, 장모님과 두 친구가 로제와인을 마시고 있다. 나는 활짝 웃는다.

"행복해 보이네요."

마우트가 말한다.

내가 밝게 대답한다.

"응. 환상적이었거든."

안녕, 여신! 고단해. 마음이 뭉클하지만

소중한 기분이야. 댄이 나이팅게일이 되었으니.

카르멘에게 노라에 대해 말했어. 반가워했어. 나도 그래. x.

여기 우리 둘이 함께

지금, 이 순간을 놓쳐선 안 되겠지……

— 트뤼케너 켁스 〈지금, 이 순간을 놓쳐선 안 되겠지〉 (Een op een miljoen, 1987)

6

아침에 나를 가운데 두고 한쪽에는 루나가, 다른 쪽에는 카르멘이 누워 있다. 카르멘은 곤히 잔다. 나는 루나에게 프랑크와 마우트가 있는 손님방에 가보자고 속삭인다. 루나는 신이 나서 펄쩍펄쩍 뛴다.

내가 놀라서 소곤댄다.

"쉿! 엄마는 푹 자야 해!"

"아, 참."

루나는 조용히 대답하고 한 손으로 입을 가린다.

나는 프랑크와 마우트가 자는 방에 들어선다. 프랑크는 여태 자고 있다. 마우트는 긴 티셔츠 차림으로 누워서 책을 읽고 있다. 화끈한 밤을 보낸 것 같지는 않다. 안타깝다. 그랬다면 카르멘이 좋아했을 텐데. 마우트가 루나를 보고 손을 흔들자, 아이가 얼른 달려가 안긴다.

다시 침실로 돌아가 카르멘 곁에 눕는다. 그녀는 여전히 자고 있다. 나는 사랑스러운 눈길로 바라보면서, 조용히 손을 잡아 꼭 쥔다. 그녀의 숨소리가 무섭다. 느리게 불규칙적으로 숨이 멈춘다. 내 상상일까, 아니면 정말 호흡이 멎는 시간이 점점 길어지는 걸까? 지금 잠든 상태에서 죽는다면 그것도 좋을 듯싶다. 평온해 보인다. 문득 내가 죽음을 경험해 본 적이 없다는 생각이 스치고 지나간다. 어떤 일이 벌어질까? 몸이 호흡을 멈추기로 하면, 심장 박동을 멈추기로 하면? 죽음은 아주 천천히 진행될까? 그것이 다가오는 것을 알까? 죽기 직전 다른 일이 벌어질까? 당장 의사에게 연락해야 하나, 아니면 그렇게 그냥 놔둬야 하나? 죽음을 맞이하는, 혹은 누군가 죽게 놔두는 예법을 전혀 모른다. 이 순간 카르멘이 저렇게 평온하니 그대로 세상을 떠날 수 있으면 좋겠다는 마음이 든다.

10분간 느린 호흡이 계속된다. 그러다가 정상 호흡으로 돌아온다. 살아 있을 때와 똑같이 숨을 쉰다. 역시 그 편이 좋다.

멋진 하루를 더 만들어보자고.

정신이 아득해……

— 핑크 플로이드 〈정신이 아득해〉(The Wall, 1979)

7

카르멘이 일어나자 나는 뭘 좀 먹겠냐고 묻는다.

"응, 모르핀 반 알."

"또 통증이 있어?"

그녀가 고개를 끄덕인다.

"통증이 심해. 등에."

"그럼 한 알을 다 줄게."

"그래도 될까?"

"달리 어쩌고? 모르핀 때문에 죽을까봐 겁나?"

그녀가 웃음을 터뜨린다.

"만일 그러면……."

갑자기 그녀의 얼굴이 굳는다.

"루나에게 곧 내가 여기 없을 거라고 지금 말해줘야 되지 않을까?"

"오늘 아침에 내가 간단하게 마음의 준비를 시켰어."

"그랬더니 루나가 뭐라고 했어?"

"저기—꿀꺽—당신이 더 아프지 않고 병치레를 안 해도 된다면 괜찮다고."

카르멘과 나는 우리의 귀염둥이 때문에 함께 운다.

얼마 후 내가 묻는다.

"기분이 좀 나아졌어?"

카르멘이 고개를 끄덕인다.

"당신한테 온 이메일을 읽어줄까?"

그녀가 다시 고개를 끄덕인다. 카르멘은 진정한 스타답게 팬들에게 답장을 한다. 나도 진정한 비서답게 그녀가 부르는 대로 메일을 작성한다. 모든 답장에 그녀는 지금 정말로 행복하다고 말한다.

"당신은 루나에게 줄 일기장에도 멋진 글을 써왔잖아. 교회에서 추모 예배 때 일기를 낭독하면 좋겠는데."

"그래? 어떤 글인데?"

나는 카르멘이 루나에게 주는 일기장을 꺼내서, 노란 포스트잇을 끼워둔 페이지를 펼치고 읽기 시작한다.

나는 사람들에게 뭔가 남기고 싶단다. 나중에 그들이 너에게 그것에 대해 말해줄 수 있도록 말이지. 지금 아프기 때문에 이런 말을 하는 것은 아니지만, 네가 인생에서 원하는 게 있다면 나아가서 그 일을 하길 바란다. 매일매일 즐겨야 한단다. 나중에 어떤 일이 생길지 모르거든. 지긋지긋하고 진부한 말로 들리겠지만, 이런 표현밖에 생각나지 않는구나.

예전에 내가 오페어로 런던에 갔을 때, 친구들과 선술집과 식당에 자주 다녔단다. 한 번은 구두 바닥에 구멍이 생겼는데 구두를 수선할 돈이 없었어. 적어도 새 구두를 장만하느냐, 친구들과 멋진 외식을 하느냐 중에서 선택해야 한다면 나는 후자를 선택했지. 새 구두를 신고 혼자서 집에 있는 것보다는 외출해서 사람들과 멋진 일을 하는 편이 더 행복할 거라고 생각했단다.

그 후로 전 세계를 여행했지. 여행을 하고 싶다는 얘기는 많이 듣지만, 그들은 아무 데도 못 가지. 루나, 어떤 일을 하지 말아야 되는 이유가 백 가지나 되는 경우가 많지만, 그 일을 해야 되는 한 가지 이유만 있다면 그걸로 족하단다. 하지 않은 일들에 대해 나중에 후회한다면 몹시 슬플 거야. 결국 우리는 일을 해야만 거기서 배울 수 있으니까 말이다.

"쑥스럽긴 하지만 글이 그럴 듯하네."

카르멘이 얼굴을 붉히며 말한다.

그 후 나는 카르멘이 남길 물건들을 가방에 챙긴다. 루나를 위해 준비한 것들이다. 나는 가족, 친지, 동료들이 우리 딸에게 써준 편지 몇 통을 읽는다.

라몬은 아빠와 같이 근무한 회사의 파티에서 엄마를 한두 번밖에 못 만나서 성격에 대해 자세히 말할 수 없지만 그때의 기억이 생생하다고 썼다.

네 아빠가 엄마를 내게 소개하면서 으스대던 기억이 아직도 나는구나. 또 내가 그를 얼마나 부러워했는지도. 루나야, 에둘러서 말하지 않고, 내가 어떻게 느끼는지 정확히 말하마. 네 엄마는 멋진 여자였단다. 네 아빠한테 네가 나이들 때까지 이 글을 읽히지 말라고 일러야겠지만, 네 엄마의…… 가슴은 사람들의 눈길을 잡아끌었지. 그랬다니까. 이제 너도 그건 알았지? x.

아빠의 친구 라몬

카르멘이 깔깔 웃는다.

"그런 편지를 써주다니 친절하기도 하지……."

나는 어제오늘 도착한 메일들을 읽는다. 그 사이 카르멘은 꾸벅 꾸벅 졸다가, 가끔은 번뜩 정신을 차린다.

"댄, 우리 결혼사진을 확대해 두었어?"

"뭐?"

"우리 결혼식 사진. 아주 크게. 벽난로 선반에."

"아, 아니……."

"그럴 줄 알았지. 이 모르핀, 좋은 약이네."

카르멘이 빙긋 웃는다.

침묵이 흐른다.

"뭐라고 했어, 댄?"

"아무 말도 안 했어, 여보…… 진짜야, 아무 말 안 했는데."

그녀가 한숨을 내쉰다.

"피곤해. 잠깐 자야겠어. 다시 한 번 다들 여기서 식사할래?"

카르멘은 모르핀 때문에 가끔 환각에 빠지지만, 여전히 모든 걸 즐기고 있어.

그녀가 대견하고 나도 행복해. x.

그런 다음 우리는 이레 동안 술을 마시겠지. 그런 다음 우리는 술을 마실 거야.

참을 수 없는 갈증. 모두 마실 만큼 충분히 있으니 다 같이 마시자고.

술통을 따서 다 같이 마시는 거야. 이레 동안 먹는 거야······

— 보츠 〈이레 동안〉 (Voor God en Vaderland, 1976)

8

동네 상점들은 카르멘의 송별 모임 덕을 톡톡히 본다. 군부대가 식사하는 것 같다. 고급 청과물 상점에서 말린 토마토, 포도, 야채 샐러드를 싹싹 긁는다. 음식을 파는 슈퍼마켓은 우리가 매일 사 가는 우유, 고추 피자, 로스트비프, 타르타르 스테이크(다진 쇠고기로 만든 요리—옮긴이)—오페어의 반대에도 구입한다—치즈, 달걀 샐러드, 롤빵을 미처 다 대지 못한다. '댄, 카르멘, 루나, 마우트, 프랑크, 장모님 &co.' 집의 아침과 점심 식사다.

동네에 있는 약국에서는 우리가 약국을 차리거나 우리 집에 싸이클링 팀이 있다고 짐작한다. 매일 누군가 와서 카르멘 반 디펜의 새 처방전 약을 받아가니까. 그들은 프레디손, 카이트릴, 파라세타몰과 코데인, 테마제팜, 프림페란, 비타민 음료, 모르핀을 챙겨야 한다. 또 입에서 나는 토사물 맛을 덜어줄 레몬 맛 면봉도 챙긴다. 내가 전화로 로제와인 두 상자를 더 주문하자, 주류 판매점에서는 파티를 하고 있냐고 묻는다. 우리는 하루 저녁에 최소한 와인 네 병을 마신다. 오후 나절에 마시는 것은 빼고도 그렇다. 내가 아래층에 내려갈 때마다 정원, 응접실, 부엌 할 것 없이 새 손님들이 와 있다. 다들 음식 대접을 받고 싶어한다. 이런 임종은 아주 화기애애한 분위기이긴 하지만 돈이 엄청나게 든다. 이제 '돈을 퍼붓는다'란 표현이 어디서 나왔는지 알 것 같다.

"돈이 사람을 행복하게 만들어주지는 않지만, 돈으로 끝내주는 재미를 얻어낼 수 있지."

카르멘이 말한다. 그녀는 집을 개방해서 손님들이 드나드는 것을 반긴다. 다들 가능한 여러 번 카르멘을 만나고 싶어한다. 한 가지 일도 놓치지 않으려 한다. 무슨 퍼레이드나 카니발, 재즈 페스티벌이라도 되는 것처럼. 흠뻑 빠지게 하는 분위기다. 이런 임종의 순간이 매년 있기를 바라는 마음이 들 정도다.

벌써 1주일째 임종을 맞이할 준비를 하고 있지만 카르멘의 컨디션은 좋다. 주초보다도 훨씬 낫다. 모르핀을 투약해서 종일 통증 없이 지낸다.

"게다가 환각 작용 덕분에 다양한 것을 보거든."

그녀가 말한다. 이제는 구토 때문에 괴로워하지도 않는다. 코를 푸는 것처럼 구토에 익숙해졌다.

의사가 내게 묻는다.

"그러면 안락사용 약물을 며칠 미룬다고 약국에 알릴까요?"

"그러시죠. 인저리 타임(축구 경기에서 정규 시간이 끝난 후 경기하는 여분의 시간—옮긴이)이라고 해두죠."

내가 대답한다.

"혹은 급작스런 죽음을 맞는 엑스트라 타임이라고 하던지!"

카르멘이 웃으면서 맞장구친다.

바커 박사는 우리를 이상하게 쳐다본다.

카르멘은 앞으로 며칠간 손님 명단을 만들어주겠냐고 묻는다. 여러 차례 찾아온 부모님과 단짝들 외에 직장 동료들과 중학교 동창 몇 명, 무플론 회원들을 만나고 싶어한다. 나는 모두에게 전화해서 방문 시간을 알려준다. 스케줄이 빡빡하다. 브로커스 직원들이 방문하자 위층에서 가끔 웃음소리가 터진다. 1시간 반 후, 나는 위층에 올라가서 그들에게 면회 시간이 끝났다고 알려준다. 스타가 쉬어야 한다고. 1시간 후에는 무플론 회원들이 (최소한 아직 살아 있는 이들이) 도착한다. 오늘 오후에는 장의사 직원도 집에 올 것이다.

나는 죽는다고 말하지 않지.

너무 진지하게 받아들이지 않아.

— 펀 러빙 크리미널스 〈더 펀 러빙 크리미널〉 (Come Find Yourself, 1996)

9

장의사가 카르멘의 침대 옆에 앉는다. 그녀가 '이별 파티'에 대해 의논하고 싶어서 내가 전화번호부에서 한 군데를 골라 연락을 취했다.

우리는 그에게 부고장의 디자인과 글귀를 보여준다.

"이것 좀 보십시오. 벌써 부고장을 디자인해 놓으셨네요."

"초대장이요."

카르멘이 말을 고쳐준다.

"저기…… 네, 그렇죠. 초대장이요."

우리는 카르멘을 집에 안치하고 싶다고 말한다. 또 장례 예배는 집에서 가까운 교회에서 치르고 싶다고. 그러면 루나와 내가 여기 사는 동안은 30분마다 울리는 교회 종소리를 듣고 그녀를 추억하게 될 것이다. 우리는 양가 부모님, 친구들과 더불어 추모 예배를 보고 싶다는 점을 분명히 밝힌다. 장의사에게 몇 달 전에 준비해 둔 카르멘의 CD를 보여주고, 교회에서 듣고 싶은 곡을 말해준다. 장의사는 교회에 음향장치가 있는지 알아보겠다고 한다. 나는 상관없다고, 우리가 알아서 준비하겠다고 대꾸한다.

우리는 카르멘이 조르흐플리트에 묻히기 원하며, 매장이 끝난 후에는 미란다파빌리윤에 가서 한잔 하겠다고 말한다.

"간단한 간식거리도 있어야지요. 브라우니, 스콘, 와플, 연어와 크림치즈를 곁들인 베이글 같은 빵 종류와 하겐다즈 아이스크림, 마카다미아 너트(견과의 한 종류—옮긴이)도 있어야겠죠."

장의사가 펜을 꺼내든다.

"적을 필요 없어요. 친구 둘이 음식을 정하고 있으니까요."

장의사는 우리의 일처리 방식에 흡족해한다.

"제가 관을 고르는 걸 도와드려도 될까요? 혹시 그것도 이미 정해두셨나요?"

"어떤 종류가 있는지 한번 볼까요?"

카르멘이 말한다.

우리는 단순한 흰색 관을 선택한다.

"내 파란색 리플레이 드레스랑도 잘 어울릴 거예요."

그녀가 나를 보며 말을 잇는다.

"적어도 당신이 예쁘다고 생각한다면……."

나는 그 옷이 썩 잘 어울린다고 말한다. 그러나 '예쁘다'는 말을 할 엄두가 나지 않는다.

"그러면 교회까지 갈 차량은?"

장의사가 묻는다.

"흰색이요. 너무 요란스럽지 않은 걸로."

"알겠습니다."

"이제…… '또 만나요'라는 말은 할 수 없겠죠?"

카르멘이 이렇게 묻자 장의사는 어색하게 웃고는 물러간다.

그가 문을 빠져나가는 것을 보며 카르멘이 말한다.

"그가 '힘내세요!'라고 대답했다면 진짜 웃었을 텐데."

*

그날 저녁 모두 다시 카르멘의 침대에서 식사한다. 오페어가 1주일째 차려낸 초록색 사료에 다들 시큰둥해지기 시작했다. 오늘 저녁 나는 집에 있는 사람들에게 고기만두, 땅콩버터와 마요네즈를 곁들인 감자튀김이나 중국 음식을 잔뜩 먹는다면 못할 게 없다고 말했다. 다들 같은 생각인 것 같았다. 그래서 오늘 저녁은 오페어에게 휴가를 주었다. 마우트와 프랑크가 근처 중국 식당에 가서 끈적거리는 음식을 잔뜩 포장해 가지고 온다. 푸성귀가 아닌 음식은 며칠 만이어서, 침실에서 중국 음식을 맛있게 먹는다. 건배 제안자로 나선 카르멘은 요거트 두 팩으로 건배한다. 몇 분 안 지나서 그녀는 구역질을 한다. 토하려고 안간힘을 쓰지만 잘 되지 않는다. 손가락을 목구멍에 넣지만, 아무것도 나오지 않는다.

"맙소사, 왜 안 나오지?"

그러다가 갑자기 아침에 먹은 시리얼을 포함한 모든 음식물이 쏟아져 나온다. 만화의 한 장면 같다. 카르멘이 토할 때 나는 그녀의 머리통에 입 맞춘다. 그녀에게 휴지를 건넨다. 다들 조용하다. 한 번 토한 후, 양동이에 머리를 박은 채로 카르멘이 말한다.

"쳇, 꼭 무덤 속 같네! 누가 죽기라도 했어요?"

잠시 침묵이 흐른다. 그러다가 다들 크게 웃는다.

그 무엇도 우리를 같이 있게 못하지만

딱 하루만 시간을 훔칠 수 있겠지.

나, 나는 왕이 되고 너, 너는 왕비가 되리.

우리는 영웅이 될 수 있지. 딱 하루만……

— 데이빗 보위 〈히어로스〉 (Heroes, 1977)

10

아침에 카르멘이 잠에서 깨서 말한다.

"그러면 나는 드레스 위에 새 디젤 재킷을 입을래. 하지만 어떤 신발을 신어야 될지 감이 안 잡히네. 퓨마면 되겠지."

그녀가 어떤 신발을 말하는지 난 모르겠다. 지난 몇 달간, 카르멘은 매주 온갖 새 신발, 부츠, 옷을 사 들고 집에 왔으니까.

"당신은 어떡할래? 새 옷을 살 거야?"

"아직은 잘 모르겠어. 최근에 어떤 숍에서 모래 색깔의 정장을 봤는데, 출근할 때도 입을 수 있겠더라고. 아니면 반짝이는 크림색 양복을 사야지. 그런데 그 옷은 파티에 갈 때밖에는 못 입겠어."

"그럼 그 옷으로 해. 나중에 당신이 나를 직장보다는 파티랑 연관시키는 편이 더 좋아."

나는 웃으면서, 뭉클한 마음으로 그녀를 안는다. 냄새가 난다. 카르멘은 1주일간 목욕을 못했다.

"내가 인심 좀 쓰지. 당신, 목욕시켜줄게."

"여보, 아니야. 힘들 거야……."

"나만 믿어봐."

나는 자신 있게 말하고 목욕탕으로 간다. 욕조에 물을 채우고, 카르멘이 좋아하는 목욕용 오일을 뿌린다. 욕실장에서 가장 부드러운 목욕용 수건 한 장과 세면용 수건 두 장을 챙긴다. 세탁한 팬티와 파자마도 한 벌씩 준비한다. 살집이 없는 엉덩이가 아프지 않도록 수건 석 장을 두 겹으로 접어서 욕조 바닥에 둔다. 그런 다음 침실로 돌아간다.

"잠깐만 궁둥이를 들어봐."

나는 그녀의 파자마 바지를 벗기다가 깜짝 놀란다. 지난 며칠 사이 또 살이 빠졌다. 엉덩이에 살집이 없다. 언제나 섹시하다고 느꼈던 V자로 패인 부분은 흔적도 없이 사라져버렸다.

나는 파자마 상의를 벗기다가 움찔한다. 맨눈으로도 갈비뼈를 헤아릴 수 있다. 남아 있는 가슴은 살집이 없는 D컵이다. 카르멘은 추워서 덜덜 떤다. 나는 얼른 어깨에 가운을 덮어준다. 그런 다음 휠체어에 앉히고 욕실로 간다. 휠체어를 욕조와 나란히 둔다. 그녀가 겁을 먹는다.

"걱정 마. 물에 빠지지 않게 할게."

나는 바지와 양말을 벗은 다음 한 발을 욕조에 담그고 한 발은 욕조 옆을 짚는다. 단단히 균형을 잡고 선 것을 확인한 후 그녀를 번쩍 들고, 한 다리를 욕조에 넣으면 무게를 신지 않아도 된다고 말한다. 그런 다음 다른 다리를 욕조에 넣는다. 나는 무릎을 굽히고, 카르멘에게 똑같이 하라고 말한다. 잠시 후 그녀는 따끈한 물속에 누워 있다. 그녀의 눈에 기분 좋은 눈물이 고인다. 나는 수건에 따뜻한 물을 적셔서 비누칠을 해 카르멘의 몸을 닦기 시작한다.

"아아…… 정말 좋아."

그녀가 눈을 감고 말한다. 몹시 고단하지만 마음은 뿌듯하다. 수건으로 깡마른 몸통을 살며시 닦는다. 발에서 다리로 올라간다. 사타구니에서 배로, 홀쭉해진 왼쪽 가슴을 닦고 나서 심호흡을 크게 하고 오른쪽 가슴으로 옮겨간다. 그때 처음으로 풍만한 가슴이 있던 자리를 건드린다. 수건은 전혀 아무렇지 않은 듯이 그 자리를 스친다. 카르멘이 눈을 뜨고 나직하게 말한다.

"이리 와봐……."

나는 그녀를 향해 고개를 숙인다. 카르멘이 내게 키스한다.

"사랑해."

그녀가 속삭인다.

몸을 다 씻기자 몸의 물기를 닦고 아까와 반대로 욕조에서 나온다. 침실에 들어서자 카르멘에게 세탁한 잠옷을 입힌다. 2분도 안지나 그녀는 잠든다.

화장실에서 나는 휴대전화로 문자 메시지를 보낸다.

난 완전히 좋은 상태야, 로즈.
금방 당신이 연락해주면 좋겠는데? x

로즈는 당장 전화한다. 나는 방금 한 일을 말하고는 눈물을 터뜨린다. 로즈는 날 위로하며 그 일이 끝난 후에는 요 몇 주가 내 평생의 선물로 기억될 거라고 말한다. 오늘 오후에 프랑크가 전화해서 이쪽 상황이 어떻게 돌아가는지 상세히 알려주었다고 한다. 로즈는 내가 대견하다고 말한다.

자기, 당신과 마지막 춤을 출 기회가 없는 건가……

— 트로그스 〈당신 같은 여자와〉 (With A Girl Like You, 1968)

11

"댄?"

"응?"

내가 졸린 목소리로 답한다. 불이 켜져 있다. 시계를 본다. 밤 1시 15분이다. 집에 있는 사람들은 다 자고 있다.

"나 배고파."

"뭘 먹을래?"

"저기…… 포페터스(팬케이크와 비슷한 네덜란드 음식—옮긴이)."

"그럼 1분만 기다려봐."

잠시 후 우리는 침대에 앉아서, 한밤중에 팬케이크를 먹는다.

"퓨마보다는 구치 운동화를 신어야겠어."

"응?"

"장롱에 들어갈 때…… 파란 드레스랑."

무슨 말인지 알아듣는 데 시간이 걸린다. 나는 웃음을 터뜨린다. 멈출 수가 없다. 카르멘도 마구 웃어댄다.

"그만, 그만해. 바지에 오줌 싸겠어."

그녀는 눈물을 흘리며 웃는다. 괄약근이 제 기능을 못한다.

내가 웃음을 멈추고 묻는다.

"음악을 틀까? 자기가 준비한 CD는 어때? 괜찮겠어?"

카르멘이 고개를 끄덕인다. 우리는 팬케이크를 먹으면서 노래를 따라 부른다. 6번 트랙은 우리 결혼식의 오프닝 곡이었다.

"춤추실까요?"

내가 묻는다.

"미쳤어!"

나는 그녀를 번쩍 든다. 카르멘의 발이 땅에 닿을락말락한다. 나는 그녀를 안고 가만히 몸을 흔들며 돈다. 우리는 결혼식 때보다 천천히 춤을 추지만 어쨌든 춤춘다. 나는 팬티 바람으로, 카르멘은 실크 파자마 바람으로. 나는 그녀의 귀에 대고 가만히 〈당신과 같은 여자와〉를 부른다.

당신 같은 여자랑 평생을 보내고 싶어.

당신이 원하는 일들을 하면서.

옷차림으로 당신이 정말 세련된 것을 알지.

말투로 당신이 나와 같은 부류라는 걸 알아.

그때 우리가 하나가 되어 살 때까지……

당신과 춤출 수 있을까.

노래가 끝나고 나는 카르멘에게 프렌치 키스를 한다. 섹스보다도 친밀감이 느껴진다.

30분 후 나는 잠에서 깬다. 카르멘이 포페터스를 게우고 있다.

양동이에 머리를 박고 그녀가 말한다.

"괜찮아. 진짜 맛있었어."

그녀는 휴지를 뽑아서 입을 닦고 말한다.

"자, 난 다시 잘 테야. 잘 자."

그날을 기다리며……

— 조지 마이클 〈그날을 기다리며〉(Listen Without Prejudice, 1990)

12

카르멘의 임종을 준비한 후, 8일째 되는 날이 가고 9일째 되는 날이 온다. 그녀는 가끔 운다. 한동안 등의 통증이 심할 때, 기침을 하다가 오줌이 나올 때, 모르핀 때문에 제정신이 아닐 때. 진통을 위해 모르핀이 점점 많이 필요해진다. 그녀는 하루 중 대부분의 시간을 멍하게 보낸다. 이탈리아 커피숍을 찾은 관광객처럼.

그 밖에 카르멘을 울리는 장본인은 루나다. 겨우 3년간 사랑하고 예뻐하지 못한 딸.

침대 옆자리에서 〈세서미 스트리트〉를 보는 루나를 지켜보다가, 카르멘은 눈물이 그렁그렁한 눈으로 웃음을 터뜨린다.

"루나가 못된 아이면 좋을 텐데."

저녁에 사람들이 아래층에서 와인을 마실 때, 위층 침실에서 우리는 같이 울 때가 있다. 여행의 추억과 친구들과 함께 나눈 아름다운 순간들을 떠올리면서 운다. 하지만 웃는 때가 더 많다.

매일 아침 카르멘은 신이 나서 오늘의 계획을 묻는다. 오늘 누가 오느냐고. 이제 그녀는 보고 싶은 사람들을 다 만났다. 수를 헤아려보니 9일 동안 36명이 다녀갔다. 한 차례만 온 사람들도 있고, 계속 찾아오는 이들도 있다.

가끔씩 친구들은 남자, 여자 할 것 없이 아래층에서 눈물을 짓곤 한다.

"카르멘은 우리가 이런 고통을 참아야 되는 것이 너무나 미안하다고 말했어요."

카르멘과 한 시간쯤 같이 있다가 온 안네가 흐느낀다. 나는 그녀가 아직도 감상에 빠져 있는지 보려고 올라가본다. 침실에 들어서니 그녀는 침대에 걸터앉아 담배를 피우고 있다. 꼬챙이 같은 다리가 흔들리고, 담배를 든 손이 덜덜 떨려서 담배를 입에 가져가지도 못할 지경이다. 하지만 만면에는 미소가 가득하다. 아무 문제도 없는 것처럼. 며칠을 보내면서 정신적인 면에서는 우리 모두보다 카르멘이 강하다.

하루하루 같은 패턴으로 지나간다. 모두 위층에 모여서 점심과 저녁 식사를 한다. 카르멘은 아무렇지 않게 토하고, 오페어는 한숨을 쉬고 신음하면서 집안일을 한다. 마우트, 프랑크, 장모님은 손님들을 받고, 루나와 놀아준다. 나는 하루에 몇 번씩 카르멘을 변기 의자에 앉히고, 변기와 토사물 양동이를 씻는다.

이제 그녀의 간은 기능을 멈추었다. 대변은 잿빛, 소변은 진한 밤색이다. 카르멘의 눈은 포스트잇 메모지처럼 노랗다. 눈이 퀭하다. 오늘은 이번 주에 찾아온 사람들과 카르멘이 찍은 사진들을 찾아왔다. 나중에 이 사진들을 받고 싶은 사람은 없을 것이다. 특히 요 이틀간 찍은 사진 속 카르멘의 모습은 끔찍 그 자체다. 체중이 40킬로그램 이하로 보인다. 실제로도 그럴 것이다.

화장실에서 이날 몇 번째인지 모를 토사물 양동이를 씻는데, 카르멘의 고함 소리가 들린다.

"댄! 빨리 와봐. 갑자기 오줌이 터지려 해……."

어제 사온 성인용 기저귀는 기침과 웃음으로 인한 요실금에는 효과가 있지만, 진짜 소변은 감당하지 못한다. 나는 침실로 달려간다.

"그대로 침대에 있어. 내가 변기를 대줄게."

그녀가 겁에 질려서 외친다.

"아냐, 못 참겠어. 아…… 나오려고 해, 댄……."

나는 얼른 서랍장에서 수건 몇 장을 꺼낸다. 카르멘의 파자마 바지를 내리고, 수건을 두 겹으로 접어서 엉덩이 밑에 대고 한 장을 사타구니에 대고 누른다. 그녀는 수건에 소변을 본다. 나는 이렇게 여기 있다. 수건으로 그녀의 성기를 누르고……. 늘 흥분했던 그녀의 그곳. 수백 번도 넘게 키스했던 그곳. 내 남성, 손가락, 혀를 집어넣었던 곳. 처음 데이트에서 몇 번이나 들어갔던 그곳. 이미 들뜬 내가 더 흥분하도록 그녀가 양손으로 벌려주었던 그곳. 그녀가 내게 더 힘껏 들어오라고 소리치던 곳. 이제 사랑하는 아내가 소변을 참지 못해서 내가 큰 수건으로 닦아주는 그곳. 카르멘은 창피해서 흐느낀다.

"괜찮아, 여보."

나는 그녀를 꼭 안고 사방에 입 맞춘다. 내 알량한 인간애…….

나는 카르멘의 사타구니와 허벅지를 닦아주고, 곁에 누워서 얼굴을 쓰다듬는다. 그녀는 슬퍼한다.

"당신도 감당할 수가 없지, 댄? 이렇게 몇 주간 누워 있어야 될까봐 겁나……. 점점 악화될 텐데. 내가 바라는 게 계속 이렇게 버티는 건지 모르겠어……."

카르멘이 흐느낀다.

가벼운 충격이 내 몸을 훑고 지나간다. 어떻게 말해야 좋을지 모르겠다.

"언제나 이 일에 대해 당신이랑 같이 생각할 수 있지만, 결국 결정은 당신이 해야 돼. 나는 당신을 보살필 수 있어서 행복하고, 앞으로도 그러고 싶어. 하지만 당신이 계속 이러고 싶지 않다면 그 마음 역시 이해해. 당신이 어떻게 결정하든 난 괜찮아."

그녀가 고개를 끄덕인다.

"정말 다행이야. 보고 싶었던 사람들로 다 봤고, 하고 싶었던 일도 다 했어. 하고 싶었던 말도 다 했고. 이젠 그만하고 싶어. 내일……."

"정말로 그러고 싶어?"

"응."

"의사한테 전화할게."

나는 충만한 삶을 살았지.

각각의 모든 길을 걸었네.

— 프랭크 시나트라 〈마이 웨이〉 (My way, 1969)

13

주치의가 나보다 앞서서 천천히 계단을 오른다. 그는 등을 문지른다. 나는 굳이 묻지 않는다. 우리 오페어의 탄식은 참아줄 만하다. 프랭크, 마우트, 장모님과 불평할 거리가 되니까. 하지만 의사의 불평은 감당 못한다. 더구나 내 아내가 온몸에 모르핀 기운이 도는 상태로 내일 죽을 마당에.

그가 방에 들어서자 카르멘이 묻는다.

"등은 좀 어떠세요?"

의사가 대답하기 전에 내가 그에게 시무룩한 표정을 던진다.

"아, 괜찮아요. 고맙습니다. 그런데 카르멘은 별로 좋지 않은 것 같네요?"

"네, 어제보다 통증이 심해졌어요. 아무것도 기억하지 못할 때는 너무 힘들어요. 이런 상황이 지속되기를 바라지 않아요. 내일 중단하고 싶어요."

그녀가 단호하게 말한다.

바커 박사가 그녀를 찬찬히 살핀다.

"좋습니다. 어떻게 될지 말씀드리지요. 내일 약을 가져올 겁니다. 그걸 마셔야 해요. 그러면 30초 내에 떠날 겁니다. 아무 느낌도 없을 거예요."

"좋을 것 같네요."

"일을 진행할 때 그 자리에 있기를 바라는 사람이 있습니까?"

카르멘은 망설임 없이 대답한다.

"댄만요."

나는 으쓱해서 얼굴이 환해진다. 그녀에게 챔피언 리그 결승전의 귀빈석에 초대받기라도 한 것 같다.

의사가 매듭을 짓는다.

"좋습니다. 그럼 내일 아침에 전화해서 결정대로 진행할지 확인하겠습니다. 내일 오후 늦게 다시 만나지요."

내일 늦은 오후에 초인종 소리를 들을 순간을 상상하니 벌써부터 초조해진다. 사형 집행관이 찾아오기라도 하는 것 같다.

나는 아래층에 있는 친지들에게 카르멘이 안락사를 선택했으며 내일 진행될 거라고 알린다. 모두 안도한다. 이제 분명해진다. 프랑크, 마우트, 장모님은 카르멘이 안치될 방을 준비하느라 분주하다. 안네는 루나를 데리고 해바라기 머리장식을 사주러 시내에 간다. 나는 노트북을 들고 정원에 앉아, 카르멘이 루나에게 주는 편지에 최대한 멋진 조사를 쓴다.

오후가 저물 무렵 나는 침실로 올라간다.

"조사를 준비했어."

"들을 수 있을까?"

카르멘이 묻는다. 그녀의 눈이 번들댄다.

"응."

나는 조사를 읽기 시작한다. 그녀는 눈을 감고 듣는다.

　당신은 사람들에게 뭔가 남기길 원했고 루나에게 편지를 썼지. 당신은 사람들이 매일매일 즐기기를 바랐어. 당신의 장례식을 즐기기를. 그들의 여생을 즐기기를. 사랑, 우정, 예쁜 옷, 사소한 일들, 독특한 것들을 즐기기를. 즐기는 것이야말로 삶의 기술이지. 당신은 삶의 기술에 있어 전문가였어.

"그 다음에 당신이 루나에게 쓴 글을 낭독할 거야."

나는 카르멘을 바라본다. 그녀가 눈물을 훔친다.

"당신은 내 영웅이야……."

그녀가 속삭인다.

　카르멘이 내일 저녁에 작별 인사를 하기로 결정했어. 내가 그 자리에 있을 거야. 나를 위해 화요일 저녁 시간을 비워줄래? 당신이 필요할 거야. x.

삶의 고통을 씹을 때 불평하지 말고 휘파람을 불어요.

인생은 웃음이고 죽음은 농담이니……

— 몬티 파이턴 〈항상 인생의 밝은 면을 보라〉 (Life Of Brian, 1979)

14

나는 뜬눈으로 밤을 지새운다. 누구에게도 말할 수 없는 이유 때문이다. 처음으로 직접 경험하는 죽음을 감당할 자신이 없다. 죽은 사람은 몇 번 봤다. 관에 누운 시신 두 구, 거리에서 쓰러진 시신 한 구를 본 적이 있지만 다행히 차 밑에 있어서 똑바로 보지는 않았다. 그러니 그 경우는 못 본 걸로 쳐도 되겠지.

관에 누운 시신은 숙모— 살아 있을 때도 늘 무시무시한 표정의 소유자여서 시신이라고 해서 특별히 더 무섭지 않았다—와 평소 일어서지도 못했던 할머니였다. 그렇다고 시신을 보는 게 아무렇지 않다는 말은 절대 아니다. 아니, 죽음은 별로다. 더구나 산 사람이 죽는 광경을 지켜보는 일이 좋을 리 없다.

이런 초조함이 당황스럽다. 카르멘은 무서워하지 않는다. 죽음을 실제로 당하는 것은 그녀다. 나는 지켜볼 뿐이다. 나는 생전 처음 누군가 죽는 것을 볼 것이고, 더군다나 그 사람이 내 아내다. 말하자면 축구선수가 막강한 팀과 시즌 첫 경기를 시작하는 것과 같다. 상관없는 사람이 죽는 것을 봐도 마음이 철렁하지 않을까? 행인이나 아약스 경기장의 관중이 심장마비로 쓰러지는 광경을 봐도 그럴 텐데. 하물며 왜 내일 죽음을 지켜봐야 되는 사람이 카르멘이어야 할까?

하나 더 있다. 내일 장의사에 전화해서, 카르멘의 예정된 사망 직후에—가능한 빠르면 좋겠다고—염을 예약하고 싶다고 말해야 하나? 저녁 7시경이 될 것 같다고? 가능하면 한 시간쯤 여유를 두고 싶다고? 혹시 계획을 잡기가 힘드냐고? 이런 일도 미리 예약을 해야 하나? 장의사에 전화하니, 왜 미리 연락을 안 했느냐고, 당장 염할 시신이 여섯 구나 된다는 말을 듣게 될까? 아무리 빨라도 주말까지 기다려야 우리 순서가 된다고.

그런 다음에는? 카르멘의 시신을 염한 다음 침대에 눕히고 두 시간 후, 난 그 침대에 느긋하게 누워야 되는 건가? 좀 기분이 묘하다고 말해도 용서받을까?

안락사 관련 웹사이트에 그런 내용은 나오지 않는다.

그게 아프다는 것, 당신의 마음이 무너진다는 것을 알아.

당신은 많은 것을 안고 걸어갈 뿐, 걸어갈 뿐……

— U2 〈워크 온〉 (All That You Can't Leave Behind, 2000)

15

카르멘이 나를 깨운다. 새벽 6시 반이다. 그녀는 울고 있다.

나는 그녀를 꼭 끌어안는다.

"오늘이 내 마지막 날이야……."

"그냥 계속 지내고 싶어?"

"아니…… 하지만 너무 이상해서……. 날 위해 한 가지만 더 해 줄래?"

"뭔데?"

"오늘 오는 손님들을 당신이 방에서 내보내줄래? 내가 그러기는 힘들 것 같거든……. 또 당신, 루나랑 보낼 시간을 놓치기 싫고……."

어제 카르멘은 절친한 이들과 얼마나 오래 같이 있을 것인지 결정했다. 누구와는 같이 만나고, 누구는 혼자 만날 것인지도 정했다. 인터뷰 스케줄을 잡는 록스타처럼.

"그리고 의사한테 전화해 줄래? 예정대로 진행할 거라고 말해."

안녕. 오늘은 아주 지독할 거야. 사람들은 다 힘들어 하지만, 오늘이 그날이라
는 데 안심하기도 해. 내 생각 많이 해주고 카르멘을 위해 초를 더 밝혀줘. x

맨 먼저 토마스와 안네가 위층으로 올라간다. 그들은 한 시간쯤
카르멘과 시간을 보낸다. 그런 다음 아래층으로 내려온다. 안네는
차분한 태도를 유지한다. 토마스는 나더러 잠깐만 따라오라고 한
다. 우리는 부엌에 선다. 그의 눈이 빨갛다.

"벌써 카르멘이 너무나 그리워."

그는 한 팔을 내게 두르더니, 큰손으로 내 머리를 감싸고 이마에
키스한다. 우리가 친구가 된 이후 그가 키스한 것은 처음이다.

"댄, 나는…… 솔직히 지난 1년간 늘 좋은 친구가 되어주지 못
했어. 내가 말이지…… 말을 잘하는 편이 아니잖아—어쩌면 가끔
은 너를 모른 체 했지. 카르멘이 그 여자에 대해 말해 주었어. 이름
이 토니라던가, 무플론 회원 말이야. 또 치료를 받으러 같이 다닌
커플은 너랑 자기뿐이었다고 말했어. 또 지난 몇 주간 네가 그녀를
얼마나 행복하게 해주었는지도 말했지. 나는…… 네가 자랑스러
워, 친구."

그가 어찌나 힘껏 안는지 우리 주치의처럼 등이 아프게 될까 걱
정스럽다. 하지만 정말 아름다운 순간이어서 불평할 수가 없다. 우
리는 운다. 둘 다. 그러나 곧 웃음을 터뜨린다.

"이만하면 충분해, 곰 같은 녀석아."

내가 웃으면서 말한다.

"그래, 이 나쁜 자식아."

"정신없는 놈."

"찌질이."

우리는 어깨동무를 하고 정원으로 나간다. 마우트는 어리둥절한 표정으로 우리를 쳐다본다.

프랑크는 환한 미소를 지으며 내려온다.

"기막히게 좋았어. 우린 한바탕 신나게 웃었다고."

마우트는 흐느끼면서 돌아온다.

"멋진 시간이었어요. 카르멘은 정말로 안도하는 것 같아요."

사람들은 대부분 알아서 내려오지 않는다. 내가 시간이 다 됐다면서 가만히 내보내야 한다. 카르멘은 여왕처럼 누워서 사람들이 들려주는 좋은 말과 아름다운 대화에 푹 젖는다. 곧 그 시간이 한 시간 반 뒤로 다가온다. 나는 준비가 안 된 사람들을 방에서 내몰 용기가 없다. 하지만 내가 카르멘의 마지막 대화 상대인데 함께할 시간이 충분치 않은 것은 썩 내키지 않는다.

"의사한테 전화해서 좀 늦어진다고 말할까?"

"그래, 그렇게 해요. 지금이 좋아. 서두를 것 없잖아?"

바커 박사에게 전화해서 5시 반이 아니라 7시 반에 와줄 수 있냐고 묻는다.

"카르멘이 이 순간을 만끽하고 있어서요."

나와 루나 전에 카르멘이 마지막으로 만나는 사람은 어머니다. 장모님은 15분 후에 돌아온다. 내가 위로할 마음의 준비를 하지만, 장모님은 담담한 편이다. 행복해 보인다.

그녀는 편안한 표정으로 이야기한다.

"우리는 해야 할 말을 이미 다 나누었지. 그 아이가 한 말은 '금요일에 제 장례식에서 만나요'가 다였어."

당신이 어떤 사람이었는지 잊지 않을게. 리틀 스타.

당신이 어디서 왔는지.

사랑으로부터 왔다는 것을 잊지 않을게.

— 마돈나 〈리틀 스타〉 (Ray Of Light, 1998)

16

루나는 아침에 놀이방에 갔다. 나는 아이가 종일 눈물짓는 사람들을 보는 게 꺼려졌다. 놀이방에 가는 길에, 의사들이 엄마를 낫게 해주지 못한다고 설명했다. 루나는 심각하게 "그래"라고 대꾸했다. 오늘 오후에 엄마를 마지막으로 보게 될 거라고도 말해 주었다. 그 후에 엄마는 죽을 거라고.

"작은 새처럼?"

루나가 묻는다.

나는 흐느끼며 대답한다.

"그래, 작은 새랑 똑같이."

"또 엘비스랑 비비스처럼?"

나는 웃음을 터뜨린다.

"맞아. 물고기 엘비스랑 비비스같이."

"하지만 엄마는 변기로 들어가지 않잖아. 물고기 천국으로 가지 않아."

"그래, 엄마는 사람 천국으로 갈 거야. 그리고 거기 도착하면 가장 예쁜 천사가 될 거야."

오후에 놀이방에서 루나를 데리고 나왔다. 지난 몇 주간 문 앞에서 대강의 사정을 귀동냥했던 보조 교사들은 루나가 친구들에게 오늘 저녁에 엄마가 죽어서 천사가 될 거라고 으스댔다고 전해 주었다. 루나가 그룹에서 가장 인기 좋은 아이가 되었다고 말한다.

루나를 데리고 침실로 들어가자니 가슴이 먹먹하다. 카르멘은 우리를 보자마자 울기 시작한다.

"당신이 설명할래요?"

그녀가 떨리는 목소리로 묻는다.

나는 고개를 끄덕인다.

"루나, 와서 아빠 무릎에 앉을래?"

우리는 카르멘의 침대 옆에 앉는다. 루나는 대단히 침착하다. 엄마를 뚫어져라 쳐다본다. 시선을 돌리지 않고 카르멘을 응시한다.

"엄마가 굉장히 아프고, 오늘 죽을 거라고 말했지, 그렇지?"

루나가 고개를 끄덕인다.

"나중에 의사 선생님이 올 텐데 약을 가져올 거야. 엄마는 그 약을 마시면 잠이 들 거야. 하지만 진짜 잠이 아니야. 나중에 다시 깨지 않을 거거든. 그러면 엄마는 더 이상 몸이 아프지도 않고, 병을 앓지도 않게 되지."

"그럼 토하지 않아도 되지?"

"그래, 그럼······."

순간적으로 말을 이을 수가 없다. 카르멘의 뺨에 눈물이 뚝뚝 떨어지기 때문이다. 내가 말을 맺는다.

"그럼 엄마는 토하지 않아도 되는 거야."

그 사이 카르멘은 루나의 손을 잡고 쓰다듬기 시작한다.

"그 다음에 엄마는 죽는 거야. 아주 평화롭게."

"그럼 엄마는 상자에 들어가야 되는 거야?"

"그래, 그러면 엄마는 상자에 들어가야 되지."

"백설공주처럼?"

"응, 하지만 그보다 훨씬 예쁠 거야."

얼굴이 눈물범벅이다.

루나는 나를 쳐다보더니 뺨에 뽀뽀한다.

"그러면 우리는 상자에 유리 뚜껑을 덮어서 응접실에 둘 거야. 엄마는 예쁜 옷을 입고 있을 거고."

"어떤 옷?"

"파란 원피스."

카르멘이 대꾸한다.

"잠깐만 기다려. 내가 가서 가져올게."

나는 며칠간 침대 뒤 옷장에 걸려 있던 원피스를 꺼낸다.

"멋지지 않니?"

내가 묻는다.

루나는 고개를 끄덕인다.

"그러면 우리는 며칠 더 엄마를 볼 수 있어. 우리가 원하는 만큼. 하지만 엄마는 아무 말도 하지 못할 거야."

루나는 다시 고개를 끄덕인다. 모든 걸 완전하게 납득한 것 같다.

"그러면 엄마가 며칠간 응접실에 누워 있을 때 교회에 갈 거야. 엄마의 친구들하고 여러 사람들이랑 노래를 부르고 엄마에 대해 좋은 이야기를 나눌 거야. 그런 다음 엄마를 땅속에 묻을 거야. 책

속의 작은 새랑 똑같이…… 기억나지?"

나는 루나가 의기소침해진 것을 눈치챈다.

"하지만 엄마는 천국에 가는 게 아니지?"

루나의 물음에 카르멘이 웃음을 터뜨린다.

"천국에 가지. 그런데 설명하기가 아주 어려워. 어른들도 잘 모르거든. 아빠 생각에 엄마의 몸은 땅에 묻히지만 천국에서 다른 몸을 얻게 될 거야."

"천사의 몸이구나!"

루나가 신이 나서 외친다.

"맞아."

나는 맞장구치고 입을 굳게 다문다.

"엄마가 죽어서 슬퍼."

"나도 그렇단다, 아가. 엄마도 그래."

카르멘이 속삭인다.

"엄마를 다시는 못 만나는 거야?"

"그래. 나중에 네가 아주 나이가 많아져서 너도 천사가 되면 그때 우리 다시 만나자……."

"아……."

"그래서 우리가 저기 있는 가방에 엄마의 물건을 잔뜩 넣어둔 거야. 나중에 네가 더 크면 거기 들어 있는 글을 읽고 물건들을 볼 수 있어."

"그리고 아빠가 내 이야기를 해줄 수 있을 거야. 또 나중에 루나에게는 새 엄마가 생길 거야."

침묵이 흐른다.

"당신 생각은 어때?"

내가 카르멘에게 묻는다. 딸과 작별 인사를 할 준비가 되었는지 달리 표현할 길이 없다.

"그렇게 해."

카르멘이 흐느낀다.

그녀가 양팔을 뻗는다. 나는 루나를 바닥에 내려놓는다. 이제 아이는 침대 옆에 서 있다.

"사랑한다, 아가."

카르멘이 말한다.

"나도 사랑해."

루나는 혼란스러운 표정이다.

그때 루나가 카르멘에게 뽀뽀하기 시작한다. 온 얼굴에 입을 맞춘다. 구석구석. 전에는 한 번도 이런 적이 없다. 루나는 카르멘의 뺨, 눈, 이마, 다른 뺨, 입술에 뽀뽀하더니, 카르멘의 뺨에 흐르는 눈물을 닦아준다. 마음이 아프다. 이런 상황을 바꿀 수 있다면 무슨 짓이라도 할 텐데.

내가…… 내가…… 내가 할 수 있는 게 없다.

카르멘과 루나 옆에 무릎을 꿇고 마지막으로 함께 포옹을 하는 것밖에는.

한참 뒤 포옹을 풀고 루나와 문 쪽으로 간다.

카르멘이 고개를 끄덕인다.

"안녕, 내 사랑스러운 아가."

카르멘이 다시 말한다. 너무도 고통스럽다.

루나는 아무 말도 하지 않는다. 한 손은 내 손을 잡고 다른 손을 카르멘에게 흔든다. 그리고 키스를 날려 보낸다. 카르멘은 손으로 입을 막고 운다.

루나와 내가 방에서 나온다. 이제 카르멘은 다시는 루나를 보지 못할 것이다.

하느님, 제발 천국이 있어서 두 사람이 다시 만나게 해주십시오.

제발.

제발.

제발, 하느님.

당신은 떠나고 나는 여기 머물지만,

내게 잘해줘서 고맙다고 말하고 싶어.

이별은 언제나 너무 빨리 오니……

— 트뢰케너 켁스 〈이토록 아름다운 날들〉

(Andere plaats andere tijd, 1992)

17

우리는 이미 서로 할 말을 다 나누었다. 하지만 의사가 올 때까지는 아직 한 시간이 남아 있다. 휴가 마지막 날 휴가지에서 나와 미리 공항행 버스를 기다릴 때와 비슷하다. 나는 카르멘 식의 작별을 하고 싶다. 가서 비디오카메라를 꺼내온다. 전원을 켜고, 오늘 아침 마우트와 프랑크가 벽에 붙인 글을 찍는다. 바지와 티셔츠를 벗고 오늘 아침에 준비한 파란 셔츠를 입는다. 카르멘의 원피스와 어울리는 셔츠다. 그런 다음 비닐백에서 크림색 양복을 꺼내 입는다.

카르멘이 누워 있는 침대 옆에 서서 양팔을 벌린다.

"봐. 쇼핑은 좋은 거지?"

그녀의 눈이 반짝이기 시작한다.

"당신, 양복을 샀구나!"

"당신을 위해서. 어때?"

"멋있어."

카르멘은 감동받는다. 소리 내어 밝게 웃는다. 그녀가 내게 돌아보라고 손짓한다.

"정말로 근사해……. 자기한테 잘 어울려. 이 양복을 입을 때마다 날 생각해 줄 거야?"

"항상. 파티에 갈 때마다 그렇게."

"그럼 당신은 내 생각을 자주 하겠네."

나는 카르멘 곁에 누워 마음을 다해 포옹한다. 몇 분간 우리는 아무 말도 하지 않는다.

"다른 쪽이 궁금해."

그녀가 불쑥 말한다. 소문이 자자한 영화라도 보러 가는 것처럼.

"곧 거기 가게 되어 기뻐. 당신과 루나가 무척 그립겠지만, 당신과 입장이 바뀌지 않아서 다행이야. 당신 없이 루나와 달랑 남겨진다면…… 나는 견디지 못했을 거야……."

"나도 마찬가지야."

"그럼 운이 좋은 거네, 그렇지?"

그녀가 미소 짓는다.

우리는 지난 몇 주간 자주 그랬듯이 둘만의 이야기를 한다. 왜 서로 사랑하게 되었는지, 서로 어떤 점을 소중하게 여기는지, 서로에게 무엇을 배웠는지, 함께한 모든 일들에 대해서도 이야기한다. 둘이 함께해서 행복하다. 모든 말다툼, 모든 문제, 암, 자동차 사고가 난 저녁, 핌, 샤론, 내가 바람 피운 모든 여자들…… 다 아무것도 아니다. 로즈만 빼고. 마우트도 빼고.

"우리 결혼반지를 뺄까?"

내가 조심스럽게 묻는다.

"그래."

우리는 손을 꼭 잡고, 결혼식의 절차를 반복한다. 다만 순서가 반대다. 나는 반지 두 개를 은색 보석함에 담아, 루나에게 줄 유품 가방에 넣는다.

카르멘이 내 다른 손에 끼워진 반지를 본다.

"내가 다시 끼워줘도 되겠어?"

그녀가 머쓱해하면서 묻는다.

나는 여섯 달 전 받은 반지를 손에서 빼서 그녀에게 준다. 카르멘은 반지 안쪽에 새겨 넣은 글씨를 읽으려고 애쓴다. 하지만 읽지 못한다.

"내 크나큰 사랑에게. xxx 카르멘."

내가 대신 읽어준다.

"아, 맞아."

카르멘이 흐뭇하게 반지를 바라본다.

그녀는 반지를 내 손가락에 끼워주려 애쓰지만 기운이 없다. 둘이 함께 반지를 낀다.

"계속 간직할 거야?"

"언제나."

"좋아."

침묵.

"당신의 기운을 돋워줄 게 있어."

나는 비디오카메라를 집는다. 지난 며칠간 집 전체를 촬영했다. 둘이 같이 산 집이지만 지난 11일간 카르멘이 본 곳은—15분간의 목욕시간을 제외하면—침실뿐이다. 녹화 테이프에 내 목소리가 녹음되어 있다.

안녕, 카르멘. 한참 되어서 금방 못 알아볼지 모르겠어. 여기는 우리 정원이야. 새 파라솔이 보이지? 그 아래서 평소처럼 프랑크, 마우트, 장모님이 오전 11시부터 쭉 곤드레만드레가 되었어. 그들의 단짝이자 딸은 위층 침대에 누워 불치병에 시달리는데 말이지—웃음소리—잔을 들어 카르멘에게 건배하는 예의라도 차려줄래요?—그들이 잔을 들어 건배한다—당신도 눈치챘지? 마우트는 잔도 못 들 정도로 취했고, 장모님은 너무 취해서 말씀도 제대로 못하신다고. (고함 소리)

카르멘이 웃는다.

……이제 우리는 복도로 들어가고 있어. 봐. 수리공 릭이 당신이 몇 주 전에 구입한 샹들리에를 서둘러 달았는데 워낙 게으른 친구라 전구를 아직도 안 끼웠네. 우리가 보는 건—나는 위층으로 올라간다—아일랜드에서 산 멋진 사진들이야. 드디어 벽에 걸었지. 당신은 어울리지 않는다고 생각하겠지만 나는 어울린다고 느꼈지. 당신이 침대에서 나오지 못하는 걸 이용하자 싶더라고……

카르멘이 크게 웃는다.

……이제 응접실로 접어드는군. 안네와 토마스가 여기 앉아서 크로켓을 하나씩, 아, 아니지. 토마스는 두 개를 먹고 있어. 우리 오페어가 준비한 채식 꿀꿀이죽 정도로는 배가 차지 않으니까 먹어야겠지—'안녕, 카르멘!' 그들은 음식을 잔뜩 입에 문 채로 소리친다—우리 친구들이 계속 찾아오기 시작한 후 이웃은 아랫동네로 가버렸어. 입을 다물고 먹는 것은 마르선에서는 평범한 예절인데 말이지. 그리고 내 생일에 찍은 당신의 누드 사진도 있어. 그 사진을 보면 프랑

크도 흥분할 것 같은데······

카르멘은 웃음을 터뜨리며 고개를 젓는다.

······마지막으로―카메라는 L자 모양 방의 맞은편을 훑는다. 빈 공간이 보이고 한쪽에 화병이 놓여 있다―이 영광스런 공간이 보이지. 여기에―비디오에서 나오는 목소리가 잠깐 멈칫하다가 더 부드러워진다―당신이 안치될 거야······

카르멘은 흐느끼면서 내 손을 잡아끈다. 나는 테이프를 정지시 킬지 묻지만 그녀는 고개를 젓는다.

······여기 당신이랑 나, 루나의 사진이 보여. 당신이 두 번째로 대머리가 되기 직전에 촬영한 사진이지. 어제 여기 응접실에 걸어두었어.

카르멘은 만족스럽게 고개를 끄덕이고 가만히 말한다.
"위치가 좋네."

그리고 마지막이지만 중요한 게 있어―카메라는 창가의 테이블 위쪽 벽에서 다른 쪽 벽까지 훑는다. 꽃을 담을 화병들이 놓여 있다―오늘 오후에 내 부탁으로 프랑크와 마우트가 벽에 칠한 글귀가 보이지? 루나와 내가 이 집에 사는 동안은 이걸 보면서 항상 당신을 떠올릴 거야―카메라가 줌아웃하면서 벽에 크게 적힌 두 단어를 비춘다. 은색 페인트로 커다란 대문자가 적혀 있다. 카메라가 두 단어를 비추고 그대로 머무르는 동안 테이프 속의 목소리는 침묵한다.

"카르페 디엠(Carpe Diem. 라틴 시인 호레이스의 싯구로 '오늘을 즐겨라'라는 뜻—옮긴이)."

카르멘이 꼼짝 않고 화면을 응시하면서 중얼댄다. 그녀는 고개를 끄덕이며 다정하게 나를 바라본다.

"환상적이야. 집까지도 준비가 됐네."

초인종이 울린다.

경고도 없이, 놀라움도 없이.

침묵…….

— 라디오헤드 〈노 서프라이지스〉 (OK Computer, 1997)

18

의사가 상자를 들고 위층으로 올라온다. 그는 기분이 좋은지 우리 둘과 쾌활하게 악수를 한다.

"자."

그는 침대 옆에 놓인 의자에 가서 앉는다.

"등은 많이 나았나요?"

카르멘이 묻는다.

바커 박사는 등의 어느 부위가 아픈지 상세히 설명을 늘어놓는다. 통증이 가라앉을 때까지 얼마나 아픈지, 얼마나 지긋지긋한지. 카르멘은 예의 바르게 잘 듣는다. 나도 이번에는 의사가 주절대도록 내버려둔다. 긴장을 깨는 역할을 하니까.

의사가 문득 화제를 바꾼다.

"하지만 내가 문제가 아니지요. 젊은 숙녀 분…… 젊은 나이에 이런 형태의 암에 걸리다니 아주 드문 경우에요. 지독히 불운하네요……."

"네, 그렇겠지요……."

카르멘이 대답하면서 날 쳐다본다.

이제 우리는 불운 같은 것은 안 믿는다. 불운은 존재하지 않는다. 행운도 존재하지 않는다. 행운이 있다고 믿는 것, 우연이 있다고 믿는 것은 생에 대한 모독이다. 벌어진 일은 벌어진 일이다. 우리는 이유를 결코 모를 것이다. 아마도 한 시간 후면 카르멘은 알겠지. 샘이 날 지경이다.

바커 박사가 묻는다.

"준비를 해도 될까요?"

우리는 고개를 끄덕인다. 그가 가방에서 작은 병을 꺼낸다.

"큰 잔을 갖다줄래요, 댄?"

나는 얼른 계단을 내려가 찬장에 가서 유리컵들을 살핀다. 이런 경우에는 어떤 잔을 써야 할까? 길쭉한 잔을 고른다. '잊지 말고 나중에 잔을 치워야지!' 몇 번이고 속으로 되새긴다. 오늘 저녁 누군가 이 잔으로 술을 마시면, 장례식을 두 번 치러야 된다. 의사는 조심스럽게 병에 든 액체를 유리잔에 따른다. 잔이 반쯤 찬다.

"물 같네요."

카르멘이 말한다.

"아니스 열매 맛이 납니다. 천천히 마셔야 합니다. 한 번에 쭉."

카르멘이 고개를 끄덕인다.

"그리고 10초 후에는 몸이 나른해질 겁니다. 그러니 약을 마시기 전에 서로 작별 인사를 나눠야 합니다. 때로는 모든 일이 너무 빨리 일어나거든요."

"네."

"준비됐어요, 카르멘?"

의사가 진지하게 묻는다.

"완전히요."

카르멘이 슬며시 미소를 띠며 대답한다.

"그러면 작별 인사를 나누는 게 좋겠네요."

나는 그녀 곁에 누워서 머리를 맞대고 눈을 들여다본다. 우리 둘 다 낄낄 웃지만 초조하다.

"내가 당신의 아내였던 게 다행스러워. 지금 난 행복해."

카르멘이 속삭인다.

"우리 집에 와보지 않은 사람은 절대 못 믿을 거야······."

"하지만 사실이야. 모든 게 다 고마워, 댄. 사랑해. 영원히."

나는 흐느낀다.

"언제나 사랑할 거야, 카르멘······."

의사는 팔짱을 끼고 앉아서 창밖을 내다본다.

"남은 삶을 즐기도록 해."

그녀가 부드럽게 내 뺨을 어루만진다.

"그럴게. 그리고 루나를 잘 보살필게."

"안녕, 내 위대한 사랑."

"안녕, 자기."

우린 키스한 후에, 의사에게 준비가 됐다고 말한다.

"댄, 내가 카르멘을 잠시 똑바로 앉히는 것을 도와주겠어요? 등 뒤에 베개 몇 개를 받쳐줄래요? 그러면 약을 마시기가 수월할 거예요."

우리는 카르멘이 앉을 수 있도록 돕는다. 힘이 많이 들지 않는다.

의사가 잔을 내민다.

카르멘은 다시 한 번 나를 쳐다본다. 그녀가 빙긋 웃는다. 나는 조용히 손을 내밀어 그녀의 손을 잡는다.

"그러면 자……."

그녀가 잔을 입에 가져가 마시기 시작한다.

의사는 집중해서 지켜보면서 차분하게 말한다.

"쭉 마셔요. 쭉…… 쭉 마시도록 해요……."

지난 2년간 나는 아내의 용기가 엄청나게 자랑스러웠고 이번에도 마찬가지다.

잔이 빈다.

"맛이 그리 나쁘지 않네요. 꼭 우조(그리스의 술. 소주와 비슷하다—옮긴이) 같아요."

"맞아요!"

바커 박사가 그녀의 등에서 베개를 빼면서 맞장구친다.

카르멘은 다시 눕는다. 그녀가 나를 다시 바라본다. 만족스럽고 차분하다. 사랑이 넘친다.

"음…… 기분 좋아."

몇 초 후 그녀가 말한다. 따끈한 목욕물 속에 있는 듯한 말투. 카르멘은 눈을 감고 있다.

의사가 나를 쳐다보며 눈을 찡긋한다. 그래, 선의로 그러는 거겠지.

나는 계속 카르멘의 손을 쓰다듬는다. 바커는 다른 쪽 팔목을 잡고 있다. 그가 손목시계를 본다.

"자, 이제 그녀는 갔어요."

그가 카르멘에게 시선을 고정한 채 말한다.

나는 그녀를 바라본다. 내 카르멘. 그녀는 움직이지 않는다.

"아뇨, 아직 여기 있어요."

갑자기 카르멘이 나직이 말하고는 잠깐 눈을 뜬다.

나는 놀라지 않고 미소만 짓는다.

그 뒤로 그녀는 아무 말도 하지 않는다. 호흡이 느려지고 있다. 맥박도 마찬가지라고 의사가 말한다.

"1분 후면 갈 거예요."

1분이 지난다. 카르멘의 호흡은 이따금 멎는다.

"놀라지 말아요. 이제 아무것도 느끼지 못해요."

2분이 흐른다. 카르멘은 여전히 가끔 호흡을 한다.

"자, 이제 그만 포기해요."

다시 1분이 흐른다.

"아주 강한 여성이네요! 세상에, 이럴 수가."

다시 한 번 카르멘이 자랑스럽다. 몸의 주인인 카르멘 자신은 이미 끝냈는데, 몸이 단념하지 않는다고 대견해할 수 있는지 잘 모르겠지만.

다시 짧은 시간이 흐른다. 카르멘은 얕게 호흡한다. 살짝 거슬리는 소리를 내기 시작한다.

"원래보다 무시무시해 보이네요."

의사가 말한다.

나는 무시무시하다는 생각이 들지 않는다. 그저 정원에 있는 장모님이 안쓰럽다는 생각뿐이다. 도대체 어떻게 진행되는지 궁금해하실 텐데. 카르멘이 마음을 돌린 걸까?

5분 후, 의사는 적극적, 소극적인 안락사에 대해, 도움을 받은 자살과 다른 기법에 대해 설명하고, 나는 건성으로 대답하면서 카르멘에게서 눈을 떼지 않는다. 그가 정맥주사를 놓자고 제안한다.

"이 사람이 뭔가 느낄까요?"

"아닙니다, 아무 느낌도 없어요."

"그러면 몸이 포기할까요?"

"네, 그러면 곧바로 세상을 떠날 겁니다."

"그럼 그렇게 하시지요."

의사는 가방을 들여다본다. 주사기를 꺼내 무색의 액체를 넣고는 침대 탁자에 내려놓는다. 그는 괜찮은 혈관을 찾는다. 좀처럼 혈관이 잡히지 않는다. 문득 항암치료를 받을 때 주사 때문에 힘들었던 기억이 머리를 스친다. 카르멘의 혈관은 피부 깊이 박혀 있다. 의사가 팔을 보고 또 본다. 없다.

"잠깐만 비켜주겠습니까?"

그가 카르멘의 다른 쪽으로 기어온다. 한 손에는 주사기를 들고, 다른 손으로 체중을 지탱한다. 그 모습이 내 눈에는 목숨이 걸린 묘기로 보여서, 초조하게 지켜봐야 할지 웃음을 터뜨려야 할지 모르겠다. 그가 균형을 잃는다면 안락사 약이 든 주사바늘 위로 엎어질 것이다. 직접 준비한 주사기에 찔렸다고 하겠지. 그러면 나는 죽은 의사와 카르멘의 거의 죽은 몸과 함께 여기 앉아 있겠지. 경찰에 상황을 설명하려 애쓸 테고.

의사는 카르멘의 다른 팔에서도 혈관을 찾지 못한다. 몇 차례 시도하지만 소용없다. 바늘을 찌르지 못한다. 우스운 상황이라고 생각하지 않을 수가 없다. 그녀의 몸은 생을 즐기는 데 익숙한 나머지 포기하지 않는다.

"그렇다면 사타구니에 찌를 수밖에 없겠군요."

바커 박사가 말한다. 그녀가 약을 마신 지 25분이나 됐다.

"됐어요!"

의사가 흥분해서 소리친다.

15초 후 카르멘은 호흡을 멈춘다.

나는 그녀의 손을 쓰다듬고 이마에 키스한다. 뺨 위로 눈물이 흐른다.

"잘 가, 내 사랑 카르멘."

의사는 내 말을 외면한 채 다른 의사에게 연락을 한다. 그 의사가 와서 안락사가 기술적, 법률적인 면에서 절차를 제대로 밟았음을 확인할 것이다.

나는 정원에 가서 카르멘이 숨을 거두었다고 알린다. 모두 묵묵히 받아들인다. 감히 말은 못해도 안도한다.

프랑크와 마우트는 고개만 끄덕인다.

토마스는 앞을 응시한다. 안네가 그의 손을 꼭 잡는다.

루나는 기분이 좋은지 외할머니의 코를 꼬집으며 깔깔댄다.

그녀의 어머니, 그녀의 딸, 그들의 친구, 내 아내는 죽었다.

사랑하지 않았던 것보다는

사랑했다가 실연하는 게 낫다.

— 알프레드 테니슨 〈추억 속에서〉 (1850)

에필로그

우리 모두 '카르멘으로 불리운 예술가'를 바라본다.

글쎄, 무슨 말을 할 수 있을까? 예전의 카르멘으로 보이지가 않는다. 카르멘은 사라지면서—어디로 갔는지는 신만 안다—부주의하게도 몸을 두고 갔다. 어떤 식으로 보든—장의사의 조수들이 손에 꽉 끼는 장갑을 끼고 대담하게 일을 시작하자 우리는 얼른 방에서 나온다—이것은 시신이다. 대못처럼 죽어 있는.

하지만 카르멘이 죽어서 다행인 면도 있다. 지금—흠—염을 준비하는 사내들을 봤다면 카르멘은 심장마비를 일으켰을 것이다. 경건하게 손을 앞으로 모으고 상사를 뒤따라 아래층 복도로 들어서는 그들을 봤을 때 나는 등줄기가 오싹해지는 기분이었다. 그들은 장모님, 나와 악수를 하고, 격식을 갖춘 위로의 말을 했다. 한 사람은 〈럭키 루크〉란 만화에서 쏙 빠져나온 것 같았다—퀭한 뺨, 빡빡 대머리, 독수리 같은 태도와 표정. 그는 일에 착수할 기회를 기대하며 몸을 숙인다. 그의 동료는 〈아담스 패밀리〉에 나오는 뚱보 사내처럼 생겼다. 타고난 대머리에 축 늘어진 모습으로, 카르멘의 염을 시작할 생각에 입술을 쭉쭉 빤다. 아, 취미를 직업으로 삼은 사람들 같다.

장의사는 응접실의 '카르페 디엠'이라고 적힌 벽 쪽에 서서, 관과 시신 밑에 설치할 냉각장치에 대해 설명한다. 독수리 사내가 위층으로 올라간다. 나는 그와 뚱보 동료가 든 들것을 힐끗 본다. 그것은 보고 싶지 않은 장면이다. 나는 얼른 정원으로 나간다.

마침내 장모와 내게 참관 허락이 떨어진다. 우리는 심호흡을 하고 응접실로 들어간다. 이제 관에 누운 아내를 만나는 순간이다.

실망스럽지는 않다. 밝은 파란색 원피스와 디젤 점퍼가 썩 잘 어울린다. 내일은 안네가 화장을 해주기로 했다. 다들 그녀의 몸은 주인과 달리 고분고분할 거라고 짐작한다.

안네와 토마스는 작별 인사를 하고 간다. 장모님은 잠자리에 든다. 프랑크, 마우트, 나는 와인을 딴다. 우리는 앞으로 며칠간 처리해야 될 일들을 의논한다. 장례식은 금요일이다.

내가 묻는다.

"참석자 모두에게 전화했어?"

"응. 가족, 친구들, 동료들…… 다 했어."

"잘 됐네."

나는 멍하니 술잔을 바라본다.

프랑크가 조심스럽게 묻는다.

"로즈는 알아?"

"아직 몰라. 문자 메시지를 보내야지."

프랑크가 조용히 고개를 끄덕인다.

나는 마우트와 프랑크의 눈을 똑바로 보며 말한다.

"두 사람에게 묻고 싶은 게 있어. 솔직한 대답을 듣고 싶어."

그들이 고개를 끄덕인다.

"로즈에게 장례식에 와달라고 부탁할까 고민 중이야."

둘 다 한동안 말이 없다.

"그렇게 해."

프랑크가 말한다.

마우트는 잠시 기다렸다가 고개를 끄덕인다.

"그래요. 그래도 괜찮을 것 같네요."

*

11시 반에 잠자리에 든다. 침실에 들어서다가 좀 당황한다. 내 시선은 카르멘이 11일간 누워 있던 자리에 자연스레 쏠린다. 비어 있다. 옷을 벗고 침대로 들어간다. 장모님이 벌써 방을 정돈하고 침구를 갈아놓았다. 그렇지만 침대 가운데로 가지 않고 침대 한쪽 구석 내 자리에 눕는다.

그런 다음 휴대전화를 꺼낸다.

카르멘은 오늘밤 8시 15분에 평화롭게 죽었어. 내가 그 자리에 있었어.

이제 나는 괜찮아. 내일 전화할게.

금요일에 장례식에 오도록 시간을 비워둘래?

문자를 보내고 텔레비전 리모컨을 집는다. 문자다중방송에서 내일 날씨를 확인한다. 21도, 화창함. 내일은 혼자 카페 테라스에 앉아 신문을 보면서 카푸치노를 마실 수 있겠네.

침대 옆 탁자에 리모컨을 내려놓는데 운동화 하나가 눈에 들어온다. 초록, 빨강, 초록색 줄이 있는 흰색 운동화가 구석에 놓여 있다. 나는 웃으면서 고개를 젓는다. 카르멘이 자신 없어 하던 구치 신발이다. 내일 장의사에게 전화해서 저걸 신겨달라고 부탁해야지. 한편 그럴 것까지 있나 싶어진다. 나는 침대에서 내려와 가운을 걸치고 운동화를 챙긴다. 루나가 깨지 않게 조용히 아래층으로 내려간다. 운동화를 손에 들고, 초조한 손길로 응접실 문을 연다. 카르멘의 관 밑에 설치된 냉각장치에서 윙윙 소리가 난다.

누구나 이별을 안고 살아간다

암스테르담. 30대 부부인 댄과 카르멘은 각자 광고 회사를 운영하며 여유로운 삶을 살고 있다. 둘에게는 세 살배기 예쁜 딸 루나도 있다. 남편 댄이 습관처럼 다른 여자들을 만나지만 카르멘은 남편의 고독공포증을 눈 감아주고, 둘의 결혼생활은 그럭저럭 행복하기만 하다. 그러던 어느 날, 카르멘이 유방암 말기 판정을 받으면서, 이들의 평화로운 삶에 균열이 생기기 시작한다. 『사랑이 떠나가면』은 '생의 마지막 순간'을 향해 가는 부부, 카르멘과 댄의 마음을 그린 소설이다. 불치병을 앓다가 떠나는 일이나 그 옆에서 사랑하는 이를 지켜봐야 하는 일은 누구나 언젠가 겪게 될 일이다. 그 때문일까. 『사랑이 떠나가면』을 번역하면서 내내도록 두렵고 힘들었다.

갑자기 암 선고를 받으면 처음에는 그런 현실이 믿기지 않는다. 남의 일만 같을 것이다. 카르멘과 댄도 그렇다. 수술로 생명을 연장하는 일과 여성성의 상징인 한 쪽 가슴을 잃는 문제를 두고 고민하는 장면에서는 같은 여자로서 깊이 공감하지 않을 수 없었다. 항암치료의 어려움, 그 사이 언뜻언뜻 보이는 희망, 결국 끝이 보이는 그 자리에 서서 부부는 결국 이별을 준비한다. 카르멘은 죽음의 방식을 스스로 선택한다. 만나고 싶은 이들을 만나고, 나누고 싶고 남기고 싶은 이야기를 모두 한 후에야 세상과 작별한다. 그녀가 죽음을 맞이하는 용기와 강인함은 감탄을 지나 경외감이 느껴질 정도였다. 두 사람은 부부로 살아온 삶을 정리하고 서로에 대한 진솔한 대화를 나눈다. 카르멘은 남편의 외도까지 끌어안고 두 사람은 인간 대 인간으로 만난다. 남녀간의 사랑과 가족으로서의 사랑 위에 인간으로의 사랑이 더해져 '관계'가 얼마나 깊은 울림을 가질 수 있는지 보여준다.

이 소설은 아내를 떠나보내는 남편의 진부한 순애보가 아니다. 이별의 과정에서 다른 여자를 만나 위로와 사랑을 구할 수밖에 없는 댄, 그런 한 남자에게서 우리는 인간이 처한 현실을 날 것 그대로 만난다. 현실에서의 삶은 단선적이거나 흑백논리가 적용될 수 없으므로. 댄을 통해 사랑 위에 또 다른 사랑이 필요한 인간의 조건을 보여줌으로써 이 소설은 진실로 다가온다. 진실이기에 가슴 저리고 고통스럽고 또 아름답다.

결말 부분을 앞두고 며칠간 작업을 피했다. 책상으로 가야 마무리가 될 텐데, 나도 모르게 자꾸만 부엌에서 얼쩡댔다. 카르멘의 죽음을 맞이하는 대목을 맞닥뜨리기가 두려워서였다. 그녀를 떠나보내기 힘들었던 것 같다. 탈고한 후에는 며칠간 앓았다. 4년 전 갑자기 암 선고를 받고 9개월 만에 세상을 떠난 아버지 생각을 많이 했다. 카르멘과 댄처럼 나도 아버지와 작별 인사를 나누었다. 의식을 잃기 전 우리는 감사와 사랑의 말도 나눌 수 있었다. 평온하게 떠나신 후에는 우리 가족의 가슴에 살아계신다고 믿는다. 카르멘과 댄이 유독 마음 아픈 것은, 이 작품이 작가의 자전적 소설이어서가 아니라 내가 그런 이별을 안고 살아가기 때문일 것이다. 죽음은 삶을 풍요롭게 한다. 때문에 소설이 고맙다.

공경희

사랑이 떠나가면

초판 1쇄 인쇄 2009년 10월 25일
초판 1쇄 발행 2009년 11월 1일

지 은 이 | 레이 클룬
옮 긴 이 | 공경희
펴 낸 이 | 정상준
펴 낸 곳 | (주)그책

기   획 | 정상준 김혜진
편   집 | 이현정
마 케 팅 | 박종우
관   리 | 박지현
디 자 인 | (주)꽃피는봄이오면
종   이 | (주)타라유통
인쇄·제본 | 새한문화사

출판등록 | 2008년 7월 2일 제322-2008-000143호
주   소 | 서울시 강남구 논현동 30-6
전자우편 | thatbook@thatbook.co.kr
전화번호 | 02) 3444-8535
팩   스 | 02) 3444-8534

ISBN 978-89-94040-01-1 03840